KiWi 236

Über das Buch
Bölls vorletzter Roman handelt von der bundesdeutschen Gesellschaft der 70er Jahre, die sich unter dem Eindruck von Gewalt und Bedrohung deformiert hat. »Fürsorglich belagert« wird durch ständige Sicherheitsmaßnahmen der Zeitungsverleger und Verbandspräsident Fritz Tolm und seine weitverzweigte Familie, die in der nächsten Generation zur gesellschaftlichen Opposition gehört. Heinrich Böll schildert dieses Panorama menschlicher Entfremdung mit kritischer Schärfe, aber auch mit dem positiven Blick auf die Gegenwelten geretteter Intimität.

Der Autor
Heinrich Böll, 1917 in Köln geboren, nach dem Abitur Buchhandelslehre. 1939–45 Soldat, dann Gefangenschaft; nach dem Krieg Student und Hilfsarbeiter in der Tischlerei des Bruders; seit 1950 freier Schriftsteller in Köln; für sein Werk erhielt er u.a. 1967 den Büchner-Preis und 1972 den Nobel-Preis für Literatur, war Präsident des bundesdeutschen und des internationalen PEN-Clubs. Er starb am 16. Juli 1985.

Weitere Titel bei k&w:
Vermintes Gelände. KiWi 1. *Haus ohne Hüter.* KiWi 10. *Der Angriff.* KiWi 40. *Die schwarzen Schafe.* KiWi 41. *Im Tal der donnernden Hufe.* KiWi 42. *Veränderungen in Staech.* KiWi 43. *Die verlorene Ehre der Katharina Blum.* Mit Materialien. KiWi 62. *Ansichten eines Clowns.* Mit Materialien. KiWi 86. *Gruppenbild mit Dame.* Mit Materialien. KiWi 101. *Brief an einen jungen Katholiken.* Mit einem Vorwort von Franz Alt. KiWi 116. *Rendezvous mit Margret.* KiWi 128. *Bild. Bonn. Boenisch.* KiWi 144. *Frauen vor Flußlandschaften.* KiWi 144. *Dr. Murkes gesammeltes Schweigen.* KiWi 150. *Irisches Tagebuch.* Mit Materialien. KiWi 159. *Rom auf den ersten Blick.* KiWi 185. *Wo warst du Adam?* Mit Materialien. KiWi 200. *Das Vermächtnis.* Mit Materialien. KiWi 211.

... und sagte kein einziges Wort, Roman. *Irisches Tagebuch. Ansichten eines Clowns,* Roman. *Die verlorene Ehre der Katharina Blum,* Erzählung. *Gruppenbild mit Dame,* Roman. *Haus ohne Hüter,* Roman. *Querschnitte.* Aus Interviews, Aufsätzen und Reden. *Berichte zur Gesinnungslage der Nation. Billard um halbzehn,* Roman. *Brot der frühen Jahre,* Roman. *Ein- und Zusprüche,* Schriften. Reden und Prosa 1981–1983. *Eine deutsche Erinnerung.* Interview mit René Wintzen. *Einmischung erwünscht,* Schriften zur Zeit. *Ende einer Dienstfahrt,* Roman. *Entfernung von der Truppe,* Erzählung. *Gesammelte Erzählungen.* 2 Bände. *Essayistische Schriften und Reden 1–3. Fürsorgliche Belagerung,* Roman. *Frauen vor Flußlandschaft,* Roman. *Werke 1–4.*

Heinrich Böll

Fürsorgliche Belagerung

Roman

Kiepenheuer & Witsch

Umschlag Manfred Schulz, Köln
Satz Fotosatz Froitzheim, Bonn
Druck und Bindearbeiten: Clausen & Bosse, Leck
ISBN 3-462-02087-0

Personen, Situationen, Handlungen, Probleme und Konflikte in diesem Roman sind freie Erfindungen des Autors. Sollten sie irgendwo mit der sogenannten Wirklichkeit auch nur annähernd übereinstimmen, so ist der Autor daran – wie immer – unschuldig.

Meinen Söhnen Raimund, René
und Vincent – in Dankbarkeit.

I

Kurz vor Ende der Tagung, vor der Wahl, noch während der letzten, entscheidenden Sitzung, war die Angst plötzlich weg. An ihre Stelle war Neugierde getreten. Die unvermeidlichen Interviews gab er schon in Heiterkeit, überrascht, wie leicht ihm das Vokabularium zuwuchs: Wachstum, Aufschwung, Versöhnung, Tarifautonomie, Harmonisierung der Interessen, Rückblick, Ausblick, Anknüpfung an die Gemeinsamkeiten des Starts, wobei er diskret Autobiographisches einstreuen konnte, seine Rolle beim Aufbau einer demokratischen Presse, die Vorteile und Gefahren der Konzentration, die unschätzbare Rolle auch der Arbeiterschaft, auch der Gewerkschaften andeuten konnte; Kampf nicht gegen-, sondern miteinander. Manches, was er sagte, hatte ihm selbst sogar ziemlich glaubwürdig geklungen, obwohl Rolfs messerscharfe Analysen und Kortschedes düstere Voraussagen, bei aller Gegensätzlichkeit der Ansatzpunkte, ihm immer wahrscheinlicher erschienen. Es hatte Spaß gemacht, Geschichtliches, sogar Kunstgeschichtliches einzuflechten, Kathedralen und Menzel, Bismarck und van Gogh, dessen soziale, möglicherweise sogar im Ansatz sozialistische Energie, dessen missionarischer Eifer letzten Endes in die Kunst gemündet waren; Bismarck und van Gogh als Zeitgenossen; kurze, meditative Betrachtungen darüber brachten Farbe in die rein ökonomischen, wirtschaftspolitischen Aussagen, die man von ihm erwartete. Er hatte wieder in die nur scheinbar improvisierte Eleganz zurückgefunden, die ihm vor mehr als vierzig Jahren im Oberseminar bei Truckler so nützlich gewesen war; die er später bei zahlreichen Redaktionskonferenzen hatte anwenden können, die ihm aber bisher in der Öffentlichkeit nie gelungen war.

Was er da sagte, improvisierte, lief fast automatisch ab, wurde in Serien abgerufen, erlaubte ihm, an anderes zu denken, herauszufinden, wann die Angst plötzlich weg gewesen war; sehr wahrscheinlich in dem Augenblick, wo ihm klargeworden war, daß er mit seiner Wahl rechnen mußte und sie ihn in eine Position hieven würde, wo die Angst sich hätte verstärken müssen und – so dachte er, während er wieder irgendein, das wievielte? Interview gab – es ihm instinktiv richtiger erschienen war, gar keine Angst als noch mehr zu haben. Gar keine mehr, nur noch Neugierde; diese monatelange drückende Angst um sein Leben, um Käthes Leben, um Sabines und Kits Leben, war weg. Natürlich würden sie ihn erwischen, wahrscheinlich sogar umlegen, und es blieb nur die neugierige Spannung nach dem Wer, dem Wie, und was er um Sabine empfand, hatte sich gewandelt: Sorge statt Angst. Er hatte Grund, besorgt um das Kind zu sein.

In diesen Monaten hatte sich die Angst fast ganz aufs Technische, Sicherheitstechnische verlegt. Die Sorge war verdrängt worden; nun nicht mehr die Angst vor etwas, die Angst um – um Sabine, auch um Herbert, um Käthes Torheiten, am wenigsten – und das überraschte ihn – um Rolf. Sabines heftige Frömmigkeit hatte ihn immer beunruhigt, auch Neid hatte er empfunden, und dieser Fischer, sein Schwiegersohn, auf dessen Jungenhaftigkeit sie alle hereingefallen waren – er nicht, und das gab auch Käthe zu: er nicht–, war kein Partner für sie. Die Cleverness, mit der er Sabine und das Kind verkaufte, hatte ihnen wohl allen die Augen geöffnet. Käthe hätte man, was das Geld betraf, einfach unter Kuratel stellen müssen: Sie gab allen und jedem, sparte auch nicht an sich selbst – und würde irgendwann, bald, fürchtete er, fürchterlich hereinfallen.

Das alles ging ihm durch den Kopf, während sie ihm die Mikrofone wie Handgranaten vor den Mund hielten, die Scheinwerfer aufgeblendet stehenblieben; Amplanger hatte die Interviews exakt koordiniert, terminiert, sorgte für Mineralwasser und Kaffee, hielt Kölnisch Wasser bereit – zweibahnig lief dies an, und nicht einmal heikle Fragen, die seine Familie betrafen, beunruhigten ihn. Im Vordergrund, während er »auf der Hinterbahn seiner Gedanken« weiterhin die Sorgen hinter der technischen Angst hervorholte, dachte er darüber nach, ob

man möglicherweise von »besorgter Heiterkeit« hätte sprechen können, während die ihn ungeniert nach Rolf, Veronica, Holger und sogar nach Heinrich Bewerloh fragten (wußten sie noch nicht, daß er inzwischen einen zweiten Enkel namens Holger hatte?). Gab sich ehrlich und tief betrübt über Veronicas Weg und Entwicklung, ließ sich nicht zu einer Distanzierung von Rolf verführen, obwohl alle ihm das sozusagen in den Mund legten, gab dessen Verfehlungen zu, betonte die Tatsache, daß er seine Strafe verbüßt habe, gab auch seine ernste, seine tiefe Sorge um Holger (den Älteren, aber von Holger, dem Jüngeren, wußten sie offenbar noch nichts) zu.
Diese Zweibahnigkeit, die man vielleicht auch medienbedingte Schizophrenie hätte nennen können, fing an, ihm Spaß zu machen: Da konnte man selbst Antworten auf heikle Fragen seriell ableiern, während er an Sabine dachte, die ganz offensichtlich – wahrscheinlich von Kohlschröder, wie konnte es anders sein – schockiert worden war und nun noch inniger, noch heftiger ihren Madonnenkult betrieb. Schwierig war, während er in die Mikrofone sein scheinbar improvisiertes, mit feinem Hüsteln durchsetztes Stakkato sprach, von dem Traum Abschied zu nehmen, den er lange und immer wieder geträumt hatte: Kit als junges Mädchen oder junge Frau im Schlößchen: im Park, auf den Gängen, die Enten fütternd, in der Orangerie – und konnte sich nicht dazu entschließen, diesen Film endgültig abzuschneiden – diesen Traum, dieses Spiel, das nach Kortschedes niederschmetternder Voraussage niemals gespielt werden würde; niemals würde Kit – und nicht einmal als Zehnjährige mehr – durchs Schlößchen gehen, hier leben, nie.

Im Hintergrund löste sich die Tagung auf, trank man letzte Schnäpse, schleppten Chauffeure Koffer in den Hof, nippten Vorstandsmitglieder an erkaltetem Kaffee, applaudierten diskret, wenn er gerade ein besonders wichtiges Interview nach ihrem Verständnis erfolgreich abgeschlossen hatte, und da ließ es sich Pliefger, sein Vorgänger, nicht nehmen, zwischen zwei

Interviews, rasch, mit der üblichen Herablassung (es war die Herablassung von Stahl gegenüber Druck, keine persönliche, nur eine branchenbedingte) und so überrascht, daß es fast beleidigend war – als hätten sie ihn denn doch für einen senilen Schwachsinnigen gehalten –, zu ihm zu kommen, ihm geradezu herzlich die Hand zu drücken und zu sagen: »Das machen Sie ja ganz ausgezeichnet, mein lieber Tolm, geradezu hervorragend, wir können uns noch nachträglich zu ihrer Wahl beglückwünschen.« Und Kliehm, der Zummerling-Mann, gab sich auf eine Weise verblüfft über seine Eloquenz, die nun wirklich nahe an Beleidigung herankam.
War da wirklich auf Bleibls Gesicht etwas wie Neid? Überraschung in jedem Fall über die leichte Art, mit der er sich dieser Pflichten entledigte, über diese unerwartete Heiterkeit, wo der Bleibl ganz gewiß Deprimiertheit, Ängstlichkeit und Gestammel erwartet hatte, nachdem es ihm gelungen war, ihn genau dorthin zu »hieven« – so hatte er es offen genannt –, wo er ihn haben wollte: an die am meisten gefährdete Stelle, die gefährlichste Position, von der niemand erwartet hatte, daß sie ihm liegen, eine Rolle, von der niemand erwartet hatte, daß er sie so gut spielen würde, er, der rapide alternde, ideologisch nicht sehr gefestigte Fritz Tolm, das »schwankende Rohr«, der Zärtling, der Weichling, der Sponti unter den Vorstandsmitgliedern, auf undurchsichtige Weise familiär »irgendwie« mit »denen« verstrickt – so angreifbar wie verletzlich.

Zweifellos: Bleibl war überrascht, grübelte wohl, ob es denn doch wohl richtig gewesen war, ihn vorzuschlagen, in die nach dreistündiger Debatte total übermüdete Versammlung hinein seinen Namen zu werfen, nachdem so viele, die nicht abgelehnt hätten, abgelehnt worden waren: ausgerechnet Tolm.
Da fuhren weiter Wagen vor, wurden weiter Koffer geschleppt, rannten Fahrer hin und her, postierten sich Sicherheitsbeamte um, packten Fernseh- und Funkleute ein, klapperte Geschirr, wurden Flaschen in Kästen gestellt, und in diesem Augenblick,

als die Medien ihren Fraß erhalten hatten, jetzt fiel ihm ein, daß er während der Pressekonferenz noch nicht so ganz entspannt, fast leichtherzig gewesen war, nicht so locker in seinen Äußerungen, da waren die beiden Bahnen noch nicht so glatt parallel gelaufen, waren ineinandergeraten – jetzt aber mußte er eine Zigarette riskieren: genüßlich, fast gierig, fühlte sich ein paar Augenblicke lang jung, wie seinerzeit, wenn er als Student nach einem besonders langweiligen Seminar, als junger Offizier nach geglücktem Rückzug, zur Zigarette gegriffen hatte; und prompt hatte ein junger Bengel von Fotograf, der da noch rumlauerte, ihn erwischt: wie er die zerdrückte Packung aus der Tasche nahm, ein Stäbchen herausfingerte, ansteckte, eigenhändig, ohne daß jemand herbeigerannt wäre, ihm Feuer zu geben, und er ahnte – so viel verstand er nun doch von Journalismus, so viel hatte er nun doch gelernt, obwohl viele, fast alle ihm immer wieder vorwarfen, daß er zwar »im Bau saß, den Bau besaß, aber weder vom Bau war, noch etwas vom Bau verstand« –, er ahnte, daß diese Schnappschüsse Karriere machen würden: Der weißhaarige, würdige, seiner Liebenswürdigkeit wegen bekannte neue Präsident, dieser etwas leichtfertig wirkende alte Herr, dem ein paar Spuren zur wirklichen stabilen Seriosität fehlten, mit leicht wirrem Haar, korrekt und doch mit einem Anflug von Saloppheit gekleidet, entspannt, obwohl aufs höchste gefährdet, stand da, mit einem Stäbchen im Mund, nicht ganz seiner Würde, gar nicht seinem neuen Rang entsprechend, die zerdrückte Packung, die ziemlich zerfranste Streichholzschachtel in der Hand, Sieger – wo er doch der von Bleibl Besiegte war.

Nun hatte Bleibl ihn da, wo er ihn immer hatte haben wollen: ganz oben, wo es keine Ruhe, keine Rast, keine Entspannung, kein Privatleben mehr für ihn geben sollte; da sollte er nun zu Tode gehetzt, zu Tode geschützt, sollte er aufs äußerste exponiert werden und hatte doch soeben die Zweibahnigkeit entdeckt, sein Privatleben gerade in diesen beiden Stunden wiedergefunden: seine Kinder und Enkel und Käthe, und fürchtete sich nicht vor Reden, die er halten, Pressekonferenzen, die er leiten, Interviews, die er würde geben müssen. Da war viel mehr in ihm gespeichert, als er selbst je erwartet hätte; Gedanken, die er nie geäußert hatte, Einsichten, die abberufen wurden, vorfabrizierte Formulierungen, die in Serie bereitlagen: da mochten sie ihn fragen, was immer sie wollten: die aggressiven und die devoten Journalisten, die gemischt devot-aggressiven, und mochte er auch nicht vom Bau sein und nie so recht dazugehört haben: Journalisten, die sollte er doch wohl kennen und hatte immer die Aggressiven den Devoten vorgezogen, immerhin war er jetzt schon zweiunddreißig Jahre lang Chef des ›Blättchens‹, und er hatte sie kommen und hatte sie gehen sehen, hatte sie auf- und absteigen sehen, hatte sich ganz gut mit ihnen verstanden, wenn er auch nie ganz begriffen hatte, was Journalismus war, und mochten sie ihm auch auf den Konferenzen immer wieder einbleuen, daß Jour Tag bedeutet – für den Tag, für den Tag und für den Tag auf der vorderen Bewußtseinsschiene nett vor sich hinzuplaudern in Mikrofone, vor Kameras und gespitzten Bleistiften, das hatte er in diesen Augenblicken gelernt, als die Angst um sein eigenes Leben so plötzlich weg gewesen war.

Da war eben doch wieder, wie immer wieder, auch als Kandidat Kortschede genannt worden, der diesmal nicht gekommen war, und war wieder ziemlich direkt von dessen »Neigungen« die Rede, die ihn für dieses Amt untauglich machten, »absolut untauglich, obwohl an seinen Fähigkeiten nicht zu zweifeln ist«.

Unvermeidlich, daß Bleibl nun doch auf ihn zukam, während sich Amplanger im Hintergrund hielt; Bleibl, der nun wirklich ein grobes Gesicht, fast eine regelrechte »Fresse« hatte, grobes Gebaren, alt geworden und doch noch die bullige Jugendlichkeit des Mannes, der nicht etwa ein Weiberheld war, sondern nur viele Weibergeschichten hatte. Merkwürdig, Bleibl zum ersten Mal seit fünfunddreißig Jahren fast verlegen zu sehen, überrascht in jedem Fall, anerkennendes Kopfnicken, und dann doch der Pfeil, der aus ganz unerwarteter Ecke kam. »Nachwuchs bei Fischers also, und das muß man im Sportteil der einen, im Gesellschaftsteil der anderen Zeitung lesen – uns hast du nichts davon gesagt, sogar Käthe, der ich's erzählte, war überrascht.« Bleibl lauerte, fand natürlich sofort heraus, daß auch er nichts davon wußte. Sabine schwanger? Das hatte ihm keiner erzählt, und – war da was Obskures dran, war da Geflüstertes dahinter, und hatte keiner der Reporter das gewußt und keiner ihn gefragt: »Mit welchen Gefühlen erwarten Sie Ihr neues Enkelkind aus dem Hause Fischer?« Spürte, daß hinter dieser Feststellung, hinter dieser Frage von Bleibl etwas lauerte, was er nicht wußte. »Gratuliere, zu beidem: dem Auftritt hier, der ja glänzend war – ich werde wohl doch mehr Feuilleton lesen müssen, um dir in Zukunft gewachsen zu sein –, und zum Enkelkind: in vier Monaten also. Mach's gut.«

Das Ganze war früher als erwartet zu Ende, Käthe war noch nicht von Sabine zurück; wenn Sitzungen oder gar Tagungen waren, verzog sie sich immer, spielte nur kurz am Nachmittag bei Tee und Kaffee die Hausfrau, bot Selbstgebackenes an, Plätzchen und kleine Kuchen, hatte nun mal eine Schwäche für Petits fours, die sie selber in ihrer hübschen Küche erstellte, sie machte das alles nett, sehr liebenswürdig, so, daß es nicht nur nach Pflicht aussah, plauderte mit den Herren, kümmerte sich um die Sekretärinnen, die sie offenbar wirklich mochten und sich Rezepte und Ratschläge geben ließen. »Nein so was – wie Ihnen das immer gelingt.« Wenn Ehefrauen für ein paar Stunden in die Klausur eingelassen wurden, bat sie nach oben zu Tee, Geplauder, Likör, zeigte sogar manchmal ihre Garderobe, ließ Ahs und Ohs über sich ergehen, sprach über Kinder, Enkel, Reisepläne, nahm auch Freundinnen der Herren, die sie ihm gegenüber ungeniert Mätressen nannte, ohne Unterschied auf, nett machte sie das, erweckte sofort Vertrauen, sprach diesen Freundinnen sogar Mut zu, wenn sie – ehemalige Stewardessen, Sekretärinnen oder Verkäuferinnen –, des »Parketts« ungewohnt, gewisse Unsicherheiten zeigten. Vergab sich nichts und ließ sich nichts Spitzzüngiges bieten, wenn da über Rolf oder Katharina, über Veronica und Holger I gelästert werden sollte, verteidigte Herbert, der als Spinner verschrieen war, ließ sich nicht ein auf bösartige Anmerkungen über ihren jetzt siebenjährigen Enkel, dessen gegenwärtigen Aufenthaltsort niemand kannte. »Die Frau, die jetzige Freundin Ihres Sohnes, Katharina, die ist doch Kommunistin, wie?« Und sie antwortete: »Ja, ich denke schon, nur wäre es mir lieber, wenn Sie sie selber fragten – ich definiere sehr ungern andere Leute politisch.« Auch Bemerkungen über die Seitensprünge ihres Schwiegersohnes Erwin nahm sie gelassen hin. Andeutungen über Sabines Leben; sie war gar nicht aus der Fassung zu bringen, während Sicherheitsbeamte auf dem Flur, dem Balkon und den weitläufigen Speicherräumen sie überwachten.

Käthe fehlte ihm jetzt. Wenn Sabine in vier Monaten das Kind bekam, mußte sie ja bald im sechsten Monat sein – und hatte niemand etwas erzählt. Eins war bei Bleibls spitzen Bemerkungen – ob er über Rolf, Katharina, Herbert oder Holger I sprach – in jedem Fall vorauszusetzen: Sie trafen im Faktischen immer zu. Wenn er sagte: »in vier Monaten«, dann waren es vier Monate, auch wenn Sabine selbst es gar nicht so genau wissen mochte. Das kam alles aus Zummerlingquellen, und die hatten das Ohr nicht nur am Puls der Zeit, hatten es auch an den Unterleibern prominenter Frauen, die wußten besser, wenn da mal eine Periode ausfiel, als die betroffene Dame selbst, das waren Unterleibsrechercheure besonderer Art, fragten wohl Hausmädchen und Drogisten aus, durchsuchten wahrscheinlich Abfalleimer, schnüffelten in Arztkarteien, hörten wohl auch Telefone ab, alles im Dienst der Öffentlichkeit. Käthe hätte ihm das doch gesagt, wenn sie's gewußt hätte, und es blieb rätselhaft, warum Sabine es ihnen nicht erzählt hatte. Wenn Bleibl es in den Sportnachrichten gelesen hatte, mußte es etwas mit dem Reiten zu tun haben; er wollte nicht gleich tun, was er am liebsten getan hätte, zum Telefon rennen und anrufen. Am liebsten wäre er jetzt zu Käthe hinaufgegangen und hätte mit ihr Tee getrunken. Er war sicher, daß sie sich jeden Spott über seine Wahl verkniffen hätte, wenn sie – was er wohl nie herausfinden würde – überhaupt Spott empfand; sie würde es natürlich im Radio hören oder bei Sabine am Fernsehschirm erfahren, würde eher Schrecken empfinden als Spott, wußte doch, daß Bleibl ihn nicht nur in tiefe Angst versetzen, ihn sogar vernichten wollte.

Endlich hatte das Geklapper im Saal aufgehört, waren alle Fernseh- und Funkleute und Journalisten weg, konnte er sich einen Augenblick setzen, ohne geknipst zu werden, spürte, wie Müdigkeit sich über sein Gesicht zog wie ein Spinnennetz, spürte förmlich, wie die Falten sich ausbreiteten, Erschöpfung nach dem amüsanten und anstrengenden Spiel der Doppelbahnigkeit, und durfte nicht schon wieder eine rauchen. Er haßte diese Auseinandersetzungen mit Grebnitzer, seinem Arzt, und gewiß würde Amplanger Bericht erstatten: drei während der Sitzung, eine nach dem Essen, eine vierte nach den Interviews. Amplanger war ohne Gegenstimme, ohne lange Diskussion wieder zum Sekretär gewählt worden, und wenn er auch aus seinem Stall kam – der hatte doch im ›Blättchen‹ an der Seite seines Vaters seine Sporen verdient, im und am ›Blättchen‹ Karriere gemacht –, wußte er nie so genau, ob er nicht doch ein Bleibl- oder gar ein Zummerling-Mann war. Nett, gebildet, geschickt, zeigte seine Härte nur selten, und am deutlichsten, wenn er lächelte: ein härteres Lächeln, bei dem man sozusagen die Zähne knirschen hörte, hatte er noch nie gesehen. Die Amplangers lächelten alle, seine Frau, seine vier Kinder, und es gab bösartig witzige Zungen, die behaupteten, daß bald auch sein Hund, seine Katze und seine Wellensittiche anfangen würden zu lächeln. Amplangers Lächeln war berüchtigt und gefürchtet; als Personalchef des ›Blättchens‹ war er gefürchtet gewesen; es gab im ›Blättchen‹ noch ein paar aus der Anfangszeit, mit denen er vertraulich sprechen konnte, und sie hatten ihm erzählt, daß der Spruch umging: »Wenn Amplanger lächelt, bist du verloren.«

Jetzt war Amplanger wohl auch müde, zu müde zum Lächeln? Er wirkte fast menschlich, als er sich zu ihm setzte, neben ihn mit Blick auf den Park, wirkte sogar ein bißchen zerknittert um den weißen Hemdkragen herum, schien wohl ein bißchen geschwitzt zu haben, nicht so ganz ordentlich die Frisur, wirkte fast »echt menschlich«, als er jetzt sagte: »Rauchen Sie noch eine, Doktor, ich sag's nicht weiter.« Aber er schüttelte den Kopf und fragte nur: »Was ist das nun mit meiner Tochter und dieser Zeitungsmeldung über ihre Schwangerschaft?«

»Ihre Tochter Sabine hat wohl das Training für die Meisterschaft abgesagt, und daraus haben sich Spekulationen ergeben, ich lasse das genauestens recherchieren – ich war auch überrascht über Herrn Bleibls Informationen. Nun aber – wenn ich mir erlauben darf – sollten Sie sich ein wenig hinlegen. Das war ja ein irrsinniger Tag, er hat auch mich geschafft, und ich werde, sobald ich Sie sicher in Ihren Gefilden oben weiß, nach Hause gehen. Fabelhaft, wenn Sie mir gestatten, wie Sie mit den Medien fertig geworden sind, einfach fabelhaft.«

»Muß ich morgen schon arbeiten – ich meine, schon ins Büro?«

»Nein, erst übermorgen müssen wir eine kleine Feier, eine Art Empfang für die Angestellten und Arbeiter machen – die meisten Abteilungsleiter kennen Sie ja. Nein, morgen noch nicht.«

»Ich bleib' noch eine Weile sitzen, gehen Sie getrost nach Hause, und grüßen Sie Ihre Frau und die Kinder.«

»Ich brauche Ihnen gewiß nicht umständlich zu erklären, daß alle Sicherheitsmaßnahmen, die bisher Herr Pliefger galten, nun auf Sie übergehen. Herr Holzpuke wird Ihnen, falls Sie es wünschen, Details erläutern – er möchte es gern selbst tun, obwohl ich natürlich dazu bereit wäre – aber ich will ihn nicht kränken. Wenn ich also voraussetzen darf, daß Sie unter diesen Umständen ohne meine Hilfe, die Ihnen möglicherweise lästig wäre, Ihre Wohnung erreichen, möchte ich mich verabschieden.«

»Danke, und auf Wiedersehen – dann also übermorgen.«

Am liebsten wäre er gleich weggegangen, zu Fuß, über den Hof, die Schloßbrücke, durch die Allee ins Dorf, langsam von Haus zu Haus, bis zur Kirche, hätte sich dort hingesetzt, hätte vielleicht sogar gebetet, später bei Kohlschröder angeklopft, sich selbst zum Kaffee eingeladen und geplaudert, über die Welt, nicht über Gott, über den er am wenigsten gern mit Kohlschröder sprach, wohl weil der Pfarrer war. Er wäre vor seinem Elternhaus stehengeblieben, diesem neuerdings mit Asbestplatten verkleideten eineinhalbstöckigen »Kruffes«, in dem immer noch der Lehrer wohnte, ein junger, mit Auto und Frau in Jeanshosen, der sich eine Garage angebaut und den Gemüsegarten in Rasen verwandelt hatte, dichten, immer glattgeschnittenen Rasen, auf dem man das bunte Plastikspielzeug seiner beiden Kinder herumliegen sah. Er hatte sich bisher verkniffen, was er sich auch weiterhin zu verkneifen gedachte: einmal um die Möglichkeit zu bitten, das Haus von innen wiederzusehen: die beiden schrägen Dachkammern, unten Wohnzimmer, Küche und der Schuppen fürs Gerät, im Keller die Waschküche und ein Vorratsraum; wahrscheinlich war das alles modernisiert, und er fragte sich, wo sie wohl das Bad eingebaut hatten, ob unten oder oben. Er hätte sich seiner Eltern und seines Bruders Hans erinnert – alle tot, die Eltern hier beerdigt, der Bruder weit, weit weg, wenn's da überhaupt etwas zu beerdigen gegeben hatte. Volltreffer. Stalinorgel. Irgendwann mußte er auch die Gräber noch einmal besuchen, was Käthe häufig tat, sie fuhr dann nach Neu-Iffenhoven, um die umgebetteten Gräber ihrer Eltern zu besuchen, auf dem Rückweg hierhin – nahm Blumen mit, kaufte kupferne Kerzengehäuse, beauftragte junge Bildhauer mit Grabdenkmälern, von denen er nur die Entwürfe kannte: Rosen-Kreuz-Symbolik, in Marmor, für beide Elternpaare fast gleich, nur gering variiert,

aber er ging nicht gern auf Friedhöfe, war nie gern hingegangen, auch zu Beerdigungen nicht, was manche ja regelrecht genossen.
An die Milchsuppe hätte er gedacht, deren Geschmack er nie, nicht im Krieg, nicht im Frieden wiedergefunden hatte, und sogar Käthe, die eine einmalig gute Suppenköchin war, hatte nie diesen Geschmack hervorbringen können, und wenn er ihr zum hundertsten Mal erklärte, woraus die Suppe bestanden hatte: diese Eiweißinseln, dieser ganz leichte – bei ihr wurde er immer zu stark – Geschmack von Vanillezucker, und eben eine gewisse, offenbar unnachahmliche Sämigkeit, die bei Käthe immer zu dick oder zu dünn ausfiel; nun, er kannte natürlich das Rezept nicht, erinnerte sich nur des Geschmacks – und der, der ließ sich nicht wiederfinden, so wenig wie ein Geruch, den man einen bestimmten Abend irgendwo verspürt hatte – etwa der Geruch des Herbstlaubs in Dresden, der aus dem Hof hochstieg, als er mit Käthe in der Absteige lag.

Am stärksten die Erinnerung an den Samstag: nach der Beichte das Bad, im Zinkzuber in der Waschküche, nach dem Bad die Suppe, Margarinebrot, an glücklichen Tagen Kakao, und nicht einmal die Erinnerung an die Beichte hatte die Erinnerung an den Geschmack der Suppe geschmälert. Und er wäre vor dem Pützschen, dem Kelzschen Haus stehengeblieben und hätte, wenn er auch wußte, daß er es nie tun würde, überlegt, ob er hineingehen und Anna Pütz (von der er immerhin wußte, daß sie jetzt Kommertz hieß) oder Bertha Kelz begrüßen sollte (von der er nicht wußte, wie sie jetzt hieß); einfach reingehen, guten Tag sagen und in die Gesichter dieser alten Frauen blicken. Die sich gewiß geniert hätten, weil er doch jetzt im Schlößchen wohnte und ein so einflußreicher Mann war. Er hätte in ihren Gesichtern die Mädchen gesucht, in die er vor mehr als fünfzig Jahren so heftig verliebt gewesen war, daß es ihn krank machte – Bertha, als er dreizehn, Anna, als er vierzehn war, blond die eine, dunkel die andere – Mädchenaugen, Brust, Beine, Haare

– er war ihnen nachgegangen, nachgeschlichen, hatte sie zu küssen versucht, ihnen an die Brust gegriffen und die Beine zu streicheln versucht, sie waren beide nicht gekränkt gewesen, fühlten sich nur belästigt, kannten das wohl von anderen Jungen, waren es vielleicht gewohnt, waren aber noch nicht neugierig genug, sich an ihm zu vergreifen, wie später Gerlind Tolmshoven – und er hatte nie gewußt, was er im Beichtstuhl auf die merkwürdige Frage »Allein oder mit anderen« antworten sollte; eins von beiden schien beim Pfarrer Nuppertz bei einem Jungen seines Alters festzustehen; war's denn »mit anderen«, wenn er Mädchen nachschlich und sie zu greifen versuchte, oder auch nur – und das ließen sie manchmal zu und waren beide auf eine schöne, fast poetische Weise erstaunt – in ihre Augen blicken wollte: lange und tief, und hielt dabei – das versprach er feierlich – die Hände ruhig. War das »mit anderen«, einem Mädchen in die Augen blicken und suchen: was? und finden: was? Und die unerträgliche Frage von Nuppertz, ob er denn nicht beim samstäglichen Bad an sich »herumfummele«, und daß es besser wäre, nicht zu warm und am besten mit Badehose zu baden; das brachte ihn ja erst auf Ideen, die er nie gehabt hatte. Er hatte das nie überwunden, war nicht mehr zur Beichte gegangen, und so war die Erinnerung an spätere Samstage ungetrübt (und es schauderte ihn, wenn er daran dachte, daß die gute Sabine doch tatsächlich neulich eigens hergekommen war, um bei Kohlschröder – ausgerechnet Kohlschröder! – zu beichten!), nur noch Bad und Milchsuppe, Mutters erhitztes Gesicht überm Herd, Hans, der ihm seinen Kakao zuschob – der ging dann meistens weg und bekam wohl anderswo anderes, Besseres als Kakao! – Vater, der war zum Glück meistens unterwegs, mit Rad und Rucksack auf der Suche nach billigem Land, hatte eine krankhafte Gier nach Besitz, Anteilen an dieser Erde, und wenn's auch versumpfte, in die Binsen gegangene Wiesen bankrotter Bauern waren. Vater, der wollte das Land besitzen und war nicht sanftmütig, war ein strenger, ein verhaßter Lehrer, Vegetarier auch, fuhr mit Rad und Rucksack umher, sammelte Land, begehrte Erde, sammelte Morgen und Quadratmeter, brachte es auf einige Hektar nutzlosen Landes, kramte in seinen Akten, sammelte Katasterauszüge, Grundbriefe, alle notariell beglaubigt; Schwindsucht, Tod – (und immerhin hatten die paar Hektar Land um Iffenhoven, Blückhoven und Hetzigrath herum seiner Mutter nach dem Krieg ein wenig das Leben erleichtert: Grundbesitz gegen Lebensmittel hatte sie getauscht: Morgen für Morgen in Milch, Butter und Kartoffeln verwandelt – später, als die Buddelei dort anfing, hatten die Bauern das Hundertfache dafür bekommen). Die Kinder im Dorf atmeten auf, als der Vater starb, auch Anna Pütz und Bertha Kelz, und mehr noch die Jungen, die heute noch als Großväter ihren Enkeln von diesem schrecklichen Lehrer Tolm erzählten, von dem man nicht einmal wußte, ob er »wenigstens katholisch« gewesen war, »richtig« katholisch, er ging wohl zur Kirche und sorgte für Ordnung, aber im Beichtstuhl oder an der Kommunionbank hatte man ihn nie gesehen, auch nicht in Nachbarorten, wo er manchmal die Sonntage verbrachte, mit Rad, Rucksack und ein bißchen Bargeld die Bauern lockte, Handgeld beim Frühschoppen angeboten, Vorverträge nach der Messe per Handschlag, unter Zeugen, verspottet, weil er doch nichts trank, höchstens mal ein Glas Wasser oder einen Becher Milch, ein langer, knochiger, dürrer Kerl, freud- und freundlos. Die Mutter, die hatte wohl ihre Freuden gehabt, Kinder und Garten, Küche und Kirche, aktiv im Mütterverein, auf Wallfahrten, verlor nie die Ruhe und brachte es sogar fertig, selten, oh, selten auf des Vaters Gesicht ein Lächeln hervorzurufen, wenn sie ihn an die Blückhovener Jugend erinnerte, an ihre Eltern, an seine, die da auf der Braunkohle gesessen hatten.

Er mußte doch die Gräber mal besuchen, mal hinschauen, Käthes Blumenarrangements, die Kreuz-und-Rosen-Marmorsymbolik, die brennende Kerze im kupfernen Gehäuse. In die Kirche wäre er wohl, und trotz allen Widerwillens zu Kohlschröder gegangen, mit dem konnte man wenigstens über

Architektur und Malerei sprechen, auch über Musik, und wäre vielleicht doch einmal ins Kommertzsche Haus gegangen, wo doch die sozusagen augenblicklichen Schwiegereltern von Rolf, Katharinas Eltern, wohnten, die Schröters. Obwohl es ihn noch heute, nach fünfzig Jahren noch, genierte, daß er damals mit Peter Kommertz und Konrad Wergen zeitweise das betrieb, was er »allein mit anderen« nannte, sie beide hatten ihn darin eingeweiht, als er sie fragte, was der alte Nuppertz denn mit »Fummeln« wohl meinen könnte – und er hatte doch lieber auf die Träume gewartet und früh schon als Fahrschüler Gerlind kennengelernt. Der gab er dann Nachhilfe in Mathematik, hier im Schloß; er hatte nicht gewagt, ihr, einer Gräfin, an die Beine oder an die Brust zu gehen, aber tief, tief in die Augen geblickt hatte er auch ihr, sie ihm, und sie hatte eines Tages »kurzen Prozeß« gemacht, auf ihre frivole Art gesagt: »Erbarmen wir uns unser« und hinzugefügt: »Keine Komplexe, lieber Fritz – du bist nicht der erste und wahrscheinlich nicht der letzte, und ich weiß, daß ich für dich die erste bin –.« Dieses Mädchen, das als »freches« und »verdorbenes Luder« galt, war sanft geworden, auch still, schon atemlos, und die verrückte Freude auf ihrem Gesicht, dieses Glück, das er fast Seligkeit nennen mochte – vergaß er nicht, nie, und nicht ihr Lächeln über seine Freude. Er war im Triumph, nicht in Reue, noch einmal in den Beichtstuhl gegangen, um das »mit anderen« loszuwerden, um endgültig Abschied zu nehmen von der Beichte, vielleicht von der Kirche, die ihn zwingen wollte, wöchentlich reumütig zu bekennen, was er eine Stunde später ohne Reue wieder tun würde. Unvergessen, das auffällige, schon mehr als indiskrete Poltern von Nuppertz, die plumpe, atemlos zornig herausgestoßene Frage: »Mit wem denn«, die nun gar nichts mehr mit Beichtgeheimnis zu tun hatte, und außerdem: Er wußte es doch, fast das ganze Dorf wußte es doch, sie wußten auch alle, daß es auffliegen würde, und es flog auf; es kam das Übliche, das Unvermeidliche: strenges Internat für Gerlind, zu aller Überraschung kein Hausverbot im Schloß für ihn. Es wurde sogar gemunkelt, daß die alte Gräfin es nicht nur vorausgesehen, sondern gewollt haben könnte: daß sie ihn mochte, förderte, war zu offensichtlich, und nun gab er Gerlinds Bruder Holger Nachhilfe, ebenfalls in Mathematik; wohltuend, daß er seiner Mutter nun manchmal was geben, sich selbst mal was kaufen konnte. Außerdem gab es ja Fahrräder, und nicht einmal die Nonnen in Köln konnten die Bude ganz dichthalten. Gerlind bestand auf »dem kirchenrechtlich und theologisch verbürgten Recht«, sich einen anderen als den allzu vertrauten Hausgeistlichen als Beichtvater zu suchen. Es gab nicht nur Fahrräder, auch Parks, Wohnungen der Eltern von Gerlinds Freundinnen: eine besonders in der Nähe des Südbahnhofs in der Moselstraße, wo sie bei offenem Fenster die Züge hörten, und Gerlind lachte immer, wenn er darauf bestand, ihr in die Augen zu sehen; er wußte, sie wußte: Was er dort fand, war nicht das, was er in Berthas und Annas Augen gesucht hatte, und war doch gut: Abschied von Beichtstuhl und Milchsuppe. Er hätte ja triumphieren können, wenn er manchmal in der Kirche saß und auf den unverändert neugotischen Beichtstuhl blickte; Triumph über die Tatsache, daß sie, die Nachfolger von Nuppertz, nun, wenn nicht alle, so doch viele von ihnen in die Sexfalle geraten waren, die sie anderen jahrhundertlang aufgestellt hatten. Wo beichteten sie denn das »mit anderen« oder gar das »allein«, wo denn, wie und mit welchen Bußen? Was spielte sich denn da ab in ihren gepflegten, vielräumigen Wohnungen, in diesen modisch und schick ausgestatteten Buden, die Rolf so treffend und erbarmungslos analysierte; mit ihren Weibern und Haushälterinnen und entfernten Kusinen und was nicht alles, und dachten nie daran, einem mal zu erklären, wieso es denn so eingerichtet war, daß die männliche Kraft, die Freude, die Lust, auch Wollust dann auf dem Höhepunkt war, wenn man noch nicht heiraten konnte, durfte, kein Geld dazu hatte, und es trieb einen zu Huren oder »leichtfertigen Frauen«, zu denen auch Gerlind gehörte, zwang einen zu diesem freudlosen »allein«, das er nie gemocht hatte. Wo blieben denn die »anderen«, wenn nicht gerade eine Gerlind daherkam, ein Glücksfall, ein Glück – warum sprechen sie dann nicht endlich die Gerlinds heilig? Immer wieder, immer noch, seitdem er damals nach Gerlind zum letzten Mal den Beichtstuhl betreten hatte, der wenn auch sehr zurückgehaltene Triumph, wenn er sich selbst bei Kohlschröder zum Kaffee einlud – diese Mischung aus Triumph, Ekel und Trauer, wenn immer wieder offensichtlich wurde, daß Kohlschröder mit dieser Gerta, seiner Haushälterin, mit allen physischen und psychischen Konsequenzen zusammenhockte; das wußte doch jeder, wurde auch nie bestritten, war auch deutlich zu sehen, nicht nur zu spüren, wenn er ihr so im Vorübergehen mal übers rotgefärbte Haar strich oder sie ihm Kaffee einschenkte, das Berühren der Hände, wenn sie ihm Feuer gab, da war mehr Intimität und Selbstverständlichkeit drin, als wenn man sie im Bett miteinander erwischt hätte; ein Einverständnis in Blick und Gestik, eine Vertraulichkeit, die so peinlich wie rührend war, dic vollbusige, blühende Vierzigerin in Jeansrock und lose flatternder Bluse, in der sie sogar einiges blicken ließ – da war nichts mehr vom Zauber der Verliebtheit, war mehr Schlüpfriges, Huriges; es blieb ein Schock für ihn. Es wäre ja alles nicht schlimm gewesen, wenn's offen gewesen wäre, wenn sie nicht immer wieder über die Verdorbenheit anderer gelästert und ihr beschissenes Zölibat verteidigt hätten; – und wetterten über die Unsittlichkeit der Jugend und der Welt – jedenfalls Kohlschröder. Diese wohlgepflegte Auflösung, dieses geschmacklich und modisch abgesicherte Chaos schmerzte ihn, und verflucht, was machten sie denn, damit keine Kinder kamen, mußten doch irgendwas tun, was sie anderen verboten? Verdammt, wer beichtete da wem was und sprach da wen von was los? Immerhin hatte er nie, nicht eine Sekunde lang, vorgehabt, Priester zu werden, hatte nie irgendein Keuschheitsgelübde abgelegt und nie eines anderen Weib begehrt; nicht einmal Edith war verheiratet gewesen. Diese wohlgepflegte Fäulnis, dieses Chaos, so dicht neben der Kirche, aber immerhin, eins konnte sie: Kaffee kochen, diese Gerta,

eine höchst angenehm anzuschauende Person, sanftmütig, mit angenehmer Stimme, rotgefärbtem Haar – und hatte doch was Puffiges, das seinem Gefühl zuwider war, weil's eben kein Puff war, wo sie lebte. Manchmal ging er doch hin, lud sich selbst ein, es war der Triumph nicht mehr spürbar, blieb nur Trauer und Ekel, es war doch immerhin mal was gewesen, bedeutete für viele viel – für Sabine und Käthe sehr viel –, sogar für ihn immer noch und immer wieder, viel mehr, als diese Leute ahnten, die so elegant auf einer Bahn daherschlitterten, auf der sie Millionen, wenn nicht Milliarden »allein oder mit anderen« hatten ausrutschen lassen. Ringsum Chaos, Auflösung hinter wohlgeschminkten, geschmackvollen Fassaden.
Mit Käthe konnte er darüber nicht sprechen. Sie war auf eine Weise naiv und gutgläubig, die er nicht zerstören wollte. Und es gab ja da auch nichts zu beweisen. Herbert lachte nur immer, für ihn war die Kirche kein Thema, wohl für Rolf, der war sich klar darüber, daß sie ihn doch geprägt hatte, so oder so, auch Katharina und Sabine – um die hatte er mehr Angst als um Käthe, was diese Sache betraf –, Sabine, der hatte er schon oft einen Liebhaber gewünscht, einen netten, offenen Kerl, wenn's sein mußte aus dem Reiterclub. – Er war ziemlich sicher, daß das mit Erwin Fischer nicht gutgegangen war, auch nicht, was das »mit anderen« betraf. Er hätte das nie geäußert, nie beweisen, nie mit jemand darüber sprechen können, und doch: Sabine, die hatte jemand verdient, der sie richtig liebhatte, nicht diesen schnöden Hund, den er, wenn er mit Käthe allein war, den »stufenweisen Abschrecker« nannte.
Käthe wollte erst um sechs von Sabine zurückkommen. Es war gerade erst halb fünf; die Autos alle weg, Verabschiedungen passant; er hätte Zeit gehabt, einfach ins Dorf zu gehen. Aber das war nicht mehr möglich, er konnte nicht mehr einfach so losgehen, nicht mal auf eigenes Risiko. Bleibl hatte es in seiner offenen höhnischen Glückwunschadresse richtig ausgedrückt: »Nun gehörst du dir selbst noch weniger als bisher und deiner Familie weniger als früher.« Und selbst wenn er's riskierte

– schließlich würden sie ihn ja nicht einfach festhalten, oder? –, er konnte es den unermüdlichen jungen Beamten nicht zumuten; wenn es auch seine Schuld gewesen wäre, ihnen würde man es ankreiden, sie würden die Verantwortung tragen, die Blamage in Kauf nehmen. Außerdem hatte er Holzpuke fest versprochen, keine Eskapaden zu unternehmen oder von Käthes Seite zu dulden bzw. ihn sogar zu informieren, wenn Käthe welche vorhatte. Ihr war es ein paarmal gelungen, über den Park hinaus durch den Waldstreifen zu gehen, zu Fuß bis Hetzigrath, und von dort mit dem Taxi unbewacht in die Stadt zu fahren, und wenn man sie auch bald aufgestöbert hatte – da gab's ja nur ihre zwei alten Freundinnen, deren Adresse natürlich bekannt war, gab's nur die Cafés Getzloser und Kaint, das Schuhhaus Zwirner oder die Modebuden Holdkramp und Breslitzer oder die vier Kirchen, die sie liebte – man hatte sie bald erwischt, einmal sogar schon im Taxi auf dem Weg in die Stadt (inzwischen hatte Holzpuke wohl Abmachungen mit allen erreichbaren Taxi-Unternehmen) – es war doch ärgerlich, mühsam, aufwendig, und sie bekannte sich ja auch inzwischen als »bekehrt« und hatte sich »mit dem Gefängnis Tolmshoven abgefunden«.
Er zweifelte keinen Augenblick daran, daß alle Maßnahmen, mochten sie verrückt und übertrieben erscheinen, berechtigt waren. Er wollte und mußte Rücksicht nehmen, machte sich ohnehin manchmal Sorgen um das Nervenkostüm der Leute und war nicht ganz beruhigt über Holzpukes Versicherung, daß sie permanent psychologisch, von einem ausgezeichneten Fachmann, einem gewissen Kiernter, überwacht wurden. Er wußte zu gut, daß es viele Dinge gab, die er seinem Arzt, die er Grebnitzer nie erzählte. Noch nie hatte er von der mörderischen Langeweile im Riesenbüro des ›Blättchens‹ gesprochen. Und *mit* Begleitung ins Dorf gehen, das mochte er nicht. Was würde etwa der junge Hendler denken, wenn er da in die Kirche ging, dort saß, später zum Pfarrer, von dem jedermann – ganz gewiß Holzpuke – wußte, was er da mit seiner Gerta

trieb, der außerdem, da Veronica neuerdings auf die witzige Idee gekommen war, Käthe dort, ausgerechnet dort, anzurufen, vielleicht ohne daß er's wußte, in das ganze Sicherheitsnetz einbezogen war. Die möglichen Gedanken der Sicherheitsleute ertöteten jede Spontaneität in ihm. Holzpuke hatte sie ihm vorgestellt: Hendler, Zurmack, Lühler, »eine gut aufeinander eingespielte, einander großartig ergänzende Gruppe, die sich bei Ihrer Tochter, bei Ihrem Schwiegersohn und der Enkelin bestens bewährt hat«. Natürlich hatte er sich bei Sabine erkundigt, am Telefon, obwohl er wußte, daß es abgehört wurde, abgehört werden mußte, und die hatte die drei sehr gelobt, besonders diesen jungen Hendler, den sie »als sehr ernsten und aufmerksamen, höflichen Menschen« bezeichnete.

Immer wieder Sabine in seinem Kopf, die jetzt immer häufiger nach Käthe verlangte, anrief, sie einlud oder kam. Wahrscheinlich dieser blöde Fischer, der es nicht lassen konnte, an seinen erotischen und sexuellen Eskapaden die Illustrierten teilnehmen zu lassen.

Nicht nur die Sicherheitsmaßnahmen hinderten ihn, einfach so ins Dorf zu gehen, auch die Beine, die nicht mehr so recht mitmachten, und er hätte nicht sagen können, was ihn mehr hinderte: die Beine oder die unvermeidliche Bewachung, diese Heiterkeit, diese neue Leichtigkeit nach dem Verschwinden der Angst hatte sich den Beinen noch nicht mitgeteilt, sie blieben schwer, steif, kalt bis in die Füße hinein. An Käthes Arm wäre es vielleicht gegangen, allein konnte er es nicht riskieren, plötzlich schlappzumachen, sich etwa auf diesen jungen Hendler stützen zu müssen, dessen Wachsamkeit ja dann auch eingeschränkt würde, mochte auch nicht Blurtmehl bitten, ihn zu begleiten; was würden sie, auch Blurtmehl denken, wenn er da plötzlich vor dem Pützschen, dem Kelzschen Haus stehenblieb – was immer sie dachten oder sich dachten: Es würde seine Erinnerung töten, und er würde die beiden Mädchengesichter nicht wiederfinden – und wenn er sich in die leere Kirche setzte, auf den Beichtstuhl starrend, die neugotischen Fenster, in

Trauer und Ekel an das denkend, was er bis heute nicht ganz überwunden hatte: dieses ekelhafte Gequatsche von Nuppertz, das alle, alle Poesie, alle Schönheit, auch die traurige Freude des »allein« getötet hatte. Seine Vorstellung von ihren Gedanken tötete seine, tötete die Erinnerung an diese einstmals so netten, so vernünftigen Mädchen, an den polternden, indiskreten Nuppertz, an das »mit anderen«. Es war wohl besser, nicht an die Orte der Erinnerung zurückzukehren. Nicht sie, die Beamten, ihre möglichen Gedanken verfolgten ihn, Gedanken, die sie wahrscheinlich gar nicht hatten.

Er nahm die Treppe, nicht den Aufzug, wollte nicht auch im Aufzug wieder und noch und immer noch die Gesichter möglicher Nachzügler sehen: Pottsieker und Herbtholer und alle die anderen, die er während der viertägigen Klausur immer wieder und noch einmal gesehen hatte: Bleibl, der sich vielleicht doch noch im Haus aufhielt; Freunde, Feinde, Kellner. Immer diese Spannung im Aufzug: gequältes Lächeln, die Verlegenheit mit der Zigarren- oder Zigrettenasche (immer wieder vergaß Kulgreve, im Aufzug endlich Aschenbecher anbringen zu lassen – er mußte das Amplanger übertragen, er würde energischer darauf bestehen), und diese knappen ironischen Bemerkungen über Tolmshoven, Schloß und Tagungsort, das man sein »Nostalgieschloß« nannte; manche fühlten sich immer wieder veranlaßt, ihn spöttisch »Friedrich von Tolm zu Tolm« zu nennen, wo er doch einfach Fritz Tolm hieß und aus dem Ort stammte, dem Schloß und Grafenfamilie den Namen gegeben hatten. Dabei hatten alle, auch Bleibl, zugeben müssen, daß sich der Ankauf des Schlosses als ideal herausgestellt hatte. Umbau und Modernisierung hatten sich gelohnt, sogar finanziell; zwei Flugplätze dreißig, ein dritter vierzig Autominuten entfernt, und notfalls konnte man sogar auf dem britischen Militärflugplatz Landeerlaubnis bekommen, der nur zwanzig Minuten entfernt war. Es war doch gut gewesen, von den tage- und wochenweise gemieteten Hotels wegzukommen. Er hatte nach vergeblichen Versuchen, den Verband zum Ankauf zu bewegen, dann selbst gekauft, von Holger Graf Tolm, dem letzten des Namens, der nun schon lange irgendwo in Südspanien mit Weibern und Chips sich vergnügte und vergeblich versuchte, in die international anerkannte Equipe der Playboys aufgenommen zu werden; Bild einer peinlichen Art von Verfall, der ihm in seiner Offenheit dann doch sympathischer war als der Verfall der Klerisei hinter wohlgepflegten Fassaden. Bei Holger hatten nicht einmal Haare und Zähne standgehalten. Er war sogar ein bißchen weinerlich geworden, trottelig, Holger, dem er nie böse sein würde oder gar grollen konnte, seit Kindheits-, seit Jugendtagen nicht, als er seine Liebschaft mit Gerlind deckte, für Alibis herhielt, mithalf, Rendezvous zu arrangieren; Holger, den der Krieg in eine mißglückte Fliegerkarriere und ins Saufen trieb; begabt nur als Kasinobeau, als Maître de plaisir, hatte bei Stäben herumgehangen, Dinners arrangiert, Kaviar besorgt, auch Sekt und Weiber, war letzten Endes dann doch noch Major geworden, am Schluß dann doch schon wackeliger in den Knien, als er sich selbst eingestehen mochte. Auch wenn Holger lästig wurde, dieser Jugendkredit würde nie erschöpft sein, auch wenn er nun langsam wirklich peinlich wurde, total debauché, wie er selbst sich bezeichnete, kaum noch von irgendeiner der Cliquen respektiert. Er, er dachte immer noch, während er sehr langsam die Treppe hinaufstieg, an den netten Jungen, mit dem er, vorgeblich, um Museen und Kirchen zu besichtigen, nach Köln geradelt war, auch um Material für die elektrische Eisenbahn zu kaufen oder »einfach nur so«, während doch Gerlind schon irgendwo – meistens in der Moselstraße – auf ihn wartete, lachend, und – wie man heute sagen würde: »oben ohne«.

Er mußte jetzt doch lächeln: Schließlich hatte er Tolmshoven über Preis bezahlt, um Holger und auch Gerlinds willen, die da aus der Versenkung auftauchte: überraschend bieder, schon Anfang Sechzig, hatte einen Bürgerlichen geheiratet, Fottger, Dr. jur., Beamter im Auswärtigen Amt; dicklich auch, Gerlind lächelte, wurde sogar, was sie früher nie geworden war: rot, sagte: »Wir können das Geld gut gebrauchen, unsere Kinder müssen ja hier studieren, während wir durch die Welt kutschieren – und ich bin doch froh, daß du es bekommst – und manchmal denke ich, ich hätte dich halten sollen, hätte es versuchen sollen – es war schön mit dir, so ein Kind, wie du warst.« Sie versuchte zum Glück keine Tricks, die ohnehin nichts genützt hätten: keine Händchenauflegerei, kein Seufzen, Mit-den-Augen-Klappern, nichts – später, als sie vom Notar kamen und ins Café Getzloser gingen, wo Fottger, der offenbar Sozialdemokrat war, die Ostpolitik verteidigte. Hübsch war sie ja eigentlich nie gewesen, Gerlind; reizvoll ja, hübsch nie und war offenbar schon lange nicht mehr frivol. Er dachte auch an die alte Gräfin, die immer bedacht gewesen war, ihm zu helfen. Sie hatte hartnäckig darauf bestanden, daß er studierte, promovierte, sie war ganz besonders reizend zu Käthe gewesen –. Nun war er als Schloßherr nach Tolmshoven zurückgekehrt und hatte es dem Verband als ständigen Tagungsort angeboten. Fernschreiber, Telefone, Aufzug – vorzügliches, absolut zuverlässiges Personal; Sauna, der sehr beliebte geräumige Spielsalon, in dem sie pokern oder Härteres spielen konnten, wenn ihnen danach war; und letzten Endes war Kulgreve ein guter Griff gewesen (wenn er auch immer wieder die Aschenbecher im Aufzug vergaß), aufmerksam, energisch, diskret. Entscheidend war geworden, nicht gewesen: Tolmshoven war sicherheitstechnisch ideal: der breite Wassergraben, der überschaubare französische Garten (mochten sie ihn auch getrost »Versailles aus siebzehnter Hand« nennen, mochten sie, die in ihren teuren, plumpen, mit Kupfer und Schiefer überladenen Villen hockten, getrost spotten!); bis zum Waldrand alles leicht zu überschauen und zu überwachen. Sogar als Geldanlage hatte das Schlößchen sich als lohnend erwiesen, mit seiner Kücheneinrichtung und sämtlichen Services ließ es sich gut als Luxushotel verkaufen, wenn, wenn – und er hatte dabei an die Kinder gedacht, die Tolmshoven nie gemocht hatten – hatte an die Enkel gedacht, wenn ... wenn da nicht Kortschedes düstere

Prognose gewesen wäre, die alle Pläne, alle Überlegungen zunichte machte; schließlich hatte das Schlößchen sogar erheblichen kunstgeschichtlich-musealen Wert, Grundbau aus dem 12. Jahrhundert, Zu- und Umbauten aus fast allen weiteren Jahrhunderten, sozusagen eine architektonische Anthologie – und würde nichts bleiben, nichts nichts ... Schon rückten die Gruben näher, die Kraftwerke, die am Horizont ihre Wetter bildeten. »Planieren und buddeln« nannte Bleibl das, und der stille Kortschede hatte es ihm bestätigt. »Es ist schon beschlossen, was noch gar nicht beschlossen sein kann. – Du wirst sehen, daß sie alle einverstanden sind, Gewerkschaft und Verband, Staat und Kirche (er kicherte immer so merkwürdig, wenn er von Kirche sprach, als spräche er über eine komische, ziemlich egoistische alte Jungfer in irgendeinem Stift) – schon beschlossen, Fritz, und wird noch zu deinen Lebzeiten geschehen – bleibt nichts übrig, kein Stein auf dem anderen – laß dich nur nicht allzusehr überraschen; nichts ist gefährlicher, als wenn Gewerkschaften und Verband sich einig sind. Energie. Arbeitsplätze.«

Vier Treppen, elf Stufen, und er kannte jede einzelne von ihnen, kannte jede, auch die kleinste Unebenheit, jede Nuance, wo die Halterung der Läufer sich ein wenig gelockert hatte und er achtgeben mußte, nicht zu stolpern. Er hatte sich energisch, mit »fast schon irrationalem Eifer«, wie die Architekten sagten, dagegen gesträubt, die Treppen begradigen, die Läufer erneuern zu lassen, und sie hatten recht: irrational und sentimental, das letztere konnten sie nicht ahnen, konnten nicht wissen, wie oft er als Junge die Treppe hinaufgegangen und hinaufgeschlichen war, um in Gerlinds Zimmer zu gelangen, wo jetzt Bleibl hauste.

Er war müde, spürte sein Alter mal in den Oberschenkeln, mal rutschte es bis in die Füße; jetzt spürte er eine neue Angst: umziehen, ausziehen zu müssen – wohin, wohin? Im ganzen Dorf würde kein Stein auf dem anderen bleiben, keine Grasnarbe bliebe erhalten, kein Buchsbaum auf dem Friedhof, und

er fragte sich, ob sie den neugotischen Beichtstuhl mitnehmen würden nach Neu-Tolmshoven, ob Kohlschröder seine Gerta mitnehmen würde, in eine noch schickere Wohnung, wo Chagall neben Warhol hängen würde, und alles würde verlegt werden, die alten Mädchen, alte Frauen, Anna und Bertha, die Bauern und der Friedhof: wie es in Eickelhof und Iffenhoven geschehen war. Das hatte ihm die Familie nie verziehen, auch Rolf nicht, am wenigsten Käthe, und sie hätten doch wissen müssen, daß er so ohnmächtig wie machtlos war, kein Kämpfer, nie einer gewesen, hätten wissen müssen, daß auch das Geld ihn lockte, der wachsende Besitz, die unvergessene Ärmlichkeit der Kindheit in ihm – vielleicht die Gier des Vaters nach Erde! Und verflucht, warum mußte auch ausgerechnet hier, wo sie geboren waren, wohnten, hockten, hier so viel Braunkohle liegen?
Immer noch nicht mochte er sich von Grebnitzer zu einem Stock überreden lassen, überlegte, was lächerlicher war: sich so ans Geländer zu klammern oder einen Stock zu nehmen, oder Blurtmehl um Hilfe zu bitten, der natürlich jederzeit bereit gewesen wäre, ihm unter die Arme zu greifen. Schließlich würde ihm nichts anderes übrigbleiben als Stock oder Aufzug, vielleicht beides, und eines Tages dann der Rollstuhl, in dem Bleibl ihn am liebsten jetzt schon gesehen hätte. Den Präsidenten im Rollstuhl: weißhaarig, gütig, gebildet – das wäre doch noch mal ein Fressen für die Medien, und er hörte schon die so nahe- wie bereitliegenden Kommentare, in denen man ihn mit Roosevelt verglich, seine liberale wirtschaftspolitische Tendenz mit dem New Deal; Allegorien, Klischees lagen bereit, jederzeit abrufbar, ganze Serien kitschiger Dummheiten; welch ein Knüller für die Medien, wenn sie – wer? wie? – ihn im Rollstuhl erwischen würden, möglichst die Kameras in der Nähe: wie er blutüberströmt aus dem Rollstuhl kippte, der Rollstuhl die Treppe hinunterholperte, der unvermeidliche Vergleich mit dem Film ›Panzerkreuzer Potemkin‹. Treppe, Kinderwagen; Treppe, Rollstuhl – und gewiß würde der Kameramann fluchen und sagen: »Verdammt, warum ist die Treppe nur elf Stufen

hoch – dieser Take ist zu kurz –« und würde vielleicht, um den Take zu verlängern, den blutbesudelten Rollstuhl weitere Treppen hinunter auf die Reise schicken.

Er zuckte zusammen, als Blurtmehl ihm die Tür öffnete, genau in dem Augenblick, in dem er draußen die Klinke berührt hatte; er dachte: So wird es wohl kommen, es wird jemand sein, den ich kenne, dem ich vertraue, jemand, der sämtliche Sicherheitsüberprüfungen bestanden hat. Verflucht, konnte Blurtmehl inzwischen durch Holz blicken? Oder hatte er von irgendwoher Nachricht erhalten: »Jetzt steht er vor der Tür, berührt er die Klinke.« Das war nicht unwahrscheinlich, immerhin standen sie, wenigstens einer von ihnen, wenn auch versteckt durch Nischen, Truhen, Türeingänge, alte Mauervorsprünge, mit ihren Sprechgeräten hier oben im Flur. Auch Blurtmehl trug eins, und es konnte einer aus purer Aufmerksamkeit, um ihm einen Gefallen zu tun, seinen Auftritt signalisiert haben. Schlimm nur, daß er jetzt hinter der offenen Tür her ins Zimmer stolperte, nach vorne fiel, von Blurtmehl aufgefangen werden mußte: eine peinliche, ganz und gar überflüssige Demonstration seiner physischen Hilflosigkeit, die man seinem Zustand anlasten würde, nicht der bloß technischen Tatsache, daß die Tür plötzlich nachgegeben hatte. Er konnte ja wohl noch eine Tür aufklinken und ohne Hilfe in seine Zimmer eintreten!

Diese und andere Aufmerksamkeiten und Höflichkeiten nahm er längst als Zeichen seiner zunehmend verschärften Gefangenschaft, in der sich alles, auch jede höfliche Geste, in Wachsamkeit und Bedrohung zugleich verwandelte. Immer noch saß ihnen allen der Schock in den Knochen, den Kortschede verursacht hatte, der plötzlich aufschrie, wie irre um den Sitzungstisch herumraste, als ein Kellner ihm unaufgefordert Feuer für seine Zigarette gab: das lautlose Herantreten des Kellners, das sanfte Klicken, das man durchaus für einen schallgedämpften Schuß hatte halten können, hatte ihn um den Rest seiner

Nerven gebracht, die lautlose Höflichkeit ihm die Fassung genommen – er schrie, schrie, raste um den Tisch herum, zur Tür, die verschlossen war, zurück, konnte sich nicht beruhigen, keiner konnte ihn anhalten, bis Amplanger ihn schließlich regelrecht in seinen offenen Armen auffing, doch er riß sich los (was Bleibl, der ja immer wieder auf Kortschedes homosexuelle Neigungen anspielte, später zu der zynischen Bemerkung veranlaßte: »Wie Joseph bei Potiphars Weib«), ließ seinen Rock in Amplangers Armen, und es blieb nichts anderes übrig, als ihn mit Hilfe der Polizeibeamten regelrecht einzufangen; die kannten die richtigen Griffe und wandten sie energisch an; es sah brutal aus, mußte aber wohl sein, sie hielten ihn fest, hielten ihm den Mund zu, bis endlich Grebnitzer kam, der ihm eine Beruhigungsspritze gab, nach der er japsend verstummte, zusammensackte, auf sein Zimmer gebracht werden mußte, bewacht von einer Krankenschwester, bis seine Familie ihn abholte.

Blurtmehl führte ihn zum Sessel am Fenster, schien etwas beschämt zu sein, brachte Mineralwasser, gab einen Schuß Whisky hinein und sagte: »Ihre Frau wird gegen sechs zurück sein, in einer Stunde – läßt sie ausrichten, ich werde dann Tee und Toast bereit haben. Ich werde inzwischen Ihr Bad richten.« Es war mühsam gewesen, Blurtmehl die »Gattin« oder die »gnädige Frau« abzugewöhnen. Er mochte solche Sprüche nicht, Käthe noch weniger, und doch war es anfangs gewesen, als hätte man Blurtmehl eines ihm zustehenden Rechts beraubt, wenn man ihm solche Anrede untersagte. Schließlich war's auf die scherzhafte Tour gelungen. Blurtmehl mußte jedesmal, wenn er eins von beiden sagte, wenn es ihm wieder einmal »entschlüpfte«, wie er es nannte, eine Zigarette opfern, diese in die hübsche Malachitdose stecken, die ihm ein Sowjetmensch einmal geschenkt hatte.

Neulich in Trollscheid, im Sanatorium, wo er Kortschede besuchte, wo sie im Regen auf der überdachten Terrasse Tee tranken, hatte dieser ihm seine homosexuellen Neigungen gestanden; deren Heftigkeit hatte ihn überrascht, besonders Kortschedes Abhängigkeit von einem gewissen Horst, die Kortschede selbst schon als Hörigkeit bezeichnete. Horst galt als Gewaltkrimineller und mußte ständig, auch nachts, wenn er bei Kortschede lag, überwacht werden; Horst war die Schlüsselfigur in einer Erpressungs- und Raubgeschichte, die mit Mord geendet hatte – und die Mikrofone lauerten auf ausgeplauderte Details, möglichst ein Geständnis. »Ich habe mich damit einverstanden erklären müssen, damit man seine Besuche bei mir genehmigt – und du magst es nicht glauben: Der Junge liebt mich – und ich verrate ihn – aber nun kannst du dir denken, was mit meinen Nerven los ist – manchmal möchte ich schreien, wenn irgendwo im Haus die Tür geht – wenn du, verzeih, die Teetasse zu hart aufsetzt ...« Er, Kortschede, gab Tolmshoven noch vier, höchstens fünf Jahre, und er hatte das Käthe natürlich nicht erzählt; warum sie jetzt schon beunruhigen, warum? Schwer vorzustellen, daß da nichts, nichts mehr sein würde: nur noch Bagger und ein Riesenloch, Laufbänder und Pumpen und der Wind, der sich in diesen Höhlen bildete, und wieder ein wolkenbildendes Kraftwerk; das Schlößchen mit hohem Gewinn verkauft, dieses Urding, das ursprünglich einmal irgendein Tolm für eine gewonnene Schlacht – für oder gegen Spanien, das wußte niemand so genau – als Honorar bekommen hatte, und man hatte die damalige Gräfin, die für oder gegen die Spanier gewesen war, gezwungen, ihn zu heiraten. Sie würden es unterbuddeln, Kirche und Schloß, das Kelzsche, das Pützsche Haus, das Kommertzsche – und die schöne Laube im Hintergrund des Pfarrgartens, wo man im Sommer manchmal sitzen und Wein trinken konnte – Teich und Brücke, Enten und Eulen – wo würde die Eule wohl hinfliegen? – »Es ist schon beschlossen, Tolm, beschlossen, bevor diskutiert wird, bevor sie den Bürgerinitiativen ihren Lärm lassen, ist schon durch, bevor es durch sein kann – da liegen Milliarden Tonnen, und es wird nichts, nichts wird sie

abhalten, sie herauszuholen – und weiter über Hetzigrath hinaus wird kein Haus, kein Baum stehenbleiben, wird keine Schnecke ihr Gehäuse behalten und kein Maulwurf seinen Gang, und sie werden bis an die holländische Grenze heranrükken und eines Tages auch die Holländer herumkriegen, falls da auch Kohle liegen sollte ... da hilft nichts, Tolm, lieber Fritz, nichts, und wenn du noch weiter in Tolmshoven investieren willst, mußt du wissen, daß du es natürlich mit Gewinn ersetzt bekommst, aber die Arbeit, den Ärger, die Unruhe, die ein Umbau bringt, die solltest du dir sparen. Glaub mir: Die Pläne sind fertig, die Kalkulationen schon im Gang – glaub's mir.« Im Regen bei Tee auf der Terrasse in Trollscheid, Kortschede konnte gar nicht mehr leben ohne seinen Horst, ohne Beruhigungsspritzen. Und fügte lächelnd hinzu: »Und du weißt natürlich oder ahnst es zumindest, daß das ›Blättchen‹ Zummerling in den Schoß fallen wird – und mir – so wie Tolmshoven den Baggern anheimfallen wird. Du hättest dich doch etwas mehr um ökonomische Prozesse kümmern, mehr Wirtschaftsteil als Feuilleton lesen sollen – und eins rate ich dir: Unternimm nie etwas gegen einen Fischer: Du weißt, die Widerstandsfotos, die Zummerling von ihm hat, sind unschlagbar. Frommes Textil gegen liberale Zeitung ... das geht nicht gut – bei deinem familiären Hintergrund – mit Rolf, Veronica und Katharina ... gib acht! Sei vorsichtig!«
Seit dem Vorfall mit Kortschede war auch der allerletzte Rest von Ironie aus ihren Bemerkungen über Sicherheitsüberwachung gewichen; nur Bleibl erlaubte sich hin und wieder noch einen Seitenhieb. Es hatte sich auch ihr Verhältnis zu den Beamten verändert, da war seit Kortschedes Anfall nicht mehr die gelegentlich leutselig-nette Art möglich, auch kein Scherz mehr seit der Sache mit Pliefgers Geburtstagstorte – da gab's Arbeit für den Psychologen Kiernter, lange Besprechungen mit Holzpuke, dem Leiter der Maßnahmen, der um Verständnis bat, schließlich taten ja die Beamten nur ihre Pflicht, und sie, sie wollten doch ihres Lebens sicher sein, mußten also scheinbare

Pedanterien – wenn da etwa ein Beamter die Toilette inspizierte, bevor einer sie betrat; wenn da »Besucherinnen« genau unter die Lupe genommen wurden – hinnehmen, und es sollten auch – bitte – Eskapaden, wie sie Käthe sich hin und wieder leistete, vermieden werden. Und sie hätten doch wissen müssen, daß es Sicherheit nicht gab, nicht innere, nicht äußere; er wußte, daß alle diese Maßnahmen sein mußten und doch nichts verhindern würden.

Immer noch war es schön und beruhigend, über Wassergraben und Terrasse hinweg in den Park zu sehen, sich vorzustellen, daß man doch vielleicht wieder einmal mit allen Kindern und Enkeln dort würde feiern können: im Freien, an einem Sommerabend mit Lampions und Latüchten, wie die Kinder es früher genannt hatten, mit einem kleinen Feuerwerk für die Enkel, Eisbomben, Braten am Spieß und Cocktails – was immer sie wollten; und bitter zu wissen, daß daran vorläufig – vielleicht für immer – nicht zu denken war, wo doch einer seiner Söhne selbst als Sicherheitsrisiko galt und sein Schwiegersohn sich weigerte, »mit dem an einem Tisch zu sitzen, weil er nach November 74 noch ein Kind Holger genannt hat« ... Vier, fünf Jahre noch: Da konnte er die Angst vor dem Umzug getrost verdrängen, obwohl er wußte, daß sie weiterbohren, in ihm wühlen würde: »Keine Schnecke wird in ihrem Haus, kein Maulwurf in seinem Gang bleiben ...«
Und die würden schon dafür sorgen, daß es keine fröhlichen Feste mehr gab, eine davon seine ehemalige Schwiegertochter, die nun dazugehörte, kaum noch nur mutmaßlich – und der andere, der auf seine Kosten Bankwirtschaft studiert hatte und in Eickelhof so oft sein Gast gewesen war.

Zum Glück war Blurtmehl im Laufe der Jahre mit seiner Sensibilität synchronisiert, er schämte sich wohl immer noch wegen des unangebrachten Türaufhaltens und war hinausgegangen, bevor er ihn hatte bitten müssen, ihn eine Weile allein zu lassen, hatte ihm sogar die Malachitdose so nahe gerückt, daß er nur den Arm auszustrecken brauchte, obwohl Grebnitzer Blurtmehl eingeschärft hatte, Zigaretten nie in Reichnähe zu rücken. Doch er griff lieber zu seiner zerquetschten Packung, in der noch eine Zigarette sein mußte, es war auch noch eine drin, zerdrückt, fast gebrochen, ließ sich aber noch glätten und strecken, zog noch, als er sie anzündete. Er untersuchte die Packung sorgfältig, entdeckte doch noch eine, die zerbrochen war – und es fiel ihm immer noch schwer, die Packung mit den beiden Hälften wegzuwerfen – das saß noch tiefer als die Erinnerung an Hunger; die Erinnerung an Tabaksnöte saß so tief wie die Erinnerung an Beichtstuhl und Gerlinds »erbarmen wir uns unser«, so tief wie der Geruch des Herbstlaubs in Dresden; diese Erinnerung an erniedrigende Vernehmungen, fast Verhöre, wenn da irgendein Schnösel den Duft einer Virginiazigarette in die Luft blies, die Zigarette kaum angeraucht hinter sich warf, wie schwer war es ihm gefallen, die dann angebotene Zigarette abzulehnen, aber er wußte: Sie sollte ihn verführen zu gestehen, was er nie begangen hatte. Nein, er hatte ja gar nicht gewußt, daß sein Patenonkel Friedrich, den er kaum kannte, der hin und wieder zu seinem Geburtstag auftauchte und ein Geschenk brachte, er hatte ja gar nicht gewußt, daß der ihm das ›Bevenicher Tagblatt‹ vermacht hatte, und keiner, keiner in seiner Familie hatte an irgendeiner Arisierung teilgenommen. Im Januar 45 war er an irgendwelchen Rückzugsbewegungen an der bayerisch-tschechischen Grenze beteiligt, mehr nicht, auch nicht weniger; ja, promoviert hatte er über ›Das rheinische Bauernhaus im 19. Jahrhundert‹, er hatte hier im Lager bei den Vernehmungen erst erfahren, daß er Besitzer des ›Bevenicher Tagblatts‹ war. Diese Zigaretten, diese Kippen, die kaum angerauchten Virginiadinger, die sie wegwarfen – darüber konnte er nur mit Käthe sprechen, mit sonst niemandem, am wenigsten mit Bleibl, den er ja im Internierungslager kennengelernt hatte. Der war doch nun wirklich ein Nazi gewesen (Textil, hatte da die Finger drin, von Hause aus) und war immer, in »allen Lebenslagen«, wie er es selbst nannte, »mit allem bestens versorgt gewesen«, in Krieg und Frieden, in Lagern und Zelten, in Hütten und Palästen, immer mit »allem bestens versorgt«. Der hatte im Lager den korruptesten unter den Offizieren mit sicherem Instinkt gewittert und ihm Geschäfte vorgeschlagen, bei denen er, Bleibl, vermitteln konnte. Grundstücke, mit zerstörten und unzerstörten Gebäuden, auch unbebaute, und wieviel Dollar man dem oder jenen bieten mußte; der hatte doch den ganzen Kataster des Kreises Doberach im Kopf, wußte, weil er doch selbst einer gewesen war, wo die schlimmsten Nazis gehockt hatten, wie man ihren Familien oder gar ihnen selbst, die da feige in ihren Kellern hockten, mit guten alten Dollars in einer Art »Gegen-Arisierung«, wie er es das nannte, ihre Häuser oder Grundstücke abkaufen konnte, über Mittelsmänner natürlich, und mit den Dollars konnten sie dann abhauen, Gott weiß wohin – und Bleibl schlug zwei Fliegen mit einer Klappe: verhalf den Nazis zu Dollars und Flucht und dem korrupten Offizier zu Besitz, und konnte natürlich von beiden Provision erwarten, in Dollar versteht sich, und konnte damit das eine oder andere Grundstück erwerben, über Mittelsmänner versteht sich, denn ein Nazi von Bleibls Kaliber konnte natürlich nicht aus dem Internierungslager heraus Grundstücke erwerben. Da gab's wüste Gerüchte: daß Bleibl mit einem kleinen Ami-Kommando in den Kellern zerstörter Banken »aufräumte«, Safes und Bargelddepots, fuhren einfach – so ging das Gerücht – mit Panzerspähwagen vor, räumten ab und aus – »baggerten Geld und Wertgegenstände regelrecht aus« – im Chaos der zerstörten Stadt; Bleibl ging später in der Kommandantenbaracke ein und aus, konnte telefonieren, durfte raus, wurde mitgenommen, wohl auch in den Puff, wo sie alle, alle schon fast anfingen zu weinen, wenn sie auch nur eine Frau von weitem sahen, irgendeine – und er piesackte sie mit der Aufzählung seiner zahlreichen »Erektionen«, brachte ganze Stangen Zigaretten an und ließ sie alle mal schnuppern, machte sie verrückt – wurde vom Textilzum Immobiliengenie; es fiel nicht schwer, ihn sich vorzustellen, wie er in Bankgewölben »aufräumte«. Und wurde ja auch bald – wie nannte man das: wahrscheinlich »Textilbevollmächtigter« eines ganzen Regierungsbezirks.

Nein, Bleibl kannte seine Schwäche zu gut, grinste ja heute noch immer, wenn er sich dann doch eine ansteckte, blabberte dann vielsagend vor sich hin »Virginia, o Virginia«; Bleibl hatte Deckung, weit oben, weit hinten, vielleicht sogar jenseits und diesseits des Ozeans, dem konnte man nichts anhaben; natürlich wußten sie alle von seiner Schwäche, wußten aber nicht, woher sie kam – nur Käthe, der hatte er alles erzählt, und doch wußte auch sie nicht, daß es mit den Zigaretten wie mit der Milchsuppe war: Den Geschmack, den Geruch, diesen Virginiaduft fand er nie wieder, fand ihn nicht, suchte immer hinter ihm her, rauchte wohl, um ihn wiederzufinden, und fand ihn nicht.

Schon Dämmer hinterm Wald, grau im rosaroten Schein die Kronen der alten Bäume, diese uralten, herrlichen Bäume, auf die die Eule bald zufliegen würde; die Bäume liebte er mehr als das Schloß, fragte sich manchmal, ob er nicht der Bäume wegen das Ganze gekauft hatte, auch als Ausgleich für die in Eickelhof verlorenen Bäume; lautlos und ruhig flog die Eule, vielleicht war es dieselbe, die in Eickelhof abends immer vom Türmchen aus auf den Waldrand zugeflogen war, die hatte er gemeinsam mit Käthe beobachtet. Käthe hatte Angst, wenn sich die Eule vom Türmchen löste und losflog, klammerte sich an ihn und flüsterte: »Wir müssen hier weg, wir müssen hier weg« – zwanzig Jahre, bevor sie wirklich wegmußten. Käthe wurde auch ängstlich, wenn die Käuze anfingen zu schreien, und vor Gewittern, wenn Krähen und Stare plötzlich aufflogen und wegflatterten, klammerte sich immer noch an ihn.

Ungetrübt der Blick über den Park, weder Aufzug noch abfahrende Autos zu hören, nicht mehr Bleibls dröhnendes Lachen, das selbst Aufzugsgeräusche übertönte, diese triumphalen

Brusttöne, mit denen er ausposaunte, daß es ihm endlich gelungen war, »eins unserer ältesten Mitglieder, einen unserer Besten« wählen zu lassen, in einer Situation, in der er die Kandidatur gar nicht hatte ablehnen können, um keinen Preis; es standen ja die Klischees bereit, die er selbst während der Interviews in Serie abberufen hatte: »In der Stunde der höchsten Gefahr. In dem Augenblick, wo von uns allen Bewährung erwartet wird. Standfestigkeit...« Da mußten sie natürlich ihn, den Schwächsten, wählen, den Verwundbarsten, den sogar verwandtschaftliche Bindungen mit denen auszeichneten, ihn wählen, in dem Augenblick, wo jedermann wußte, daß verwandtschaftliche Beziehung die Gefährdung erhöhten, und immer noch nicht, weder im privaten Gespräch noch insgeheim und schon gar nicht öffentlich, distanzierte er sich von Rolf. Das war die Frage, deren öffentliche Beantwortung seine Feinde und Freunde am meisten, er am wenigsten gefürchtet hatte; seine stereotype Antwort auf Flimmer- und Tonband gleichlautend: »Er ist mein Sohn, er hat sich strafbar gemacht, seine Strafe verbüßt und lebt seitdem, ohne sich strafbar zu machen« und spürte die Versuchung, biblisch zu werden und zu sagen: »Er ist mein geliebter Sohn, an dem ich mein Wohlgefallen habe.« Nicht einmal die Frage nach Veronica fürchtete er: »Sie war meine Schwiegertochter, ist schwerer Straftaten verdächtigt und verschwunden. Mein Enkel ist ihr bei der Scheidung, die vor der vermuteten Straftat erfolgte, zugesprochen worden – er ist mit ihr verschwunden. Er trägt unseren Namen, den Namen seines Vaters, meines Sohnes.« Nein, mißraten, fand er, war nicht das richtige Wort, dachte manchmal, daß sie vielleicht die wahren Einwanderer von fernen Sternen waren, Satellitenbewohner, für die man noch keine Maßstäbe, keine Worte gefunden hatte. Wahnsinnig? Das war eine zu irdische Bezeichnung. Ja, mit Bewerloh war er auch bekannt gewesen, der war sein Gast gewesen, öfter, er hatte ihn nett gefunden. Nett? Ja. Die Begriffe nett und Nettigkeit sagten nichts, nicht das geringste über das, wozu ein Mensch fähig ist. Man sollte nur den Netten nicht zu sehr vertrauen. Schließlich war ja auch Kriminalität so etwas Neues nicht, und Mord von Abels Tagen an nichts Neues mehr.

Sie würden ihn schon erwischen. Wer? Wie? Nein, die Angst kam nicht wieder, war ganz von der Neugierde verdrängt, hinter die sich wieder die Angst vor der Vertreibung aus Tolmshoven drängte. Es mochte sogar sein, daß Bleibl ihm die Funktion des Lockvogels zugedacht hatte, zum Abschuß freigegeben, müde, alt, so kaputt, daß die Funktion des Opfers gerade noch die richtige für ihn war: im Rollstuhl auf dem obersten Treppenabsatz erschossen. Panzerkreuzer Potemkin. Und ihn erschossen, den Gütigen, Gebildeten, Weißhaarigen, Netten; kein Unternehmerbulle. Mit der Märtyrerkrone bedacht. Er begehrte diese Krone nicht, wollte Tee trinken und den Vogelflug beobachten: die großen, eleganten und arroganten Flügelschläge der großen Räuber – und kurzflügeliges Geflatter der Mücken- und Larvenfresser, von denen ihm die Schwalben am liebsten waren. Käthe strickend oder, wenn auch stümperhaft, am Klavier – im Hintergrund; drei Enkelkinder, von denen zwei Holger hießen, einer siebenjährig da unten irgendwo im Irak oder Libanon, der andere dreijährig, zwanzig Kilometer von Tolmshoven entfernt, in Hubreichen, ein lebhafter Junge, von dem er nicht einmal genau wußte, ob er seinen Namen trug. Bis heute hatte er nicht herausbekommen, ob Rolf nun mit Katharina nur so zusammenlebte oder mit ihr verheiratet war, und er mochte Holzpuke, den Leiter der Sicherheitsmaßnahmen, nicht danach fragen oder ihn bitten, das für ihn herauszufinden. Das konnte Käthe tun, sie konnte tun, was er nicht riskierte: Rolf oder Katharina direkt fragen, und er wußte die Antwort: »Wenn dich eine solche absolute Nebensächlichkeit tatsächlich interessiert, wenn eine solche Nichtigkeit dir auch nur andeutungsweise wichtig ist, wollen wir dir zuliebe hiermit feststellen – wir sind (oder sind nicht) verheiratet.« Nichtzutreffendes bitte streichen! Es mochte sein, daß eine solche Frage für sie taktisch wichtig wurde, vorübergehend natürlich, irgendwelcher Papiere wegen, aber wirklich interessant, auch nur der Erwähnung wert war es darüber hinaus nicht. Ziemlich sicher waren sie nicht verheiratet, weil Katharina ja wahrscheinlich irgendeine Unterstützung bekam; aber die Frage der Eheschließung »an sich« interessierte nicht, existierte nicht. Technisch schon und damit politisch, aber auf keiner anderen Ebene. Das war genauso mit der Kirche und Religion. Die gab's natürlich, daran war nicht zu zweifeln, aber schon, wenn er sagte »wie die Kartoffeln, die ja auch wachsen«, wurde er belehrt: Kartoffeln hatten eine wirklich, eine wichtige elementare Existenzberechtigung, auch eine Funktion, eine wichtige: Ernährung – Kirche und Religion nicht; sie waren vorhanden, kein Zweifel daran war möglich – aber für sie war da kein Problem drin verborgen. Es war keiner Rede, auch nicht mehr irgendeiner Polemik wert, und daß Pfarrer Roickler in Hubreichen so nett zu ihnen war – er hatte ihnen Obdach gegeben, sie regelrecht aufgenommen, sie in Schutz genommen vor aufkeimenden Animositäten, er hatte ihnen seinen riesigen Pfarrgarten gegen ein lächerlich niedriges Deputat an Kartoffeln, Eiern und Äpfeln zur Verfügung gestellt–, daß er so nett war, führten sie nicht auf seine Religion zurück, schon gar nicht auf seine Kirche, sondern auf die Tatsache, daß er eben trotz Kirche und Religion Mensch geblieben oder geworden war, wobei sie betonten, daß sie Unnettigkeit typischer gefunden hätten; sie gaben sogar zu, daß sie ihm dankbar waren, ihn »echt nett und menschlich« fanden, aber es gab ja auch nette und menschliche Kapitalisten, sogar nette Sowjetkommunisten, nette Liberale, und sie selbst waren ja auch auf eine gewisse Weise nett.

Das blieb ihm rätselhaft, wie sich das so hatte entwickeln können, wo sie doch alle, alle – Rolf und Katharina und Veronica und sogar dieser Bewerloh – noch vor zehn Jahren wirklich religiös, fast kirchlich gewesen waren, nur das »allein oder mit anderen«, das hatte sie schon früher nicht mehr so gequält wie ihn; er hätte ja verstanden, wenn sie wütend auf Kirchen gewesen wären und sie Religion gehässig und polemisch bis zum Exzeß analysiert hätten, bis zur grausamsten Verletzung von Gefühlen, die bei Käthe und Sabine noch so lebendig waren und immerhin auch noch in seiner Erinnerung schmerzlich, und so waren auch sie für ihn »Satellitenkinder«, waren von einem anderen Stern, aus einer anderen Welt – und doch wurde ihm nicht der Tee, den er bei ihnen trank, fremd, nicht das Brot, das er bei ihnen aß, nicht die Äpfel, die sie ihm ins Auto legten; sie waren doch seine Kinder, und irdisch waren doch Tee, Brot, Suppe und Äpfel. Was ihm Angst machte: diese überirdische Fremdheit in ihren Gedanken und Werken. Kälte war's nicht – Fremdheit, aus der heraus natürlich einer plötzlich schießen oder Granaten werfen konnte, und doch fielen auch sie jetzt aus seiner Angst heraus in seine Neugierde: Rolf, sein eigener Sohn, der da Tomaten zog, Apfelbäume hegte, Hühner hielt, Kartoffeln und Chinakohl pflanzte, alles in diesem herrlichen alten, hochummauerten Pfarrgarten in Hubreichen; und wohnten – man konnte es nicht anders nennen – in dieser allerdings hübschen Hütte nebenan, hatten sie hübsch gestrichen, Geranien im Fenster, holten abends im roten Emailletopf Milch beim Bauern Hermes, gingen sogar hin und wieder in eine der beiden Dorfkneipen, tranken Bier, nahmen Holger mit, der Limonade bekam – die reinste, allerreinste Idylle, in der keine Verbitterung spürbar war. Sie versuchten schon lange nicht mehr, den Bauern und Arbeitern ihren, ja *»ihren«* Sozialismus zu erklären, ließen sich nicht mehr provozieren durch besoffene Lümmel, sprachen schon lange nicht mehr über Landwirtschaftspolitik und Streiks und Straßenbau, nahmen protzig und auch rotzig daherredende Motorradfahrer nicht an, lächelten, tranken Bier, sprachen übers Wetter – und doch war dahinter – wo? – hinter dieser idyllischen Front, die nicht einmal künstlich war – mit geweißtem Haus, grünen Läden und roten Geranien – dahinter mußte sein, was den Schrecken gebären konnte: eine unheimliche Ruhe. Gewißheit, warten auf was – was? Katharina hatte zwar immer noch keine Stelle, ein paar Frauen im Dorf hatten ihr aber ihre Kinder anvertraut, mit denen ging sie spazieren, durch die Wälder, durch die Felder, erzählte ihnen Geschichten, übte, wenn's regnete, mit ihnen Gymnastik und Tanz, sang mit ihnen – ließ sich das natürlich bezahlen – und wenn er an Rolfs und Katharinas Ruhe dachte, diese unheimliche Ruhe, kam nach der Angst nicht nur Neugierde, auch Neid. Sie wurden über-, aber nicht bewacht, und er fragte sich manchmal, was er vorgezogen hätte, wo er, Käthe und Sabine doch sowohl über- wie bewacht wurden, seitdem Veronica mit dem Telefonieren angefangen hatte. Rolf, der kam ganz gut zurecht, verstand offenbar sogar etwas von Motoren, wurde zu Rate gezogen, wenn ein Traktor oder irgendeine Honda Mucken zeigte, hielt auch das Auto des Pfarrers in Schuß, und der nette Pfarrer lud sie tatsächlich ein, zum Kaffee, zu einem Schnaps, vermied dabei peinlichst das Gespräch über Religion.

Kaum vorzustellen, daß sie beide, Rolf und Katharina, noch bei Kohlschröder in die Kirche gegangen waren, vor zwölf, vielleicht sogar noch vor zehn Jahren: nette, junge Leute, mit dem Gebetbuch unterm Arm, zu einer Zeit, wo Kohlschröder schärfer noch als heute gegen den Sittenverfall wetterte. Es schmerzte sie nicht einmal andeutungsweise, daß Kohlschröder heute selbst dem Sittenverfall erlegen war. Sie fanden es ganz logisch, daß er mit dieser Gerta schlief, aus ganz anderen Gründen logisch als die Bauern, die es der Natur zuschrieben. Sie fanden nichts Peinliches daran, es war für sie keine Geschmacksfrage, wenn die jungen Mädchen etwas von Kohlschröder wollten – den Pfarrsaal für eine Session oder für einen Film, vielleicht auch für eine Diskussion –, daß sie dann zu ihm gingen und ihn ungeniert ein bißchen mehr oder weniger »sehen ließen«, ihm sozusagen etwas »boten«, manchmal sogar in Gegenwart von dieser Gerta. Rolf und Katharina fanden das gar nicht widerlich, auch nicht natürlich, sondern systemgerecht, fanden es dem Menschenbild des Systems entsprechend, nicht etwa »natürlich«; sie sahen darin eine ganz spezifische Form der Unterdrückung, Zeichen auch des Verfalls und der Fäulnis, und fanden es fast erfreulich, daß sich an solchen Phänomenen der Verfall nun offen zeigte. Sie prophezeiten sogar ihrem netten Pfarrer Roickler ähnliches; nur würde der nicht im Amt bleiben, würde nicht diese bürgerliche Geilheit praktizieren, sondern weggehen – ein Opfer des Systems auch er, würde es schwer haben; das sahen sie ihm doch an, wenn er mit Frauen und Mädchen umging: traurig, schmerzlich, befangen, still; natürlich hatten sie ihn gern und hätten ihm gern geholfen, ihm ein nettes Mädchen oder eine junge Frau besorgt, mit der er hätte abhauen können. Sie fanden auch nicht, daß Kohlschröder nun etwa »menschlich« war, sondern fanden, daß er die absolute Unmenschlichkeit des Systems auf klassische Weise repräsentiere und realisiere. Die Unmenschlichkeit zeigte sich darin, daß man einem Menschen rechtlich etwas absprach – und außerdem noch in einem Rechtssystem, das seine eigene Gerichtsbarkeit ausübte und das in einem demokratischen (haha) Staat – immerhin hatte er sich ja zum Zölibat verpflichtet, dann aber ließ man ihm unter der Hand seine Gerta, ließ ihm die merkwürdigen Spielchen mit den Mädchen, duldete es, erniedrigte ihn zweifach, mehrfach, weil man jederzeit zweierlei Recht gegen ihn mobilisieren konnte: das kirchliche und notfalls das säkulare, denn wenn zutraf, was er sich von den Mädchen »bieten« ließ, hätte man das ja jederzeit auch »Unzucht mit Abhängigen« nennen können, hätte es ganz gewiß bei jedem linken Lehrer getan, der sich von einer Schülerin mal die Titten zeigen ließ.

Und doch blieb eine Scheu bei ihnen, blieb dieser Trost, den diese Scheu bot: In Sabines oder Käthes Gegenwart wurde nie über Kohlschröder gesprochen, auch nicht über Roickler, zu dem sie furchtbar nett waren: Rolf hielt ihm das Auto in Schuß, modernisierte ihm die Wohnung, das Pfarrhaus, zwölf Zimmer, von denen acht leer standen, was sie als »Bestechung durch Leerraum angesichts der Mietpreise ringsum« bezeichneten.

Einen sensiblen Menschen, und das war Roickler im Gegensatz zu Kohlschröder, mußte es ja wahnsinnig machen, acht Räume leerstehen zu haben, wenn er sich auch nur oberflächlich darüber informierte, was da ringsum so für Mieten gezahlt wurden; diese leeren, voll möblierten Räume, davon eins das Bischofszimmer, in dem innerhalb der vergangenen sechzehn Jahre einmal ein Bischof sich umgezogen, nicht einmal geschlafen hatte; diese leerstehenden Räume, die Roickler gar nicht vermieten, in die er auch niemand kostenlos hätte aufnehmen dürfen, nannten sie »Erpressung durch standardisiertes Ritual, das sich in völlig sinnlosem Aufwand ausdrückt«. Roickler hätte ja viel lieber ihnen ein paar Räume gegeben, durfte aber nicht, durfte ihnen nur diese Dreieinhalb-Zimmer-Bude geben, nur ein Fünftel der Quadratmeter, die bei ihm leerstanden. »Ein Nihilismus«, sagte Rolf, »den sich kein Nihilist leisten kann.«

Nun, sie kamen sehr gut mit Roickler aus, waren auf ihre unheimlich ruhige Weise nett zu ihm, verblüffend logisch und sachlich mit überraschenden Spuren von Herzlichkeit. Und doch war das alles vielleicht nur Tarnung. Vielleicht hatten sie sich vorgenommen, so drei, vier Jahre in Hubreichen zu leben und in geweißter Hütte, mit grünen Läden und mit Geranien vor dem Fenster, Respekt zu erlangen. Schon wurde Rolf in Fragen der Gemüsezucht, Katharina in Erziehungsfragen zu Rat gezogen (gründlich, systematisch, fleißig, das waren sie!) – und würden doch vielleicht eines Tages aus diesem unsichtbaren, diesem Raum der angesammelten Ruhe heraus losschlagen – nein, distanzieren würde er sich nie von ihnen, aber garantieren für sie auch nicht.
War's möglich, daß Rolf, daß Katharina dieser »Wer« sein würde? Warum nicht? Rolf wohl eher als Katharina, die dann doch eine Wärme hatte, eine, wie er es nur bei sich selbst so nannte (nie würde er das äußern, nie, auch nicht auf der Schiene der Zweibahnigkeit), »kommunistische Wärme«, die ihn an

Kommunisten seiner Kindheit und Jugend erinnerte, an seine Mitstudentin Helga Zimmerlein zum Beispiel, die im Zuchthaus gestorben war, oder an den alten Löhr im Dorf, den einzigen Thälmann-Wähler, der so gut mit Kindern umgehen konnte, daß er in den Ruf eines Rattenfängers geraten war – es hatte sie gegeben, diese kommunistische Wärme, die ihn als Student in die roten Kneipen getrieben hatte.

Nein, Rolf eher als Katharina – es war so eine undurchsichtige, von merkwürdiger Trauer umschattete Dimension in seinen Augen, eine Dimension, die undurchdringlich blieb, dichter wurde, wenn er mit seinem kleinen Sohn Holger spielte, ihn auf dem Schoß hielt oder den Sack mit Bauklötzen ausschüttete und anfing, mit ihm auf dem Boden ein Haus zu bauen – dann hielt er das Kind fest oder blickte es an, mit einer so fremden kühlen Zärtlichkeit und Trauer. Etwas an diesem zärtlich, traurig verhangenen Blick blieb ihm unheimlich, auch wenn er Katharina ansah, in flüchtiger Zärtlichkeit, das Berühren ihrer Schulter im Vorübergehen oder das Berühren ihrer Hand, wenn er ihr Feuer gab oder eine Tasse von ihr entgegennahm, das war Welten entfernt von der Schlüpfrigkeit, mit der Kohlschröder solche Gesten ausführte. Es war tief wie die stummen Äußerungen eines Verzweifelten, der weiß, daß ihm etwas bevorsteht – was? Gewiß war es verhängnisvoll gewesen, daß er mit diesem Bewerloh zusammen Bankwirtschaft studiert hatte, aber das war ja gerade sein sehnlichster Wunsch gewesen. Er hatte sogar später in einer von Bleibls Filialen gearbeitet, still, tüchtig – bis er anfing, Steine zu werfen, Autos umzukippen und anzuzünden, wobei er Veronica kennenlernte. Er sprach nie über seinen älteren Sohn, nie über Veronica oder Bewerloh, studierte nur immer noch fleißig die Bank- und Börsenberichte und hatte so eine stille, trockene, unheimliche Art, bei Tee, Kaffee oder über einem Becher Milch zu flüstern: »Heute habe ich zwischen den Zeilen der Wirtschaftsbeilage einhundertelf Tote entdeckt, es können aber auch nur neunundneunzig oder auch einhundertzwanzig gewesen sein.«

Kalt, präzis, ohne Mitleid, klang es wie eine Heeresmeldung nach einem Angriff oder einem Rückzug. Auch Rolf war es nicht gelungen, ihm »ökonomische Prozesse«, wie Kortschede es nannte, klarzumachen, nicht einmal die ökonomischen Prozesse, die sich im und ums ›Blättchen‹ abspielten, hatte er je richtig durchschaut, er hatte sich gesperrt. Ob aus Faulheit oder Gleichgültigkeit – darüber stritt er mit sich selbst. Das Interesse hatte ihm erst der alte, später der junge Amplanger ausgeredet: »Überlassen Sie das nur uns.«
Zum Glück hatte Blurtmehl in knappen, kurzen Kommentaren während des Ankleidens, beim Autofahren, Servieren, beim Baden und den Massagen Humor bewiesen – es war der Humor eines erfahrenen Masseurs, der Empfindlichkeit früh genug spürte, wußte, wie weit er gehen konnte, auch wußte, daß er den richtigen Nerv traf, wenn er zum Beispiel beiläufig sagte: »Ich würde mir dann doch erlauben, festzustellen, daß es dem Herrn Generaldirektor Dr. Bleibl nie so dreckig gegangen ist wie Ihnen – und auch nie dreckig gehen wird.« Blurtmehl entdeckte nicht mehr genau zu eruierende Schäden aus Kindheit, Jugend, Krieg, Nachkrieg, Gefangenschaft, vergessene Erkrankungen an Darm und Magen, entdeckte Typhus- und Malariaspuren, die Narben winziger Verletzungen, sprach davon, daß »so etwas tief sitzt, tiefer als die Haut, das geht viel tiefer als die Haut« ... »nein, nein, Herr Doktor, ein Dickhäuter sind Sie nicht« – das war natürlich wieder eine Anspielung auf Bleibl, Blurtmehl sprach sogar von der »Last der Verantwortung, die man Ihnen nur aufbürdet, die andere tragen müssen« und spielte wohl an auf den Kern jenes Problems, das seine Gliedmaßen bleiern machte: den Überdruß am ›Blättchen‹, die tödliche Langeweile, wenn er da gelegentlich an seinem Riesenschreibtisch saß, an dem er nichts, gar nichts mehr entscheiden konnte – er hatte sich das ›Blättchen‹ entgleiten, hatte sich das ›Blättchen‹ nehmen lassen, war nur noch nominell das ›Blättchen‹, wo der ältere Amplanger längst Bleibls Interessen vertrat. Er war nicht mehr er selbst, war nur

das Bild seiner selbst: unersetzlich als Bild; hatte sich mit ständig wachsendem Einkommen, wucherndem Vermögen täuschen lassen – es mußte etwas Unerklärliches in Blurtmehls Händen sein, daß ihm unter diesen Händen solche Erkenntnisse kamen, während Grebnitzer nie, auch während langer Fragesessionen nie, auf den Kern des Problems stieß; schließlich war da nichts Organisches zu entdecken, hatte er noch nie einen Infarkt gehabt, war sogar das Blutbild vorzüglich – und doch das Blei und die Kälte in den Gliedern. Er fürchtete manchmal regelrecht eine totale Lähmung, wenn er da am Schreibtisch saß, »im Zentrum der Macht« machtlos, »im Herzen des Kapitalismus«, während sein Vermögen wucherte und wuchs und er ängstlich bedacht war, nur keine Zigarette »verkommen« zu lassen.

Und nun dieses Amt, in dem er noch weniger entscheiden konnte, wenn er überhaupt zu Entscheidungen fähig gewesen wäre. Sie hatten es ihn ziemlich deutlich spüren lassen, nicht nur Bleibl, auch Pottsieker und Kliehm, am deutlichsten Amplanger: Er spielte seine Rolle gut; mit »Feuilleton« hatte Bleibl ganz eindeutig, brutal auf seine gelegentlichen Beiträge fürs ›Blättchen‹ angespielt, wenn er mal über Bosch schrieb oder über Dali. Mit ihm hatte der Verband endlich ein Feuilleton bekommen, etwas für die Damen.

Blurtmehl klopfte, hörte das schwache »ja bitte«, kam herein und meldete: »Das Bad ist gerichtet.« Ganz offensichtlich schämte er sich, gewiß würde er nie mehr die Tür so aufhalten, daß es wirken mußte, als fiele sein Chef mit der Tür ins Zimmer, nie mehr. Er war verlegen nach dieser seiner ersten Taktlosigkeit in sieben Jahren, aber wahrscheinlich hatte Holzpuke persönlich ihn unter seinen Befehl genommen, ihm per Sprechgerät den Auftrag gegeben: »Der Herr Doktor, der Herr Präsident, ist sehr erschöpft, quält sich mit letzter Kraft die Treppe hinauf, jetzt betritt er die Diele, faßt jetzt zur Klinke – jetzt!«, und er war Blurtmehl fast in die Arme gefallen. Mit

solcher Exaktheit bereitete man auch Attentate vor; und das Wer nahm Gestalt an in der Frage: Würde es Blurtmehl sein? Warum nicht? Er lächelte Blurtmehl zu, stand langsam auf. Man kannte natürlich Blurtmehls Lebenslauf, kannte seine Lebensgewohnheiten bis ins letzte Detail, kannte seine Freundin, deren Lebenslauf und -gewohnheiten; seine Gedanken kannte wohl keiner. Wer hätte die Anfälligkeit dieses sensiblen, in seiner Empfindlichkeit labilen Menschen ermessen und voraussehen können? Gewiß hatte er anatomische Kenntnisse genug, in der Badewanne einen Würgegriff anzubringen, der keine Spuren hinterlassen und seinen Tod als eine Folge seiner notorischen Gebrechlichkeit erscheinen lassen würde. Das Türaufhalten hatte ihn mißtrauisch gemacht, bisher hatte Blurtmehl doch gewissenhaft darauf geachtet, ihn gewisse Dinge eigenhändig tun zu lassen: Türen öffnen, Zigaretten anzünden und gewisse unvermeidliche Manipulationen auf der Toilette. Kortschede kannte er ja auch schon über zwanzig Jahre: diesen feingliedrigen und feinsinnigen Menschen, der mit stiller Feierlichkeit Banken und Papier, Stahl und Immobilien beherrschte, und ließ doch zu, daß das Geflüster seines lieben Horst abgehört wurde.
»Ja, ich komme«, sagte er, lächelte und dachte: »Nein, heute noch nicht, gewiß nicht heute schon.«

II

Schließlich hatte sie die Blum doch mit Kit weggehen lassen, Milch zu holen, obwohl sie wußte, daß sie die Milch nicht mehr brauchen und auch nicht mitnehmen würde; Kit bestand auf diesem Ritual, bestand auch darauf, die Milchkanne zu tragen, die ohnehin leer war, voll nur den halben Weg. Die vier Kilo wurden ihr dann doch zu schwer. Sie liebte die Kühe, den Stallgeruch, und für die Blum war's ein willkommener Anlaß zu einem Schwatz mit den Beeretzens, sie waren gleichaltrig, so um die Sechzig, auch verwandt irgendwie, und es gab immer genug Gesprächsstoff, aus Vergangenheit, Gegenwart und Zukunft: Blorr in zehn, in zwanzig Jahren, wenn es mit dem Bungalowbau und dem Straßenbau so weiterging. Immer noch rätselten sie herum, wer von den vierunddreißig wahlberechtigten Einwohnern denn nun wirklich die SPD gewählt haben könnte: sieben, und da kamen immer noch und immer wieder nur die Neuzugezogenen in Frage, die das alte Pfarrhaus gepachtet und renoviert hatten, nette, aber undurchsichtige Leute, die liberal wirkten, aber gewiß nicht die Liberalen wählten: Blömers, er Architekt, sie Anwältin, mit erwachsenen Kindern, vier Autos; ihrem Bruder, der offenbar nichts tat, nur so am Haus, im Garten herummachte, Pfeife rauchte – genau sieben, wenn man die wahlberechtigten Kinder mitrechnete. Wichtig war, daß es Gesprächsstoff genug gab und das Milchholen mindestens eine halbe Stunde, hoffentlich länger dauern würde: Sie wollte allein sein, bevor Mama, bevor Käthe kam, wollte Abschied nehmen von Blorr und ertappte sich dabei, daß sie an die Milch dachte: Würde Erwin sie trinken, würde die Blum ihm eine Süßspeise daraus machen, sie sauer stellen, diese beiden letzten von vielen Litern Milch, die sie bei den Beeretzens geholt hatten: fünf Jahre lang täglich zwei Liter, das mußten Tausende sein. Sie war zu nervös, das auszurechnen, und außerdem kam die Angst wieder, stieg diesmal von unten nach oben, schien aus den Füßen hochzusteigen, erhitzte die Waden, blockierte Blase und Nieren, zog über die Brust wie eine schwere heiße Wolke, in den Kopf; manchmal auch stieg sie von oben nach unten, fing im Kopf an, senkte sich nach unten, und Grebnitzer, auf den Vater immer noch schwor, tippte immer noch auf Schwangerschaftsbeschwerden. Natürlich hatte die Angst mit der Schwangerschaft zu tun, und es waren doch keine Schwangerschaftsbeschwerden; diese Angst war nicht mehr die tägliche, alltäglich gewordene Angst, daß sie Kit entführen würden, sie mit, oder sie, oder Erwin, oder sie alle drei einfach erledigen würden (sie stellte sich vor, daß einer

dann ihre Fotos durchstrich und drunterschrieb »erledigt«); es war nicht mehr diese ungreifbare und doch wirkliche Angst; eine andere, faßbare, greifbare, über die sie mit niemand reden konnte. Für zwei Ängste von diesem Ausmaß war kein Platz in ihr, und so hatte die greifbare die ungreifbare Angst verdrängt. Seit drei Monaten, seit sie endgültig wußte, daß sie schwanger war, und nicht von Erwin, der ihr in den vier Monaten davor nicht einmal in einer Weise nahegekommen war, die Schwangerschaft hätte verursachen können.
Manchmal dachte sie doch an Selbstmord: irgendein Zeug schlucken und weg. Es war nicht das ihr so eindringlich eingeprägte Sündhafte daran, das sie zurückhielt, es war der Gedanke an Kit, an Hubert, die Eltern und Brüder, sogar an Katharina und die Neffen – und zuallerletzt, am allerwenigsten, das war ihr klar, war es der Gedanke an Erwin Fischer, ihren Mann. Von ihm wegzugehen fiel ihr nicht schwer, und nun war sie dazu entschlossen und hatte noch mit niemand darüber gesprochen, hatte die Blum und Kit mit der Milchkanne auf den Weg geschickt, als wäre alles beim alten. Nichts, nichts mehr war beim alten. Diesmal war Kübler zum Schutz der beiden mitgegangen, würde sich, wie alle vor ihm, auch Hubert, weigern, ins Haus zu kommen und einen Schnaps zu trinken, würde auf dem Hof stehenbleiben, wachsam, unnahbar, die beiden Eingänge zum Hof scharf im Auge behalten, während Rohner hier bei ihr Wache hielt, wachsam die schwachen Punkte des Bungalows im Auge behaltend: die Terrasse, auf der sie jetzt stand und auf Blorr blickte, und die hintere Garagentür, die in den Garten führte. Am meisten fürchteten sie alle die Dämmerung, und nun, im Spätherbst, hatte das Milchholen vorverlegt werden müssen, und wenn sie auch hoffte, daß die Blum einen langen Schwatz halten würde: Bis die Dämmerung einfiel, durfte sie nicht bleiben, das würde wieder Ärger mit Holzpuke geben; der wurde nicht gerade böse, hielt aber mit seinem Ärger nicht zurück, wenn sie sich nicht an die Ratschläge oder Anweisungen hielten, betonte immer wieder – mit Recht, wie

sie von Hubert wußte – die angespannte Nervenlage seiner Leute, die man verantwortlich machen würde, wenn –. Schließlich war die Sache mit Pliefgers Geburtstagstorte eine verflucht ernste Geschichte gewesen, und Vater, der träumte ohnehin schon von fliegenden Untertassen, die sich auf ihn und Käthe niedersenken würden, erschrak sogar neuerdings vor Vögeln, seitdem die Sache mit der Ente passiert war und der alte Kortschede beim Klicken eines Feuerzeugs total durchgedreht hatte. Und da war die fürchterliche Sache mit Plottetis Zigarettenschachtel gewesen.

Ihre Angst galt Hubert, nicht sich selbst; sie würde schon fertig werden mit Erwin und der ganzen Clique, mit Skandal und Geschrei der Zummerling-Meute; sie freute sich auf das Kind, das so lebhaft in ihrem Bauch turnte, hatte nur Angst um dessen Vater: Hubert, mit dem sie seit sechs Wochen nicht ein Wort hatte wechseln können; seitdem er bei Vater und Käthe Leibwächter war, erwischte sie manchmal einen Schimmer von ihm, sah im Flur des Schlößchens oben seine Umrisse, konnte nicht mit ihm sprechen, ihm nicht schreiben, ihn nicht anrufen; Veronicas wegen war sie ja nicht nur bewacht, auch überwacht, und zum Glück hatten weder Rolf noch Vater oder Käthe ausgeplaudert, daß sie ja auch einmal mit diesem Bewerloh befreundet gewesen war; immerhin war er ja Vaters Schützling gewesen und Rolfs Freund, und Veronica einmal Rolfs Frau.

Angst auch um Helga, Huberts Frau, die sie gar nicht kannte, von der sie nur wußte, daß sie blond war, Helga hieß und sehr lieb war, und da gab's noch einen lieben kleinen Jungen, der Bernhard hieß und bald mit zur ersten heiligen Kommunion gehen sollte; sie kannte die Adresse, konnte natürlich nicht hinfahren, Kübler und Rohner, die neuen Bewacher, ließen sie nicht aus den Augen, und sie konnte doch nicht, von Kübler oder Rohner begleitet und beobachtet, zu Huberts Wohnung gehen, vorm Haus stehen und warten, bis Helga und Bernhard herauskamen. Eine Scheidung, das kam für Hubert nicht in Frage, und Erwin, der glaubte immer noch stolz und eitel, daß sie im dritten Monat von ihm schwanger war, wo doch soeben der sechste begonnen hatte.

Vier Monate lang war er weggewesen, unterwegs in Singapur, Panama, Djarkarta und Hongkong, hatte schwierige Verhandlungen für den »Bienenkorb« geführt, den Aufbau ganzer Produktionsketten, Vertragsfirmen finden, Maschinenparks installieren, Vertrauensleute anwerben müssen – hatte diese Aktionen erfolgreich abgeschlossen und war strahlend zurückgekommen. Sie mußte auch mit Erwin reden, bevor er irgendwo Grebnitzer traf und der ihm zu dem Kind gratulierte, das in vier Monaten kommen würde, das Erwin aber erst in sechs erwartete: ein gesundes Kind, von einer gesunden Mutter, einem gesunden Vater. »Diese Hitzewellen, die Ihre Frau manchmal überkommen, sind ganz natürlich, völlig normal«, und Erwin hatte schon großmütig erklärt: »Und wenn's auch wieder ein Mädchen wird, das wird ein Fest!« Natürlich würde er die Presse einlassen und die Illustrierten. »Nachwuchs für den Bienenkorb, Nachwuchs in der Fischer-Hütte«, wie man ihren schicken Bungalow nannte, »Nachwuchs für eine unserer hoffnungsvollen Reiterinnen: Sabine Fischer vom Stamme Tolm – eine der meistgefährdeten Frauen«. Nun würde das alles ins Wasser fallen, kein Sekt, keine Lampions, während sie irgendwo – wo? – vom Kind eines Polizisten entbunden wurde. Wo? Nicht hier in Blorr, wohl nicht in Tolmshoven, vielleicht bei Rolf, wenn da ein Zimmerchen frei war. Mit Katharina hätte sie wohl sprechen können, vielleicht auch mit Rolf, aber vorher mußte sie mit Hubert sprechen, konnte doch nicht über seinen Kopf hinweg andere einweihen, und über Helga und Bernhard hinweg, bevor diese etwas ahnten, Gerüchte in Gang setzen, und da blieb ja noch etwas, das für Hubert so ernst war wie für Holzpuke: das Dienstvergehen.

Wenn Hubert nur nicht so ernst wäre – und sie mochte ihn doch so ernst, wie er war, sehnte sich nach ihm, schmachtete regelrecht nach ihm und hätte den Skandal nicht gefürchtet, wäre einfach auf ihn zugegangen, hätte ihn umarmt und geküßt, wenn da nicht Helga und Bernhard gewesen wären: Nein, das nicht, sie mochte nicht dieser Frau weh tun, die sie gar nicht kannte, die ihr nichts getan hatte und gewiß nichts tun würde, und wäre vielleicht einfach zu ihr gefahren, hätte mit ihr gesprochen – aber nicht über Huberts Kopf hinweg. Es war gut, daß Mama, daß Käthe kam und sie mit ihr zurückfahren, in Tolmshoven bleiben konnte; da war sie ihm nahe und würde wohl Gelegenheit finden, mit ihm zu sprechen.

Schon lange bevor Erwin wegfuhr, um seine »Produktionskette«, oder wie das hieß, »auf festen Boden zu stellen«, war nicht viel gewesen, wenn er ihr nahe kam; er fragte noch immer ängstlich oder gar gereizt: »Hast du sie auch genommen?«, wußte doch, daß sie sie widerstrebend nahm, sie hatte Angst vor dem Zeug, auch religiöse Bedenken, nahm sie aber, und erst wenn sie auf seine Frage nickte, kam er ihr nahe; nur kam sie nicht in Stimmung, immer seltener, es kam, wenn nicht gerade Abneigung oder Haß, so doch etwas anderes, das die Stimmung nicht gerade hob: Mitleid mit diesem sportgestählten Mann, der als vorbildlicher Reiter, Tänzer, Tennisspieler, sogar Segler und neuerdings auch Wellenreiter und Ballonfahrer bekannt war und der doch nicht zurechtkam (auch in ihren Gedanken mochte sie die vulgären Ausdrücke nicht aufkommen lassen, die sie aus Illustrierten, von flotten Partys, aus den eingestreuten Pornoszenen der Boulevardblättchen und von ihrer ehemaligen Nachbarin Erna Breuer kannte) – Mitleid mit ihm, der so viel Mühe hatte, zu seinem Glück zu kommen, manchmal erreichte er es gar nicht, gab ihr die Schuld. Sie mochte seitdem nicht so recht seinen geflüsterten Geständnissen glauben, wenn er da aus London oder Bangkok zurückkam. »Nun, du kannst dir wohl denken, wozu ein einsamer Mann, so weit von seiner süßen Frau entfernt, manchmal fähig ist ...« Sie mochte es nicht glauben und fand's widerwärtig in jedem Fall, ob's stimmte oder ob's gelogen war, und die »süße Frau« verursachte ihr Ekel, und sie fragte sich, ob er wohl wisse, wozu eine einsame Frau fähig sein könnte, wobei sie gar nicht an das dachte, was ihre Nachbarin, Erna Breuer, offen mit einem vulgären Wort belegte. Das Wort wurde neuerdings auch auf Partys nicht mehr immer vermieden, da gab's Frauen aus sozusagen respektablen Kreisen, die von ihren Titten sprachen und ihre Männer als Freier bezeichneten. Sie fuhren manchmal mit ihnen in asiatische Gefilde, wo abendländische Liebessitten nicht beachtet wurden. Nein, sie hatte sich nie entschließen können, ihre Erziehung zu verfluchen, Groll auf die Nonnen zu nähren, war nur entsetzt, tief verletzt, fast tödlich getroffen, seit sie versucht hatte, bei Kohlschröder Erleichterung zu finden. Da hatte Kohlschröder auf der Schilderung von Details bestanden, bis ihr ein düsterer Verdacht kam; das empfand sie als grausig, wie er sie ausfragte, auch über das, was sie mit Hubert trieb, wie? Sie war dann auch aufgestanden und weggelaufen: Nie mehr, nie mehr so etwas wie Beichte. Nie mehr, dann lieber mit Erna Breuer plaudern, und bei Fischers, bei Erwins Eltern, da traf man manchmal so lustige, elegante, frivole Kleriker, die hätten bestimmt gelacht, wenn sie denen gebeichtet hätte: »Ich habe Ehebruch begangen.« Das waren Typen, bei denen man damit rechnen mußte, daß sie jederzeit zu einem Klerikerstrip bereit waren, brüsteten sich ihrer risikolosen Liebschaften, brachten ihre Weiber manchmal mit. Ringsum Chaos, Auflösung – und die Angst, nicht ums Leben, nicht um den Skandal, Angst um Helga und Hubert, für den es so ernst war wie für sie, er konnte nicht anders als ernst sein und hatte offenbar beim Beichten mehr Glück gehabt als sie.

Angst auch um den Verlust der Nachbarschaft, die wachsende Gereiztheit in Blorr, das ihretwegen zum »Bullennest« geworden war. Seit der Sache mit Pliefgers Geburtstagstorte waren die Kontrollen noch schärfer geworden. Dabei war die Liebschaft ihrer Nachbarin Erna Breuer mit dem Fahrer ihres Mannes aufgeflogen; eine nette, eine liebe, so eine hübsche Frau, nicht mehr ganz jung, wohl Mitte bis Ende Dreißig, mit der man über den Zaun hinweg über Blumen und Putzen und

Rezepte plaudern, die man mal zum Kaffee einladen konnte, die früher auch schon mal, bevor die Kontrollen so scharf wurden, auf Kit aufgepaßt hatte, einen Salatkopf oder einen Blumenkohl herüberreichte, eine ganz normale Frau, die auf etwas melodramatische Weise unter ihrer Kinderlosigkeit litt, ihren »unfruchtbaren Leib« beklagte, »denn mein Mann, der ist es nicht, der hat ja Kinder aus erster Ehe, ich bin's«; nett, diese Erna Breuer, stammte aus Hubreichen, Tochter des Bauern Hermes, bei dem Rolf die Milch holte, eine dunkle, etwas üppig gewordene Schönheit, die außerdem darüber klagte, daß »der Meine nie mit mir tanzen geht«, und man hatte sie dann ein paarmal eingeladen, wenn Party mit Tanz war, im Garten, auf der Tanzfläche am Swimming-pool, mit Lampions und Bowle, Sekt und lustiger Hopserei, und Erwin hatte Erna Breuer ganz schön rumgeschwenkt, und die erhitzte, ein wenig atemlose Erna Breuer war ganz selig gewesen, und ihr Mann, auch nicht mehr ganz so jung, wohl Anfang Fünfzig, war auch selig, hatte gestrahlt, daß seine Erna mal tüchtig geschwenkt wurde. Ein schöner Abend, auch die anderen Nachbarn waren eingeladen gewesen, der Fuhrunternehmer Klober mit Frau und Tochter, einer Siebzehnjährigen, die für »oben ohne« plädierte und es auch praktizierte; Helmsfeld, der Redakteur vom ›Blättchen‹, der tiefsinnig, etwas zu tiefsinnig für die meisten Gäste, über Terrorismus reflektierte. Sogar die Blums waren gekommen, und die Beeretzens hatten ihren ältesten Sohn geschickt, der oft mit ihr tanzte. Erna Breuer war glücklich gewesen an diesem Abend, und ihr Mann hatte großmütig lächelnd darüber hinweggesehen, daß sie sich im Hintergrund von Helmsfeld küssen ließ, der später, als die anderen gegangen waren, noch zum Kaffee blieb und etwas zu herablassend, wie sie fand, den »vulgären Eros« von Frau Breuer gepriesen hatte.

Dann aber war Zurmack und Lühler aufgefallen, daß ein grauer Mercedes etwas zu oft, und meistens am Vormittag zwischen zehn und zwölf, vor dem Breuerschen Haus hielt und ein sehr jugendlich wirkender Endzwanziger ausstieg, der nicht ganz so gekleidet war, wie man es von einem normalen Breuerbesucher erwarten durfte, etwas zu schlaksig, nicht in Jeans, in Cordhosen und von einer Langhaarigkeit, die nicht ganz der entsprach, die man inzwischen in Illustrierten und bei der Polizei für schick und zulässig hielt; nicht etwa ungepflegt, der Junge, nur: er entsprach nicht der inzwischen anerkannten Langhaarigkeit und hatte, wie Zurmack es ausdrückte, eine »verdächtige Lässigkeit«, eine Art, Schultern und Beine zu bewegen, die er nur von Demonstrationen und Krawallen aus den Filmen kannte, die ihnen zum Studium »gewisser Typen« vorgeführt wurden. Er sah nicht »hüftig«, nicht nach Discothek aus – nun, so etwas war schwer zu beschreiben, seine Bewegungen waren eben nicht nur jugendlich und lässig, Zurmack hatte an ihnen etwas »Politisches« entdeckt. Dieser Besuch kam mindestens zweimal in der Woche, und wenn auch an der Autonummer leicht festzustellen war, daß es eins von Breuers Betriebsautos war, dieser junge Mensch allerlei Besorgungen für Breuer machte, bei Banken, Kunden, Behörden, Firmen; (Breuer hatte ein Uhren- und Juwelengeschäft, wie sich später herausstellte, kurz vor der Pleite, er hatte eben doch zu teuer gebaut, und der ganze Uhrenkram war ja ohnehin in einer schweren Krise). Diskret, sehr diskret hatte man sich natürlich nach diesem jungen Mann erkundigt: Der hieß Peter Schubler, hatte das Studium der Soziologie abgebrochen, hatte an Demonstrationen teilgenommen, war einmal beim Tomatenwerfen fotografiert worden. Nun lag das Breuersche Haus sehr nahe an der »Fischer-Hütte« – manchmal winkten die Frauen sich von Küche zu Küche zu, und von Breuers Terrasse aus konnte man ungehindert und ungeniert in Fischers Swimming-pool blicken. Das war schon Grund genug, darüber nachzudenken, ob dieser Schubler nicht doch etwas ausbaldowerte, und Zurmack ging, als der graue Mercedes das nächstemal vor dem Breuer-Haus hielt, fünf Minuten später hinter ihm her, klingelte, wartete höflich, wartete, klingelte – und dann gab's Ärger und Geschrei – denn schließlich nach dem dritten Klingeln öffnete Schubler,

nicht gerade »ganz korrekt« gekleidet, wie man das zurückhaltend ausdrückte, und Erna Breuer kam im Morgenmantel, machte eine Szene, nun, es war genau das, was man früher einmal eine »verfängliche Situation« genannt hätte. Dieser Mensch, sagte sie ungeniert, sei ihr Liebhaber, und das sei ja nicht gesetzlich verboten. Sie müsse darauf bestehen, daß ihr Mann nichts davon erfahre. Aber Liebhaber – das konnte ja nun auch eine Tarnung sein. Die waren doch zu allem fähig, und bei einer so hübschen Frau den Liebhaber spielen, das war eine Rolle, die wohl keinem von denen allzu schwer gefallen wäre.
Es kam natürlich heraus, Breuer fand das nun gar nicht mehr nett, das ging ihm dann doch viel zu weit, er trennte sich von Erna – ein alltäglicher, grausamer Skandal mit fürchterlichen Konsequenzen und mit Haß auf die Fischers, denn »hätten wir nicht dort gewohnt, wo es dauernd von Bullen wimmelte, wär's nie herausgekommen«. Da wurde auch die weitere Nachbarschaft nervös von diesem »ewigen, ewigen Sicherheitsgetue«. Wer hat das schon gern, immer und ewig die Polizei in der Gegend, mit Sprechgeräten und Kameras in der Straße. Blorr, dieses Nest mit seinen zwölf Bauernhäusern und vier Bungalows, der alten Kapelle und dem alten Pfarrhaus, war ohnehin winzig genug, daß man alles beobachten konnte; und wer, »Wer«, sagte Helmsfeld, »wer hat denn nicht seine Heimlichkeiten oder irgendeinen Bekannten, dessen Bewegungen man nicht modisch, sondern politisch interpretieren kann?« Er zum Beispiel habe eine Freundin, die ungefähr dreißigjährige Erika Pöhler, die sei schon ein paarmal, wenn nicht gerade verhört, so doch vernommen worden, weil sie so oft nach Blorr fuhr, in einem Auto des Typs, den man »Studentenauto« nannte, und Erika sei zwar links und Soziologin, doch weder theoretisch noch auch nur andeutungsweise praktisch irgendeiner Form der Gewalt zugeneigt.
Und auch der Fuhrunternehmer Klober wurde nervös, nachdem Erna Breuers Liebschaft aufgeflogen war. Zu ihm kamen ziemlich oft Leute mit dicken Autos, meistens morgens zwi-

schen zehn und zwölf, Geschäftsfreunde, Kunden, und wie Hubert ihr später einmal erklärte, »hängt der möglicherweise in allen möglichen Geschäften drin, vielleicht Schmuggel, mindestens Steuerhinterziehung, vielleicht Schlimmeres, und eine genaue Überprüfung seiner Besucher und deren Anliegen muß ihn natürlich nervös machen.«

Zwischen ihnen und Klobers waren ja auch nur die vier Garagen, und vom Badezimmerfenster aus konnte man ungehindert die achtzehnjährige Friedel Klober auf der Terrasse ihr »oben ohne« praktizieren sehen. Einmal hatte sie Erwin dabei erwischt, wie er vom Bad aus das Mädchen mit dem Fernglas anvisierte und nicht einmal das Glas absetzte, als sie plötzlich reinkam, sondern sich auf den Kommentar beschränkte: »Verflucht, die kann's sich leisten, so dazusitzen.«

Nein, es war nicht mehr gemütlich mit der Nachbarschaft, Helmsfeld klagte, bei Breuers Katastrophe, und Klobers zeigten ihre Frostigkeit unverhohlen. Und grüßten die Bauern nicht auch schon kühler, fast abweisend? War da nicht etwas Abweisendes, wenn nicht gar Ablehnendes zu spüren gewesen, wenn sie mit Kit Milch holte, und hatte sie nicht deswegen neuerdings die Blum immer zum Milchholen geschickt? Nur die Blömers schienen unbehelligt zu sein oder sich so zu fühlen, sie wollten, sobald das Haus fertig war, ein Fest geben. Ruhig und idyllisch war Blorr nicht mehr – und würde es vielleicht wieder werden, wenn sie weg war, und sie würde vielleicht herkommen, zu Besuch, bei Helmsfeld zum Tee oder bei Blums oder Beeretzens zum Kaffee – und würde Blorr wiederfinden, wie es einmal gewesen war, und es war Zeit, den Gedanken an Selbstmord endgültig beiseitezuschieben: Da war nun Kit und das neue Kind, da war Hubert, und der Wunsch, irgendwo – wo? – unbewacht zu leben. Auswandern, und irgendwo unbekannt und unerkannt leben, mit Kit und dem neuen Kind, am Meer, im Ausland, mit einer Rente von Erwin und einem Zuschuß von Vater und vielleicht eine Arbeit tun: übersetzen oder stricken, oder beides –. Alle hatten immer gesagt, wie gut sie Französisch konnte, und stricken, das hatte sie nun wirklich gelernt, eine bessere Stricklehrerin als Käthe, als Mama, konnte es gar nicht geben. Auswandern, stricken, übersetzen, Aufträge würde Vater ihr besorgen, weg aus Blorr, weg aus Deutschland.

Rohner kam zwischen Garagen und Hauseingang hervor und bat sie leise, sehr höflich, die Terrasse zu verlassen, wenn möglich ins Haus zu gehen und die Terrassentür zu schließen. Sie nickte und ging rein, schloß die Tür; es fing an zu dämmern. Die Gewißheit, daß sie heute noch von Blorr weggehen mußte, tat weh, und sie weinte einfach, ließ die Tränen laufen und zog den Vorhang zu. Sie hatte dieses Dorf geliebt, auch das Haus, das ihr ein bißchen zu modisch war, zu offen, mit zuviel Glas; die Bäume von Blorr, diese alten Eichen, die Buchen und Kastanien, die Spaziergänge mit dem Kind, das Milchholen und Brotbacken, die Bauernhöfe – es hatte ihr Eickelhof wenigstens annähernd ersetzt. Das Reiten morgens; das Pferd bei Hermanns aus dem Stall holen, satteln und weg, über die Felder, durch die Wälder.

Erwin hatte es sich nicht nehmen lassen, ihre Schwangerschaft der Presse mitzuteilen, weil sie doch jetzt das Reiten für eine Weile aufgeben mußte und zur Meisterschaft bestimmt nicht würde trainieren können. Es hätte ja auch jemand mitreiten müssen, irgendein Polizeibeamter, der sich auf Pferde verstand. Das hätte keinen Spaß gemacht. Manchmal war sie ja früher auch abends kurzentschlossen ins Konzert gegangen, besonders, wenn dieser junge Russe da war, der so herrlich Beethoven spielte – oder in eine Ausstellung, sie hatte Reproduktionen von einem jungen Maler gesehen, der jetzt gerade ausstellte –. Aber seitdem sie das alles »anmelden«, Sicherheit sozusagen anfordern mußte – machte es keinen Spaß mehr.

Was würden die Bauern wohl denken, wenn herauskam, daß sie gar nicht von Erwin schwanger war, sondern von einem Polizeibeamten, dem strengsten, dem jüngsten der vorletzten Gruppe, von dem, den sie alle nicht so sehr mochten. Er war so ernst und auch so ernsthaft, »absolut humorlos« hatte der Bauer Hermanns ihn genannt, weil er dessen Sohn das Hantieren mit altem Kriegsmaterial untersagte, nicht aus Sicherheits-, aus polizeirechtlichen Gründen. Der Junge streifte durch Wälder, Gebüsch und Felder und suchte nach altem Zeug aus dem Zweiten Weltkrieg, und so ungefährlich war das nun nicht, waren doch viele Leute, Bauern und Kinder schon von alten Granaten verletzt, manche zerfetzt worden, sie hatte in dieser Sache Hubert heftig – vielleicht zu heftig? – verteidigt. Ja, ernst war Hubert wie sie, konnte das alles nicht einfach leichtnehmen. Und Blorr, das war nicht mehr schön, spazierengehen unter Bewachung, Milchholen unter Bewachung, unter Bewachung in die Kapelle, wo sie so gern der Mutter Gottes Blumen gebracht hatte, Ave-Maria beten unter Bewachung, mit den Bauern plaudern über Gott, die Welt, Vieh, Kinder, Wetter, Kirche und Staat – unter Bewachung. Zerstörte Nachbarschaft. Erna Breuers schlimmes Schicksal, das ja nun eindeutig eine Folge ihrer Bewachung war; jetzt hockte sie mit diesem Schubler in dessen Eineinhalbzimmer-Apartment, suchte Arbeit, fand keine, Schubler suchte Arbeit, fand keine. Die Scheidung von Breuer lief, Breuer hatte endgültig Pleite gemacht, das Haus nebenan stand leer, zum Verkauf, wurde nun, wo es leer stand, noch schärfer überwacht, auch potentielle Käufer wurden überprüft, der mißmutige Makler deutete sogar Schadenersatzklage an, ließ verlauten, der Wert des Hauses sei natürlich gesunken, seitdem Blorr zu einem »Polizeinest« geworden sei, man munkelte sogar von einer Interessengemeinschaft der Überwachungs- bzw. Sicherheitsgeschädigten, der sich Klobers angeschlossen haben sollten; man sprach von einer überregionalen Organisation, da es viele derart Geschädigte gebe.

Und sie sehnte sich nach Hubert, wartete auf Käthe, die Mama, die sie mitnehmen würde nach Tolmshoven, wo Hubert jetzt Dienst tat. Sie würde schon eine Gelegenheit finden, würde eine suchen, würde notfalls Käthe überreden, einmal für alle Sicherheitskräfte und deren Familien eine Party zu geben: im großen Saal unten, wo sonst die Tagungen des Verbandes stattfanden. Das war eine Idee: sich einmal bei all diesen Menschen und ihren Angehörigen zu bedanken, man könnte eine Band einladen und für die Kinder ein Marionettentheater, und wenn sie dann mit Hubert hatte reden, Helga und Bernhard hatte kennenlernen können – dann würde sie bei jemandem Rat suchen, dem sie mehr vertrauen konnte als diesem grauenhaften Kohlschröder. Mit ihrem Bruder Rolf zu sprechen wäre vielleicht nützlich, aber nicht hilfreich: Dem hatte Erwin nie verziehen, daß er seinen Jungen Holger genannt hatte. »Den ersten Holger, den er mit dieser Veronica hat, nun gut, das ist sieben Jahre her – aber nun den zweiten Jungen, den er mit Katharina hat – nach November 74 *noch* ein Kind Holger zu nennen – nein, dieser Teil deiner Familie ist für mich gestorben, und überhaupt: Autos anzünden und Steine schmeißen!« Rolf würde sachlich sein, trotz allem, zu sachlich, würde wohl abstrakt begreifen, daß der Ehebruch sie belastete, würde aber zu analytisch die Tatsache angehen, daß sie der Ehebruch, den sie Fischer angetan hatte, gar nicht, der an Helga aber sie sehr belastete. Er wußte das natürlich alles noch, konnte aber nicht mitfühlen. Ihr Bruder Herbert wäre gewiß erheiternd gewesen, aber ebensowenig hilfreich, der hätte gelacht, sich ohne jede Einschränkung gefreut, »weil da nun ein neues Leben in dir entsteht, welch eine Freude: ein neues Leben, Schwester!« und hätte ihr geraten, einfach von Fischer wegzugehen und irgendwo – wo? wo? – neu anzufangen, sozusagen mit Spaten und Rucksack. Vielleicht war's am besten, mit Katharina zu sprechen. Immerhin waren sie fast gleichaltrig, auch vertraut miteinander, hatten sich nie gestritten – es war nur alles so fremd für sie, wenn Katharina politisch wurde, Systemanalyse betrieb, die manchmal bestechend klang, und war doch dieser Sache nicht – oder doch? – mit irgendeiner Systemanalyse beizukommen. Sie war nun mal katholisch und kirchlich geblieben

– und keine zweihundert geile Kohlschröders hätten ihr das nehmen können. Auch Hubert war's, und es war ernst, ernst, kein Spiel, kein »bürgerlicher Seitensprung«, und das mußte Katharina doch verstehen, die so gegen Porno und Promiskuität war. Katharina würde wahrscheinlich mit einem Psychotherapeuten kommen – und der, der würde ihr wahrscheinlich das Wort Ehebruch verbieten. Schließlich gab's die Möglichkeit, daß Erwin, schon um die Blamage und den Skandal zu vermeiden – wobei ihm die Blamage schlimmer war als jeder Skandal–, das Kind anerkennen, es als Fischer würde zur Welt kommen lassen und vorschlagen würde, daß man sich später erst trennte oder scheiden ließ. Darauf würde sie sich nicht einlassen. Sie konnte nicht einen Tag länger mit Fischer zusammenleben. Diese Sehnsucht nach Hubert – nach seinen Händen, seinem Mund, seiner Stimme und dem Ernst seiner Augen.
Mit Vater zu reden – nein, sie konnte ihm nicht beichten. Er war zwar nicht prüde – hatte immerhin diese Affäre mit seiner Edith gehabt, und im Dorf wurde heute noch von der Sache mit der jungen Gräfin gemunkelt, obwohl das schon fast fünfzig Jahre her war. Vielleicht war Vater sogar »verständnisvoll«, aber scheu war er, scheu wie sie. Er hatte ja Erwin nie gemocht, würde froh sein, daß »wir den endlich los sind«, er würde nett sein, Vater, würde ihr vorschlagen, mit Kit und dem Kind, das sie erwartete, ins Schlößchen zu ziehen; er würde sich um Hubert kümmern; freundlich sein – und ihr nicht helfen können, und dann würde Erwin um Kit kämpfen, »ohne Bandagen« – das konnte er: ohne Bandagen kämpfen. Es mußte ihn treffen, was Vater niemals treffen würde: daß es nicht einer »seiner Leute« war, sondern ein Polizist. Und er würde natürlich wieder heiraten wollen, das brauchte er fürs Image, brauchte er auch für den »Bienenkorb«: eine attraktive, dazu sportliche, außerdem noch häusliche Frau – was sie ungefähr alles gewesen war, und gewiß würde eine dieser Titten-Zicken ihn auch nehmen. Und es gehörte wenig Phantasie dazu – und sie hatte einige, das hatten die Nonnen ihr bescheinigt und

waren darin sogar einer Meinung mit Rolf –, sich auszumalen, was da alles in den Blättern, vielleicht sogar im ›Blättchen‹ kommen würde. Das würde sie hinnehmen können, sich »einfach ducken«, wie Rolf es getan hatte. »Weißt du, das ist, wie wenn ein altes Plumpsklo explodiert: da fliegt die Scheiße eben in der Gegend herum, du kriegst was ab, aber es gibt ja warmes Wasser.«
Sie würde sich ducken können, es würde vorübergehen. Nur: Mit Fischer zusammenleben, das konnte sie nicht mehr, nicht einen Tag. Ihn begrüßen, wenn er als strahlender werdender Vater nach Hause kam, mit ihm essen; wenn sie badete, die Tür offenzulassen, darauf bestand er, erklärte es für sein eheliches Recht, »weil du ja nun auch oben ohne einiges zu bieten hast«. Sie brachte das Essen kaum herunter, weinte heimlich, wenn Kit schlief, weinte manchmal am hellen Vormittag, so daß die gute Blum immer wieder sagte: »Nun reden Sie doch mal mit jemand, da bedrückt Sie doch was, und es ist nicht das Kind, das Sie erwarten – und es ist auch nicht die Bewachung allein, wenn einen das auch verrückt macht.« Mit der Blum reden? Mit dieser altmodischen, warmherzigen, unverheirateten Schwester des Bauern Blum, die ihr in Haus und Küche half, beim Putzen auf Seifenlauge bestand, das ganze »modische Reinigungszeug« verachtete, Salmiakgeist und Essigwasser für ausreichend hygienisch hielt; mit der dicken Blum, die jetzt manchmal auch im Haus schlief; mit ihrem Dutt und den à la 1931 geschnittenen Röcken, so um die Ende Fünfzig herum. Immer wieder überraschend, schockierend, fast obszön, wenn sie sich während der Arbeit eine Zigarette ansteckte: keß im Mund das Stäbchen, intensiv inhalierte. »Das Rauchen, liebe Frau Fischer, haben wir im Krieg gelernt, wenn die Bomben fielen oder die Artillerie schoß, auch hier in Blorr – und es hat mir geschmeckt und schmeckt mir immer noch, und ich habe meinem Bruder damals manchen Liter Milch stibitzt und manches Kilo Kartoffeln und gegen Zigaretten getauscht, ich kann's nicht lassen.« Diese Frau, die »ihren Liebsten im Krieg verloren« hatte, und

»konnte mich zu keinem anderen hingezogen fühlen, zu keinem anderen entschließen, ich konnte nicht, und erwartete doch das Kind von meinem Konrad, und es gab sogar welche, die mich heiraten wollten, noch als ich schwanger war und die Nachricht von seinem Tod kam; Dnjepropetrowsk – den Ortsnamen werd' ich wohl nie vergessen, werd' ihn mitnehmen in ein anderes Leben und mal kurz dort nachfragen, was hatten wir, was hatte mein Konrad damit zu tun – und wurde eine Fehlgeburt, das Kleine, ich hätte es gern behalten, auch ohne Mann.« Ahnte sie was, die Blum, oder wußte sie gar was, wenn sie immer wieder sagte: »Und ist nicht das Kind, das Sie erwarten« – und war doch das Kind. Waren sie doch nicht vorsichtig genug gewesen, wenn die Blum mal, von Zurmack oder Lühler begleitet, mit Kit zum Milchholen oder einfach mal durchs Dorf ging, sich nicht stören ließ durch die Maschinenpistole, die Zurmack hinter ihnen hertrug; hatte sie doch was gemerkt, einen Blick, eine Geste, eine rasche Berührung im Vorübergehen, vielleicht was aufgeschnappt, wenn sie im Sommer am Swimming-pool lag oder Hubert sie rasch – oh, immer diese Eile, diese unvermeidliche Eile – in der Diele umarmte, küßte oder sie ihm zwischen Tür und Angel ganz anheimfiel? Natürlich hatte die Blum längst heraus, daß es zwischen ihr und Erwin nur Gereiztheit und Spannungen gab. Wußte sie, daß da nicht nur »andere Weiber« dahintersteckten, sondern auch ein anderer Mann? Ja, mit der Blum hätte sie reden können, aber raten, ihr helfen, das konnte die wohl so wenig wie Vater; die Blum hatte diese Schande mit dem unehelichen Kind tapfer ertragen, und es war doch wieder so eine Schande nicht gewesen, wo doch jeder wußte, daß ihr Konrad sie beim nächsten Urlaub hatte heiraten wollen; sie sammelte ja schon Buttermarken und Eier für den Kuchen und hatte den Metzger für die Schwarzschlachtung schon bestellt, und würde im Himmel noch, vor dem Allerhöchsten noch würde sie ihre Klage vorbringen: Dnjepropetrowsk – was hatten wir dort zu suchen?
Nur weg hier, wenn Käthe endlich kam, weg mit Kit, heute

noch, bevor er nach Hause kam; nicht mehr die Tür des Gästezimmers abschließen müssen, wo sie seit Tagen schon schlief, nicht mehr dieses Gerüttel an der Tür ertragen müssen, wenn er »sein Recht forderte«, und hätte vielleicht sein Recht nicht gefordert, wenn er gewußt hätte, daß sie nicht im dritten, sondern im sechsten war.

In Tolmshoven würde sie ja in Huberts Nähe sein, mit ihm sprechen können, vielleicht von ihm geküßt werden, und vielleicht sogar – trotz der Schwangerschaft – »zwischen Tür und Angel« – das waren sie doch gewohnt. Nur einmal war er nachts ein paar Stunden bei ihr gewesen, hatte sie ihn hereingelassen, als er draußen auf der Terrasse stand – an dem Tag, als Kit bei den Eltern eingeschlafen und über Nacht dort geblieben war; sie hatte nicht schlafen können, erst am Fenster gestanden, durch den Vorhang hindurch ins Tal geblickt, wo am Horizont die Kraftwerke flimmerten wie Zirkusfassaden, erleuchtet, doch nicht erleuchtend, das hatte der alte Kortschede ihr einmal erklärt: Erleuchtet mußten sie sein, aus Sicherheitsgründen, damit man sofort die undichte Stelle fand, wenn ein Ventil durchging, erleuchtet auch aus dekorativen Gründen, der »Zauber der technischen Landschaft«; beleuchten durften sie nichts, »damit man den Dreck, den Qualm, den Mief nicht sieht, den sie nachts heimlich ablassen«. Zwischen den Bäumen hindurch unten in der Mulde konnte man sie sehen, die Zirkusfassaden – und ihr Herz schlug wie – wie was? Hatte es je so geschlagen, sie wußte doch, daß er um zehn Zurmack ablösen würde, und es war schon halb elf, noch eine Spur sommerlicher Helle westlich der Kraftwerkerleuchtung. Er hatte seinen Rundgang noch nicht gemacht, und sie kam sich nicht einmal hurig vor, als sie die Terrassentür aufklinkte, voller Angst, ob's gutgehen würde, wo sie doch bisher nur immer »zwischen Tür und Angel« – und er kam auch, zielbewußt, wie ihr schien, entschlossen – eine etwas jungenhafte Entschlossenheit, wie sie lächelnd feststellte – an dem kleinen Seerosenteich vorbei, die kurze Böschung hoch – zertrat dabei ein paar Rosen, wie sich später herausstellte – faßte die Klinke und war schon drin, sah sie nicht gleich, der Vorhang klemmte, er zerrte ihn frei, und »ich habe Sie nicht gesehen«, sagte er später, »war geblendet, habe Sie aber gerochen, ja gerochen, vielleicht sollte ich sagen, gespürt, daß Sie da stehen – und warten«; doch gesprochen hatten sie kein Wort, wortlos und mit einer Selbstverständlichkeit, die sie bange machte, machte er Licht, zog die Vorhänge zu und sah sie sich an, nackt, was er zwischen Tür und Angel nie hatte sehen können, bevor er das Licht wieder ausknipste und sich zu ihr legte, die Pistole auf dem Nachttisch. Das Sprechgerät auf dem Boden. Später erst sprachen sie miteinander, als er wieder »auf Posten« gezogen war, sie Kaffee gemacht hatte, er draußen auf der Terrasse, sie drinnen am offenen Fenster, die Kaffeekanne und die Tassen und das Sprechgerät auf der Fensterbank, sie sprachen lang miteinander, bis es dämmerte, blieben beim Sie. Er sprach nicht von Liebe, sagte nur, daß er sie gleich begehrt habe, vom ersten Tag seines Dienstes an, erzählte ihr von seinem Schulüberdruß; daß er was hatte tun wollen, mit seinen Händen, am Bau gearbeitet hatte, am Fließband, »bis, das können Sie mir glauben, da keinerlei Romantik mehr drin war«, und war zur Polizei gegangen, ja, weil »er Ordnung liebte«, wurde verachtet von seinem Vater, der sich Jurist nannte und vom sozialen Abstieg sprach, fast schon pedantisch erklärte er ihr umständlich seinen Nachnamen Hendler, legte Wert drauf, daß er sich nicht mit ä, sondern mit e schrieb; darauf legte er sehr viel Wert, obwohl sie nichts dabei gefunden hätte, wenn's ein ä gewesen wäre; er bot sogar eine etymologische Erklärung für sein e an, kam wahrscheinlich vom bayerischen Wort Hähnchen oder Hühnchen, und ob nun einer Händler gewesen war, irgendwas eingekauft und verkauft hatte, oder Hühnerhofverwalter eines bayerischen Grafen oder Bischofs gewesen war und deshalb nicht Händler, sondern Hendler hieß – sie fand das nicht gerade langweilig – es war zu süß, mit ihm da am offenen Fenster zu stehen, Kaffee zu trinken und die Morgenröte heraufziehen zu sehen – aber sie war beunruhigt über die Ernsthaftigkeit, mit der er da Namenskundliches vortrug. Sie erzählte ihm von den Kindheits- und Jugendtagen auf Eickelhof. Das hatte zur Erbschaft des ›Blättchens‹ gehört, so eine altmodische Villa aus den achtziger Jahren, wie sie sich ein nicht gerade sehr reicher, aber doch wohlhabender Besitzer einer Druckerei und eines Provinzblättchens damals wohl hatte leisten können. Diese Villa hatte ihr Vater, der ein armer Schlucker gewesen war, mitsamt Druckerei und Zeitung geerbt – ein herrliches Haus, diese großen Zimmer unten, Wohn- und Eßzimmer, die riesige Küche und sogar ein Ankleidezimmer oder Garderobe, größer alle Räume als irgendein Raum im jetzigen Schlößchen, bevor sie da unten das Sitzungszimmer einrichteten. Tennisplatz. Alles war ein bißchen verkommen, diese sanft-süße Verkommenheit, die Käthe so liebevoll gepflegt hatte, der Garten, über den sie immer wieder stritten, scherzhaft stritten, ob man ihn nicht doch einen Park nennen könnte. Obstbäume, Wiesen, nirgendwo dieser idiotische Rasen, den sie haßte. Gartenfeste, Lampions, der Tanzboden, den Vater für sie zimmern ließ im Freien, Tränen, und diese schmerzhafte Verliebtheit in diesen Jungen, der Heinrich Bewerloh hieß – »ja, ja, *dieser* Bewerloh, der mutmaßlich schuld daran ist, daß Sie hier stehen, dem wir möglicherweise verdanken, daß wir jetzt hier beieinanderstehen und eben beieinandergelegen haben, daß wir so oft schon zwischen Tür und Angel; ja, der, der da schuld ist und dem wir's verdanken« – sein Schrecken, als sie »verdanken« sagte – und schilderte ihm den Jungen mit dem träumerischen Blick und der scharfen Intelligenz, dessen geringe Sportlichkeit und Tanzabstinenz sie alle belächelt hatten; nun, sie hatten ihm das Tanzen beigebracht – und wie waren sie da herumgewirbelt, an Sommerabenden draußen, wenn's regnete, drinnen ...

Sie erzählte es in dieser Sommernacht, aber kein Wort über Fischer, kein Wort über Helga, kein Wort über Kit, keins über Bernhard, und sie sagte ihm damals nicht, daß sie wahrscheinlich schon von ihm schwanger war, und am Tag darauf waren sie fast verrückt geworden, als er wieder Nachtdienst hatte, aber Kit schlief bei ihr, und Fischer, von der Reise zurück, schlief im Zimmer nebenan. Sie war sehr traurig und doch erleichtert, als er tags darauf nach Tolmshoven versetzt wurde. Sie erzählte ihm auch von Bleibls Dritter, Elisabeth, mit der sie sich angefreundet hatte, die aber dann bald wieder in Jugoslawien verschwunden war. »Wenn mal eine von denen nett ist, verschwindet sie bald. Sie hat jetzt ein Hotel da unten und lädt mich immer ein, aber ich kann doch nicht mit Sicherheitspulk dorthin fahren.« Und sie erzählte ihm auch von ihrer Villa da bei Malaga, wo sich die Langeweile ansammelt – sie erzählte viel, fast alles ... noch nie hatte sie jemand so viel erzählt. Natürlich war sie Hubert nicht auf den ersten Blick und sofort anheimgefallen; dieser junge Polizeibeamte war ihr gleich sympathisch gewesen, sympathischer als die anderen, war auch gleichaltrig, vielleicht sogar ein, zwei Jahre jünger –. Sie wußte nicht, wie alt Bernhard war, aber heutzutage gingen sie ja sehr früh zur ersten Kommunion, und vielleicht war Hubert doch dreißig, zwei Jahre älter als sie, und mit ihm war geschehen, was sie nie und nimmer für möglich gehalten, was sie unter tausend Eiden für unmöglich erklärt hätte: daß sie mit einem anderen Mann als ihrem eigenen schlafen würde – einem, der nie, nie gefragt hätte: »Haben Sie sie genommen?« Da hatte es genug Möglichkeiten gegeben, auch Annäherungen, fast Anträge im Reitclub, im Tennisclub, auf Partys; und mancher, wie der junge Zummerling – war ja wirklich charmant, nett, nahm alles nicht so ernst, neckte sie immer: Warum so ernst, liebe Sabine – immer so ernst? – Nein, Hubert, und sie wußte nicht einmal so recht, wie's gekommen war, ob sich's so entwickelt hatte oder einfach drauf zugelaufen war, ob es vermeidlich oder unvermeidlich gewesen war, ob's ihre oder seine Initiative gewesen war – es war darauf zugelaufen, und ob unvermeidlich oder nicht, das möchten doch bitte die Götter entscheiden – er stand da, ging da herum, wochenlang, fast zwei Monate lang, tagsüber, nachts, und eins war sicher: mit seinen beiden Kollegen, Zurmack und Lühler, wär' es absolut undenkbar gewesen, obwohl das auch ganz nette Kerle waren – kannten ja jeden Strauch, jeden Baum, jede kleine Bodenwelle, jede Ecke im Haus, im Garten und in der Nachbarschaft, hatten den Grundriß genau im Kopf, einschließlich Garderobe, Abstellraum, Bügelstube, Garagen und Geräteschuppen, Einfahrt und Küchenterrasse, wo die Blum bei gutem Wetter saß und Gemüse putzte, Kartoffeln schälte, Kit neben sich, die sich lebhaft für derlei Arbeiten interessierte; und natürlich den Hobbyraum – Fischer hatte einmal angefangen zu tischlern, aber den Hobbyraum seit einem Jahr nicht mehr betreten –, die Sauna im Keller, die beiden Bäder – bis in die letzte Ecke kannten sie Haus und Garten und Nachbarschaft, mochten alle nicht das viele Glas dieser Riesenfenster. Schwieriger war es geworden, als man ihr riet, Kit nicht mehr in den Kindergarten zu schicken, und seit ihr das Einkaufen keinen Spaß mehr machte. Der Kindergarten in Blückhoven war nun beim besten Willen nicht mit absoluter Garantie sicherheitstechnisch zu überwachen, da wurden dauernd Kinder gebracht, geholt, wurde Essen gebracht, gab's viele Ein- und Ausgänge, einstöckige Bungalows in einen Park gestreut, Gebüsch, Blumenbeet, Spielgeräte – der war ja bewußt offen geplant und angelegt worden, zaunlos zwischen Schule und Schwimmbad, dauernd fuhren irgendwelche Autos vor, die man nun wirklich nicht alle durchsuchen konnte – und seit der Sache mit Pliefgers Torte mußten auch die Eßkübel untersucht werden – letzten Endes gab's sogar eine kleine Meuterei unter den Eltern, die meinten, ihre Kinder seien ja nicht bedroht (was nicht zutraf: »entführen«, hatte Hubert gesagt, »können sie jedes Kind, auch meins«), und diese ständige Be- und Überwachung verursache nervöse Störungen, führe zu seelischen Verletzungen, sei ja auch letzten Endes sinnlos, denn wenn, dann würden sie doch ganz woanders zuschlagen.

Sie mußte Kit also zu Hause behalten, konnte sie auch nicht mehr zu Groebels bringen, wo sie immer so gern und so lange mit Rudi und Monika gespielt hatte. Groebels hatten ziemlich deutlich zu verstehen gegeben, daß sie das schädlich fanden: dauernd den oder die Polizisten da herum; sie mußte also Kit zu Hause behalten, sich mit ihr beschäftigen, spielen, malen, erzählen oder sie in der Küche mit der Blum hantieren lassen; im Sommer war es am leichtesten um den Swimming-pool herum, mit Sandkasten, Schaukel, Rutsche und neuerdings – das war ihre Idee gewesen, entsprang einer Erinnerung an Eickelhof, wo Käthe ihnen etwas ähnliches hatte anlegen lassen –, neuerdings eine Matschkuhle, mit Lehm, Sand und Wasser, wo sie regelrecht im Schlamm wühlen, hausen, bauen konnte, da konnte sie sich dreckig machen, soviel sie wollte, nackt, wenn's warm, im Höschen, wenn's kühler war, und man brauchte sie nur in die Wanne zustecken oder abzuspritzen. Und dann hatte man ihr – ebenfalls nicht gerade verboten – aber dringend davon abgeraten, in Blückhoven auf den Markt zu gehen – und das hatte ihr immer so viel Spaß gemacht, auch Kit. Mit Kinderwagen, Korb und Kopftuch, möglichst in dichtem Gedränge, nah an den Menschen, sie mochte deren Berührung, sogar deren Geruch, liebte dieses Treiben, trieb sich gern darin herum, hatte auch keine Angst – aber die eindringlich dargestellte Entführungsgefahr für Kit hatte sie vom Marktbesuch abgebracht. Da gab's zu viele unübersichtliche Gassen und Lücken zwischen Buden und Ständen, so viele vorschriftswidrig parkende Autos und Lastwagen, die Matratzen, Eier, Hähnchen oder Gemüse anlieferten; da war so ein kleines Kind im Nu geschnappt und weg, bevor's jemand merkte, und die Buden und Stände und Autos und Gäßchen und Lücken waren nun wirklich nicht alle zu kontrollieren und zu überwachen, auch nicht prophylaktisch. Da war es wohl besser, sie ließ sich alles ins Haus kommen und ließ Kit, wenn sie wirklich mal in die Stadt mußte, im Bungalow. Aber natürlich mußten alle Lieferungen untersucht werden: jedes Brot, jeder Salatkopf und natürlich auch intimere Dinge, die sie notwendigerweise aus der Drogerie oder Apotheke bezog; ja, sie war nun mal auch in diesen Dingen altmodisch und errötete immer, wenn die Lieferungen aus der Drogerie untersucht wurden. Da entstanden Spannungen, Gereiztheiten, Vertrautheiten, die nie zu Vertraulichkeiten werden sollten und es doch wurden. Es war schon schwierig, immer so zu tun, als wäre das alles normal, und immer zwei, manchmal drei, immer und ewig aber mindestens einen Mann ums Haus herum zu haben. Man mußte achtgeben, wenn man mal etwas leichter bekleidet durch Flur oder Diele ging, aus dem Bad, ins Bad, auf die Toilette – und alle nahmen im Dienst nichts an, ganz selten mal einen Kaffee, und wenn der Dienst vorüber war, waren sie rasch weg, fast unhöflich rasch, als verließen sie einen verfluchten Ort, und sie hätte doch so gern mal mit ihnen privat gesprochen, über Frauen und Kinder und Werdegang und Wohnung, es blieb aber bei einem gelegentlichen Lächeln, einer Zigarette, die man sich gegenseitig anbot. Sie hätte doch so gern gewußt, wie sie lebten, was sie dachten, ob sie sich gelangweilt und frustriert fühlten, ihre Nerven das alles aushielten.

Erwins Jovialität diesen Leuten gegenüber kam manchmal nahe an Anbiederung heran, hatte was Reserveoffiziershaftes; er quatschte mit ihnen über Fußball, Bier und Weiber, die »gestemmt« worden sein sollten – unterschätzte deren Sensibilität, nicht nur die Huberts, auch die Zurmacks und Lühlers, derentwegen er sich montags immer die Fußballergebnisse einpaukte –, etwas, das Zurmack und Lühler gar nicht, überraschenderweise aber Hubert interessierte, wenn auch wohl nicht in dieser Form: gekünstelt proletarisch, stadionjargonhaft, Details über Fußball-Leistungen mit Andeutungen über Potenz verbindend. Erwin ließ sich da nichts sagen, wußte das besser, quasselte wie auf Betriebsfesten laut in deren Gegenwart mit ihr über »diese Bullen«, und das mochten sie nun am allerwenigsten, das nicht, das waren sie von anderen gewöhnt, war die Quelle tiefer Bitterkeiten, und wenn er es auch sozusagen scherzhaft wie in Anführungsstrichen aussprach (»Wie geht's denn heute unseren lieben alten ›Bullen‹?«) – das mochten sie nicht, auch nicht in Anführungszeichen. Sie verhielten sich abweisend, wenn er ihnen dann Zigaretten anbot, zuckten geradezu zusammen, wenn er sie beim Ärmel packte oder gar auf die Schulter klopfte.

Es war schon schwierig, so vertraut miteinander zu werden und Vertraulichkeiten zu meiden, und sie empfand es gar nicht als »schmutzig«, sondern als ziemlich natürlich, was Erwin andeutete; sie würde doch möglicherweise, wenn sie am Swimmingpool lag, deren »schmutzige Phantasie« anregen. »Und wenn du nackt daliegst, das geht die nichts an, die haben neutral zu bleiben.« Hubert hatte ihr gestanden, daß er sie vom ersten Tag an begehrt, daß sie ihn erregt habe, sprach nicht von Liebe, sprach von Begehren, und die Männer gingen und hingen und standen ja ebenfalls nichtstuend da herum, und dann kamen die Monate, lange Monate, in denen der Herr des Hauses nun gar nicht mehr auftauchte, nicht mittags, nicht abends, warme Abende, Nächte, in denen nichts geschah, Langeweile, tödliche Stille, so daß selbst der gute biedere Zurmack, der nun wirklich fast vierzig und gewiß ein gesetzter Mann war, eines Tages zu ihr sagte: »Warum gehen Sie nicht mal auf 'ne Party, mal zu anderen Leuten – wir geben schon acht auf das Kind.« Sie hatte es daraufhin gewagt, wenigstens zum Schuhkaufen zu Zwirner, zum Kleideraussuchen und Anprobieren zu Holdkamp und Breslitzer zu gehen, Kit ließ sie bei Zurmack und der Blum, fuhr mit Lühler in die Stadt; der stand da bei der Breslitzer im Salon herum, wirkte wie ein Hausdetektiv, und wenn sie die Umkleidekabine betrat, sich um- oder auszog, in diesem Salon mit Rüschen und Plüsch und Kinkerlitzchen in allerlei Rosa, da war doch was Schwül-Erotisches, eine gewisse riechbare körperliche Vertraulichkeit, die sie mit aus der Kabine brachte. Da war doch was – nun, etwas von der Luft, wie sie sie sich in besseren Bordellen vorstellte, etwas Laszives, Einladendes, eine Art Angebot, das nicht eingelöst wurde – und sie war drauf und dran gewesen, dem armen Lühler, von dem sie wußte, daß er Junggeselle und ganz munter war, bei der Rückfahrt tröstend die Hand auf den Arm zu legen, spürte aber früh genug, daß das verhängnisvoll werden könnte. Sie verstand zum ersten Mal, war ihre Nachbarin, die offenherzige, vulgäre Erna Breuer, meinte, wenn sie gelegentlich sagte, daß ihr weder an Liebe noch an Begehren gelegen sei, daß sie nur manchmal eben mal gefickt werden möchte und Männer auch manchmal eben nur das möchten, nicht mehr und nicht weniger, und Lühler hatte wohl auch mitgekriegt, wie teuer die beiden Kleider waren, fast zwei Komma acht, beide zusammen, und das kam ihm sicher ziemlich teuer vor.

Und dann war sie in diesem Frühling Hubert anheimgefallen, mittags, während die Blum in der Küche hantierte und Kit in der Matschkuhle triumphierend grölte, weil es ihr gelungen war, Hubert nun doch endlich mal hereinzulegen, als sie ihn immer wieder und noch einmal und an diesem warmen Morgen vielleicht zum hundertsten Mal aufforderte, doch mal näher an die Matschkuhle heranzukommen. Er hatte es schließlich getan, war mit Matsch beworfen worden, dann ausgeglitten, und mußte nun doch zu gründlicher Säuberung ins Haus, und später, als sie längst schwanger von ihm war, heute noch, fragte sie sich, warum sie mit ihm gegangen war, wo er doch genau wußte, wo die Badezimmer lagen, und auch die Handtücher ohne ihre Hilfe gefunden hätte. Aber sie war mit ihm gegangen, hatte ihn ins Badezimmer geführt, ihm sogar die Tür aufgehalten, hatte ihm Handtücher und Lappen aus dem Regal geholt, und da waren sie nun aneinandergeraten. Sie mußte wohl mit ihrem nackten Arm seine Wange berührt haben –. Das hatte sie nicht gewollt, hatte nie daran gedacht und sträubte sich doch nicht eine Sekunde lang, als er sie umfaßte, ihr den Bikini oben wegschob, unten wegzog – und während er das tat, scheinbar routiniert, wußte sie doch, daß er gar nicht routiniert war. Er kam mit einem Seufzer in sie, sie in ihn, freudig gab sie sich ihm anheim und spürte, während er sie küßte, daß sie ihn auswendig kannte: seinen Geruch, seine Rasur, die Zähne, die ernsten, hellen Augen, den Haaransatz, und ließ es nicht nur geschehen, nickte, obwohl er ihren Mund mit seinem festhielt, Einverständnis, ließ es geschehen zwischen Tür und Angel, drückte mit ihrem linken Fuß die Tür, die noch einen winzigen Spaltbreit offenstand, ganz zu – die Blum auf der Terrasse, wo sie Salat säuberte, Kit im Garten in der Matschkuhle, an diesem Mittag an einem sonnigen Maitag, eine Viertelstunde vor dem Mittagessen, und sie war erstaunt über die geringe Angst, die große Freude, die kühle Selbstverständlichkeit, mit der sie ihren Bikini wieder in Sitz brachte, sich in der Diele im Spiegel betrachtete, das geringe Derangement korrigierend, während er nun drinnen wirklich anfing, sich zu säubern, sich den Lehm von Jacke und Hose wusch. Später ließ er die nassen Partien seiner Kleider draußen in der Sonne trocknen, drohte Kit mit dem Finger, verzog sich zur Garage hin, sprach kein Wort mit ihr an diesem Tag, sprach nur selten offen mit ihr, auch später nicht, stand mal hinter ihrem Liegestuhl oder im Gebüsch am Pool, flüsterte »Frau Fischer, oh, Frau Fischer«, sie blieben immer beim Sie, auch wenn's jetzt öfter geschah, immer wieder–. Es war ihnen klar, daß es kein Fehltritt war, nicht eine einmalige Entgleisung, die sich aus der Situation ergeben hatte, einfach so geschehen und vergessen ... Es saß tief, sank immer tiefer und war nicht mehr herauszubekommen, war gefestigt in zahlreichen Kleinigkeiten, die sie früher schamlos genannt hätte. Die Kühnheit, mit der sie weiterhin einander anheimgaben, in der Garderobe zwischen den aufgehängten Mänteln, wo er notfalls so tun konnte, als käme er aus der Toilette und sie sich tief in die Mäntel hineinverstecken konnte, notfalls, für zwei, drei Sekunden, die hätten nötig sein können, die Situation zu retten. Im Garten, wenn er vorbeikam und wie zufällig bei ihr stehenblieb, erzählte er ihr dann von seiner Polizeiausbildung, sie ihm von Eickelhof, das sie zermalmt hatten, erzählte ihm mehr darüber, als sie irgend jemand je hatte erzählen können oder dürfen. Ihren Brüdern konnte sie gar nicht mehr mit diesem Thema kommen, auch Erwin fand es »schlichtweg sentimental, über geschlachtete Kühe zu lamentieren«. Vater

wollte gar nichts davon hören, wurde ausnahmsweise sogar ärgerlich, hatte wohl doch ein schlechtes Gewissen; und Käthe schwieg, für sie war's wohl am bittersten gewesen, Eickelhof aufzugeben und Iffenhoven, wo sie geboren war und ihre Kindheit verbracht hatte, alles planiert und untergebuddelt zu sehen –. Riesige Bagger marschierten, Schaufeltiere fraßen gutmütig-erbarmungslos-harmlos-unerbittlich den Wald weg, schluckten die Erde, spuckten sie weit entfernt wieder aus, exhumierten die Toten – pietätvoll, oh, sehr pietätvoll, rissen Kirchen und Dörfer und Schlösser nieder, und Käthe bekam das »Schuddern«, wenn sie durch Neu-Iffenhoven fuhr, wo sie Häuser und Kirchen neu gebaut hatten.
Schuddern war gut. Schuddern, wenn sie an Kit dachte, die jetzt so rosig, so goldig bei Beeretzens in der Milchküche stand, wenn sie die Selbstverständlichkeit, mit der sie sich Hubert anheimgegeben hatte, die Gelegenheit gesucht hatte in Ecken und Winkeln, im Bad und in der Garderobe, und schuddern, wenn sie an Helga dachte, und die merkwürdige Tatsache, daß sie sich weder Fischer noch Hubert, nur Helga gegenüber als Ehebrecherin vorkam; wenn sie daran dachte, wie kaltblütig sie, wenn die Blum im Haus war und Kit in ihrem Zimmer, aus einer Ecke, einem Winkel, aus dem Bad kam, lächelnd die Lippen nachgezogen, das Haar zurechtgemacht, als wäre nichts geschehen, schuddern, wenn sie daran dachte, wie rasch – mit vogelhafter Flinkheit – sie Hubert gemustert hatte, ob er auch keine Spuren zeigte – und wenn sie überlegte, woher das alles kam, wieso man das einfach wußte, diese kaltblütige Art, etwas, als wäre nichts geschehen, abzutun, das immer noch Ehebruch hieß und so heißen würde; woher wußte sie das; das hatte ihr doch niemand gesagt, sie hatte keine Erfahrung, sie, »unsere liebe, unsere gute, treue und zuverlässige Bine – unser Herz, unser Goldstück«, woher hatte sie plötzlich diese Erfahrenheit, schon beim allerersten Mal bewiesen, als sie aus dem Bad kam und die Blum auf der Terrasse Salat säuberte. Das war doch nun weiß Gott nichts Alltägliches, für sie nicht, und nickte doch

lächelnd der Blum zu und ging in den Garten, wo Kit unbekümmert spielte.

Vielleicht würde Helga ein Einsehen haben, ihn ihr manchmal lassen ... sie würde ihn manchmal liebhaben dürfen, ihm das Kind zeigen können, wenn sie da in Italien oder Spanien hockte. Er war ein Mensch, der so ernsthaft und intensiv seinen Beruf ausübte, ihn sogar liebte. »Sicherheit und Ordnung für alle.« War wohl etwas zu pedantisch und hätte vielleicht das Unheil, das über Erna und Peter kam, verhindern können, merkwürdig, sie wollte ihn haben, bei ihm sein, mit ihm schlafen und doch – mit ihm leben? – das würde wahrscheinlich nicht gutgehen, so wie es mit Erna und Peter nicht gutzugehen schien; die hatten ja erst mal nur – mal miteinander schlafen wollen und hatten sich doch so liebgewonnen, richtig lieb, Peter Erna noch mehr als Erna ihn – sie hatte ja freimütig gestanden, daß sie ursprünglich nur mal eben von ihm gefickt werden wollte; ja, so hatte sie es ausgedrückt, auf ihre vulgäre und doch ehrliche Art. Er konnte gar nicht mehr von ihr lassen, sie nicht von ihm, sie machten sich nichts aus dem Skandal und dem tobenden Breuer, machten sich nichts aus Verhören und Vernehmungen; er wollte seine Erna haben und behalten, sie sogar heiraten, war ein fast schmachtender Liebhaber geworden – aber ihr, ihr war's doch zu ärmlich, zu billig in dieser winzigen Wohnung, ja, Breuers Bungalow und Peter als Liebhaber, das hätte ewig so weitergehen können, wäre die verfluchte Be- und Überwachung nicht gewesen. Da fluchte Erna offen am Telefon, hatte das Du wieder vergessen, sagte schon lange nicht mehr »Meine liebe Bine ohne e«, sagte hart und gehässig »Sehr geehrte Frau Fischer, nun hören Sie mir mal zu ...«, und sie hörte zu und hatte doch die Gedanken anderswo – war alles leid, alles satt, Erna, Erwin, Peter, Kübler, Rohner, die Klobers, und immer, wenn die Sonne schien, diese halbnackte Nymphe da oben auf der Terrasse mit ihrer durchdringenden Musik –

Und doch vermißte sie Erna Breuer. Sie war doch eine nette

Frau gewesen, so direkt, so spontan, auch wenn sie ungeniert über ihr Eheleben sprach, ganz offen sagte, wie gern sie das eben machte, das mit den Männern. »Sie wissen ja, was ich meine ...«, und später: »Da hab' ich mich heiß und verrückt machen lassen von dem Pornokram, den mein alter Breuer anschleppte, und er wollte mich ja heiß, konnte mich aber nicht löschen – und da hab' ich mir eben den Jungen genommen, der mich immer so glühend, so sehnsuchtsvoll ansah – ja, und da wurde nun Liebe draus, richtige Liebe, ich hab' den ganzen Pornokram vergessen bei diesem Jungen – woher konnte ich das denn ahnen –. Diese verfluchten Bullen mußten mir das vermasseln, das wäre noch jahrelang so gegangen, aber die mußten ja da herumschnüffeln, euretwegen, Ihretwegen, eurer Scheißmillionen wegen – was hab' ich damit zu tun? Und wenn ich morgens den Peter mal zu mir lasse – was hat das mit euch zu tun? Nichts. Und nun der Ärger mit Breuer über die Couches und die Koffer, die Klunkern und die Sitzgarnitur, nicht mal den Farbfernseher will er mir lassen – nun weinen Sie nicht, weinen Sie nicht, ich gönn' Ihnen das nicht, liebe Bine – nein –, und Ihnen kann doch so etwas gar nicht passieren, ist doch einfach nicht drin bei Ihnen ...«

Und war ihr doch passiert, nichts anderes als Erna, und gewiß war die ihrem Peter ebenso »rasch und mit Freuden« anheimgefallen wie sie ihrem Hubert.

Irgendwann – wann? – würde sie ihm noch mehr über Haus Eickelhof erzählen, über die Zeit dort, auch die Zeit im Internat bei den Nonnen, vielleicht auch noch mehr über *diesen* Bewerloh, der damals, das war schon elf oder zwölf Jahre her, zu der Jugend gehört hatte, »auf die man hoffte, auf die man setzte«, umworben von Parteien, Vereinigungen, Gremien, überhäuft mit Stipendien, und alle hatten gedacht, er würde Germanistik studieren oder Theaterwissenschaft, jedenfalls auf die Kulturszene gehen und dort »unsere« (welche?) Standpunkte vertreten. Er galt als konservativ (wenn ihr nur je jemand erklärt hätte, was das war), sogar als reaktionär (wenn sie nur je erklärt bekommen hätte, was das denn nun wieder war), galt als katholisch, fromm sogar – das war sie immer noch, hielt sich dafür, trotz Kohlschröder und Hubert – und wußte doch auch nicht genau, was das war. Aber Bewerloh hatte dann Bankwirtschaft studiert, hier, dann in Amerika, mit Rolf zusammen, promoviert sogar über irgendwas Südamerikanisches, kam zurück, konnte noch besser tanzen – hatte was Zynisches, fast Gemeines um den Mund herum, wollte sie nicht mehr nur küssen, wollte mehr, und sie mochte ihn nicht mehr, und er sagte, wieder träumerisch: »So wirst du, gemein und zynisch – oder maßlos dumm, wenn du dich jahrelang nur mit Geld beschäftigt hast – und dumm wollte ich nicht werden – mit Geld, mit arbeitendem Geld, nicht mit dem Geld, das du möglicherweise in der Tasche hast.« – Sie sah ihn dann noch mal bei Rolfs Hochzeit mit Veronica, wo er eine witzige Rede hielt, sogar, ohne Vater weh zu tun, das ›Blättchen‹ erwähnte; ja, Vater, den mochten sie alle, und Käthe, und war alles noch gar nicht so lange her –. Wenn alle Gerüchte und Informationen halbwegs stimmten, dann war er's, Heinrich Bewerloh, dem das alles zuzuschreiben war – Bewachung und Überwachung, das Unglück der Erna Breuer, die zerstörte Nachbarschaft, die Wut der Klobers, die Kälte der Nachbarn, die Sache mit Pliefgers Geburtstagstorte – und das Kind, das sie nun von Hubert erwartete.

Bewerloh war nun so unwirklich geworden wie Haus Eickelhof, über das rasch, sehr rasch die Bagger hinweggegangen waren. »Planieren und Buddeln – dann stimmen die Kohlen«, das war Bleibls Parole, und schließlich brachte das olle Eickelhof fast so viel ein, daß Vater das Schlößchen davon kaufen konnte. Rolf hatte damals alle Progressionen und Regressionen seit 1880 eingerechnet, die Gewinnspanne von einem Computer ausspucken lassen – es mußten einige zigtausend Prozent sein, jedenfalls, wie alle übereinstimmend meinten, »eine irre Summe für diese verkommene Klitsche«, und schließlich war es nicht

nur der enorme Gewinn, war auch das Beispiel, das Vater geben mußte, wenn nach langem Palaver, vielen Protesten ganz Iffenhoven planiert und untergebuddelt wurde. Manchmal, wenn sie dort vorbeifuhr und zwischen Hetzigrath und Hurbelheim an der Landstraße hielt, in die Riesengrube hinunterblickte, versuchte sie, die Stelle zu errechnen, wo Eickelhof und Iffenhoven einmal gelegen hatten. Da hatte man den Archäologen eine Weile ihren Spaß gelassen, mit römischem und fränkischem und, wenn's stimmte, sogar vorfränkischem, irgendwelchem keltischen Töpferkram, Scherben, Grabbeigaben, im Landesmuseum konnte man sehen, wieviel Spaß es den Archäologen gemacht hatte: Dissertationen, Habilitationen waren da fällig geworden ... Krüge und Gebein, Steine und Scherben, immer wieder Scherben, und da gab's dann auch eine ganze Vitrine mit der Aufschrift: »Gefunden bei Iffenhoven«, eine kleinere, »gefunden bei Haus Eickelhof, jetzt Braunkohlenrevier«.
Vater hatte natürlich nicht nein sagen können, und natürlich hatte auch der Vorstand gedrängt: »Wenn Sie sich sträuben, Tolm, wenn du dich sträubst, Tolm, was sollen wir dann von den einfacheren Leuten an Einsicht in Sachen wirtschafts- und energiepolitischer Notwendigkeiten erwarten?« Und sie rissen ab und rissen um, planierten und buddelten, Kirche und Pfarrhaus, Dorf und Friedhof, die ärmliche Grafenburg derer von Hetzigrath, rissen Bäume um, Bäume aus, Kastanien und Eichen, Hecken und Zäune, da blieb natürlich kein Fetzen übrig, natürlich nicht, sie mußten ja an die Kohle ran. Vertreibung aus Iffenhoven und Eickelhof, Vertreibung aus Blorr, und bald, das munkelte Erwin ihr hin und wieder zu, bald war auch Tolmshoven fällig. War's denn wirklich erst acht Jahre her, daß sie da auf Rolfs und Veronicas Hochzeit getanzt hatten, sie noch einmal mit Bewerloh, der dann fast zudringlich wurde; nein, verliebt in ihn war sie nicht mehr gewesen, hatte damals schon Angst vor ihm, wie er später, nach der netten Rede auf Vater, weniger nett mit diesem über die Freiheit diskutierte, angetrunken beide, Vater schwach wie immer, schneidend die-

ser Bewerloh, der anhand der bevorstehenden Räumung von Eickelhof Vater erklärte, wie wenig frei in einer freien Wirtschaft sogar die Freiesten der Freien seien: Denn er sah doch, daß er seiner Frau, daß er Käthe fast das Herz brach, daß seine Kinder sich vertrieben fühlten, hing doch selbst an diesem Kasten, und das Geld, das hatte er doch nicht nötig, wo das ›Blättchen‹ immer weiter wuchs und wuchs, Freiheit, Zwang, Notwendigkeit – was war das denn anderes als eine etwas freundlichere Form der Enteignung? Sieben Jahre erst, seit Vater mit Käthe das Schlößchen bezogen hatte, nach Umbau und Modernisierung – und auch das würde bald planiert und untergebuddelt werden, und wieder einmal würde der Preis sieben- bis dreißigmal so hoch sein. »Dein Alter, der spielt den wirtschaftlich Naiven und ist doch der schlaueste von allen – für den lohnt sich alles, macht sich alles zigfach bezahlt.«
Es lohnte sich natürlich auch, wenn Erwin da in der Weltgeschichte herumflog, Verträge schloß, Maschinenparks installierte, Produktionsketten aufbaute, lachte über die Gewerkschaften: »Die machen ganz schön mit«, machte immer mehr auf Playboy, wo er doch, wenn er ihr beizuliegen versuchte, so viel Mühe hatte – nun, vielleicht lag's wirklich an ihr, lag's daran, daß sie nur noch an Hubert dachte, endgültig seit der Nacht, die er bei ihr verbracht hatte, seit diesem wunderbaren wortlosen Beisammensein, wo er sie sehen wollte, sie ihn, und der Kaffeestunde auf der Fensterbank bei beginnender Morgenröte, im Hintergrund die Zirkusfassade der Kraftwerke, die Iffenhoven und Haus Eickelhof verbrannten. Hubert wäre natürlich nie auf die Idee gekommen, sie vorher zu fragen: »Haben Sie sie auch genommen« – und hatte auch offenbar nicht eine Sekunde lang daran gedacht, etwas dagegen zu unternehmen, es »wegmachen« zu lassen, dachte gar nicht daran, ihr nahezulegen, was sie nie, niemals getan hätte, und war, als sie ihm sagte, daß sie schwanger sei, so erfreut wie erschrocken und deutete an, daß Helga wohl traurig sein, sich aber über eins ganz sicher freuen würde: über das Kind. Es traf

ihn mit vollem Ernst mitten in seinen Ernst hinein, genau in den Tagen, in denen Erwin, strahlend und liebenswürdig wie nie zuvor, aus – was wußte sie, woher –, wahrscheinlich aus Singapur zurückkam, mit Blumen und Schmuck und allerlei exotischen Geschenken für sie und Kit und für die Blum, er war ganz diese strahlende Jungenhaftigkeit, die sie früher mal so bezaubert hatte. Er trug sie regelrecht auf den Händen durch die Garderobe – wo alle die Mäntel hingen, zwischen denen sie sich mit Hubert einige Male versteckt hatte –, trug sie durch die Diele, den Flur, ins Wohnzimmer und später aufs Bett, und sie gab sich ihm hin, fiel ihm aber nicht anheim, und er flüsterte doch wirklich: »Ich liebe dich, weißt du das eigentlich noch, und ich finde, unsere kleine Kit sollte nicht länger allein bleiben, womit ich meine: Nimm sie mal 'ne Weile nicht.« Er mußte dann doch noch einen seiner Witze machen, konnte es sich nicht verkneifen zu sagen: »Freie Fahrt also ins Wochenende – und alle Geschwindigkeitsbegrenzungen aufgehoben ...«

Da war Kit schon zwei Monate lang nicht mehr allein gewesen, und immer wieder diese Witze, diese genau kalkulierten, scheinbar improvisierten Bemerkungen, wenn sie ihre Pflicht mit ihm erfüllte, und diese Partys bei seinen Eltern, die auf eine bestimmte Weise vulgärer waren, als Erna Breuer je hätte sein können –. Dieser Streit zwischen Erna und ihr tat ihr weh, ein Streit, an dem keiner schuld war, nur diese verfluchten Umstände, an denen eben doch, wenn sie Rolf und Vater und auch Katharina glauben konnte, Heinrich Bewerloh schuld war und auch ihre ehemalige Schwägerin, Veronica Tolm, geborene Zelger, Arzttochter aus Hetzigrath ... Veronica hatte sie zweimal angerufen, und ihr war beim ersten Mal vor Schreck der Hörer aus der Hand gefallen, da war wirklich die altvertraute helle und klare Stimme, dieser »Engelssopran«, wie die Nonnen ihn genannt hatten, der den Chor so bereichert und so manches Solo von der Orgelempore herunter gesungen hatte: Oh, Ve-

ronicas Kyrie, Veronicas Agnus Dei – diese wonnevollen Stunden, als es noch Maiandachten gab und Veronica von der Empore herunter die Marienlieder sang – war es nicht eigentlich Veronicas Stimme gewesen, die sie zu einer so glühenden Verehrerin Mariens gemacht hatte? – und das war sie und blieb sie, würde gleich noch in die Kapelle von Blorr gehen, Blumen bringen, ein Ave beten, Kerzen aufstellen und wahrscheinlich weinen über sich selbst, über Hubert, das Kind in ihrem Leib, über Helga und Bernhard und Kit und über Veronica, die da einfach – woher woherwoher? – anrief und fragte: »Wie geht's denn so ...« und lachte, als sie den Hörer aufgehoben, ins Telefon gekeucht, und auf das zweite: »Wie geht's denn, liebe Bine« – antwortete: »Bewacht und überwacht, das weißt du ja wohl, und weißt auch, daß es fast wie Gefängnis ist.« Und Veronica: »*Daran* bin ich nicht schuld.« Und sie fragte: »Aber Heinrich?« – »Der rechnet und rechnet und rechnet – sag Rolf, daß es Holger gutgeht« – und weg war sie – und viele Monate später ein zweites Mal, sagte nur: »Ach, liebe, liebe Bine – das tut mir alles leid, tut mir weh – und denkst du manchmal noch an unsere Nönnchen – soll ich dir mal was vorsingen?« und sang »Maria Maienkönigin« – und weg ...
Sie hatte das Hubert nicht verschweigen können, doch der lachte nur, nickte: »Das wissen wir doch alles, weiß jedenfalls mein Chef – Sie brauchen keine Angst zu haben, wird alles registriert, und vielleicht gelingt wirklich eine Fangschaltung, und wir schnappen sie, wäre das beste für sie. Sie können sich denken, daß auch Ihre Anrufe alle registriert werden – also nie anrufen, liebe Sabine, nie, und nie schreiben. Und auch ich kann Sie natürlich nie anrufen, kann Ihnen nie schreiben ... nie – und werde bald hier abgelöst ...«
Es war doch fast dunkel geworden, als die Blum mit Kit von Beeretzens zurückkam; sie nahm das, was man Sicherheitsvorkehrungen nannte, nicht so ernst, sagte immer, sie glaube ohnehin nicht an Sicherheit, »vor denen schon gar nicht, die kommen, wenn es ihnen einfällt, vom Himmel geflogen, ob's

hell oder dunkel ist«. Kit war stolz: Zum ersten Mal hatte sie die vier Kilo Milch den ganzen Weg zurückgetragen und hatte nur dreimal absetzen müssen, hatte Nüsse und Kastanien geschenkt bekommen, die sie gleich rösten wollte, im Garten, am offenen Feuer, »wenn der Papa kommt«, und es tat ihr weh, fiel ihr jetzt zum ersten Mal ein, daß Kit ja an ihrem Vater hing... daß auch ihr weh getan werden würde, Schlimmes vielleicht angetan, und sie sagte: »Wir fahren mit Oma Käthe gleich weg, dann kannst du die Kastanien beim Opa am Kamin rösten – er wird sich freuen.«

»Bleiben wir über Nacht?«

»Ja.«

»Dann laß ich Papa welche hier, Nüsse und Kastanien – und die Milch?«

»Die kommt in den Eisschrank, sie wird schon nicht schlecht.«

»Muß ich packen?«

»Nur deine Puppen, ein bißchen Wäsche nehme ich mit.«

»Übrigens«, sagte die Blum, als Kit gegangen war, »brauchen Sie nicht befürchten, daß sich die Gefühle in der Nachbarschaft Ihnen gegenüber gewandelt haben. Wer hat das schon gern, monatelang die Polizei im Dorf – aber das kreidet man doch Ihnen nicht an, sondern denen ... Sie werden wohl länger als über Nacht bleiben, wie?«

»Ja – wie kommen Sie drauf ... was wissen Sie, Maria – sagen Sie's mir ...«

»Ich weiß nichts, Frau Sabine, wirklich wissen tu ich nichts – ich sehe nur, ich spüre, daß Ihnen mehr auf der Seele liegt als das Kind, das Sie erwarten – etwas Schweres ... möchten Sie jetzt Tee oder Kaffee?«

»Meine Mutter muß jeden Augenblick kommen, es wird keine Zeit mehr für Tee oder Kaffee sein – was denken Sie, soll ich bleiben?«

»Nein, gehen Sie, es ist besser – glaube ich ... ja. Ich hatte nie jemand, zu dem ich gehen konnte, wenn ich meine Familie mal satt hatte – nur zu meiner Schwester in der Stadt konnte ich gehen, aber nie lange bleiben, nur für einen Nachmittag – die Wohnung ist so eng – wenn sie alle von der Arbeit kommen, die Kinder und der Mann – ins Kloster gehen mochte ich nicht, obwohl die mich vielleicht genommen hätten – trotz des Kindes ... Seien Sie froh, daß Sie irgendwohin gehen können – und gehen Sie ...«

»Würden sie mit mir gehen, wenn – nicht weinen, Fräulein Maria, nicht weinen – ich komme ja zurück.«

»Sie kommen nicht zurück – vielleicht mal nach Blorr, uns besuchen, aber nie mehr in dieses Haus – ich würde mit Ihnen gehen, wenn – und eins weiß ich, das muß ich Ihnen sagen, bin's Ihnen schuldig, wo Sie immer so gut zu mir waren: Das Kind ist nicht von Ihrem Mann, und zu dem, von dem es ist, können Sie nicht gehen ...«

»Wissen Sie, wer's ist?«

»Nein.«

»Wirklich nicht?«

»Nein, ich schwör's Ihnen – ich kann nur rechnen, und vor fünf Monaten« – und da lachte sie ein bißchen – »wie Sie das haben, nun ja, anstellen können bei all dem Bewachen und Überwachen, und keiner hat's gemerkt – das ist – erstaunlich und macht mich auch bang – das hätte doch keiner von Ihnen gedacht ...«

»Bang vor mir?«

»Nein – nur so, bang davor, wie schlau die Menschen sein können – da kommt Ihre Frau Mutter – und vergessen Sie mich nicht, wenn Sie mich brauchen, ich brauch' Sie auch – nicht doch Tee?«

»Nein danke, ich möchte weg sein, wenn mein Mann nach Hause kommt.«

Von der Haustür aus sah sie den Fahrer – es war nicht Blurtmehl – aussteigen, Käthe die Tür aufhalten und sich dann neben Kübler stellen – es war auch nicht Hubert, was ja hätte sein können, ein Fremder, ein Neuer, der eher nach Verband als nach Polizei aussah. Käthe – sie zu sehen war immer eine Freude –, sie war wohl doch an die Sechzig und sah immer besser aus. Sie hatte eine schwer zu definierende Art, immer ruhig zu wirken und nervös zu sein, hatte nicht immer eine gute Hand mit ihren Friseusen; diesmal war's gutgegangen: Der graue, weiß durchwirkte Knoten stand ihr gut, und diesmal auch war sie offensichtlich aufgeregt, hatte eine Tüte Konfekt mitgebracht, wollte wohl Tee trinken, küßte Kit, dann sie, und sagte, rief fast: »Hast du's schon gehört?«

»Was? Nein.«

»Sie haben ihn zum Präsidenten gemacht, Fritz, deinen Vater – haben ihn tatsächlich gewählt, ich hab's eben im Autoradio gehört – ich muß dann auch bald zurück, kann ihn nicht allein lassen. Jetzt ist es aus mit uns, keine, nicht eine Minute werden wir mehr Ruhe haben, das heißt: allein sein. Bleibl hat's doch noch geschafft.«

»O Gott, damit hat doch keiner gerechnet – und Vater ist doch schon alt – und krank.«

»Aber er paßt so gut, du weißt schon – weißhaarig, gütig, gebildet, nachdem Pliefger nicht mehr wollte – er ist so freundlich – und seine Interviewstimme, viel besser als früher, ich habe ihn eben im Radio gehört. Er tut natürlich so, als fühle er sich geehrt. Vertrauen und so, Verantwortung und so – und du, Kind, das wußten wir ja gar nicht, daß du schwanger bist und schon im sechsten Monat.«

»Hat Grebnitzer doch geredet?«

»Nein, Bleibl hat's uns erzählt, ausgerechnet – er hat's in irgendeiner Sportbeilage gelesen – Grebnitzer hat uns dann nur den Monat genannt – ist das so schlimm? Warum sollten wir es nicht wissen. Wolltest du das Kind nicht?«

»Doch, doch ...«, verrückt, so was zu sagen, wenn's um ein Kind ging.

»Was ist denn, was mit Erwin?«

Nicken – und das bei offener Haustür, in der Diele, Nicken, mit bloßem Nicken war viel gesagt und nichts, zuviel und nichts –. Wie konnte sie Käthe erklären, wie scheußlich sie sich nach Erfüllung der Pflicht immer fühlte, nachher, nicht einmal so sehr während und vorher, nachher, wenn er den Mund nicht halten, nicht eine Minute einmal stilliegen und still sein konnte – und vorher, diese routinierten, auswendig gelernten Zärtlichkeiten, von denen keine, keine einzige echt war, dieses Wissender-Mann-Getue, dieses Erfahrener-Liebhaber-Getue, wo Hubert doch – ja, sie mußte dann eben an Hubert denken und wurde krank davon, ja, das mochte frivol sein und sollte es ihretwegen sein, wo Hubert doch nur, wenn er ihr über die Brauen strich oder ihr Haar über die Stirn nach hinten schob, vielleicht auch nur verlegen ihr auf die Nase tupfte, wo Hubert doch vorher so nett, so still, so zärtlich war und nachher so ernst und ruhig – und bei Erwin diese verfluchten, diese elenden Witze, die er alle, aber auch alle, manchmal nur scheinbar variiert aus den Straßenverkehrsnachrichten im Radio bezog: »Da haben wir aber mal wieder das Vorfahrtsrecht mißachtet – hahaha.«

»Diesmal haben wir aber wirklich die Kurve mit siebzig Sachen genommen« – konnte sie Käthe das je erklären, hätte sie es irgend jemand erklären können, etwa einem Scheidungsrichter, was diese stereotyp gewordenen Witze einem antaten, wenn man sich dazu durchgerungen hatte, diese merkwürdige Pflicht zu erfüllen?– Offenbar liebte er diese Witze so sehr, daß er nicht mehr davon loskam, nicht mehr davon lassen konnte. Witz vorher: »Ins Wochenende jetzt und freie Fahrt – keine Geschwindigkeitsbegrenzungen, keine Verkehrsstauungen.« Witz nachher: »Baustelle passiert – Stau vermieden – hahaha.«

»Schwierigkeiten mit Erwin?« fragte Käthe, »und das im sechsten Monat ... ist das nicht normal, Kind – ich meine, ernst schon, aber doch nicht endgültig, wie?«

»Ach Mama, ich kann nicht mehr mit ihm leben, kann ihn nicht mehr ertragen ... ich fahr' jetzt auf der Stelle mit dir nach Tolmshoven, mit Kit natürlich und ...«, sie lachte bitter – »mit meinem Strickzeug.«

»Was soll das – kannst nicht mehr mit ihm leben, kannst ihn

nicht ertragen – das kommt vor bei schwangeren Frauen – die gehen dann für ein paar Wochen zu ihrer Mutter!«

»Das will ich ja gerade, warte nur, bis Kit ihre Puppen geholt hat.«

»Nun, kein Teeviertelstündchen, kein Plauderviertelstündchen mit deiner Mama?«

»Nein, kein Tee, und plaudern können wir unterwegs und zu Hause. Und, Mama, kannst du denn immer noch nicht rechnen – wenn ich im sechsten Monat bin, wann habe ich dann, nun sagen wir's getrost – wann habe ich dann empfangen?«

»Vor fünf Monaten, denke ich.«

Sie sah verwirrt aus, diese liebe, alte Frau, die immer hübscher geworden war, immer würdiger im Alter, und war die einzige von all den »Vorstandsmitgliedsweibern«, wie Erwin sie nannte, und darin war er überraschenderweise einer Meinung mit Rolf, die einzige, die wirklich Figur machte, Geschmack hatte und Würde – nicht immer, was ihre Frisur betraf, hatte wohl als junges Mädchen von Löckchen geträumt und ließ sich manchmal welche machen; aber sonst, in Kleidern, Gesten, Sprache und Bewegungen – und war doch nur die Tochter eines verkrachten Gärtners aus Iffenhoven, der sich mit Tulpen- und Rosenexperimenten ruiniert hatte, weil er nicht rechnen konnte – und Rechnen, das hatte seine Tochter Käthe auch nie gelernt, obwohl sie's verflucht nötig gehabt hätte, und schon gar nicht rechnen konnte sie in solchen Kategorien; hatte nie begriffen, warum gelacht wurde, wenn ein Kind fünf oder sechs Monate nach der Hochzeit ankam, hatte nie begriffen, daß sie – nun ja, schon vor der Hochzeit – und hatte doch selbst nachweislich, wenn Rolf keins von den berühmten Siebenmonatskindern war, vor der Hochzeit; – und verdammt, sie mußte doch wissen, daß neun Monate neun Monate sind und fünf fünf und daß sie, wenn sie jetzt im sechsten war, gar nicht von Erwin schwanger sein konnte – was die Blum natürlich gewußt hatte –, und Käthe hatte sich doch im Sommer selbst oft darüber mokiert, daß Erwin so oft und so lange unterwegs war.

»Nein, heute noch, jetzt noch weg, und das Strickzeug kannst du mir leihen – und weißt du nicht mehr, wo Erwin vor fünf Monaten war?«
Das war vielleicht doch zu hart, zu direkt für Käthe – sie sperrte den Mund auf, wurde blaß, ließ die Tüte mit Gebäck fallen – genau dorthin, wo sie zum letzten Mal, beim Abschied von Hubert, diesem anheimgefallen war, zwischen Garderobenspiegel und Toilettentür, wo an der Wand die ekelhafte Reklame für den »Bienenkorb«, das Fischersche Familienunternehmen, hing, auf dem eine nackte Frau in die Öffnung eines Bienenkorbs hineinging und an der anderen Seite bekleidet herauskam. *»Bienenkorb bekleidet Eva«*, und jetzt hier, ihrer Mutter gegenüber, fiel ihr auf, daß in diesem Plakat ein psychologischer Fehler war: Wer ging schon gern in einen Bienenkorb hinein, in dem man ja normalerweise nicht bekleidet, sondern zerstochen wurde. – Und Käthe, die begriff nun, bekam wieder Farbe ins Gesicht, nahm die Brille ab, hob die Tüte mit Gebäck auf und sagte: »Nein, Kind, du doch nicht – doch nicht du...« und fragte zum Glück nicht, was zu erwarten gewesen wäre und nahegelegen hätte: »Wer denn?«
»Doch«, sagte sie ruhig, »ich. Vielleicht werd' ich's euch gelegentlich erklären – aber jetzt nichts wie weg, liebe Mama, Kit hat ihre Puppen schon geholt ...« und hätte am liebsten in dieses unschuldig erschreckte Käthe-Mama-Gesicht hinein ein paar von Erna Breuers Vokabeln gesprochen; die gefielen ihr dann doch besser als Erwins Sprüche und das Vokabularium bei Fischers, und wußte: Noch etwas trieb sie zur Eile – in Tolmshoven war Hubert, und sie mußte dringend mit ihm sprechen, und sie würde natürlich nie seinen Namen preisgeben, schon Helgas und Bernhards wegen – nie!
Und auch – warum nicht auch daran denken, fiel ihr ein –, auch nicht seiner Laufbahn wegen; er würde wohl nicht gerade rausfliegen, aber doch wohl Schwierigkeiten bekommen, wenn's rauskam – das hatten sie ja wohl nicht gern, wenn so was im Dienst passierte.

»Nun gut«, sagte Käthe, »fahren wir, gehen wir, ich möchte ja auch so rasch wie möglich bei Tolm sein, der wird erschlagen sein, Trost brauchen – und jetzt kommen wir wohl unweigerlich in Stufe eins«, flüsterte plötzlich, »hat sie noch mal angerufen?«
»Nein.«
»Aber mich. Hat mich bei Kohlschröder erwischt, und weißt du, was sie gesagt hat? ›Geht nie zum Tee zu Bleibls.‹ Das hat sie gesagt, mehr nicht, und als ich ihr sagte: ›Komm zurück, Kind, komm zurück‹, hat sie gesagt: ›Ich kann nicht, kann nicht, möcht' schon‹ – aus –.« Kit ließ sich durch Gebäck beruhigen, durch die Aussicht auf Spaziergänge mit dem Großvater, Kastanienrösten am offenen Feuer. Die Blum weinte doch wirklich – nicht traurig, weinte einfach so, so daß Käthe sie forschend anblickte, und die Blum fragte doch tatsächlich: »Was machen wir mit der Milch?«
»Fragen Sie meinen Mann, ob er Milch oder Milchspeisen will, sonst bringen Sie sie Herrn Helmsfeld oder stellen sie für die Katzen ins leere Breuer-Haus. Nicht weinen.«

Sie bat den Fahrer, an der Kapelle kurz zu halten, ging hinein, wischte sich die Augen, war jetzt ruhig, fast gelassen; sie würde Hubert ganz rauslassen, falls er einverstanden war –. Das war besser für Helga, für Bernhard, für dessen bevorstehende Erstkommunion; Blumen hatte die Madonna genug: dafür sorgten die Beeretzens, die Blum und die Hermannsfrauen schon im Rosenkranzmonat, hielten manchmal sogar ohne Priester eine Rosenkranzandacht, und sie war auch manchmal hingegangen.
»Gut«, sagte sie, als sie wieder einstieg, »das wird sehr schön beim Großvater –. Da könnt ihr auch wieder die Enten füttern.« Und obwohl der Fahrer zuhören konnte, ein Fremder, den sie noch nicht kannte, sagte Käthe: »Du, Kind, du!« schüttelte den Kopf und flüsterte: »Vor der Ehe, mein Gott, wenn man sich gern hat und heiraten will –. Aber während der Ehe mit einem anderen!«

III

Blurtmehl hatte alles vorbereitet, die Wassertemperatur vorschriftsmäßig, die Essenzen verteilt, half ihm beim Auskleiden, vor allem beim Aufschnüren der Schuhe; beim Bücken befiel ihn Angst, und Grebnitzer hatte ihm geraten, das Bücken zu vermeiden; Rock, Hose, Unterwäsche, das konnte er noch selbst, ließ sich dabei auch nicht helfen, nur die Socken und die Schuhe, das mußte Blurtmehl wieder machen, mußte ihm auch in die Wanne helfen, hob ihn fast und murmelte: »Schon wieder abgenommen, schon wieder ein bißchen leichter geworden, ich brauche Sie gar nicht zu wiegen, ich spür' das so – sechshundert, vielleicht siebenhundert Gramm.« Und natürlich kam sofort, als er mit Füßen und Gesäß das Wasser berührte, der Urindrang (immer wieder die vergeblichen Versuche, das vorher zu erledigen!), und er mußte, in ein Frottiertuch gewickelt, nebenan auf die Toilette, während Blurtmehl mit der linken Hand die Wassertemperatur kontrollierte, ein wenig heißes Wasser nachlaufen ließ und einen Jutsch der Badeessenz nachgoß.

Er hatte die Wanne so einbauen, das Fenster so niedrig ziehen lassen, daß er wenigstens die Baumkronen sehen konnte, den Himmel: nie ganz blau. Heute schien der Wind aus Südwesten zu kommen; schon zu Wolken geworden, zogen die Schwaden der Kraftwerke vorüber, wirkten idyllisch, naturhaft wie auf manchem Niederländer, auf frühen Gainsboroughs und Constables – und waren doch zwölf Kilometer westlich noch plumpe Rauchsäulen gewesen, ungefährlich, wie Kortschede ihm hoch und heilig versicherte; bestanden nur aus Wasserdampf, der eben Wolken bildete, Wetter machte, und nur wenn der Wind aus Norden oder Nordwesten kam – was sehr selten geschah –, war der Himmel klar; wolkenfrei, aber immer grau; nur an sehr wenigen Tagen – er zählte sie nie, obwohl er sich das oft vorgenommen hatte – blau.

Blurtmehl saß seitlich neben der Wanne auf dem Hocker,

wußte, daß er nichts und niemanden hinter sich ertragen konnte, wußte auch, daß diese panische Angst vom Krieg herrührte, von einigen ganz plötzlichen Rückzügen, die man Flucht hätte nennen können. Von hinten beschossen zu werden war unangenehmer, als von vorne beschossen zu werden. Aber vielleicht – das war Blurtmehls intelligente Theorie – war es auch ein Sparta-Komplex, der war in der Schule eingeimpft worden, und man wurde ihn nie wieder los, eine Angst vor Schande. Wenn es zutraf, mußte das sehr tief sitzen, nicht ganz so tief wie Milchsuppe, Beichte, »allein oder mit anderen«; Schande hatte er nie, Angst immer empfunden. Immerhin hatten sie ihn einmal erwischt, und es war zu seinem Heil gewesen, es hatte ihn nach Dresden ins Lazarett gebracht, und dort hatte er Käthe gefunden, und außerdem war die Verletzung, wie man sie sich wünschte, sozusagen wie bestellt und prompt geliefert; nicht gefährlich, nicht sehr schmerzhaft, und doch nicht so geringfügig, daß man in irgendwelchen Frontlazaretten hängenblieb. In Dresden hatte er nur die Angst, es würde herauskommen, daß er, der Batteriechef, die Dauerparole ausgegeben hatte: »Wenn sie kommen, wenn ihr sie seht: abhauen, sofort abhauen.« Immerhin war er, wie ein Kapitän auf dem Schiff, bis zuletzt geblieben und hatte nur die Zigaretten, die Pistole und die Karte mitgenommen; erschrocken über diese überwältigende Übermacht an Panzern und Infanterie, keineswegs »zerlumpte Russen«, sauber uniformierte. Offenbar hatte ihn keiner verraten, nicht einmal sein Leutnant Plohn, der immer vom Endsieg sprach, aber offensichtlich nicht mehr dran glaubte. Dresden, Käthe.

Heute beim Frühstück wieder, bevor er am letzten Tag der Tagung »ins Labyrinth« hinunterstieg, wie Käthe es nannte, »dem Minotaurus entgegen«, heute war ihm wieder die Ähnlichkeit zwischen Käthes und Rolfs Augen aufgefallen. Ihre waren ein wenig heller, nur einen winzigen Schimmer heller, und doch hatten sie auch diese Dimension poetischer Trauer, nur flüchtig getarnt von einer Leichtfertigkeit, hinter der sich

Verzweiflung verbarg. Sie hatte ihm damals geraten, das ›Blättchen‹ gleich weiterzuverkaufen, Eickelhof zu behalten und Museumsdirektor, Kultusminister oder wenigstens Kulturdezernent zu werden – die Chance hätte er gehabt: Die Engländer hatten ihn akzeptiert, und eine Partei hätte er auch gefunden; die irrtümliche und qualvolle Internierung hatte sogar seinen Kredit erhöht, und Nazi war er nun wirklich nicht gewesen, zufällig nicht? Er war sich darüber nicht klar: Natürlich hatte er sie einfach ekelhaft gefunden, indiskutabel, hatte sich jahrelang, von der Gräfin gefördert, als Hauslehrer und Kustos durch- und herumgeschlagen, auf Schlössern und in Archiven, private Kunstsammlungen katalogisiert, auch hin und wieder mal was in einer Zeitschrift publiziert, bis der Krieg kam und ihn in die Artillerie verschlug. Angst hatte er schon gehabt in den Jahren davor, wenn er sich mal aus Bibliotheken und Archiven, aus den improvisierten Schulzimmern hinauswagte, schon, um mal ein Mädchen zu finden oder eine Frau, dachte an die Schloßarchive, an die bischöflichen Bibliothekare, an die »Spinner« in den klerikalen Institutionen, die die nettesten gewesen waren; dachte auch an das wechselseitige Erbarmen, das Lehrerinnen und Kellnerinnen ihm, er wohl auch ihnen erwiesen hatte, an die melancholische Sehnsucht in manchem Baroninnenblick, der ihm, obwohl er mit einer Gräfin »erbarmen wir uns unser« geübt hatte, Angst eingeflößt hatte; schließlich war Gerlind nicht verheiratet gewesen. Direkten Druck hatte er nie gespürt und wußte bis heute nicht, ob und wie weit er diesem Druck nachgegeben hätte, wußte es auch nicht, als er das ›Blättchen‹ übernahm; seine politische Makellosigkeit war ihm unheimlich und den Engländern unbegreiflich, sie mußten sie einfach akzeptieren. Manchmal – nur kurz – überließ er sich in Gedanken diesen potentiellen Karrieren als Museumsdirektor, Minister, mit Wohnsitz in Eickelhof, und ja, »ihr Auskommen« hätten sie auch so gehabt, und manches wäre, wäre, wäre möglicherweise anders gekommen, Rolf vielleicht doch nicht ins Gefängnis, Sabine hätte nie diesen Fischer kennengelernt, und Herbert wäre vielleicht doch etwas realistischer geworden; vielleicht sogar, daß Veronica und Heinrich – nun, vielleicht hatten sie alle ein wenig zu sehr das ›Blättchen‹ lächerlich gemacht, er, Käthe, die Kinder und Freunde – Museumschef, das wäre das richtige gewesen, Minister schon nicht mehr, da wäre er mitten hinein in die Parteischeiße geraten.

Plötzlich dachte er daran, daß Veronica immer nur Käthe anrief, ihn nie, und mußte lachen: War er etwa eifersüchtig, weil die ihn nie anrief, nur Sabine und Käthe, nicht einmal Rolf, vor dem sie wohl Angst hatte, und natürlich nicht, nicht einmal aus Frivolität, diesen Erwin Fischer, den auch er nur im äußersten Notfall mal angerufen hatte, ihn bat, Rolf doch irgendwie, bitte irgendwie im »Bienenkorb« ein bißchen Geld verdienen zu lassen, und wär's nur als Packer oder Kehrer auf dem Hof. Nein, das hatte Fischer kategorisch abgelehnt wegen des Namens Holger, den sie dem kleinen Jungen gegeben hatten, *danach* noch, und Fischer betonte ausdrücklich, daß er sich »von so einem nicht seine Arbeiter infizieren lassen« wolle. Und immerhin hatte es ja Holger Danske gegeben, gab es einen Ministerpräsidenten dieses Namens und nicht zuletzt Holger Graf Tolm, der da zwischen Malaga und Cádiz (meistens vergebens, wie er erfuhr) Touristinnen zu verführen versuchte, vorzugsweise britische und schwedische, notfalls auch deutsche. Nun, vielleicht war's ja auch unnützer Trotz, jetzt noch einen Jungen Holger zu nennen, wo man doch schon einen Sohn dieses Namens hatte.

Warum rief Veronica nie ihn an? Er hatte ihr nie etwas getan, sie war immer nett zu ihm gewesen, er zu ihr, allerdings hatte er nie getan, was Käthe und Herbert wahrscheinlich getan hatten: ihr Geld gegeben. Käthe hatte eine überraschend souveräne Hand, wenn's um Geld ging, war großzügiger als er, und das konnte kaum milieubedingt sein: Sein Vater hatte ja prinzipiell die Hälfte seines mageren Gehalts für Grundbesitz ausgegeben, powere Erde, in seiner unersättlichen Gier nach Landbesitz. Käthes Vater war doch auch nur ein ständig bankrotter Gärtner gewesen, ihre Mutter hatte abends heimlich Läden geputzt, heimlich, weil die Nachbarschaft doch nicht wissen durfte, was jedermann wußte: daß sie putzen ging. Das war doch alles sehr bescheiden gewesen, noch bescheidener als bei ihnen, und doch hatte sie keinerlei Hemmungen oder Komplexe, empfand weder Scham noch Triumph, wenn sie manchmal ziemliche Summen bei der Schneiderin ließ oder mit dem Taxi ins Café Getzloser fuhr.

Sabine hatte Veronica sicher kein Geld gegeben, dafür würde Fischer schon sorgen, der sie ziemlich knapp hielt; der tat nur was, gab nur was, wenn es repräsentative Wirkung und Bedeutung hatte: Pferde und Kleider, mit denen Sabine fotografiert wurde, manchmal mit, manchmal ohne Kit, seiner lieben kleinen Enkelin, die er so selten sah; Fischer hatte sie ungerührt zum »entzückendsten Kind des Monats Mai« küren lassen, im Reitdreß, die Kleine, knapp vier. Das »entzückendste Kind des Monats« war Fischers Erfindung: Das brachten die Illustrierten, die Boulevardblättchen, sogar im ›Blättchen‹ ließ sich das nicht immer vermeiden, überall tauchten diese süßen, rührenden Geschöpfe auf, die immer Kleider aus dem »Bienenkorb« trugen, und »Bienenkorb«, das wußten doch fast alle, bedeutete: Fischer. Einmal nostalgisch, wie aus einem Renoir oder einem Rubens, dann keß, als würden sie jetzt schon auf Strip dressiert, ledern und lässig, dann mal ausländisch, sizilianisch, andalusisch – nun sogar russisch vor der nächsten Olympiade. Das entzückendste Kind des Monats trug immer »Bienenkorb«, und es würde dann aus zwölfen das entzückendste Kind des Jahres gekürt werden, und ausgerechnet von Bleibl, der es aus der Zeitung wußte, mußte man erfahren, daß Sabine wieder schwanger war, man erfuhr das im Zusammenhang mit irgendeiner Reitgeschichte; Amplanger hatte ihm den Zeitungsausschnitt raufgeschickt: »Sabine Fischer, eine unserer größten Hoffnungen, fällt leider aus, da sie Mutterfreuden entgegensieht.« Auf diese Weise erfuhr er, daß Nachwuchs erwartet wurde, und er konnte sich vorstellen, wie Rolf, wenn er es las,

gleichzeitig »das Kotzen kriegen« und vor Triumph über die Entlarvung des Systems mit den Zähnen knirschen würde; »die unaufhaltsam sich steigernde prostitutionelle Komponente des Systems«.
Blurtmehl ließ Wasser ab – warmes zulaufen, forderte ihn auf, die Beine zu bewegen: Tatsächlich ging das im Wasser gut, wurden sie leicht, und wären wahrscheinlich leicht geblieben, hätte er nicht das ›Blättchen‹ wie Blei in den Gliedern gehabt – ein leichtfüßiger Museumsdirektor und ein leichtfüßiger – nein, nicht Minister, aber vielleicht Staatssekretär. Die Vögel vor dem grauen Himmel mit den trügerisch weißen Wolken, diesen idyllischen Gebilden, die sie den Kraftwerken verdankten: das zog dahin, wie von Gottes eigener Hand geschaffen: weiß, ruhig, variationsreich, und kam doch aus Hetzigrath, war wohl entstanden aus der Kohle, die unter Eickelhof gelagert hatte, ebenfalls von Gottes Hand, auf daß göttliche Wolken aus ihr entstehen mochten, fast ein schöner Nachmittag, schon von Dämmerung auf poetische Weise verdunkelt. Sogar Schwalben tauchten in seinem Blickfeld auf; von den Flatterfliegern mochte er die Schwalben am liebsten, besonders die Mauersegler, flinke und schöne Vögel, geschickt und intelligent. Seine speziellen Lieblinge waren aber die Gleitflieger: Bussarde, Falken, Sperber. Er liebte die Falken, die immer noch im Turm hausten: Wohin würden sie fliegen, wenn Kortschedes Voraussage Wirklichkeit wurde: Ihr Gleiten bei geringem Flügelschlag, sie segelten dahin. Und immer wieder der Gedanke an die Eule, die sich vom Turm löste, wenn die Dämmerung einsetzte, und auf den Waldrand zuflog, lautlos, mit rundem Flügelschlag. Manchmal sah er auch Tauben aus Kommertz' Taubenschlag, und merkwürdig: Tauben mochte er nicht, mochte nicht ihr Gurren und Glucken, wenn sie in den Mauernischen brüteten, mochte nicht ihren Flug und fragte sich, warum er den Räubern den Vorzug gab: im grauen, weiß überzogenen Himmelviereck aus der Wanne heraus beobachtet, während Blurt-

mehl ihm in bestimmten Abständen den Puls fühlte, nickte, was bedeutete: kein Grund zur Sorge.

Am liebsten hätte er den Rest seines Lebens damit verbracht, den Vogelflug zu beobachten, Tee zu trinken, Käthe beim Stricken zuzusehen, zuzuhören, wenn sie auf ihre wunderbar dilettantische Art »voll«, wie sie es nannte, Beethoven spielte; – und nun hatte er nicht nur das eine, riesige, sinnlose Büro beim ›Blättchen‹, hatte noch ein zweites, riesiges, sinnlos großes, hatte beide »mit seiner Persönlichkeit zu füllen« und hatte nicht einmal gewußt, daß seine Tochter ein Kind erwartete, mußte das ausgerechnet von Bleibl erfahren, der es ausgerechnet aus den Sportnachrichten wußte; Nachwuchs, wenn's auch kein junger Tolm war, nur ein Fischer. Eins war jedenfalls gewiß: Einen jungen Tolm gab es, der hieß Holger und war ihm immer wieder Anlaß zu merkwürdigen erbrechtlichen Überlegungen: Wenn sie Rolf als Abtrünnigen, ihn als neugewählten Präsidenten umlegten, blieb für diesen siebenjährigen Jungen als Rolfs direktem Erben ein netter Brocken übrig, für diesen Jungen, den er seit drei Jahren nicht mehr gesehen, mit dem er, als er noch im Plapperalter gewesen war, im Park die Enten gefüttert hatte, wie mit Kit. Hatte, hatte, hatte – nicht einmal das war mehr als ratsam befunden worden, seitdem neulich einmal eine Ente auf völlig unorganische Weise aus dem Pulk, der das dunkle Wasser so hübsch musterte, ausscherte, aufs Ufer zuschwamm und aus dem Gebüsch der junge Sicherheitsbeamte Hendler hervorstürzte, »Deckung« schrie, »Deckung«, ihn und Kit auf den Rasen herunterriß, sich selbst danebenwarf, während die Ente, die sich später als Holzente erwies, ihren unnatürlichen Weg an einer hervorspringenden Grasnarbe beendete, sich noch unnatürlicher im Kreis zu drehen begann. Dieser Hendler hatte sie für eine schwimmende Bombe gehalten, als Ente getarnt oder in der Ente verborgen. Glücklicherweise war es ein Irrtum; der aber rief eine umständliche Untersuchung hervor, deren Ergebnis: ein tränenüberströmtes geständiges Küchenmädchen. Sie hatte die Holzente im Keller entdeckt, gesäubert und »auf die Reise geschickt«, zum Spaß, wie sie sagte. Nur mit Mühe war es ihm gelungen, die Entlassung des Mädchens und eine Pressemeldung zu verhindern, auch, weil es ja immerhin eine Idee, ein Einfall war, den jemand hätte aufgreifen können. Seitdem mißtraute er den Enten, fing auch an, den Vögeln zu mißtrauen, die er so gerne und so lange beobachtete. Gewiß war es doch möglich, ferngesteuerte mechanische Vögel zu entwickeln, die, mit hochexplosivem Stoff gefüllt, plötzlich in den Waagerechtflug übergingen, in ein geöffnetes Fenster flogen, Unheil in ihrer künstlichen Brust, im künstlichen Bauch. Schwalben waren wohl auszuschließen, auch Spatzen, Krähen. – Aber Tauben vielleicht, Stare – Störche, und Wildgänse, ganze Pulks, alle mechanisch, alle mit Unheil gefüllt, und er ließ sich verleiten, ausgerechnet Bleibl gegenüber zu äußern: »Nicht einmal den Vögeln des Himmels kannst du mehr trauen.« Worauf Bleibl antwortete: »Und nicht mehr dem Kuchen, den der Bäcker dir ins Haus bringt.« Ja, seit der Sache mit Pliefgers Geburtstagstorte ließen sie alle Kuchen im Haus backen, wenn nicht gerade unter Aufsicht, so doch unter erheblichen Vorsichtsmaßnahmen.

An dieser Tortengeschichte hatte sich die äußerst exakte Raffinesse der Planung genauestens ablesen lassen: Da hatte jemand den Bäcker kennen, den Weg des Lieferautos genau aufgezeichnet haben müssen, hatte den Zeitpunkt gewußt, an dem die Bahnschranke herunterging, da hatte man den Lieferwagen des Bäckers mit einem blauen Ford zum Langsamfahren gezwungen, so daß er genau, als die Schranke herunterging, halten mußte; immer wieder hatte sich dieser blaue Ford vor das Bäckerauto geschoben, an Stellen, wo der Lieferwagen nicht überholen konnte, und an der Schranke war die echte Torte mit der gesalzenen vertauscht worden, man fand die echte ja später in einem Mülleimer in der Nähe der Schranke, und wenn da nicht jemand angerufen und Pliefger gewarnt hätte – er hoffte immer, es wäre Veronica gewesen, die ja so gern telefonierte –, nicht auszudenken: Dahinter konnte nur Bewerloh gesteckt haben, von dem es ja immer wieder hieß, »er rechnet und rechnet und rechnet«. Sie hatten die Torte genau kopiert: »Unserem Chef, dem guten, zum 65.« – und nichts, nichts, die Vernehmung des Bäckers, seiner Familie, der Lehrlinge und Gehilfen, der Nachbarschaft, die Überprüfung der Leitungen, nichts hatte irgendeinen Tatverdächtigen ans Licht gebracht. Die Damen in Pliefgers Büro, die ja die Torte bestellt, den Text und die Dekoration – Vergißmeinnicht aus weißem Zuckerguß – entworfen, die Bestellung aufgegeben hatten, sie hatten Heulkrämpfe bekommen – es hatte alles an der Torte gestimmt, sogar das Gewicht, und hätte Pliefger sie, wie es vorgesehen war, aufgeschnitten – er wäre zerfetzt worden – Pliefger, sein Vorgänger, »und man kann nicht einmal mehr dem Brot trauen, das auf den Tisch kommt, nicht mehr der Zigarettenschachtel, die du aufreißt ...« Seit der Sache mit Plotteti.

Geld, vielleicht sogar von Käthe, hatten sie wohl genug, solche Vögel auszubrüten, auch Phantasie genug, gewiß Veronica; würden vielleicht einen Schwarm von dreißig Wildgänsen (rauschen durch die Nacht!) basteln lassen. Aufs Schloß gelenkt, konnten sie wie eine hochmoderne Stalinorgel wirken. Warum nicht? Wo es doch diese hochgescheiten, diese winzigen Elektronengehirne gab, mit denen Bleibl unter anderem sein Geld verdiente, und natürlich hatte er darüber mit niemandem gesprochen, nicht einmal mit Käthe, schon gar nicht mit Bleibl, der einen sehr hochqualifizierten Physiker oder Ingenieure hätte beauftragen können, sich dieser Idee einmal anzunehmen, und wär's nur, um einen neuen Rüstungsknüller herauszubringen, oder auch nur, um die »ballistische Diskussion zu beleben«.

Und da hätte Holzpuke ja auf die Idee kommen können, den Himmel über dem Schloß und ums Schloß herum mit Stahlnetzen zu bespannen: Keine Vögel mehr, keine Wolken mehr, und wenn sie auch nur aus Hetzigrather Wasserdampf bestanden. Er wollte weiterhin den Blick in den Park, in den Himmel

genießen, wollte weiterhin eigenhändig seine Zigaretten rauchen, das Streichholz, mit dem er sie anzündete, eigenmündig ausblasen, weiterhin mit Kit die Enten füttern, von der Terrasse aus. Von dort aus konnte man die Brotbrocken weiter werfen, die Pulks dirigieren, Muster hervorrufen – nachts die Eule, die Käuze, die Fledermäuse, deren Fluggewohnheiten er nicht kannte. In den Träumen kamen Adler, Geier, mit riesiger Spannweite, sie flogen zielbewußt-energisch direkt auf ihn zu, explodierten Brust an Brust mit ihm, in Feuer und Rauch, einem Dröhnen, das ihm noch in den Ohren war, wenn er längst wach geworden war und nach Käthes Hand griff, sich an ihrer Wärme, an ihrem Pulsschlag tröstete. Oder er stand leise auf, klingelte Blurtmehl und ließ sich die eisigen Füße einreiben und massieren, und es hatte dann auch tagsüber Augenblicke gegeben, wo er zusammenzuckte, wenn eine Taube oder eine Schwalbe aufs Schloß zuflog, manchmal auch nur ein Spatz, und er sich beherrschen mußte, um nicht wie Kortschede laut loszuschreien.
Blurtmehl mahnte: »Nicht zu lange, Herr Doktor«, und er ließ sich aus der Wanne helfen, auf den Tisch zur Einreibung mit balsamischen Ölen, eingewickelt in das große Frottiertuch, trockengerubbelt von Blurtmehl, der diskret sein Geschlecht bedeckte und ihn aufforderte, schrittartige Bewegungen zu machen, »Luftmarsch« nannte er das ... Gewiß war es nicht leicht, den Unterschied zwischen Flugkörper und Vogel mechanisch aufzulösen, so realistisch, daß man ihn nicht mehr hätte erkennen können: Ob sich die Feinheiten in den Bewegungen eines Vogels so nachahmen ließen, wo doch der im Flugkörper verborgene Sprengstoff seine eigene Mechanik erforderte, die untergebracht, versteckt werden und auch noch funktionieren mußte; immerhin hatte es ja schon mechanische Vögel gegeben, und er erinnerte sich eines Gesprächs mit Veronica auf der Terrasse, in Eickelhof hatte Veronica behauptet, daß künstliche Vögel »natürlicher« flögen als natürliche, so wie aufgedrehte Spielzeugvögel »natürlicher laufen als wirkliche ...«

Blurtmehl stoppte mit seinen sanften Händen den »Luftmarsch«, fing die Einreibung an den Fußsohlen an, bat, jeden, auch den leisesten Schmerz kundzutun, äußerte schon bald Zufriedenheit, stellte eine erstaunliche Entspannung fest, wohl das Schwinden der Angst, ihr Austausch gegen Neugierde und Phantasie; das Öl tat wohl, Blurtmehls Hände; und jetzt, den Kopf ein wenig erhöht, konnte er sogar auf die Terrasse und in den Wassergraben sehen, fragte sich: Würde es vielleicht doch Blurtmehl sein? Gab's da nicht diese geheimnisvollen, winzigen Bolzen, die man jemand ins Hirn katapultieren konnte? – Und schließlich, warum sollte das nicht aus Blurtmehl selbst kommen, brütete vielleicht in ihm etwas, in einer verborgenen Schicht, das ihn plötzlich veranlassen konnte, den Würgegriff anzuwenden? Und er war gewiß in Anatomie erfahren (besuchte dauernd Fortbildungskurse!), genug, um die Folgen des Würgegriffs als Badeunfall zu tarnen. Blurtmehl mit seinen langen, ein wenig knochigen Händen, mit diesem sanfttraurigen Blick, den Masseure und Priester manchmal gemeinsam haben. Was bedeuteten schließlich »verbürgte Daten«? 1940 in Kattowitz geboren, ursprünglicher Name Blutwitzki oder so ähnlich, hatte er sich nach abgebrochener Ausbildung in einem katholischen Internat, »enttäuscht über die polnische Nachkriegsentwicklung«, entpolonisiert und den merkwürdigen Namen Blurtmehl gegeben, dessen Etymologie ihm bisher niemand, auch Blurtmehl selbst nicht, hatte erklären können. Im Westen hatte er nicht Abitur gemacht, jegliche Förderung abgelehnt, Krankenpflege gelernt, obwohl begabt dazu, wie alle meinten, die mit ihm zu tun hatten, auch später Abitur nicht nachgemacht, um Medizin zu studieren, blieb bei den Nonnen da unten irgendwo im Allgäu, kaufte sich ein überraschend schweres und teures Motorrad, raste damit in seiner Freizeit ziellos (ob scheinbar oder wirklich ziellos, war nicht mit letzter Sicherheit herauszufinden gewesen) durch die Gegend, von München bis Hamburg und nach Berlin (wo man keinerlei Ostkontakte hatte feststellen können), wurde schließlich Diener, Masseur und Chauffeur eines Bischofs, dem er zehn Jahre lang diente, bevor eben jener Bischof ihn an ihn, Tolm, weiterempfahl. Dieser Bischof verschenkte ihn fast, denn er »ist unersetzlich, einfach unersetzlich, aber dir gebe ich ihn, vorausgesetzt er will – du brauchst ihn dringender als ich, in deiner Position!« Den Bischof kannte er aus seiner Hauslehrerzeit, auch vom Kunststudium, der hatte über Bosch promoviert, war ihm dann später irgendwo auch als Artilleriefeldwebel über den Weg gelaufen – aber sonst war es immer peinlich, wenn die Bischöfe in ihrer organisierten Geschlossenheit bei ihnen mal auftauchten, sozusagen Visite machten, weil sie doch zu »allen gesellschaftlichen Gruppen Kontakt halten« wollten – war immer ein bißchen peinlich, weil da ein bißchen Unterwürfigkeit und ein bißchen Schulterklopferei – diese »Wir-sitzen-doch-in-einem-Boot«-Gesten – fällig wurden – wieso übrigens »in einem Boot«? in welchem? – saßen sie mit den armen Huren nicht in einem Boot? Aber nein, dieser Bischof war wirklich nett, hatte den geläufigen Vornamen Hans und einen noch geläufigeren Nachnamen, interessierte sich immer noch für Bosch und hatte ihm wirklich einen Gefallen tun wollen. Nun, Blurtmehl wollte, trat 1971 in seine Dienste, erwies sich als wirklich unersetzlich, nach seinen Fähigkeiten, als Fahrer, Diener, Masseur, nach seinem Charakter, war äußerst diskret, dieser schlanke, sympathische stille Mann, der eher aussah wie ein verhinderter Mönch als ein Diener (oder war das gar kein Gegensatz?), der so aussah, als hätte er gar kein Privatleben, und doch eins hatte: eine Mutter, die er unterstützte, eine Schwester, die er hin und wieder besuchte, sie hatten den polnisch klingenden Namen beibehalten, wohnten in der Nähe von Würzburg, völlig unverdächtige, harmlose Menschen; der Schwager war sogar bei der Polizei; Blurtmehl hatte sogar – das war die wahre Überraschung, er hatte ihn eigentlich immer für einen platonischen Homo gehalten, oder gar für geschlechtlos – er hatte eine Freundin, die dreißigjährige Eva Klensch, bei der er ungeniert seine freien Tage und Nächte verbrachte, mit der er ausging, essen, ins Kino, ins Theater; seit zehn Jahren schon, noch aus der Bischofszeit, seine feste Freundin. Eva Klensch, die in Frankfurt eine Boutique betrieb: israelische, türkische, arabisch-palästinensische Klunkern und Klamotten, fuhr oft (für manche Sicherheitsexperten, wie Holzpuke berichtete, etwas zu oft) in den Vorderen Orient, hatte sogar in palästinensischen Flüchtlingslagern eine ganze Heimarbeiterinnen-Kette aufgebaut; Eva Klensch war keineswegs verdächtig, hatte aber auch nicht das Prädikat »völlig unverdächtig« erlangen können, und nur ihretwegen hatte man es auch Blurtmehl noch nicht ohne jede Einschränkung zugesprochen. Man wußte doch nie, was da getuschelt, getauscht und ausgetauscht wurde, wenn sie in obskuren Winkeln in Beirut und Umgebung, auch bei Nablus, nicht weit von Damaskus oder Amman, einkaufte. Und wenn man sie auch via Zoll überwachen und durchsuchen konnte, denn immerhin, wenn nichts Politisches, so konnten ja Hasch oder Heroin im Spiel sein – man hatte auch via strikter und legaler Zollüberwachung nichts, aber auch nichts Verdächtiges je an Eva Klensch entdecken können: eine hübsche, selbstsichere, geschäftstüchtige junge Frau, die geschickt und völlig legal die schwankenden Dollarkurse ausnutzte; und auch, als man sie, völlig normal und legal, einer Steuerprüfung unterzog, hatte man nichts Verdächtiges entdeckt, bis auf ein paar strittige Spesenbelege, wie man sie bei jeder Steuerprüfung fand. Ihr Hobby war das Bogenschießen, auch darin war sie erfolgreich, Kreis- oder Bezirksmeisterin, und sie führte Bogen, Scheibe und Pfeile ständig im Auto mit. Natürlich hatte man auch ihren Lebenslauf erforscht: Dreizehnjährig war sie kurz vor dem Mauerbau mit ihrem Vater, einem Elektroschweißer, ihrer Mutter, einer Ankerwicklerin, und ihrem zehnjährigen Bruder, der inzwischen Berufssoldat bei der Bundeswehr war, in den Westen gekommen, hatte in Dortmund zielstrebig und erfolgreich die Realschule absolviert, war erst Ver-, dann bald Einkäuferin in einem Warenhaus geworden, hatte schon mit einundzwanzig ihre eigene Boutique eröffnet, mit für ihre Verhältnisse ziemlich kühnen Krediten, hatte inzwischen sogar eine Filiale, irgendwo bei Offenbach. Diese hübsche Eva Klensch war – ein erkennungsdienstlich erstaunliches, nicht unbedingt beunruhigendes Detail – vor zwei Jahren, ganz offenbar unter Blurtmehls Einfluß der sie – weitere Überraschung – vor zehn Jahren auf einer SPD-Veranstaltung kennengelernt hatte, zum Katholizismus übergetreten. Diese beiden Details – SPD und Katholizismus – beunruhigten ihn. Nicht, daß er gegen das eine oder andere – von den Nuppertz-Traumata abgesehen – irgend etwas einzuwenden gehabt hätte, nein, er vermißte da nur eine gewisse Gradlinigkeit, war auch erstaunt, daß Blurtmehl das Mädchen nicht schon längst geheiratet hatte: irgend etwas paßte da nicht, oder er selbst – das mochte näherliegen – paßte nicht mehr. Immerhin: Pfeil und Bogen waren lautlose Waffen. Während Blurtmehl ihm den Nacken einrieb, langsam zu den Schultern überging, wo er »eine Menge Rheuma« vermutete, versagte Tolm sich den Phantasiesprung in Blurtmehls und Evas potentielle Zärtlichkeiten: Immerhin war Blurtmehl, wie sich bestätigt hatte, offener SPD-Sympathisant, war es schon zu seiner Bischofszeit gewesen, seine Eva wohl auch; nachdem er, Tolm, sich dabei ertappt hatte, monatelang in schierer Neugierde nach einem Foto dieser Eva zu lechzen (das mochte er Holzpuke nun doch nicht zumuten, ihm eventuell eins zu zeigen!), hatte Blurtmehl ihm freiwillig und unaufgefordert eins gezeigt, mit den sanft dahingesprochenen Worten: »Das ist sie, meine Freundin Eva!«, und dieses »Das ist sie« hatte ihn in der Ahnung bestätigt, daß Blurtmehl wohl doch Gedanken lesen konnte. Auf dem Foto erwies sich Eva als eine äußerst attraktive, ziemlich kleine Schwarzhaarige, mit angenehmem Busen, lustigen Augen und einem intelligenten Mund, gestiefelt, selbstbewußt. Inzwischen wußte er von ihr, daß sie war, was er längst nicht mehr war: Kirchgängerin, manchmal mit, meistens ohne Blurtmehl, der dann zu Hause blieb und das Frühstück machte. Da hatte also dieser ehemalige Bischofsmasseur, Fast-Absolvent eines katholischen Internats, leidenschaftlicher Motorrad-

fahrer, diese junge Frau, die aus äußerst säkularen Gefilden stammte, in den Schoß der Kirche eingebracht.
Waren es Evas so schlanke wie gewiß feste Hände, aus denen Blurtmehl »es« entgegennehmen würde, übermittelt durch unergründlich komplizierte Palästinenserkonspirationen, in düsteren Lagern überreicht oder zugeflüstert, in Beirut diskret übergeben, in Codeform übermittelt, entziffert, in Blurtmehls Gehirn gepflanzt, wo es wuchs und wucherte? Und schließlich dann in der Badewanne oder bei der Massage ein leichtes Würgen, den Kopf unter Wasser drücken! Schließlich war auch Grebnitzer den vielen Bädern gegenüber skeptisch, ein Badeunfall also nicht unwahrscheinlich, schließlich hatten die Palästinenser ihren eigenen Geheimdienst, möglicherweise sprach sein eigener Enkel inzwischen deren Sprache. Die hatten Geld genug (Geld, das, wie Rolf mal wieder nüchtern feststellte, »euer eigenes Geld ist, Energiegeld, das über Libyen, Syrien oder die Saudis auf gefährliche Weise zu euch zurückfließt – nur, damit du weißt, was Geld anrichten kann«).
Blieb nur die Frage, deren Antwort Trost enthielt: Was würde es ihnen nützen, wenn sie ihn erledigten, ohne wenigstens die Publicity davon zu haben; keine Bomben, keine MPs, keine »gesalzenen Torten« – nur in der Badewanne verunglückt – was brachte ihnen das ein? Was nützte es ihnen, wenn sie ihre Macht zwar bewiesen, diese Macht aber nicht öffentlich demonstrieren konnten?
Ein Kapitalist in der Badewanne verunglückt? Na, wenn schon? Was Käthe ihm gelegentlich als Trost angeboten hatte: seine offene, fast schon aktenkundige Menschlichkeit, war vielleicht gerade das Verhängnisvolle. Nach ihm würde Amplanger kommen, einer vom neuen Typ: hart, dynamisch, strahlend, gesund – der konnte lächeln, daß einem bange wurde, und vielleicht brauchten sie den rasch, um ihn spektakulär zu erledigen, konnten deshalb ihn auf die stille Tour beiseite schaffen; Amplanger, das hieß Börse, olympische Schützenmannschaft, Tennis, Zummerling und zähneknirschende Härte. Sie wollten

vielleicht Amplangers Wahl beschleunigen, er, er strahlte zuviel humanistische Gedanken aus, Selbstzweifel, Kapitalistentrauer; und verflucht, warum schnappten sie sich dann nicht Bleibl, den Härtesten der Harten, der nicht eine Sekunde lang Schmerz empfand, kein Wimpernzucken lang Bedauern, wenn da in Bolivien oder Rhodesien wieder ein paar Hundert draufgingen – während in ihm doch die Trauer hockte, eine Urtrauer, genährt durch Rolfs »Heeresberichte«, durch Katharinas Analysen und Informationen; und gewiß war's gerade diese authentische Trauer, deren Fernsehkostbarkeit Bleibl erkannt hatte, um ihn trächtig-niederträchtig hochzukatapultieren – und doch mußten sie wissen, daß er vielleicht schlimm in seiner Schwäche und doch nicht der Schlimmste war, aber vielleicht war das gerade sein böses Schicksal, nicht der Schlimmste zu sein – und was sollte dann Veronicas Telefongeflüster »Geht nie zum Tee zu Bleibls«?

»Blurtmehl«, sagte er plötzlich aus seinen Gedanken heraus, »glauben Sie an Gott, an diesen – an Jesus Christus?«

»Ja, natürlich, Herr Doktor – und Sie?«

Rein protokollarisch gesehen war diese Gegenfrage eine Frechheit, fiel ganz aus der Dienertradition heraus, war wohl doch ein SPD-Element, ging ihm dann doch ein wenig zu weit, war auch erschreckend, weil so neu an Blurtmehl, und doch antwortete er: »Ich auch, Blurtmehl, ich auch, wenn ich auch nicht weiß, wer er ist und wo – aber erlauben Sie mir noch eine Frage, verzeihen Sie die Zudringlichkeit – was an dieser merkwürdigen Welt erstaunt Sie am meisten?«

»Am meisten«, sagte Blurtmehl, als hätte er gar nicht nachdenken müssen, hätte die Antwort auf eine so überraschende Frage immer in sich gehabt, »am meisten überrascht mich die Geduld der Armen.«

Das ging tief, verursachte Schweigen, war eine höchst überraschende Antwort, die wohl dann doch nichts mit SPD zu tun hatte, die Antwort war älter, ging tiefer, mußte in Blurtmehl gesessen haben, und es war nicht einmal mit Trauer gesagt:

»Die Geduld der Armen« – ein wahres, tiefsinkendes Wort aus dem Munde eines Masseurs. Und er hätte gern gefragt, was er sich verkniff, das wäre zu plump, wäre abscheulich dumm gewesen, die Frage: »Zählen Sie sich zu den Armen?« Er hatte auch Angst, die Frage zu stellen, weil er sich der Antwort, die ja nur »nein« lauten konnte, dann doch nicht zu gewiß war. Was, wenn Blurtmehl ja gesagt hätte – welch eine philosophische Debatte über Armut wäre da fällig gewesen, und er hätte – was er haßte, auch seinen Kindern gegenüber nie getan hatte – auch Käthe übrigens nicht – den Armutsveteranen herauskehren müssen – ewig der Hunger in seiner Studentenzeit, und wenn er nach Hause kam zum Wochenende, nicht mehr Milchsuppe, nur noch Kartoffeln, in allen Formen, meistens, weil das das billigste war, in Form von Salat, während man doch zu gekochten irgendeine Soße und zu gebratenen wenigstens ein paar Spuren Margarine brauchte; weil sein Vater immer verrückter wurde, immer mehr von seinem Gehalt für seine verfluchten Landkäufe abzweigte, an Heizung und Beleuchtung knapste – oh, diese Fünfzehn-Watt-Birnen in Küche und Keller, fünfundzwanzig Watt, wenn's hochkam, im Wohnzimmer.

»Arm«, sagte Blurtmehl unaufgefordert, »ist, wer nichts von dieser Erde besitzt – und«, lächelte fast herablassend, »ich besitze immerhin die Hälfte des Grundstücks, auf dem meine Freundin den Laden hat–.« Er machte rasch die Abschlußbewegungen, fuhr noch einmal mit den Händen über ihn hin, dann den Klaps auf Po und Schultern und sagte, diesmal nun wirklich betrübt: »Ich würde fortfahren in der Behandlung, spüre aber einen Widerstand gegen mich in Ihnen, vielleicht Mißtrauen.«
»Nein, nein«, sagte er, während Blurtmehl ihm Unterwäsche und Hemd reichte, »nein, weder Widerstand noch Mißtrauen; ich denke nur darüber nach, wer mich erwischen wird, wer und wie, und dabei gehe ich in Gedanken alle durch, sogar meine Söhne, meine Frau, meine Schwiegertöchter – alle meine

Freunde, meine Feinde – und natürlich auch Sie – mag sein, daß Sie mich bei diesem Gedanken erwischt haben.«
»Wer sollte Sie denn erledigen wollen? Es gibt gar keinen Grund.«
»Eben, weil es keinen Grund gibt – oder sehen Sie irgendwo Gründe oder gar Motive, die mit Personen verknüpft sind? Herr Pliefger ist der netteste Chef und Familienvater, den Sie sich denken können – es geht nicht gegen Personen – sie sind auf ihre Weise Technokraten, trennen Geschäft und Gefühle – haben sicher noch Gefühle, sind vielleicht so nett wie wir.«
Die Hose, das schaffte er noch, Socken und Schuhe nicht, die ließ er sich von Blurtmehl anziehen und schnüren. Vor ihm kniend, blickte Blurtmehl für einen Augenblick hoch und sagte: »Ja, Sicherheit gibt es nicht – und doch muß das Sicherheitssystem sein – übrigens werde ich mir am Wochenende erlauben, Ihnen meine Freundin, Frau Klensch, vorzustellen, wenn es Ihnen paßt. Ihre Frau war so freundlich, ihr Quartier anzubieten.«
»Oh, das freut mich sehr, sie wohnt doch hoffentlich im Schloß?«
»Ihre Frau und Herr Kulgreve waren so lieb, ihr das Gästeapartment zur Verfügung zu stellen.«
Blurtmehl brachte noch das Tablett mit Tee, Toast, Butter, Zitrone und den Kaviar. Käthe, die hinter ihm reinkam, sah müde aus, blaß, was selten bei ihr vorkam. Er hatte sie selten blaß gesehen, zuletzt, als die Meldung von Rolfs Verhaftung gekommen war, dann wieder, als Veronicas Untertauchen offenkundig wurde. Auch so müde, fast alt, hatte sie selten ausgesehen; er küßte sie, wollte fragen: »Ist was?«, aber sie strich ihm über die Schulter und sagte: »Nimm es nicht zu schwer, du konntest ja nie nein sagen – und dir werden sie nichts tun, dir nicht ... du bist so menschlich, und sie wissen es ...«
»Gerade das ist ein Grund, mir was zu tun – gerade das, glaub's mir.«

Seit ihnen von der Terrasse abgeraten worden war (sie war als zu »ausladend« und zu »offen« befunden worden, war vom Waldrand, den hohen Bäumen aus zu leicht einzusehen, »wie ein Schießstand«, hatte Holzpuke gesagt, und er hatte gerade Heizung und automatisch zu schließende und öffnende Fenster einbauen lassen, weil er gerade im Herbst und Winter so gern dort saß und auf die Eule wartete – und weil er Wald und Park nicht hatte sperren wollen – der freie Zugang war uraltes Recht, und nicht einmal der knickrigste und blödeste der Grafen Tolm hatte ihnen das je genommen – und weil es natürlich nicht möglich war, jeden einzelnen, der dort spazierenging – und es kamen viele, auch aus Nachbarorten, besonders am Wochenende –, zu durchsuchen oder zu überprüfen), mußten sie im Zimmer bleiben, mußten beim Tee nebeneinandersitzen, beide mit Blick in den Park und bis zum Waldrand: »Wie im Kino oder im Theater«, hatte Käthe gemeint.

Sie schenkte Tee ein, machte ihm Toast mit Butter und Kaviar zurecht. Es schmeckte ihm immer noch, immer wieder, und er konnte es nicht lassen, ihr in die Augen zu sehen, tief und lange, und entdeckte Angst; Angst hatte sie selten gehabt, in Krieg und Frieden selten; vor den Tieffliegern ja und vor »den Nazis und Protestanten« in Dresden. Ärger und Zorn: ja, über den Verlust von Eickelhof, Trauer über die Ausrottung von Iffenhoven, wo ihre Vorfahren bis ins sechste Glied beerdigt gewesen waren. Angst selten, nicht einmal, als Rolf seine Dummheiten machte. Manche hielten sie für kühl und ein bißchen träge, und so verhielt sie sich wohl auch, wenn sie Offizielles mitmachen mußte. Sie tat es nur selten, tat es nur seinetwegen, fand es langweilig und zeitraubend – bei solchen Anlässen war sie wohl kühl und nicht träge, er hätte es gleichmütig genannt; sie sprach dann wenig, war ganz Dame, ließ sich von Ministern, Präsidenten und Herrschern kaum beeindrucken, fand den Schah so »langweilig, daß er fast interessant ist« und Banzer »banaler, als Gott erlauben sollte«, diese Bluthunde, herzlich war sie nur gegen Kellner und Köche, ging zu ihnen, lobte das Essen, ließ sich Rezepte geben und die Zubereitung erklären, lachte mit den Garderobe-, unterhielt sich mit den Toilettenfrauen, bekam etwas Verächtliches in den Blick, wenn sie Tischreden zuhören mußte, Toaste über sie ergingen; natürlich war sie nicht unhöflich, und doch blieb sie Würdenträgern gegenüber – und da gab's verflucht »hohe Tiere«, so nannte sie das – ziemlich herablassend, fast verächtlich, jedenfalls kühl und gleichmütig. Mit ein paar »Vorstandsmitgliedsweibern« hatte sie sich ganz gut verstanden, aber da waren inzwischen viele Scheidungen gewesen, und man verlor die ersten, die zweiten, die dritten Frauen dann aus dem Blick; Käthe beklagte immer diese vielen Scheidungen, »kaum hat man mal eine kennengelernt, die nett war, hat mal mit ihr Tee getrunken und geplaudert, ist mal mit ihr einkaufen gegangen – dann verschwindet sie als Geschiedene in Garmisch oder an der Côte d'Azur, und es taucht irgendeine neue auf, Blondine mit Po und Kulleraugen, Schwarzhaarige mit Kulleraugen und Po, mit Busen, ohne – kaum so alt wie die eigene Tochter; mein Gott, was müßt ihr Männer alles an Busen, Pos und Kulleraugen vermißt haben in eurem Leben. Bleibls vierte ist zum Beispiel ein ziemlich dummes, gefährlich dummes Luder, wo doch seine erste die Netteste und auch die Hübscheste von allen war – eine wirklich gute Frau war auch seine dritte, die war reizend, diese Elisabeth, und er hat wohl Pech mit den geraden Zahlen – seine zweite war nicht übel, aber doch letzten Endes dumm. Was haben sie bloß alle – daß es nun jedesmal die wirklich tiefe, die unwiederbringliche Liebe sein soll, glaubst du das denn? Ich bin gespannt auf Bleibls fünfte. Ob das auch wieder so 'ne doofe Sexnummer sein wird – wie die vierte –, und bei der sollen wir Tee trinken? Die kippt doch morgens nach dem Frühstück schon diesen Gin und Tonic in sich hinein, sucht sich dann ein Opfer, das sie mit ihrem Busen verrückt machen kann. Ich nehme an, daß Bleibl ihr manchmal eine runterhaut.«

Er errötete immer ein wenig, wenn sie so sprach, meistens im Auto, offen vor Blurtmehl, der sich dann hinter einem Hüsteln versteckte; auf dem Heimweg von einer Party oder einem Empfang, wo er dann sogar seine Orden trug, die Nachkriegsorden, die anderen nie, das nun doch nicht, da hätte er sich dann doch zu sehr vor Käthe geschämt, und außerdem hatte sie ihm mit Scheidung gedroht: »Wenn du *das* (mein Gott, was hatte er denn alles getan?), wenn du *das* auch noch tust, lasse ich mich scheiden.« Es war ihm schon peinlich, die neuen zu tragen, aber das mußte – mußte? fragte Rolf, leben wir nicht in einem freien Land? –, mußte er des ›Blättchens‹ und auch des Verbandes wegen, wo ihn doch Orden – auch die neuen – ebenfalls an den Duft von Virginiazigaretten erinnerten: Er hatte doch den eigenen, den er beim Filzen hatte durchbringen können, später gegen zwölf Zigaretten getauscht – aber davon wußte nicht einmal Käthe etwas, wußte keiner, daß er auch bei feierlichsten Anlässen, wenn regelrechte Herrscher oder Beherrscher, Generäle und Schah, fällig waren, mit ordengeschmückter Brust – daß er dann an die Zigaretten dachte, die sie möglicherweise in einer Zwangslage einbringen würden; mußte – so wie er Eickelhof hatte verkaufen müssen – und er hatte die messerscharfe Analyse seiner »angeblichen Freiheit« durch diesen verfluchten Bewerloh nie vergessen – so wie er Tolmshoven würde verkaufen müssen, um einem neuen, wolkenbildenden Kraftwerk Futter zu geben.

Jedesmal, wenn er Käthe wiedersah, auch morgens, wenn er wach wurde, und nachts, wenn er nach ihrer Hand griff, dachte er an den Abend, als er ihr in Dresden im Lazarett begegnet war; auf dem Flur, in dieser gräßlich-grauen Geschäftigkeit, war er ausgehfertig rasch, um unwillkommenen Begleitern, die sich jederzeit aufdrängen konnten, zu entgehen, auf den Ausgang zugegangen; dieses Endsieg-Gequatsche auf dem Zimmer, diese dumpfe, verkrampfte Siegeszuversicht, in der sein Schweigen Mißtrauen erweckte, dieses Abtasten eines Gesichts mit den Augen, ob man ihm trauen könnte – und wie man dann hereinfallen konnte. Er hatte sich vorzeitig entlassen, k.v. schreiben lassen, um Urlaub zu bekommen, nach Hause zu fahren, schon den Entlassungsschein in der Tasche, war entschlossen, die Nacht außerhalb des Lazaretts zu verbringen – da war sie im Flur an ihm vorbeigekommen und stehengeblieben, Freude auf ihrem Gesicht, griff sie nach seinem Arm, errötete und sagte: »Pardon, ach, Sie hier, Herr Tolm?« – und er blickte auf sie herunter, eine Blonde mit offenem Gesicht, ein bißchen pummelig, graue verschleierte Augen im Widerspruch zu der offenen Heiterkeit ihres Gesichts, Augen, aus denen er nie mehr herauskommen wollte, sollte, blickte so intensiv, daß sie noch einmal errötete, dachte »Mein Gott, woher kennst du sie, müßtest du sie kennen, ihren Namen wissen?« – Jedenfalls bekannt kam sie ihm vor. Er lächelte, entschlossen, die Nacht mit ihr zu verbringen – »irgendwie«. Sie sagte: »Ich bin die Käthe Schmitz aus Iffenhoven, mein Bruder Heinrich war doch mit Ihrem Bruder Hans befreundet, und unsere Väter hatten doch mal einen Prozeß miteinander.« Ja, das war's, die Gärtnerei in Iffenhoven, wo Hans manchmal hinging, und Vater hatte bei einer Pleite mal wieder zu rasch zugegriffen, nicht ganz korrekt hatte er sich allzu billig mal wieder ein Stück Erde sichern wollen. Ja, der Prozeß mit Schmitz, und Hans hatte sich beklagt, daß seine Freundschaft mit Heinrich darunter litt. Ja, Käthe Schmitz aus Iffenhoven, irgendwie, irgendwie war ihm das Gesicht bekannt vorgekommen, hatte sie wohl hin und wieder gesehen, in der Kirche (in die er – gerade damals – trotz Nuppertz demonstrativ manchmal ging) – oder in einer Prozession – vielleicht beim Tanz im Pfarrsaal, und fragte sie auf dem Flur in Dresden, ob sie nicht Lust hätte, mit ihm auszugehen, mal raus aus diesem dumpfen Riesenlazarett, und sie war näher an ihn herangetreten, ergriff wieder seinen Arm und sagte: »Gern, gern, hier erstickt man ja vor Nazis und Protestanten.« Ängstlich ließ sie seinen Arm los: »Um Gottes willen, vielleicht sind Sie auch einer« – und er schüttelte bloß den Kopf, nahm nun ihren Arm und sagte: »Wenn Sie sich freimachen könnten, es wäre eine große Freude für mich«, er seufzte, er wußte, worauf es hinauslaufen, wie es enden würde; nicht nur ihre Augen gefielen ihm. »Ja«, sagte sie, »ich bin entschlossen, notfalls fahnenflüchtig zu werden, warten Sie an der Aufnahme.« Zwei Stunden unten in der Halle, warten – da klapperten Schreibmaschinen, wurden Transporte abgefertigt, kamen Verwundete, Kranke, wurden Bahren geschleppt, Schreie, elende Gestalten – nein, keine Sieger, klammerten sich an ihre Eßgeschirre, gaben demütig ihre Daten, zeigten Papiere; zweimal kam Käthe, erstattete Bericht, sie suchte eine Vertretung fürs Labor, wo sie arbeitete – kam dann endlich, nett herausgemacht, in geblümter Bluse und Tweedrock, Pelzmütze und einem dumpfblauen Mantel, der so gar nicht zu ihrer Kleidung paßte, und sie freute sich so offensichtlich, daß es eine Wonne war. Sie wollte endlich mal wieder aus, mal wieder tanzen gehen, ohne belästigt, betatschelt, dauernd angehauen zu werden. Sie gingen in eins dieser Riesensoldatenbumslokale, wo es nach Bier, Schwof und Untergang roch, in diesem schmutzig-zynischen Milieu, wo es nach Kriegsende und Auflösung roch. Später gestand er ihr, daß er entschlossen gewesen war, die Nacht mit ihr zu verbringen, und sie gestand ihm, daß sie wohl das gleiche gewollt, aber nicht den Mut gehabt habe, sich das einzugestehen – ein bißchen Angst vor ihm wegen der Sache mit der jungen Gräfin und dem Gepolter im Beichtstuhl, diese Schwerenötersaga, die doch immer noch durch die Dörfer ging. Ach Gott, Angst vor ihm – da mußte er lachen, wollte mit ihr gehen, egal wohin, wollte bei ihr bleiben, in ihre Augen und nicht nur in ihre Augen sehen, er wollte sie haben, behalten und sagte es ihr, als der Bierdunst, das Gedudel, der Untergangsgeruch ihnen zu viel wurde: dieser Landsermief und das Nuttengehopse; da gab's sogar einen Markt für Mädchen, die einen heiraten, um einem Urlaub zu verschaffen, wenn man ihnen ein paar hundert Mark gab und die Hochzeitszuteilung ließ: Zukker und Margarine für die Butterkremtorte; und ließen sich später ungerührt schuldig scheiden. Käthe, die kotzte das sowieso alles an, sie war Buchbinderin gewesen, hatte einen Laborkurs gemacht und war als Hilfsschwester dienstverpflichtet: Blut, Urin, Geschlechtskranke; und war nun hier gelandet, wo es »nur Nazis und Protestanten gab« – und ungefähr hunderttausend Kranke und Verwundete, und da halfen nicht Zwinger und Elbe, Residenz und Barock gegen die Trostlosigkeit ganzer Armeen von Siechen, und als sie endlich draußen waren, auf der Straße, blieb nur die eine Frage: »Ach, wohin – ich will ja mit Ihnen gehen, ich will – egal, wofür Sie mich halten – ich will.« Oh, wie sie das haßte, dieses Geknutsche und Gefummel auf Fluren, in Ecken, auf Klos, in Vorzimmern, sogar OPs, dann schon lieber eine Absteige, und sie war einverstanden, wollte nur allein mit ihm sein, allein, er mit ihr, in diesem grauen Kriegsendgetümmel, und natürlich gab es »diese Buden«, wo es hunderttausend Soldaten gab, und eine Bude zu finden war gar nicht so schwierig, wie er in panischer Angst geglaubt hatte. Es gab Schlepper, die ein paar Prozent abbekamen, Amputierte, Veteranen, Schwindsüchtige, die, wenn sie so ein Pärchen sahen, flüsterten: »Sucht ihr vielleicht 'ne Liebeskammer?« Ja, sie suchten eine Liebeskammer, es gab natürlich Preis- und Milieuunterschied, Zeitunterschied: »Für 'ne Stunde oder zwei oder bis in den Morgen hinein?« Ja, bis in den Morgen hinein, und sie fanden eine mit Hirschgeweihen, einer Defregger-Reproduktion und einem Bildnis der Katharina von Bora; gar nicht übel die Bude, nicht einmal schmutzig, und hatte sogar einen Waschtisch –. Oh, Liebeskammer, das war ein gutes Wort in diesem verkotzten Kriegsgetümmel. Er hatte mit Tränen gerechnet, es gab keine, erst später, als sie von ihrem Bruder Heinrich sprach, der tot war, er von seinem Bruder Hans, der auch tot war. Später erst Tränen, anfangs nur ihre Angst vor ihrer »absoluten Unerfahrenheit«, wo sie auf seine »Erfahrung« vertraute, wobei sich dann herausstellte, daß er so »erfahren« gar nicht war, wie in den Dörfern gemunkelt wurde; es war schön, sie nackt zu sehen und sich ihr nackt zu zeigen, und sie erwies sich als erfahrener, während er vor Freude ungeschickt blieb, und es gab Grund, darüber zu lachen, auch darüber zu sprechen, wie Männer in den Ruf von Schwerenötern geraten, die gar keine sind – es gab zu lachen über die Zukunft, lachen über ihr Erstaunen, daß er tatsächlich den Doktortitel hatte; und er konnte nicht satt von ihr werden, mußte immer wieder lachen, immer wieder – oh, diese verfluchten Fünfundzwanzig-Watt-Birnen – in ihre Augen sehen, unter Hirschgeweihen, Defregger und Katharina von Bora, und der Geruch von Herbstlaub durchs offene Fenster vom Hof her –.

Am anderen Morgen, nachdem er den Laufzettel abgewickelt hatte, nahm er sie einfach mit, einfach mit nach Hause, weg von diesen »Nazis und Protestanten«, brachte sie zu ihrem Vater, der ja ein Treibhaus mit zwei Kammern dran behalten hatte; Brikettofen und Couch, und da lachte der Alte, weil sie »ausgerechnet mit dem Tolm« daherkam, »ausgerechnet«, und sich als verlobt bezeichnete, lachte der Alte mit seinen Zahnstummeln und der Pfeife im Mund, nahm ungerührt, lustig lachend, den Tabak an, den sie ihm mitbrachten. Für solche Fälle, da war die alte Gräfin gut, die hatte ein Telefon und kannte Leute, sie brauchte unbedingt eine Gehilfin, sie ging ja schon an Krücken, und ihr Betrieb war »kriegswichtig« – des Holzes wegen, des Gemüses und der Kartoffeln wegen, die im Park wuchsen; die Gräfin bekam Käthe los, stellte sie an und sagte: »Fritz, ich hatte ja immer gehofft, du würdest es bei Gerlind aushalten – aber nun hast du eine Bessere gefunden: gut, klug und schön ist sie – und so lustig, die heitert mich regelrecht auf.« Schon im November hatten sie auf dem Standesamt in Blückhoven geheiratet.

Und vor Kriegsende, als er noch einmal in Urlaub kam, hatte sie ihm zugeflüstert, daß »schon was unterwegs ist«.

»Dir nicht, Tolm, dir werden sie nichts tun«, und schob ihm noch eine Scheibe Toast mit Kaviar zu, »das wäre ja nun wirklich eine Schande«.

»Schande«, sagte er, »ist gar kein Wort für sie, für sie gibt es keine Schande, gibt es keine Grenze. Gibt es Schande übrigens für uns? Verspür' ich etwa Schande, jetzt, wo unser ›Blättchen‹ den ›Gerbsdorfer Boten‹ auch noch geschluckt hat? Wir wachsen und wuchern, schlucken ein Blättchen nach dem anderen – und mir schmeckt der Tee, schmeckt der Kaviar, ich freue mich über den Blick in den Park, freue mich, dich wiederzusehen, während Blume, der den ›Gerbsdorfer Boten‹ nicht mehr halten konnte, vielleicht an den Strick denkt. Es wächst und wächst, und du kannst es nicht aufhalten – Amplanger hat Blume schon vor vier Jahren gewarnt: Die Datenbank hat Blumes Untergang exakt vorausgesagt – und Verlag und Druckerei sind seit einhundertfünf Jahren im Familienbesitz; liberale Tradition, Verdienst um den demokratischen, sogar um den republikanischen Gedanken – und geht nun auf im ›Blättchen‹, über das wir uns wohl nicht zu streiten brauchen ...«

»Nein, streiten wir uns nicht übers ›Blättchen‹, diesen mampfenden, stampfenden Dinosaurier, der nicht einmal ein Fleisch-, sondern ein Pflanzenfresser ist, frißt Blatt um Blatt – dieses winzige ›Bevenicher Tagblatt‹, das dein Onkel dir 45 vermacht hat. Mit allem Drum und Dran, und wie erschrocken wir waren – wir wollten doch verkaufen, billig verkaufen – und nur Haus Eickelhof behalten, und du–«

»Ja, ich wäre wirklich besser Museumsdirektor geworden, das hätte mir gelegen, aber ich konnte ja gar nicht verkaufen, weil die Lizenz lief, an meine Person gebunden war – und wir wußten nicht einmal, daß die ›Bevenicher Nachrichten‹ auch dazugehörten, die Onkel Bert Rosenthal abgekauft hatte ... keine Ahnung hatten wir, und dann kam dieser nette englische Offizier, der mir die volle Rehabilitierung brachte, die volle – und die Lizenz, die allererste, und er besorgte Papier – sogar Journalisten brachte er an, diese netten Emigranten, von denen der Kommunist Schröter der netteste war, Katharinas Onkel, der dann wegging und spurlos verschwand – im Osten. Er hielt das hier nicht lange aus, sie haben ihn drüben wohl eingesperrt und umgelegt. Er war doch ein Münzenberg-Mann und hätte es wissen müssen.«

»Kann man denn jetzt für Blume nichts tun?«

»Soll ich ihm etwa kondolieren, ihn zum Kaffee einladen, ihm sagen, wie sehr ich bedaure, daß er uns angefleht hat, ihn zu schlucken, bevor ihn ein anderer schluckt? Zummerling zum Beispiel? Blume will eben lieber von uns geschluckt werden. An Geld wird's ihm nicht fehlen, er behält sogar das alte Familienhaus–. Nur seine Arbeit, die liberale Tradition – die kann ich ihm nicht zurückgeben, kann keiner ihm zurückgeben. Glaub mir doch, wir wollten den ›Boten‹ gar nicht, wir wollten diese Wucherung nicht, aber er wollte, daß wir ihn übernehmen, immerhin ist ihm das ›Blättchen‹ dann noch lieber als Zummerling mit seiner Mischpoke. Schande, ja, natürlich ist es schändlich, aber frag mal die beiden Amplangers, ob sie Schande empfinden. Der junge Amplanger wird dir sagen: ›Ist es eine Schande, wenn das Huhn ein Korn aufpickt, das man ihm hinwirft?‹ Übrigens, ein Geschäft ist das gar nicht – wird's erst viel später – es ist nur eine Marktbesetzung – wegkaufen, bevor ein anderer es kauft – es ist, wie wenn du Zeit kaufst, von der du noch gar nicht weißt, was du mit ihr anfangen willst – zunächst wird der ›Bote‹ ein Kopfblatt – was bedeutet ein Kopf-ab-Blatt; wieder einer, der den Kopf freiwillig auf den Block legt – natürlich müssen wir nett zu Blumes sein, sie nicht nur einladen, auch mal hingehen–. Er hängt an mir, und ich weiß gar nicht, wieso – er hat keinen Grund – ich habe nichts getan, ihm seinen Kopf zu erhalten, ich hätte übrigens gar nichts tun können. Das nennt man Eigengesetzlichkeit, Vorgänge, die wir nicht erkennen und kontrollieren können. Eines Tages wird auch mein Kopf in Zummerlings Korb fallen, deshalb sieht er meinem, unserem Wachstum ziemlich gelassen zu; wir betreiben dann für ihn schon die Anpassung, die man ihm dann gar nicht mehr anlasten kann, im Gegenteil: Er kann vorübergehend liberaler werden, als der ›Bote‹ unter der Kopf-Regierung des ›Blättchens‹ war ... die Gräfin hat recht gehabt: Ich war und bin ein kleiner Junge, nur fehlt mir die Tatkraft, ich war auch zu faul, tatkräftige Bataillone um mich zu sammeln ... oder der Eigengesetzlichkeit mein Gesetz, wenn ich eins entwickelt hätte, aufzuzwingen.«

»Ich dachte auch gerade an die Gräfin, hier, hier oben habe ich manchmal mit ihr gesessen. Sie hat mich raufgeholt, ihr Rohkaffeesäckchen geöffnet, in der Steingutkasserolle eine Handvoll geröstet, ich mußte den frischgerösteten Kaffee mahlen, sie goß ihn auf – und wir genossen die Wohlgerüche Arabiens, blickten in den Park, auf die Gemüsefelder, die Kartoffeläcker, auf die schwarzgeteerten Dächer der Orangerie, wo wir auf meine Anregung hin Champignons züchteten, und sprachen über euch ... Sie sprach ziemlich verächtlich über ihren Sohn, auch offen über Gerlind, die sich damals in Holland herumtrieb, und sagte zu mir immer wieder: ›Ihr werdet ja wohl dann einmal hier wohnen.‹ – Wie konnte sie das wissen, überhaupt auf die Idee kommen, wo du nur ein ziemlich zerzauster, völlig mittelloser Artillerieoberleutnant warst – und ich, nun, ich, eine Mischung aus Arbeiterin, Buchbinderin, Sekretärin, Dienstmädchen, Haushälterin, Freundin – ja, sie hatte uns gern – aber wie konnte sie wissen ...?«

»Sie wünschte es, wollte es, ahnte es vielleicht, dachte vielleicht, daß wir es pachten und bearbeiten würden – daß es so kommen würde, konnte sie nicht wissen –. Viel Vertrauen in meine Tüchtigkeit hat sie nie gehabt –. Mit Recht übrigens – tüchtig bin ich nie gewesen ... ich dachte aber an ganz etwas anderes: an Hirschgeweihe, Defregger und Katharina von Bora ...«

»Ja«, sagte Käthe, »daran denke ich auch immer wieder und immer mit Freude, ja – und nicht, weil du mich aus diesem grausamen Getümmel da herausgeholt hast; nicht nur –. Du hast mir die Angst genommen vor dem – nun, ich war sehr froh, nach all dem, was man so aufschnappt in Lazaretten –. Keiner weiß doch, wie so etwas ausgeht, wie es anfängt. Und du hattest doch einen so schlechten Ruf in dieser Sache ... es war schon süß.«

»Was?«

»Süß war's, aber wir wollen uns hier keine Geständnisse machen ... Keine Angst, ich erwarte keine Geständnisse–. Von Holger wußte die Gräfin fast nichts, hielt ihn für doof, was er nie war – doof war er nicht, nie. Aber von Gerlind wußte sie mehr, als ich je von Sabine gewußt habe. Und ich war doch Sabines Vertraute, wie man annimmt.«

»Sabine?« – das traf ihn, die Angst in ihrer Stimme, in ihren Augen. Angst hatte sie nicht einmal gehabt, als Rolf seine Dummheiten machte. »Ja, Sabine«, sagte sie, »das Kind, das sie erwartet, ist nicht von Fischer. Sie ist doch im sechsten, und vor fünf Monaten war Fischer ewig unterwegs.« Er schob die Teetasse beiseite, legte den Toast aus der Hand, griff zur Malachitdose: »Es hat wohl keinen Zweck, wenn ich sage, ›nein, nein, doch nicht Sabine – nein, Sabine doch nicht‹, und wenn ich dir gestehe, daß ich ihr einen Liebhaber gewünscht habe, wird mir die Frivolität dieses Wunsches jetzt klar – weil sie es ist, weil sie ein so ernstes und frommes Kind immer war ...«

»Und du weißt auch, daß Frömmigkeit keinerlei Garantie für irgendwas bietet. Wahrscheinlich ist auch Kohlschröder noch fromm.«

»Von wem denn – mit wem denn?«

»Ich habe sie nicht gefragt, weil ich weiß, daß sie es mir nicht sagen wird–. Hoffen wir, daß er nicht verheiratet ist. Ich habe sie mitgebracht, sie ist mit Kit im Gästeapartment. Sie will und kann nicht mehr mit Fischer leben – sieht jetzt fern, und das ist ein böses Zeichen, wenn sie fernsieht – irgendein dummes Zeug, das gerade zufällig abgeflimmert wird ...«

»Will sie denn zu dem anderen – will sie ...«

»Ich weiß nicht, sie weiß nicht. Nur eins ist sicher und auch ernst: mit Erwin nicht mehr. Ich habe übrigens diese Eva Klensch umquartieren müssen, weil Sabine das Apartment ja nun wirklich braucht. Blurtmehl ist zu galant, sie bei sich schlafen zu lassen. Kulgreve hat sie in den ersten Stock umquartiert, ich glaube, in Bleibls Bude – übrigens müssen wir Bleibls noch warnen, du weißt – ich muß mit dir sprechen, nicht nur wegen Bleibl.«

»Du brauchst nicht zu flüstern, sprich laut. Es wird alles mitgehört, muß ja auch sein. Wir könnten ja Geheimnisse haben, in denen Spuren sich verbergen – wenn sie uns wirklich schützen wollen, müssen sie doch auf jede Nuance horchen, sie analysieren. Denk an Kortschede, an seinen Rocker, der ihm in der Nacht zuflüsterte: ›Ich gehöre zum harten Kern, ich bin der harte Kern, ich bin der härteste Kern, den du dir denken kannst‹ – und sie hatten ihn durchschlüpfen lassen, weil Kortschede für ihn bürgte –. Der Bengel ist wirklich der Kopf einer kriminellen Bande, wie du sie dir härter gar nicht vorstellen kannst –. Sie haben den ganzen Verein geschnappt – wir müssen das einfach über uns ergehen lassen, ob homo oder nicht. Was denkst du, was eine solche Klausurtagung alles für heikle Probleme aufwirft: Weiber zum Beispiel. Manche ließen sich doch früher Mädchen kommen oder brachten welche mit, nicht nur Nutten und nicht immer nur Hostessen, auch das, was man Freundin nennt – selten ihre Frauen. Vor allem Bleibl, der kann angeblich keine Nacht ohne Frau verbringen; gut; dem waren auch leichte Bienen recht, die er dann zerzaust in eine Taxe steckte und nach Hause schickte. Das Strichjungenproblem, wie es für Kortschede verhängnisvoll wurde, haben wir noch nicht gehabt, mag sein, daß sie sie als Sekretäre, Chauffeure, Assistenten hineingeschmuggelt haben; ich habe es nie geahnt, nie gewußt, auch bei Kortschede nicht – nun ist der ja das Gegenteil von Bleibl: diskret, vornehm, schüchtern, ängstlich, obwohl er ein noch größeres Imperium als Bleibl regiert. Aber seit diesen Sicherheitsbestimmungen ist es natürlich mit beidem aus, man kann ja nicht jedes Zufallsmädchen oder jeden Zufallsjungen, bevor man ihn oder sie einläßt, bis ins sechste Glied überprüfen, durchrecherchieren, da sind auch DDR-Abkömmlinge dabei, sogar intellektuelle und emanzipierte Nutten, die als besonders gefährlich gelten, die hören, sehen, erfahren,

analysieren zuviel–. Nun kommen eben die ›trockenen Nächte‹, wie Bleibl sie nennt, wo man abends beieinandersitzen muß, sich langweilt, fernsieht, vielleicht mal ein Spielchen riskiert, Musik vielleicht – oder einen Vortrag, vom Band natürlich – und manche fangen dann an, vor sich hinzugrölen, Landserkram, Nazilieder, bis Bleibl dann aufbricht, in irgendein ›Gehäuse‹ – und die Sicherheitsbeamten müssen mit rein ›ins Gehäuse‹. Ich möchte mal wissen, was die sich so denken; jedenfalls: Geheimnisse gibt es keine mehr – alles offen, Auge und Ohr – und schließlich sind wir, ich meine wir vom Verband, nicht schlimmere Schürzenjäger als andere.«
»Und Fischers, ich meine beide, den alten und den jungen?«
»O nein, meine Liebe, kein Klatsch hier–. Über den alten Fischer werde ich dir nichts erzählen, nichts – lies es ihm vom Gesicht ab, vom Mund, von seinen Händen, und Erwin, dessen Liebesleben kannst du ja in den Illustrierten verfolgen, wobei ich drauf tippe, daß es halb so wild ist, wie es da erscheint. Dessen Charme sind ja angeblich auch die Russinnen nicht gewachsen, und er äußert sich eindeutig in der Öffentlichkeit über die spezifischen, erotischen Qualitäten von DDR-Bewohnerinnen, die ja über die Hälfte seines »Bienenkorb«-Krams produzieren, und den, den hat Sabine ja nun unbedingt haben wollen, weil er außer dem, was er sonst noch sein mag, auch noch katholisch ist. Jetzt hat sie ihn – er sie nicht mehr.«
»Das klingt, als wärst du erleichtert, wo das arme Kind es so schwer nimmt.«
»Ich bin trotzdem erleichtert–. Der hat doch sogar der Polizei schriftlich eine Anregung eingereicht, sie solle automatisch alle auf die Fahndungsliste setzen, die nach November 74 noch ein Kind Holger nennen. Das fanden sogar die schärfsten Hunde dort ziemlich übertrieben, schließlich ist Holger ein uralter, ehrenwerter Name, altschwedisch oder isländisch, und bedeutet ungefähr: Inselbewohner mit Speer.«
»Nun, du hast dich ja gut informiert.«
»Schließlich habe ich zwei Enkel, die so heißen–. Und wenn

Sabine einen Jungen bekommt – nun, Holger ist ein schöner Name.«

»Ach, zum Lachen ist es nicht, Fritz – schau dir deine Tochter an, die geht vor Ernst zugrunde. Ich bin sicher, sie hängt an dem Menschen, diesem – von dem sie das Kind nun hat ...«

»Ja, ich glaub's und will nicht darüber scherzen – bleibt ja auch das Problem Kit, Fischer wird ein ganzes Bataillon Anwälte in Bewegung setzen – und Zummerling wird ihm die Schlagzeilen gratis liefern. Jedenfalls, zum ›entzückendsten Kind des Jahres‹ wird sie wohl nicht gewählt werden können ...«

»Ach Gott, immer wieder Zummerling – könnt ihr denn an nichts anderes mehr denken? Ich finde ihn sehr nett, war zweimal seine Tischdame, er war richtig charmant ... auch Bleibl ist so übel nicht, er hat mehr Charme, als er glaubt, und denkt an seine netten Söhne, die wir leider fast nie sehen.«

»Reizend ist Zummerling auch, ein reizender Mensch – und würde doch ohne mit der Wimper zu zucken meinen ganzen Blätterwald mit einem einzigen Würgegriff an sich nehmen –. Es ist die Zeit der netten Ungeheuer, Käthe, zu denen auch wir gehören. Nett sind sie alle, nett ist auch Veronica, nett war Bewerloh, er war geradezu eine Bombe an Nettigkeit ...«

»Es hätte nicht viel gefehlt, und Sabine hätte ihn geheiratet –. Mich schuddert, wenn ich dran denke – stell dir vor: so treu wie sie ist – sie wäre mit ihm gegangen ...«

»Na, so schrecklich treu scheint sie ja nun auch nicht zu sein.«

»Natürlich ist sie treu – auch Veronica ist treu. Das ist ja das Fürchterliche an ihnen, das treibt sie doch alle in dieses Unheil. Sie können nicht lassen, können nicht ablassen. Und wenn Sabine Fischer nur untreu geworden wäre, würde sie nicht so leiden – würde es als einen Fehltritt ansehen, beichten – und weg; schließlich ist sie auch sich selbst treu ... kann nicht aus ihrer Haut und treu jetzt dem anderen. Sie ist der Typ, dem aus Treue das Herz bricht – wenn ich nur wüßte, wer es ist – sie sagt, sie will arbeiten, anonym irgendwo leben und arbeiten ...«

»Anonym, das bleibt vorläufig ein Traum. Dafür hat Fischer gesorgt, in jedes Scheißblatt hat er Fotos von ihr lanciert, in jeden »Bienenkorb«-Katalog, in ›Sport und Gesellschaft‹, sogar in der Wirtschaftsbeilage kannst du sie sehen–. Das wird wohl mindestens ein Jahr dauern, bevor sie an Anonymität denken kann ...«

»Kannst du sie nicht irgendwie im ›Blättchen‹ unterbringen? Sie wird tun, was deine Söhne nie wollten, im ›Blättchen‹ fürs ›Blättchen‹ arbeiten.«

»Das ist keine schlechte Idee. Ich könnte sie als Volontärin zu Schneiderplin nach Paris schicken ... Sie kann doch so gut Französisch – sie könnte sich einarbeiten, Korrespondentin werden–. Aber mit zwei kleinen Kindern – wir müßten ihr ein Mädchen bezahlen ...«

»Zu Fischer sagte sie: nie, nie, nie mehr, von dem anderen spricht sie erst gar nicht–. Neugierig bin ich ja doch – aber raten hilft wohl nicht weiter ...«

»Neugierig bin ich auch und bin nur sicher, daß es keiner aus der Fischerclique ist, wo ja jetzt alles auf Porno und Pop und Hop synchronisiert ist – ich denke mir, sie hat einen ernsten altmodischen Liebhaber gefunden, mit dem sie auf die altmodische Art Ehebruch begangen hat – vielleicht sehnte sie sich nach den guten alten Sünden – wie andere sich nach der guten alten Zeit sehnen ...«

»Nach der wir uns nie gesehnt haben.«

»Nein, nie; die gute alte Zeit, das ist für sie Eickelhof. Für mich war's nie Eickelhof, nie Tolmshoven, war's nicht mein Elternhaus, nicht deins–. Ich war zu froh über die gute neue Zeit, die nun vorüber ist, Käthe–. Die gute neue Zeit wird die alte Zeit sein, nach der wir uns sehnen–. Was jetzt kommt, ist die ganz, ganz neue Zeit, nach der sich niemand zurücksehnen wird.«

»Rolfs Zeit?«

»Nein, nicht Rolfs Zeit–. Die wird vielleicht nach dieser ganz neuen Zeit kommen – nicht Herberts Zeit, nicht Sabines oder Kortschedes Zeit–. Es ist Bewerlohs Zeit und Amplangers Zeit

– ich denke mir manchmal, daß Bewerloh dasitzt und rechnet und rechnet und rechnet – etwa, wann die Schranke heruntergeht, wann das Bäckerauto abfährt, und wie man es wie lange aufhalten muß, damit es vor der Schranke warten muß und man die echte Torte gegen die gesalzene tauschen kann. Daß er da sitzt und rechnet – und lächelt, lächelt, nebenbei mal Holger übers Haar fährt, Veronica einen freundschaftlichen Kuß gibt – lächelt, wie Amplanger lächelt. Da wird mir immer so kalt, als hätte mich jemand überm Eismeer abgeworfen–. Nein, die gute neue Zeit ist unmerklich zur alten geworden, Käthe, und es ist deren Zeit, auch Bleibls Zeit, der in gewisser Weise zeitlos ist–. Sabine wird es schwer haben, schlimm wird sie es haben, wenn dieser Mensch verheiratet ist – das verfluchte Beichten, von dem sie nicht lassen konnte, hat ihr Gewissen ja noch nicht zerstört. – Und sie muß natürlich auch gleich ein Kind bekommen, wo es doch sogar die Pfaffen so treiben, daß kein Nachwuchs zu befürchten ist – wenn sie klug wären, würden sie ein Kloster gründen, in dem auf die ganz altmodische Art Ehebruch getrieben wird, wo die Frauen einen Liebhaber finden, immerhin sind ja auch außereheliche Kinder Kinder–. Aber, liebe Käthe, jetzt möchte ich mal raus hier, mal weg hier, und wenn's mit Begleitung ist ...«

»Keine Sitzungen, keine Termine mehr heute?«

»Übermorgen erst muß ich mein großes Büro in Besitz nehmen–. Dann muß ich mich auch mal wieder im ›Blättchen‹ blicken lassen, muß dabeisein, wenn sie über den ›Gerbsdorfer Boten‹ bestimmen.«

»Du hast Angst davor?«

»Davor ja. Ich überschaue den Blätterwald nicht mehr, dessen Herr und Beherrscher ich angeblich bin. Ich habe Angst vor diesen achtzig Quadratmetern Büro, in dem nichts geschieht, in dem ich ein bißchen unterschreibe, Tee trinke. Ich habe Angst vor dem alten Amplanger. Nicht, daß er mich betrügt, das hat er gar nicht nötig – der hat eine ganze Sammlung vergrößerter Zeitungsköpfe an die Stirnwand meines Büros hängen lassen,

alle, die wir seit 45 erobert haben–. Er nennt mich den Lizenz-Napoleon ohne Armee – und morgen wird der Kopf des ›Gerbsdorfer Boten‹ dort hängen: wieder eine eroberte Provinz, Grafschaft oder Stadt ...«
»Was so ein kleiner englischer Major alles anrichten kann – mit einem Stück Papier, das man dann Lizenz nennt – hast du je herausgefunden, was aus ihm geworden ist?«
»Zwei Wochen bevor er pensioniert werden sollte, ist er auf Zypern gefallen – wegen der Pension für seine Frau haben sie ihn posthum zum Oberstleutnant befördert; er hieß Weller, war so ein ganz trockener, Labour-Mann natürlich. Ich denke manchmal an ihn, wenn ich in meinem Riesenbüro sitze ... nichts zu tun habe, als Amplangers Politik zu billigen, und das tue ich – ich kann den Wuchs und die Wucherung nicht aufhalten –, ich bin zum Kopfjäger bestimmt–. Durch eine Lizenz – werden Reiche gegründet, die von selbst wachsen, eine Lizenz, Papier, ein paar gute Mitarbeiter – fehlt nur der Kronprinz, und die Kopfsammlung könnte fortgesetzt werden.«
»Der Kronprinz hat's vorgezogen, Steine zu werfen und Autos anzuzünden ... Ich frage mich, ob er wirklich in diesem Kaff bleiben, Tomaten züchten und Äpfel pflücken will in alle Ewigkeit. Bleibl sagte mir neulich: Der wäre einer unserer dynamischsten Bankiers geworden, wenn er nicht ... sagte, er habe Erfahrung, könne organisieren, überschaue Zusammenhänge, politische, wirtschaftliche–. Es klang fast, als wäre er neidisch. Er lobte Rolfs kühle planerische Intelligenz ...«
»Nun – das könnte zutreffen – seine eigenen Söhne hat er gern, wirklich, aber er hat immer begeistert von Rolf gesprochen–. Er hätte Bewerloh zu seinem Adjutanten gemacht, wäre da nicht, hätte da nicht dieser plötzliche Umsprung stattgefunden – und hätte er ihn früh genug kennengelernt – wäre, hätte – es ist nicht so ... ich wäre froh, wenn ich Rolf, meinen eigenen Sohn, als Nachtwächter oder Hofreiniger im ›Blättchen‹ unterbringen könnte. Dabei gehörte er natürlich in die Wirtschaftsredaktion, als Spezialist für wirkliche Gewinne – er hat mir

einmal vorgerechnet, daß eine Aktie der Deutschen Bank zwischen 1949 und 1969 fünfzehntausend Prozent Gewinn gebracht hat – fünfzehntausend – in zwanzig Jahren – das sollte die Leute, die ein Sparkonto haben, schon interessieren ...«

»Interessiert sie aber nicht – und stimmt's denn?«

»Es stimmt – und es interessiert sie nicht – fast alles, was Rolf dir vorrechnet, stimmt. Wenn du erst ausrechnest, was das ›Blättchen‹ wert war, als wir es übernahmen – und was es heute wert ist, wert wäre –, kommst du wahrscheinlich auf ähnliche Prozentsätze ...«

»Ja, ich erinnere mich an Rolfs Rechnung über Eickelhof; und Tolmshoven – was wird es einbringen?«

»Wie kommst du auf Tolmshoven?«

»Ich sehe doch die Bagger am Horizont, und ich weiß, daß es kein Halten gibt – du sagst selbst, daß die Wucherung nicht aufzuhalten ist; ich höre doch Geflüster und Witze, höre Anspielungen meines Schwiegersohnes – und ich sehe Tolmshoven, nicht das Dorf, nur das Schloß, wie eine Insel in einer riesigen Grube – Hubschrauberverkehr zum Festland – Laufbänder, Lärm, Pumpen und Bagger um uns herum, der Wassergraben ohne natürlichen Zufluß, verteicht, versumpft, die Enten verkommen – und deine Enkelkinder werden per Luftbrücke eingeflogen, um die letzten Enten zu füttern –. Eins ist dann garantiert, Fritz, eins haben wir dann wirklich: Sicherheit – wenn nicht irgendein Ingenieur oder Arbeiter, der da unten um uns herum an Baggern und Pumpen und Bändern arbeitet, auf dumme Gedanken kommt – aber wie könnte er zu uns heraufkommen, die drei- oder vierhundert Meter hohe Wand erklettern? Nein, wir werden sicher sein, wenn nicht der Hubschrauber abstürzt, mit dem wir abends zu Besuch fliegen – zu unseren Söhnen, unserer Tochter, unseren Enkeln – sicher werden wir sein – und wie sicher wird das Fundament sein, fürs Schloß, meine ich – in dieser wackeligen Schicht aus Kies, Lehm, Sand – man wird uns einen riesigen Betonklotz bauen – und in fünfzig, in hundert Jahren, wenn sie alles herausgeholt

haben, wird dann Tolmshoven mitten in einem idyllischen See liegen – und deine Urenkel können Fische fangen, vom Fenster aus – wird's so kommen, Tolm?«
»Nein, Käthe, es wird nicht so kommen. Sie werden es abreißen und unterbuddeln – und wir werden anderswo wohnen, wenn wir's überhaupt erleben.«
»Werden wir's erleben – wird der Energiebedarf uns vielleicht erlauben, hier zu sterben – in der Sicherheit, an der Sicherheit – wer weiß wie? Du mußt mich nicht schonen, Fritz. Ich hätte es lieber von dir erfahren, als es so aus Geflüster und dummen Witzen herauszuhören – wär's nicht besser, jetzt schon zu räumen? Mit Sabine, Kit und dem neuen Kind irgendwohin zu ziehen, vielleicht mit Rolf und Katharina, Holger – und Herbert, wenn wir ihn überreden können ... komm, nun rauch mal eine – ich sag's nicht weiter ...«
Sie schob ihm die Malachitdose hin, und er steckte sich eine an.
»Sabine«, sagte er, »sie hat mir den ganzen Tag auf der Seele gelegen, und ich wußte gar nicht, warum ... sie wird Blorr vermissen, Kit wird hier nicht richtig spielen können – zum Glück ist Fischer ab morgen mal wieder auf großer Tour – das hat Pottsieker mir erzählt, beim Essen – Tunis, Rumänien, irgendwelche fernöstlichen Flüchtlingslager, wo sie ihre Strickmaschinen aufstellen –. Jedenfalls sind wir den mal für vierzehn Tage los – und können in Ruhe überlegen, vielleicht kann sie sogar für diese Zeit wieder nach Blorr zurück ...?«
»Wird sie nicht tun, bestimmt nicht – ich hol' sie mal rüber, sprich mit ihr, ich bleibe inzwischen bei Kit ...«

Er ging ihr entgegen, wartete in der offenen Tür, nickte dem jungen Hendler zu, der zwischen ihrer Wohnung und dem Gästeapartment hin und her pendelte. Es war still, ungewohnt nur, daß aus Blurtmehls Zimmer Stimmen zu hören waren – wahrscheinlich war die Klensch schon eingetroffen. Käthes Vision von der Schloßinsel in der Grube beschäftigte ihn: Hubschrauber-Pendelverkehr, der versumpfende Wassergraben – ringsum keine Häuser, keine Kirche, wohl auch die Bäume nicht mehr, keine Vögel, vielleicht noch ein paar Krähen – Risse im Gemäuer ...

Sabine sank ihm an die Brust, nicht reuige Sünderin, eher ratlose junge Frau, schüttelte den Kopf, als er sie ins Zimmer ziehen wollte, blickte ihn an, ohne Tränen. »Ach, Vater«, sagte sie, »ich bin so froh, daß ich dort weg bin. Es ging nicht mehr – ich werde vorläufig zu Rolf ziehen, mach dir keine Sorgen –. Da gibt's den Garten mit der hohen Mauer drum, Kit versteht sich gut mit Holger – und wir werden sehen – ich hab' schon mit Rolf gesprochen ...«

»Es ist sehr eng dort, ich weiß nicht ...?«

»Katharina besorgt mir ein Zimmer in der Nachbarschaft – tagsüber bin ich dann bei ihnen – ich werde Katharina helfen, mit Kindern kann ich gut umgehen ...«

»Hast du Holzpuke verständigt? Ich meine – er muß Bescheid wissen ...«

»Er knurrte ein bißchen, meinte, in Blorr sei alles so gut eingespielt, und Hubreichen, nun, er kennt ja die Umstände dort, die Gegebenheiten – seid nicht böse, daß ich gleich wieder gehe, ich habe auch mit Erwin gesprochen, er fährt ja erst einmal wieder weg – später dann der Ernst ... später. Herr Hendler wird mich nach Hubreichen bringen und für heute dort bleiben ... ich habe Holzpuke darum gebeten – weißt du, Kit mag ihn am liebsten. Mir ist schon viel wohler, viel besser, ich denke noch nicht an den Ernst, der kommen wird, drei Wochen bleibt Erwin weg ...«

Sie glich Käthe, auch seiner Mutter – und ihm – und wem noch, den er nicht kannte? Hatte keine Trauer in den Augen, nur Ernst und jetzt eine Freude, die ihn mit Sympathie an den Menschen denken ließ, von dem sie das Kind erwartete. Er mußte sehr gut zu ihr sein. Er dache an Bewerloh, in den sie so heftig verliebt gewesen, an Fischer, der in all ihr »spekulatives Gerede« so jungenhaft eingebrochen war und sie sozusagen im Sturm genommen hatte; dynamisch, katholisch, Unternehmer

– witzig auch gelegentlich –, aber nicht einmal in den fünf Jahren hatte er Sabines Gesicht so gesehen: ernst und voll Freude, die Ebenmäßigkeit, die ihr den Ruf einer Schönheit eingebracht hatte, bewegt und belebt – entschlossen auch.
»Kein Fernsehen mehr, keine Flimmerkiste – gut, gut ...«
»Nein – ich war nur vorübergehend ratlos ...«
»Und das andere?«
»Was?«
»Das – ich meine, das Religiöse – das Weltanschauliche – ich meine, vielleicht empfindest du Schuld ... willst du nicht darüber sprechen? – Vielleicht heute abend bei Rolf – wenn wir rüberkämen?«
»Ja, kommt – das wäre schön – kommt – nein, laß nur, Herr Hendler darf alles hören, aber –« Sie wandte sich um und blickte in den Flur, lächelte, »ich sehe schon, er hat sich verzogen – diskret – ich empfinde Schuld, nicht gegenüber Fischer, nicht etwa euch gegenüber, nur gegenüber seiner Frau ... Wir werden darüber sprechen. Und du, was machst du jetzt – so neugewählt und ganz oben ...?«
»Ich werde Reden halten und Interviews geben –. Ich habe keine Angst mehr, nur um euch – wir kommen heute abend ...«
Kit, das war offensichtlich, und das schmerzte ein wenig, freute sich auf Hubreichen mehr als auf Tolmshoven. Dort würde sie ihre Kastanien im Garten am offenen Feuer rösten und mit Holger spielen können, durfte auch mitgehen, Milch zu holen, und helfen, die Äpfel zu sortieren, die Rolf verkaufte –. Er hatte nie begriffen, wie man ein Kind Kit nennen konnte, und wenn das auch eine Variation auf Käthe sein mochte, es hatte, wenn er sich recht besann, auch noch eine andere, weniger freundliche Bedeutung. Käthe am Arm, blickte er ihnen nach, wie sie die Treppe hinuntergingen. Kit mit ihrem Säckchen voller Nüsse und Kastanien, Sabine mit ihrem Köfferchen, und der junge Beamte trug Kits Puppen, zwei, er hatte sie an den Beinen gepackt, gebündelt, und die

Puppenkleider hingen über ihren Köpfen nach unten, ließen die Unterwäsche sehen ...

»Sie war ganz verändert, als ich eben zu ihr kam«, sagte Käthe, »irgend etwas muß sie ganz verändert, fast glücklich gemacht haben – jedenfalls ist sie entschlossen ...«

»Das muß ein sympathischer Mensch sein, von dem sie das Kind erwartet–. Vielleicht hat sie mit ihm telefoniert – jedenfalls: Er ist in ihr ...«

»Merkwürdige Sachen sagst du und lachst frivol ...«

»Ich freue mich für sie – aber er ist verheiratet – sie hat's mir gesagt–. Und wahrscheinlich hat ein solcher Mensch auch eine nette Frau–. Das wird's komplizieren–. Und wenn Fischer zurückkommt, wird's ernst.«

»Ich weiß nicht, vielleicht lassen wir sie besser heute mal allein mit Rolf und Katharina. Ich werde versuchen, Herbert zu erreichen – übrigens, hoffen wir, daß sie nicht mit ihm – wer immer es sein mag – telefoniert hat. Dann wüßte Holzpuke ja, was wir nicht wissen; wer's ist – vielleicht weiß er's ohnehin: wenn einer es weiß, müßten's doch die Sicherheitsleute wissen – so scharf wie sie bewacht ist – sie muß ihn ja irgendwo getroffen haben – und sicher nicht nur einmal – ich meine.«

»Du hast recht – Holzpuke müßte es wissen ... sie muß ihn ja getroffen, sich mit ihm verabredet haben und so ...«

»Ob wir ihn fragen?«

»Nein, er würde es uns auch nicht sagen – darf es gar nicht – er darf ja gar nicht Informationen weitergeben, die er zwar unvermeidlicherweise bekommt, die aber intimer Art sind – das einzige, was er muß: diesen Menschen sicherheitstechnisch überprüfen. Hoffen wir, daß der weiß, in welchen Stromkreis er da geraten ist. Wenn sie wirklich lückenlos überwacht worden ist – was ich voraussetze–, kann nur die Sicherheitsbehörde wissen, wer der Vater unseres zukünftigen Enkelkindes ist– ... wenn die Bewachung wirklich funktioniert, dann weiß das Tonband, wer der Vater unseres Enkels ist.«

»Soll ich nun Herbert anrufen?«

»Ob er nicht mal herkommen könnte? Ausnahmsweise? Wenn wir zu Herbert in sein Hochhaus fahren, muß ich Holzpuke früh genug verständigen. Für dieses Ding brauchen sie fast eine kompaniestarke Bewachung – und es ist logisch, daß sie die brauchen – da hocken die verschiedensten Gruppen und Typen herum, nicht nur Studenten und Kommunisten, auch kommunistische Studenten, sogar Anarchisten und Maoisten – und was nicht alles –, da müssen Ein- und Ausgänge gesichert werden, wahrscheinlich sind Hubschrauber erforderlich – und wir hokken da bei unserem Sohn, der ums Verrecken nicht ausziehen will, weil dieses Hochhaus nun mal zum Tolm-Holding gehört und er mir permanent beweisen will, an welch unmenschlichen Wohnmaschinen ich beteiligt bin. Da stehen sie mit ihren MPs vor Türen und auf Balkonen, besetzen das Foyer – notwendigerweise –. Rolf zu besuchen macht schon viel weniger Aufwand, nur ein, zwei Leute ums Pfarrhaus herum. Aber die Leute in Hubreichen mögen das so wenig wie die Leute in Blorr und die Bewohner von Herberts Hochhaus –. Es stört sie, macht sie unruhig und mißmutig, es gibt ja nicht nur diese übernervösen Reaktionen etwa bei Kortschede, auch bei den Beamten, die monatelang unter Spannung stehen, unter Spannung und Langeweile, Spannung, obwohl oder weil nichts passiert. Und da wird dann möglicherweise mal gelegentlich rasch geballert, einfach in die Gegend, wenn ein Hund im Haselnußgebüsch herumstreift oder irgendein Junge aus dem Dorf über die Mauer klettert und mit seiner Spielzeugpistole knallt. Am besten finden wir uns damit ab, daß wir Gefangene sind – daß wir in der Sicherheit, vielleicht an der Sicherheit zugrunde gehen.«

»Also zu Hause bleiben – oder Leute besuchen, die so scharf bewacht sind wie wir – die alten Fischers, wo ich immer das Kotzen kriege. Die beschwören immer die rote Gefahr, krankhaft und krankhaft langweilig, die sehen das Hungertuch schon geflaggt, wenn der Umsatz nicht mehr um fünfunddreißig, sondern nur noch um neunundzwanzig Millionen steigt, verteidigen den Mittelstand, zu dem sie gar nicht gehören, gegen die sozialistische Gefahr und wissen doch, daß sie mit ihrer Konzentration die größte Gefahr für den Mittelstand sind. Ich habe doch selbst gelesen, daß die Banken eine noch größere Gefahr für den Mittelstand sind – Deutschland ist dann auch gleich verloren, wenn mal irgendwo *ein* Kommunist Stadtrat geworden ist –, und wenn du Glück hast, ist auch noch irgendein Bischof zu Gast, ein stiller, der zu allem nickt und nickt und nickt – und sie kleiden und gebärden sich und lächeln alle wie Amplanger, der so aussieht, wie ich mir die vorstelle, vor denen sie uns schützen –, und wenn du bedenkst, daß Rolf ja fast Bankdirektor war und Bewerloh es bestimmt geworden wäre – mit piccobello Aktenköfferchen, Tennisschläger und vielleicht einem Hündchen unterm Arm –, nein, da haben sie mal wieder zwölfeinhalb Worte im Radio gehört und fünfeinhalb Worte im Fernsehen – und schon hissen sie das Hungertuch und sehen die Revolution vor der Tür–. Oh, Fritz, lieber Tolm, warum müssen sie alle so langweilig sein?«

»Alle nicht ... Kortschede und Pottsieker und sogar der ältere Amplanger ... es gibt schon welche ... auch Bleibl nicht, langweilig ist er nicht.«

»Und doch möchtest auch du am liebsten deine Kinder besuchen und kannst nicht, willst nicht, mußtest dich einer Sicherheit ausliefern, an die du nicht glaubst – die du eigentlich nur aus Höflichkeit über dich ergehen läßt ...«

»Und sie werden durch alle Sicherheiten hindurch einen anderen Weg finden – die Bombe per Vogelflug, eine gründlich gesalzene Eule, Wildgänse rauschen durch die Nacht – oder sie werden mir meinen Enkel Holger auf den Pelz schicken, wohltrainiert, gestählt durch alpine und andere Übungen, zwölfjährig, fünfzehnjährig, unbewaffnet wird er kommen, wird alle Kontrollen passieren: Enkel besucht Großvater – und er wird mich möglicherweise erwürgen, braucht nicht einmal ein Messer – und wenn sie bis dahin so weit sind, daß unbewaffneten Besuchern die Hände gebunden werden, auch, wenn es sich um

Enkel handelt, dann wird sein Kopf seine Waffe sein, trainiert wie ein Leithammel wird er mit dem Kopf gegen das Herz stoßen, immer wieder auf das nach einigen Infarkten geschwächte Herz, hämmern und hämmern ...«
»Wenn Holger erst mit zwölf oder fünfzehn als wohltrainierter Leithammel zu dir geschickt wird, dann hast du ja noch fünf bis acht Jahre Zeit ...«
Er lachte, griff nun doch wieder zur Zigarettendose: »So lange wird's nicht dauern ... jedenfalls Präsident bin ich für zwei Jahre, und ich bilde mir schon lange nicht mehr ein, daß es Sicherheit gibt, innere oder äußere, auch keine Sicherheit in meinem Innern.«
»Ich werde dich also nicht mehr morgens im Badezimmer vor dem Spiegel erwischen, wo du dir zuflüsterst: ›Ich will nicht mehr.‹ – Willst du noch?«
»Ja, ich will, will mit dir – und doch üben sie wahrscheinlich schon Würgegriffe, beschäftigen sich mit Hypnose, Drogen, werden vielleicht einen Sicherheitsbeamten durch Drogen dazu kriegen, ›mich in den Griff zu nehmen‹–. Es wird ein netter, wohltrainierter, durch und durch gesunder, vielfach und immer wieder durchleuchteter Polizeijüngling sein, der sich plötzlich auf mich stürzen wird, mit scheinbar schützender Gebärde, in der sich der mörderische Griff verbirgt–. Es gibt keine Sicherheit – Computer, Raketen, raketenartige Kunstvögel, Psychomanipulationen, Fernpsychoterror – finden wir uns also ab mit der Einsamkeit äußerster, höchst luxuriöser Gefangenschaft. Erinnere dich an meinen vom Absurden ins Lächerliche gekippten Versuch, einmal meiner alten Freude, dem Radfahren, nachzugehen. Zwei Polizeiautos vor, eins hinter mir und ein kreisender Hubschrauber über mir – eine Lächerlichkeit, die ich nicht ertragen konnte. Und wann haben wir das letzte große Familienessen gehabt, wo wir mit verteilten Rollen kochten: Du warst für Suppe und Salate zuständig, ich fürs Fleisch, Rolf für die Kartoffeln, Katharina für die Soßen, Herbert und Sabine für die Nachtische – ich war dann wieder zuständig für

den Kaffee – wir wuschen gemeinsam ab, piccobello mußten Küche und Eßzimmer sein, bevor der Kaffee serviert wurde, und bei diesen Gelegenheiten war Erwin Fischer sogar nett, er erstellte überraschenderweise als zusätzlichen Nachtisch eine phantastische Crêpe Suzette – bis dieses Kind kam, das sie dann Holger nannten. Bis dahin hatte er sich noch überwinden können, mit einem ›Autoanzünder‹ wie Rolf und einer Kommunistin wie Katharina sich an einen Tisch zu setzen – einen zweiten Holger in der Familie konnte er nicht ertragen, und es kam so weit, daß Sabine und Katharina und Rolf sich nur noch heimlich trafen, ohne Kit natürlich, die ja hätte ausplaudern können – nicht nur bewacht und überwacht, auch noch Spitzeleien untereinander, nur, weil einer ein Kind Holger genannt hatte – wie wär's, wenn wir uns abfinden, hier bleiben – wenn wir Blurtmehl und seine Eva hier zum Essen einladen, falls sie nicht was anderes vorhaben – und er den Diener in sich vergessen und sich einmal bedienen lassen kann. Ich denke, wir lassen Katharina, Sabine und Rolf besser allein – machen wir einen friedlichen Abend hier –.«
»Wir müßten auch endlich einmal Katharinas Eltern einladen.«
»Ja, sie sind ja sozusagen die Schwiegereltern von Rolf – und Luise, die hab' ich doch noch als Kind gekannt – zum Glück war sie nicht mehr Schülerin meines Vaters, so daß mir dieser Gesprächsstoff erspart werden könnte ... willst du mit Blurtmehl sprechen, ich bin so neugierig auf diese Eva ...«
»Ich auch – ich hatte nicht den Eindruck, daß sie was vorhaben – ich muß dich jetzt eine Weile allein lassen, muß telefonieren und meine Vorräte besichtigen.«

Manchmal war er unverhofft und unangemeldet nach Hubreichen zu Rolf gefahren, hatte Holzpuke um reduzierte Begleitung gebeten und Blurtmehl veranlaßt, das Auto auf dem leeren Schulhof zu parken, und war die hundert Schritte zum Pfarrhaus zu Fuß gegangen, dann in den Pfarrgarten, wo die Kinder in einem kleinen Nebengebäude wohnten, das aus unerfindlichen Gründen die Dependance hieß. Er ging dann, so rasch er konnte, wollte flinkem Geraune zuvorkommen, während seine Beschützer sich, flinker als er, an der Pfarrhausmauer im Inneren des Gartens postierten. Er blieb dann im Haselnußgebüsch stehen, blickte ins Erdgeschoß der Dependance, sah seinen Sohn Rolf mit Holger spielen: Bauklötze aus Holz, aus Steinen, hölzerne Fahrzeuge, selbstgemacht (»gebastelt« wagte er nicht einmal zu denken – dieses Wort empfanden sie als kränkend, bestanden auf »gemacht«). Rolf hockte mit den Jungen auf der Erde, ein glücklicher junger Vater, entspannt, rauchte im Hokken, dirigierte das Spiel des Jungen ein wenig, animierte ihn wohl auch, wie er Lippen und Handbewegungen entnehmen konnte, sang auch offenbar leise vor sich hin, bemalte Steine, beklebte Holzklötze mit Buntpapier. Einmal auch, während Holger ihm ruhig zusah, höhlte er eine Rübe zur Fackel aus, versah sie mit Augen, Mund, Nase und Bart, schnitt mit dem Messer eine Halterung für die Kerze heraus. Alles war sehr ruhig, entspannt und fröhlich die beiden – und unvermeidlich dann die Erinnerung an Eickelhof, wo er manchmal das ›Blättchen‹ geschwänzt und mit den Kindern gespielt hatte. Einmal, bevor er noch hatte nähertreten und endlich anklopfen können, überraschte ihn Katharina, die gerade vom Einkaufen kam, rief: »Mein Gott, Vater« – ja, sie nannte ihn Vater! – »was stehst du denn hier wie ein Ausgestoßener, komm doch rein, du störst doch nicht, störst doch nie –«, und ihm waren fast die Tränen gekommen, weil sie so nett war, ihn Vater nannte, ihn beim Arm nahm und an diesem neblig trüben Novemberabend in die Wohnung führte. Er war überrascht, wie herzlich Rolf ihn begrüßte, und entdeckte auf der Bank, die er von außen nicht hatte einsehen können, eine ganze Galerie von ausgehöhlten Rüben, auch andere, lampionartige Fackeln, mit schwarzen Papprahmen und Buntpapier beklebt, alle von Rolf für den privaten Kindergarten gemacht; erfuhr auch, Rolf war ausersehen, als St. Martin durchs Dorf zu reiten, von Fackelträgern eskortiert, römischer Legionär mit silbernem Harnisch und

Schwert, rotem Mantel. Er bekam Tee und Lebkuchen, durfte eine rauchen, am Ofen sitzen, Holz nachlegen, Holz, das Rolf eigenhändig – und natürlich mit Erlaubnis – in den umliegenden Wäldern sammelte, hackte, schnitt und dazu Säcke von Tannenzapfen, Körbe voller Späne; Rolf ging auf den Höfen herum, sammelte Abfallholz ein, Bauholz, das bei raschen Modernisierungen (allzu raschen, wie Rolf fand) zum Wegwerfen da lag, Sparren, Bretter, auch abgestoßene Möbel, die er sammelte, zu Brennholz verarbeitete oder auch reparierte und in irgendeinem Studentenladen verkaufte. An diesem Abend hatte Rolf ihn mit der Analyse von Börsenberichten verschont, nur an Beispielen das Prinzip des Wegwerfens und des Weggeworfenen erläutert–. Zum ersten Mal hatte er mit einem schmerzlichen Unterton auch Eickelhof als weggeworfen erklärt, die aus diesem Wegwerfen gewonnene Energie ebenfalls als weggeworfen.

Mußte einer seine Kinder belauschen, überraschen, um ihre Herzlichkeit zu erfahren, in ihr Leben Einblick zu gewinnen? Ein anderes Mal hatte er, als er um die Straßenecke herum aufs Pfarrhaus einbog, Katharina mit Holger an der Hand vom Einkaufen kommen sehen, sie grüßte Vorüberkommende, wurde gegrüßt, bückte sich nach rechts zu Holger herunter, der offenbar irgendein Spielzeug hinter sich herzog und einen Lutscher in der anderen Hand hielt. In der linken hatte sie die offenbar sehr schwere Einkaufstasche: eine junge Frau wie alle anderen, mit roten, langen Strümpfen, losem Haar, und als sie ihn erblickte, hatte er dieses plötzliche, aufleuchtende Lächeln auf ihrem Gesicht gesehen – so spontan dieses Lächeln, daß ihm wieder einmal die Tränen zu kommen drohten. Er ging, so rasch er konnte, auf sie zu, nahm ihr die Einkaufstasche ab, wurde geküßt, küßte Holger, sah ihr dann zu, wie sie drinnen ihre Einkäufe auspackte, einordnete, in Schränke und selbstgezimmerte Regale, während der Junge mit seinem hölzernen Dackel auf dem Boden Kurven drehte. Er bekam Tee, ein Butterbrot, Katharina nahm ihm kopfschüttelnd die Zigarettenschachtel weg, als er danach griff, schob sie ihm dann wieder hin, achselzuckend. Sie hatte ihn doch ganz offensichtlich gern: dieses plötzliche Lächeln auf ihrem Gesicht da draußen auf der Straße, das Leberwurstbrot, der Tee, die Besorgtheit ums Rauchen: eine junge Frau, die schön hätte sein können, wäre sie nicht eine Spur zu herb gewesen. Er hatte keine Mühe, sie sich als Nonne vorzustellen – und doch waren ihre Klugheit, Sensibilität und Intelligenz auf dieses Dorf beschränkt. Immer wieder, wenn er sie sah, dachte er an ihren Onkel, Hans Schröter, den Münzenberg-Kommunisten, den Major Weller ihm seinerzeit fürs ›Blättchen‹ geschickt hatte, den ihm sympathischsten aller Journalisten, die er im ›Blättchen‹ kennengelernt hatte; er hatte Hans Schröter seinerzeit sogar das Du angeboten, aber das hatte der auf eine merkwürdig kühle und zugleich höfliche Art abgelehnt, und keiner der Journalisten, die ihn heute morgen interviewt hatten, war auf die Idee gekommen, ihn zu fragen: »Sie haben sich mit Kommunisten geduzt?«

Überraschungen dieser Art waren ihm bei Sabine nie gelungen: Sie wurde zeitweise strenger bewacht als er, auch Kits wegen. Er war dann einfach hingefahren mit Blurtmehl am Steuer, die sechzehn Kilometer bis Blorr (das, zum Glück wußte es niemand, nicht einmal Käthe, in seiner Dissertation eine gewisse Rolle gespielt hatte), abgestoßen von den Bungalows, die man an den Rand des Nestes gebaut hatte, das einmal als Buchen- und Kastanienparadies gegolten hatte. Jedesmal war er hineingelaufen in die Bewachung, verfolgt von seiner eigenen Bewachung, auch immer wieder abgestoßen von dem Fischer-Geschmack, der sich in Kupfer und Marmor ausdrückte; Sabine hatte er immer gehetzt und nervös gefunden. Natürlich freuten sie sich, wenn er kam, Kit strahlte, wollte mit ihm spazierengehen, liebte es, an seiner Hand zu gehen, in die Höfe, zu den Bauern, die sich seiner noch als Student erinnerten, als er mit dem Fahrrad hier herumfuhr, recherchierte, zeichnete, aufnahm, Maße und Baujahre, Veränderungen. Besonders der alte

Hermanns kramte gern im »Früher« –. Doch bekam alles eine mörderische Künstlichkeit – durch die ewig hinter ihnen hertrottenden, in scheinbarer Zufälligkeit umherstreunenden Sicherheitsleute, die offenbar angehalten waren, sie immer pulkartig zu umgeben. Manchmal heulte Sabine, konnte keinen Grund dafür angeben, heulte einfach, holte zum Tee die Nachbarin herüber, eine dunkle, üppige, ein bißchen vulgäre, hübsche Frau, deren Banalität so wohltuend war. Die stille, ernste Sabine, seine liebste Tochter (wußte sie, daß er sie so gern hatte und es nicht sagen konnte?) zuckte schon zusammen, wenn draußen eine Autotür zugeschlagen wurde, wenn Kit irgend etwas gegen irgend etwas warf – war's vielleicht doch besser, wie Rolf, nicht bewacht, sondern nur überwacht zu werden? War diese Sicherheit, die doch keine war, nicht doch zu teuer erkauft? – Es war ja schon lange aus mit Sabines einfachem Drauflosreiten, und seit der Sache mit Pliefgers Torte war's wohl wirklich besser, die für Partys und Haushalt gelieferten Schüsseln und Pakete mit der Sonde prüfen zu lassen: denn es war ja nun schon alles vorgekommen, alles, und neuerdings mußten sogar die Zigarettenpackungen aufgerissen werden, seitdem bei Plotteti in Italien eine beim Aufreißen explodiert war und ihn erheblich verletzt hatte: verstümmelte Hand, entstelltes Gesicht, und es gab immer wieder Ärger mit den rundum etikettierten Sherryflaschen, deren Inhalt von außen nicht kontrolliert werden konnte, man mußte die schicken Etikette abweichen – es hätten ja getarnte Molotow-Cocktails sein können ...

Nein, Sabine hatte diese Ruhe nicht, die man bei Rolf und Katharina noch finden konnte, sie war immerhin die Schwiegertochter des »Bienenkorbs«, außerdem seine Tochter –. Die Villa bei Malaga half auch nichts, sie fand auch keine Ruhe beim Skilaufen, die so bewegungsfreudige, reit- und tanzlustige Sabine wurde apathisch. Vielleicht machte er sie zusätzlich nervös, weil er den Schutz, die Bewachung um ihr Haus herum verdoppelte.

Am wenigsten gern fuhr er zu Herbert, obwohl er mit dem am liebsten mal lange und unter vier Augen gesprochen hätte. Der hatte nun wieder ganz andere Freunde und Freundinnen. Die hockten meistens zu einem Dutzend und mehr auf seiner Bude. Auf eine unbestimmbare Weise waren Herberts Freunde seelenvoller als die von Rolf und Katharina, auch als die Freunde und Bekannten von Sabine. Auch sie, Herberts Freunde, ganz entschiedene Gegner des Systems: langhaarig fast alle, und die Mädchen mit Flatterkleidern und Jutetaschen, buken selbst ihr Brot, aßen haufenweise Salat und Gemüse und gingen dann doch gelegentlich – »aus Solidarität«, wie sie es nannten – in diese »Vergiftungsbuden«, womit sie meinten »Frittenfreßbuden«. Sie waren nie verlegen, wenn er kam, lachten über den Aufwand an Bewachung, der in diesem irrsinnigen Hochhaus notwendig war, lachten die Beamten nicht aus, aber über das ganze absurde »Bewachungstheater«, luden den einen oder anderen Beamten mal privat ein, zum Essen, zu einem Gespräch, vermieden das Wort Diskussion, sprachen mit ihm über »die Sicherheit, die es gar nicht gibt« – über den »Tod, der zwar eintritt, den es aber ebenfalls nicht gibt«, musizierten, sangen, sprachen ohne Scheu über Jesus Christus, waren nicht nur nicht verlegen, sagten ihm offen, er solle bloß nicht meinen, daß er ihnen sonderlich imponiere mit seinem Schlößchen, seinem ›Blättchen‹, seinem Riesenarbeitszimmer, das man ja manchmal abgebildet fand, mit »den Fangarmen dieser Lobby, den Saugnäpfen des Materialismus«, nein, das alles imponiere ihnen nicht, und sie fänden eben ihn nur so »nett gebrochen«, gebrochen vom unaufhaltsamen Aufstieg des ›Blättchens‹ und den immer länger werdenen Fangarmen, den Saugnäpfen, in die er nun selbst hineingesogen werde. Das müsse ihn doch ängstigen, auch das ›Blättchen‹, nicht nur das System; das ›Blättchen‹ sei ja nun doch wohl hauptsächlich Papierverschwendung, besonders, seitdem nicht mehr üblich sei, was früher den Zeitungen eine gewisse Existenzberechtigung verliehen habe: sie handgerecht zu zerreißen oder zu zerschneiden, auf Nägel gespießt, als Klopapier zu verwenden, wie es in fast allen Bevölkerungskreisen praktiziert worden sei; das sei ja noch das wahre Recycling gewesen. Rechneten ihm vor, wieviel Hektar Wald, wieviel Bäume jetzt für beide Zwecke geopfert werden müßten: für Klopapier *und* Zeitungen, dieser immense Druck des Hygieneterrors, und wenn er erst bedenke, wieviel völlig überflüssiges, ja geradezu eindeutig sinnloses und nutzloses, von niemandem auch nur gelesene Zeug da in Regierungs-, Kreis-, Landes- und Bundestags- und Funk- und Fernseh- und Parteidrucksachen und -broschüren gedruckt würde, und dazu noch alle diese auf die elendeste Weise überflüssigen Werbebroschüren, dieser ganze Kram, der ja von der Druckerei fast unmittelbar auf den Abfall wandere – wieviel Wälder da »hingeopfert« würden und wieviel Indianer in diesen täglich, ja täglich nutzlos verschwendeten Wäldern leben könnten – (und ahnten nicht, wie bange ihm wirklich war aus diesen und anderen Gründen, ahnten es nicht und waren ihm dann doch ein bißchen zu überlegen und eingebildet). Ja, ja, und natürlich waren sie gegen Atomenergie, gegen den »mörderischen« Straßenbau, waren keineswegs fortschrittsfeindlich, nicht einmal Radikale im Sinne des idiotischen Erlasses; und nein, imponieren tat er ihnen nicht einmal andeutungsweise, und bemitleideten ihn nicht einmal, weil er in den Teufelskreis von Zwangsmaßnahmen geraten sei, und damit meinten sie nicht die Sicherheitsmaßnahmen, die sie auf die lächerlichste Weise überflüssig fanden (als ob einer den ihm vorbestimmten Zeitpunkt des Todes aufhalten könne! Absurd so was!). Lächerlich, nein, sie meinten Wachstumsfraß, diesen fürchterlichsten Krebs, dem doch – er wisse es doch genau – auch seine zweite oder dritte – seine jetzige Heimat, das Schlößchen, anheimfallen würde, so daß er zum zweiten – oder wievielten? – Mal zum Heimatvertriebenen würde –. Ob er denn nie, ob er je begreifen würde, daß die Bedrohung aus dem System geboren sei, zu dem System gehöre?

Auf eine bestimmte Weise waren ihm Herberts Freunde weniger sympathisch als Rolfs Freunde. Sie waren auf eine kaum nachweisbare Weise humorlos, Sarkasmus kam nur unbewußt und ungewollt in ihre Argumente–. Sie waren ihm dann doch ein bißchen zu respektlos, wollten nicht wahrhaben, daß das ›Blättchen‹ ja nun doch seine Funktion gehabt hatte und noch hatte als wichtiger Faktor beim Aufbau oder Entstehen eines demokratischen Systems und einer Ordnung, wie sie sich nach der Nihilisierung durch den Nazismus als notwendig erwiesen hatte.

Herberts Freunde waren nicht so abstrakt intellektuell wie Rolfs Freunde, die er gelegentlich in Hubreichen antraf. Die waren weder feindselig noch respektlos, sondern betrachteten ihn einfach wie einen völlig Fremden; waren weder arrogant noch verlegen, blickten ihn an, als käme er von einem ganz und gar anderen Stern, waren wahrscheinlich überrascht, daß er wirklich Tee trank und Brot aß – während er sie als so völlig fremd gar nicht empfand. Er war doch ihr Mitbürger, sprach ihre Sprache – und wenn er dann schüchtern fragte: »Was machen Sie denn beruflich?« kam die Antwort: Lehrer mit Berufsverbot. Metallarbeiter auf der schwarzen Liste, auch bei der Gewerkschaft. Sozialarbeiter, nicht einmal besonders links – (was mochte das nun wieder heißen: »Nicht einmal besonders links« –) auf der schwarzen Liste. Manche sagten auch: »Ich bin beamtet, oder angestellt worden, bevor dieser Scheißerlaß kam.« Sie waren nie gegen Personen, immer gegen das System, nahmen es einem Hausbesitzer nicht übel, wenn er die Miete erhöhte; das System zwang ihn ja dazu, zwang ihn notfalls durch Terror, erzählten ihm, wie Hausbesitzer unter Druck gesetzt, terrorisiert wurden – durch Steinwürfe, Scheißen in Flure, ausgekippte Wassereimer, weil sie die Miete *nicht* erhöht hatten; gaben auch zu, es ginge »ihnen so schlecht nicht«, weil sie, auch sie, daran war kein Zweifel möglich, vom System profitierten, dieses System, das »anderswo«, sehr weit weg lag dieses »anderswo«, so hohe Profite einbrachte, daß man sie daran beteiligen konnte, das wußten sie doch selbst, daß sie mitprofitierten, auch im Zwang des Systems lebten; das System, das täglich mehr Kranke und Abhängige produzierte – hier wie dort –, und meinten mit dort die Sowjetunion; sie waren weder aggressiv noch arrogant, nur sehr kühl und traurig, ja, es war eine kalte Trauer in ihnen, und nicht nur obwohl, sondern gerade weil sie Personen bedrohten, entführten, töteten, ja deshalb waren »die« kriminell, nicht nur moralisch, nicht nur politisch, waren es sogar, wenn man so wollte – philosophisch-theoretisch-theologisch, denn sie lieferten dem System, was es stärkte, was man ihm am wenigsten »einbringen« durfte: Opfer, Märtyrer –. Sie lieferten ihm das auf einer multimedialen Welle, gegen die sie, die da saßen und Zigaretten rauchten und billigen Rotwein tranken, nicht ankamen – gegen diese Medienübermacht kamen sie nicht an, nie, waren nicht ganz, aber fast machtlos mit ihren Flugblättern, ihren Transparenten –. Die Opfer, die Märtyrer, erhöhten die Macht der Medien immer mehr: Das war eine Magie, ein Irrationalismus – trieb einen in totale Lähmung; sie waren in diesem Punkt nicht so schonungslos wie Herberts Freunde, erwähnten das ›Blättchen‹ gar nicht, das ja immerhin auch ein Medium war – und was für eins! –. Natürlich wollten auch sie mit ihren Frauen und Kindern und Freundinnen leben, Feste feiern und tanzen und Würstchen braten, Lieder singen – aber Hasch und Stärkeres, Porno und Schlimmeres, das gab es weder für Herberts noch für Rolfs Freunde – denn Hasch und Stärkeres, Porno und Schlimmeres, auch Besaufen und Ähnliches, das gehörte ja zum System, das sie kaum noch haßten, nur auf eine Weise verachteten, die ihm gefährlicher vorkam als Haß. Das System war das Nichts, die »etablierte Nichtigkeit«, von deren Abfällen man leben konnte, leben mußte ... Und es fielen ihm die jungen Leute ein, die er manchmal bei Sabine traf oder besser: getroffen hatte, denn die strengen Sicherheitsmaßnahmen hielten ja auch Besucher ab –. Da wurde dann doch gelegentlich mit eben jenem kokettiert: mit Hasch und Stärkerem, offen mit Porno – und ziemlich diskret wurden da gelegentlich, besonders bei diesen gräßlichen alten Fischers, die eine Art Porno-Katholizismus oder Katho-Pornismus geradezu kultivierten – bei denen wurden ja nicht ganz so selten ziemlich hochstehende »Persönlichkeiten« direkt von Chauffeuren total besoffen ins Auto geschleppt – und es ging immer wieder und immer noch das Stichwort um: Barock. »Wir sind eben barocke Menschen«, das war das Lieblingswort des alten Fischer, der ein ziemlich bescheidener Ladeninhaber gewesen war, geeignet, Bleibls Persilpaket zu spielen: Nein, Nazi war er nun wirklich nie gewesen, nie und hatte sogar verfolgten Priestern geholfen, sie versteckt, immer wieder wurden diese Geschichten, die »jeder Prüfung standhielten«, ausgepackt, detailliert geschildert, wie er Suppe und Brot in Verstecke gebracht, bei Käthe Heizmöglichkeiten installiert und »so manchen Rosenkranz mit den Versteckten gebetet hatte« – da gab's sogar Fotos, die nicht hatten montiert werden müssen: Da sah man eine abgemagerte Nonne in einem winzigen Keller, den Suppentopf neben sich, neben dem Suppentopf Fischer, beide mit Rosenkränzen in der Hand – es gab auch Fotos von Erwin, der vierjährig, fünfjährig, von versteckten Priestern im Keller gesegnet wurde: Dagegen kam man nicht an: Die (nie offen vollzogene) Verbindung Bleibl-Fischer, von der doch jedermann wußte, war unschlagbar, zumal Zummerling die Rechte auf diese Fotos erworben hatte und sie jederzeit publizieren konnte.

Und da war ja irgendwo – wo? wo? wo? – diese vierte, eine weitere Gruppe; »die« – die Verbrecher zu nennen er für Untertreibung, er für ganz unangebracht hielt, diese Satellitenwelt, aus der heraus Veronica manchmal anrief – und auf diese und Rolfs Welt traf das Wort Kommunisten nicht zu, traf nicht einmal auf Katharina zu, die immer noch dazu gerechnet wurde, sich aber auf freundliche und energische Weise dagegen wehrte:

»Natürlich bin ich K und werd's auch bleiben, aber was ich mit den meisten Ks gemeinsam habe? So viel wie ein katholischer

Priester, der bei den Guerilleros ist, mit dem Papst oder der Fürstin von Monaco, die ja auch katholisch ist, und es ist auch falsch, irreführend und viel zu romantisch, wenn du mich in die zwanziger Jahre zurückversetzen willst: Ich gehöre nicht dahin, gehöre nicht zu den Ks, die du gekannt hast, auch nicht zu dem K-Onkel Hans – nicht zu denen, von denen du träumst, manchmal schwärmst – denk an die Veränderungen in anderen dogmatischen Regionen: Ich bin noch keine dreißig, und es ist noch keine zwölf Jahre her, ich war noch nicht oder fast schon achtzehn, da glaubte ich noch, ich würde in alle Ewigkeit verdammt, wenn ich das Gebot der Nüchternheit vor der Kommunion brach – träum nicht mehr von den Ks, die du gekannt hast – träume mich nicht in die zwanziger Jahre zurück – und glaub mir, ich verstehe ›die‹ sowenig wie du, vielleicht sogar weniger gut – nein, darin gleichen wir einander vielleicht: Wir verstehen sie nicht, wissen nur eins: Sie stehen unter Zwang wie wir alle.«

Anlaß genug, über die Zwänge nachzudenken, denen er ausgesetzt war und immer mehr erlag. Ein paar nostalgische Überlegungen waren unausweichlich, die mit »früher« anfingen. Früher, als er schon ein ziemlich gewaltiger Boß gewesen war, das war noch keine sechs Jahre her – da hatte er sich noch einfach aus seinem Büro davonmachen können, sich am Kiosk eine Zeitung gekauft, war ins Café Getzloser gegangen, hatte Frühstück bestellt, unbeachtet und unbeobachtet gefrühstückt, war freundlich, sogar herzlich bedient worden, hatte von der Zelle aus Käthe angerufen – oder er war einfach in einen Blumenladen gegangen, hatte einen Strauß für Käthe, Sabine, Edith oder auch Veronica gekauft, auch in Schmuckgeschäfte war er gegangen – jetzt mußten die Juweliere mit ihren Schatullen scharf bewacht in sein Büro, seine Wohnung, in ein Hotel kommen –. Und schon lange nicht mehr das Stöbern bei Antiquaren, wo er auf Stiche von Rheinstädten, Rheinufern, Rheinlandschaften aus war, nichts Bestimmtes suchend, nur eben stöbernd fand, Stiche, auch Gemälde aus der Zeit vor der Touristisierung des

Rheins – wie seinen Lieblingsstich von Bonn: kaum größer als eine Zigarettenschachtel, perlklar von einem Anonymus gestochen und diskret koloriert: Rheinufer, Bäume, einen Flügel des Schlosses, auf dem Rhein ein Lastkahn – und der alte Zoll als Bastion ... Und auch – was heute unmöglich wäre, nicht unmöglich, aber so peinlich, daß er's nie machen würde – die Affäre mit Edith, die nicht einmal ein junges Ding war, schon fünfunddreißig, Lagerarbeiterin in einem Kaufhaus, die unverheiratete Schwester seines verstorbenen Wirtschaftsprüfers Scheubler, der er einen Kondolenzbesuch machte –. Es war fast zum Skandal geworden – er konnte nicht begreifen, daß die anderen ihren Liebesabenteuern tatsächlich unter Bewachung nachgingen, wo doch die Gedanken der bewachenden Beamten jede Spontaneität zerstören mußten.

IV

Die Angst kam immer wieder, wuchs, Angst um ihn, später auch vor ihm; das wechselte, ging ineinander über, wenn er »kaputt, kaputt, kaputt« nach Hause kam, unfreundliche Bemerkungen über die Wohnung und die Ordnung in der Wohnung machte, oft schon regelrecht mürrisch, fast büffelig, was er nie, nie vorher gewesen war. Er beklagte sich über die Enge des Häuschens, die Winzigkeit des Gartens, rupfte und zupfte und meckerte an jedem Hälmchen Unkraut herum, betrachtete prüfend, mit einem leisen, ganz leisen Anflug von Widerwillen ihre Frisur, die natürlich nicht immer so ganz piccobello war, wenn sie gerade im Garten, im Keller oder in der Küche gearbeitet oder mit Bernhard und dem Hund im Garten gespielt hatte. Da war dann auch schon einmal ein Schweißtröpfchen auf ihrer Stirn oder um die Nase herum schweißartige Feuchtigkeit; es war Gartenerde an Bernhards Schuhen, Grashälmchen lagen in der Einfahrt oder auf den betonierten Wegen; und er stocherte – was er nie, nie vorher

getan hatte – im Essen herum, die Suppe war ihm zu heiß oder nicht heiß genug, der Salat zu sauer oder nicht sauer genug, dabei hatte sie exakt die Ingredienzen in gewohnter Quantität beigegeben, von denen sie wußte, daß sie ihm schmeckten; da war ihm der Gulasch zu knorpelig, wo er doch die Fleischpreise kannte und wußte, daß sie für die Erstkommunionfeier sparen mußten. Und überhaupt: Sie hatten sich mal wieder übernommen, das neue Auto, die Abzahlungen fürs Haus, der viel zu rasch aufgenommene und so rasch gegebene Kredit, der sich als teurer herausstellte, als ihnen vorgespiegelt worden war, und seitdem er diesen Dienst tat, immer in Zivil, schon lange nicht mehr in Uniform, waren eben, wo er doch so pingelig war, trotz der Zulage die Kleider teurer; er schnauzte nicht gerade, aber knurrte Bernhard an, der Junge war ihm – überraschendes Wort – nicht »graziös« genug, er fand ihn plump, wie er da mit seinem Rädchen in der Einfahrt oder auf den Gartenwegen herumkurvte, sprach von Gymnastikstunden für den Jungen, schüttelte in niederschmetternder Hoffnungslosigkeit den Kopf, wenn er Bernhards Schularbeiten inspizierte.
So war er nie gewesen, ernst wohl und manchmal streng, zu streng, wie sie fand, wenn er dem Jungen die Heftchen zerriß, als »miesen Pornodreck« bezeichnete, was doch vergleichsweise harmlos war, wenn man an all das dachte, was die Kinder an jedem Kiosk zu sehen bekamen. Da gab's Schlimmeres als diese aufgeputschten, hochtoupierten Blondinen, von denen man immerhin wenigstens nur den Busenansatz sah. Was konnte das schon für einen achtjährigen Jungen bedeuten, der, wenn er bloß ins Freibad ging, mehr zu sehen bekam, und brauchte nicht einmal ins Freibad zu gehen, brauchte nur durch den Gartenzaun zu blicken, die Nachbarin Ilse Mittelkamp beim Sonnenbad oder beim Rasenmähen zu beobachten; da sah er mehr als im Freibad, mehr als in diesem scheußlichen Heftchen mit den hochgeschnürten Blondinchen, von denen man nie genau wußte, ob sie sieben, siebzehn oder siebenundzwanzig alt waren. Gemeine kleine Biester, das waren sie schon, so

aus Kind und Hure kombiniert, auf eine gemeine Weise schmollend, manchmal mit naiv gerundetem Kleinmädchen-, dann mit zynischem Hurenmund; »Konsumnutten«, »Konsumvampire« – das waren sie schon, hatten nichts im Kopf als Reisen, Tanzen, Sekttrinken, Musik, »Swimming-pool-Nymphen« – ja, aber sie konnte den Jungen ja nicht mit verbundenen Augen durch die Welt hetzen. Es war schon scheußlich; ringsum Chaos, Auflösung, und mitten drin sollte der Junge nun auf die erste heilige Kommunion vorbereitet werden: Keuschheit und so, wo doch, wenn man den Gerüchten auch nur andeutungsweise glauben konnte, der Klerus selbst kaum noch so lebte und der Junge selbst wahrscheinlich gar nicht wußte, was Unkeuschheit war. Denn Bernhard war sicher – sie jedenfalls war sicher, Hubert bezweifelte das, und es gab ekelhafte Diskussionen darüber – sexuell noch gar nicht erregbar. Da sprach dann Hubert mit Kiernter, dem Polizeipsychologen, besorgte sich Schriftliches über frühkindliche Sexualität und brauchte dem Jungen doch nur in die Augen zu sehen: Da war nur Angst und Unverständnis über die Motive von Huberts Zorn, nicht Angst der Sache wegen, was immer diese Sache sein mochte. Und natürlich blieben die monatlichen Abgaben zu hoch, mußte geknapst werden, und natürlich waren die Hemden, die er sich kaufte, zu teuer, einfach zu teuer, war auch er, Hubert, nun ganz und gar, wie Monika es nannte, »auf dem Baumwolltrip«. Der Dienst konnte ihn doch nicht so »kaputt, kaputt, kaputt« machen: da vor schicken Villen rumstehen oder ums Schlößchen rumstreichen, Ein- und Ausgänge im Auge behalten – immer wachsam, wachsam. Er nahm das natürlich alles sehr ernst – nahm alles ernst, zu ernst –, und die Verantwortung war natürlich groß, das sah sie ein und fand doch, er war auf eine Weise gereizt und unfreundlich zu ihr, die ihr unverhältnismäßig vorkam.

Er erzählte nie Einzelheiten aus dem Dienst, das hatte er nie getan, nie Einzelheiten aus Schulung und Ausbildung. Sie wußte, daß sie alle regelmäßig psychologisch untersucht, auch getestet wurden, ein Streß war's ja, das schon. Und doch erschien es ihr krankhaft, wie sehr er neuerdings auf Sauberkeit und Ordnung sah, schon nicht mehr bloß pedantisch, krankhaft, wie er manchmal fast eine Stunde lang unter der Dusche blieb, an den frisch gebügelten Hosen noch herummäkelte und – das war schon regelrecht beleidigend – an den Socken roch, bevor er sie anzog, und wenn er noch ein Fältchen an den teuren Baumwollhemden entdeckte, ein Gesicht zog, als sei er schwer gekränkt worden.

Es war noch nicht lange her, da hatte sie sich gefreut, wenn er nach Hause kam, wenn sie gemeinsam aßen, Kaffee tranken, gemeinsam sich über Bernhards Schularbeiten machten, dem Jungen halfen, und auf der Terrasse mal ein Glas Bier, über den Gartenzaun ein Gespräch mit den Nachbarn über Baumängel und Finanzierungsprobleme, über Kindererziehung und die Zeiten. Manchmal hatten die Nachbarn auch einen kleinen Rat von ihm gewollt, fast immer irgendwas mit Autos, Parkverbot, Halteverbot, Geschwindigkeit, und sie waren auch eingeladen gewesen, bei Hölsters, die rechts, und Mittelkamps, die links von ihnen wohnten; hatten auch selbst schon einmal eingeladen, zu Bier und »Saurem« oder Kaffee und »Süßem«. Es war alles so kühl geworden, nicht gerade feindselig, aber kühler, weil Hubert so empfindlich war gegen Schlüpfrigkeiten, wie Frau Hölster sie auf eine ganz stille, schon ziemlich gemeine Weise einzuflechten verstand. Da war dann auch schon mal das Wort »Bulle« gefallen, wenn sie vergaßen, daß er selbst einer war, bemerkten ihren Fehler nicht, obwohl sie dann doch ziemlich bald wissen wollten, worin denn nun sein Dienst bestand, wo er doch »schick angemacht und mit dem neuen Auto« immer losbrauste. Da wurde er nun eisig.

Mittelkamps waren da gröber, direkter, keineswegs angenehmer, wollten, als er mal vorübergehend bei der Sitte war, Genaueres wissen, nannten das »alles über Strich und Streunen« und »dieser Ihr neuer Job, das muß doch ganz was Feines sein – Sicherungsgruppe, was?«. Bei einer solchen Frage war weder ein Ja noch ein Nein möglich und galt Schweigen wahrscheinlich als Zustimmung. Mittelkamps waren jung, höchstens Ende, wahrscheinlich Mitte Zwanzig, er Lagerverwalter, sie Kassiererin im Supermarkt, hatten keine Kinder, kaum finanzielle Sorgen. Hölsters waren älter, doch wohl nah an die Fünfzig, er Steuerbeamter, und sie war, als die Tochter ihre Ausbildung abgeschlossen hatte, wieder »ins Büro« gegangen, kurz nur, war dann arbeitslos geworden und hatte ihr am Gartenzaun mal zugeflüstert, »ich komme da nicht mehr raus – aus dem Porno, komm' einfach nicht mehr raus – Sie müssen nicht böse sein, Helga, wenn mir manchmal was entschlüpft.« Hölster mit dieser Tochter, die anfangs als undurchsichtig gegolten hatte, so Mitte Zwanzig, immer schick und mit schicken Autos, fabelhaft frisiert und immer freundlich – ging offenbar keiner geregelten oder regelmäßigen Tätigkeit nach –. Manchmal hörte man sie stundenlang tippen, dann war sie wieder lange unterwegs, schlief manchmal ziemlich lange und frühstückte ausgiebig auf dem Balkon; dann sah man sie zu Zeiten, wo andere Leute arbeiteten, im Garten sitzen und lesen, sie bekannte dann schließlich, von Mittelkamp direkt gefragt, daß sie Reisesekretärin sei, auf Tonband Aufgenommenes, Diktiertes und auch Stenoprotokolle von Konferenzen und Verhandlungen dann zu Hause ins reine tippe; geregelt sei ihre Arbeit schon, regelmäßig nicht.

Claudia war ein nettes Mädchen, dem die Zweideutigkeiten der Mutter gar nicht zu liegen schienen; und sie fand es dann doch ziemlich stark und ungerecht, daß Hubert von Claudia einmal als von einer »Reisenutte« sprach. Früher hatte er auch ihre Schwester Monika mal eine Nutte genannt, zu einer Zeit, als an dieser Bezeichnung etwas dran gewesen war; Monika, die Wert darauf legte, Monka genannt zu werden, weil der Name so modisch geworden war, hatte aber nun wirklich ein neues Leben angefangen, eine Nutte war sie eigentlich nie gewesen, nur in einem Milieu vorübergehend tätig, wo dieser Verdacht als nicht ganz unberechtigt bezeichnet werden konnte. Monka arbeitete jetzt für eine, manchmal in einer Boutique, nähte, strickte, entwarf, lebte mit Karl zusammen, der noch studierte und sich auf jede mögliche Weise Geld verdiente. Karl sprach und dachte ziemlich frei über alles, aber nie, wie es bei Monika immer noch vorkam, frivol. Überhaupt: diese Art des Zusammenlebens, ohne verheiratet zu sein; Frau Hölster und die Mittelkamps – da kam sie sich so fremd vor und war doch selbst erst neunundzwanzig, und gerade die scheinbar oder vielleicht sogar wirklich wissenschaftliche Art, mit der da über Sexuelles gesprochen wurde, das war ihr manchmal widerwärtiger als Mittelkamps Grobheiten, der sie einmal ziemlich ungeniert, als seine Frau zur Arbeit und Bernhard in der Schule war, zu einem »Spielchen« aufgefordert hatte – das hatte sie Hubert nie erzählt, es hätte Mord und Totschlag gegeben. Wenn da über gewisse Vorgänge, die sie immer noch als Erfüllung bezeichnete, mit dem entsprechenden wissenschaftlichen Terminus gesprochen wurde – oder, als Hubert einmal gar darüber spekulierte, ob ihr Junge, ihr lieber kleiner Bernhard, möglicherweise schon Erektionen habe: ein fürchterliches Wort.

Es gab Tage, wo sie drauf und dran war, zu ihrer Mutter zu fahren, die endlich ihr Häuschen und ihren Garten in Hetzigrath gefunden hatte und von einem Schlesien träumte, das es nicht mehr gab, wenn es das je gegeben hatte: Das klang immer so, als hätte das Leben nur aus Äpfeln und Honig, aus Leinen und Katholizismus bestanden, aus Weihrauch und Mutter Gottes – keine Spannungen, keine Probleme; nie Krieg, nur Frieden –. Und schrecklich natürlich die Flucht, weg von den Äpfeln, Honig, Weihrauch und Mutter Gottes – und an der Flucht waren natürlich »die« schuld, kein anderer. Ein Märchen, und sie hätte dieses schlesische Märchen gern für eine Weile ertragen, wäre da nicht Bernhards Schule gewesen. Jetzt hatte er endlich mal diesen netten und energischen Lehrer Plotzkehler, den Karl vom Studium her kannte und der sich nett um den Jungen kümmerte; nein, sie konnte jetzt keinen Schulwechsel riskieren.

Mit Hubert war es immer schwerer zu ertragen, und es kam noch etwas hinzu, bei dem sie, auch wenn sie nur dran dachte, errötete, und sie konnte mit niemandem darüber sprechen, mit niemandem, auch mit Monika nicht, sie fürchtete, die würde darüber lachen. Beichten konnte sie es auch nicht, denn es war ja keine Schuld, und die Gerüchte über den Klerus bestärkten ihr Mißtrauen, da einen Rat zu bekommen. Vielleicht hätte sie mit Karl darüber sprechen können, der war aber ein Mann, wenn auch bestimmt diskret und verständnisvoll, hätte aber wohl nur so mit wissenschaftlichen Wörtern um sich geworfen. Erfüllung – nicht Pflichterfüllung – fehlte ihr; sie hatte ja nun mal ein Geschlecht, weiblich, schämte sich dessen nicht, freute sich seiner und hatte sich auch Huberts erfreut, er ihrer, wie sie wußte. Er war immer lieb gewesen, auf seine stille, ernste Art nett, nie grob, hatte sogar manchmal diesen tiefen Ernst verloren und war fast lustig gewesen; grob nie, vor der Heirat nicht und nachher, gern war sie von ihm erfüllt worden, hatte ihm Erfüllung gegeben, sehnte sich jetzt so danach, daß sie anfing, sich zu schämen. Sie ertappte sich dabei, daß sie in illustrierten Zeitungen entsprechende Spalten und Berichte suchte und las, schämte sich der Mittel, die sie anwandte, kam sich frivol vor, wenn sie sich vor ihm auszog, die Tür zum Bad offenließ, wenn Bernhard im Bett lag und sie duschte, mochte diese Tricks nicht und wandte sie doch an: leicht bekleidet und parfümiert, mit so etwas wie »herausforderndem Blick«, und er küßte sie ja manchmal auf die Schulter, vielleicht mal auf die Wange, nie auf den Mund oder die Brust, und fing dann manchmal an, an ihrer Schulter zu schluchzen, ließ sogar für eine Weile das Meckern und Murren, regte sich nicht mal auf, daß Bernhard den Topf mit Karbolineum für den Gartenzaun auf der Einfahrt umkippte.

Hubert wurde stiller, saß vor dem Fernseher, sah sich die blödesten Sachen an, stundenlang, blödes Zeug, »Prominentengegacker« hatte er das früher genannt – diese künstliche Witzigkeit, das »Affen- und Laffengeplänkel«. Sport – alles, alles sah er sich an, sah es, ohne es zu sehen. Manchmal, wenn sie in der Küche fertig war und sich zu ihm setzte, sah sie, daß er den Kopf in die Hände gestützt, das Gesicht mit den Händen bedeckt hatte und nicht einmal hinsah, wenn Dinge gesendet wurden, die ihn hätten interessieren müssen: Fahndungssendungen, Sicherheitsfragen, Fahndungspannen, Einsatzreportagen, Hubschrauber-MPs, Kollegen – vielleicht sogar er selbst mal auf dem Bildschirm, er sah nicht mal hin. Er ging auch nicht mehr zur Kirchenchorprobe, nicht mehr zum Stammtisch mit den Kollegen, und sie war drauf und dran, Kiernter, den Psychologen, anzurufen, oder Holzpuke, Lühler oder Zurmack, mit denen er ja nun immer zusammen war. Und doch war ihr diese stille Phase lieber als die erste, in der er so bösartig hatte werden können, richtig gemein.

Sie hatte Angst, nicht mehr vor ihm, um ihn. Da war etwas, das ihn bedrückte, und es gab nur eins, das es nicht sein konnte, niemals: eine Frau. Das nicht, bei ihm nicht. Es mußte am Dienst liegen, mit dem Dienst zusammenhängen, und sie erinnerte sich an das, was Zurmack beim letzten Stammtisch – das war wohl schon wieder vier Wochen her–, als er ziemlich betrunken war, ausgeplaudert hatte, bevor Hubert ihn stoppte: Wie er einmal mit dieser jungen Frau Bleibl – »Es ist seine vierte, so viele können wir uns gar nicht leisten« – zum Schuhkauf hatte gehen müssen–. »Man muß verstehen, sie hocken ja ziemlich einsam in ihren Riesenbüros, auch auf Reisen sind sie einsam, und die Sekretärinnen wissen es ja als einzige, wo es sie drückt, worunter sie leiden, und dann passiert es eben, und sie war ja auch wohl seine Sekretärin, und die nächste wird auch eine sein, man muß sie verstehen« – und wie sie da saß und sich vierzig, nein fünfzig, nein sechzig Paar Schuhe bringen und anprobieren ließ, zwischendurch rauchend und in einer Illustrierten blätternd, auch Kaffee bekam sie serviert, und Zurmack hatte jeden einzelnen Karton untersuchen müssen, bevor er geöffnet wurde; die Kartons kamen aus dem Keller oder aus

Lagern, zu denen zahlreiche Hinterhofeingänge führten. Wie leicht hätte da irgendeiner diesen Schuhkarton salzen können – so wie es mit der Torte für diesen Pliefger geschehen war. Obskure Zugänge und Eingänge gab es genug, wo die ohne weiteres hätten hineingehen und eins der Mädchen zwingen oder gar auswechseln können – und so mußte er also nicht nur den separaten Probierraum bewachen, auch noch jeden Karton öffnen und durchsuchen, und sah da »Schuhe, wie du sie nur aus dem Film kennst, so richtige Sex-Pumps und in allen Farben und Formen, und billig waren die auch nicht« – und erklärte, beschrieb genau, wie die Gesichter der Verkäuferinnen vor Wut blaß wurden, als die »Olle« nach stundenlangem Getue und Gestelze vor dem Spiegel – und »Goldschühchen und Lilaschühchen und Ohs und Ahs und Schühchen, die gar keine mehr waren –« – hinausging, ohne auch nur ein Paar zu kaufen; erzählte auch, wie er bei Moden-Greslitzer mit ihr war; das Getülle und Geflüster »und geile Gekicher in Kabinen« und Nadelstecken und Fältchenheben – »und so hübsch ist sie ja nun auch wieder nicht, und schön gar nicht« – und dann bekamen die Mädchen im Schuhgeschäft und bei Greslitzer auch noch Rüffel, weil sie nicht verkauft bzw. »der Ollen nichts angedreht« hatten. Da fing dann auch Lühler an, berichtete über seine Erfahrungen bei »gewissen Partys« und sprach von solchen, »die kommen dir fast oben ohne entgegen, wenn du deinen Dienst antrittst, aber wehe dir, wenn du dich auch nur andeutungsweise so verhältst, als wärst du ein normaler Mann, der ein Angebot zu schätzen weiß«, und fing gerade an, von einer zu erzählen, die er – ständig besoffen – in Bars bewachen mußte, hatte bewachen müssen – aber da griff dann Hubert ein und untersagte jedes weitere Gespräch über Dienstgeheimnisse. Mein Gott, so viel Phantasie hatte sie ja nun auch, sich vorzustellen, wie das sein mußte, wochenlang an Swimming-pools Dienst zu tun oder auf Partys, wo sie an den Türen stehen mußten, drinnen und draußen – und sahen zu, hörten zu, wurden nicht beachtet, als wären sie Laternen oder Wachsfiguren, mußten wachsam sein, durften keine Sekunde lang nachlassen, und da ging's doch sicher manchmal hoch her, mit Fressen, Saufen, Tanzen, Geknutsche und wohl Schlimmerem – und irgendwo da, da mußte die Ursache für Huberts verändertes Wesen liegen. Manche – auch Mutter, Monka und wohl auch Karl – hatten ihn immer ein bißchen zu ernst, zu streng gefunden, waren immer überrascht gewesen, wenn er plötzlich seine Liebenswürdigkeit zeigte, seinen Witz und seinen Charme; er hatte doch so hübsch mit Monka getanzt, nicht gerade geflirtet, aber doch ihr nett den Hof gemacht, und alle waren überrascht, daß er auch so sein konnte; böse nie, ärgerlich selten, nur wenn er unvermeidlicherweise mit seinen Eltern und seinem Bruder Heinz zusammentraf, die es nun nicht hatten überwinden können, daß er »nur Polizist« geworden war. Ja, der Vater war »Jurist«, wobei sich später herausstellte, daß er Amtmann in der Justizverwaltung war, der Bruder Dozent für Philosophie, und sie ließen's ihn spüren, da wurde er ärgerlich, machte dem Vater auf eine scharfe Art die Zusammenhänge zwischen Justiz und Polizei deutlich, dem Bruder die Verschwommenheit seiner Ansichten, und am schlimmsten war, wenn da irgendwo, irgendwann, ganz gleich in welchem Zusammenhang, das Wort »Bulle« auftauchte – da hatte mal einer Bernhard »Bullensprößling« genannt, und der Junge war weinend nach Hause gekommen, und da hatte mal einer der Gartenfestgäste der Mittelkamps an einem Sommerabend über den Zaun gerufen: »Kommt, tanzt mit uns, Bulle und Bulleuse« – da wurde er blaß vor Wut, hätte fast eine Schlägerei angefangen; empfindlich war er, sehr empfindlich – und konnte so nett sein, so liebenswürdig. Jetzt war er so still, traurig, müde, apathisch, starrte in die Glotze, nicht einmal Sport oder Polizeiliches interessierte ihn wirklich. Schimpfte nicht einmal mehr auf die, die das ja nun alles schuld waren, die das alles verursacht hatten. Weg war die Begeisterung, mit der er früher zur Kirche gegangen war – manchmal, wie es ihr erschienen war, ein bißchen demonstrativ; dieses feierliche, auch freudige

Beharren auf liturgischen Formen, die er als »sein Recht« bezeichnete; dieser Kirchenstolz, mit dem er manchen Spott ertrug, von Kollegen und Nachbarn, da waren Worte wie »Gebetsbuchschwenker« gefallen, und bei einem Stammtisch hatte ein Kollege gesagt: »Mein Gott, Hubert, so viel Einfluß haben die Pfaffen ja nun nicht mehr – warum also das Getue?« – Und er hatte so eifrig wie vergebens darzulegen versucht, daß das mit seiner Karriere nicht das geringste zu tun habe, ihm einfach »ein tiefes inneres Bedürfnis« sei. Das stimmte, darauf war's ihm nie angekommen, und ein Opportunist war er am allerwenigsten. Er war doch nicht aus Verlegenheit zur Polizei gegangen, hatte alle diese Schulungen und das harte Training auf sich genommen, weil er Ordnung schätzte, wollte und Ordnung schützen wollte. Er wollte ein Ordnungshüter sein, ernst, aber nie unbarmherzig, er hatte doch – sie wußte das – manchen auch laufenlassen, Ladendiebe und Ladendiebinnen, er hatte viel Ärger deswegen gehabt, und er erklärte ihr, daß diese Menschen doch eigentlich Verführte seien; er war nicht einmal sehr hart mit den Dirnen umgegangen, als er bei der Sipo war; nein, ernst war er, aber doch nicht hart, er war auch zu ihr nie hart gewesen, von dieser Anfangsphase seiner Veränderung abgesehen, wo er so viel gemeckert hatte.
Am besten wäre wohl doch, einmal Kiernter anzurufen, oder Holzpuke persönlich, vielleicht auch nur Zurmack, der ja älter war und nett. Dieses Aufpassen im Schuhgeschäft und im Modesalon ging ihr durch den Kopf, dieses Herumlungern am Swimming-pool, wo sie knapp bekleidet mit schicken Getränken in der Hand herumalberten – das war doch wohl wie im Kino, und es war ja nun unvermeidlich und war auch durchgesickert, daß sie manchmal, nun ja, manchmal auch mitgehen mußten, um in oder vor den Freudenhäusern herumzustehen. Warum auch nicht – sie war natürlich gegen diese Einrichtung, fand sie schlimm, und er hatte ihr in seiner Sipozeit natürlich keine Details, aber »Generelles« über die Zustände dort erzählt – aber wenn andere Männer hingingen, warum nicht auch die,

die sie bewachen mußten? Sie waren dann immer dabei, mußten sich totstellen und waren doch nicht tot. Bestimmt wurde da auch mit dem Geld geaast, Kaviar und Sekt und so was, und wenn einer da unter Hypothekenzinsen, Amortisationsnöten stöhnte, das neue Auto und den viel zu hohen Wucher-Kredit abzahlen mußte, da fing er doch vielleicht an zu rechnen und machte sich seine Gedanken. Gedanken hatte er sich immer gemacht, tiefe Gedanken, auch fromme. Dabei hatte er auch schon vor der Hochzeit auf Erfüllung bestanden, für sie, für sich, und hatte keinen Widerspruch darin gefunden, es hieß ja, wie er ihr sagte, »du sollst nicht begehren deines Nächsten Weib«, und er begehrte ja nicht seines Nächsten, sondern sein eigenes Weib; das – des Nächsten Weib begehren – fand er allerdings schlimm. Er war nun mal ein Grübler.
Zum Glück war er auch wieder netter zu Bernhard, strahlte nicht mehr diese niederschmetternde Verachtung aus, redete nicht mehr von diesem schrecklichen »graziös«, war nur traurig und still, strich dem Jungen manchmal in einer so traurigen Weise übers Haar, daß es ihr fast das Herz brach – das war fast wie eine Abschiedsgeste. Ob der Polizeipsychologe von all dem nichts ahnte? Vielleicht wäre es besser, sich aufs Land versetzen zu lassen, da gab's überschaubare Delikte, Trunkenheit am Steuer, Diebstähle, Verkehrsstauungen, Schlägereien, Überschreiten der Polizeistunde – nicht dieses Drohende, Ungewisse, das überall und jederzeit geschehen konnte und doch so selten geschah, so selten, daß es einen fast erleichterte, wenn sie mal einen erwischten, wie diesen Schubler, über den sie in der Zeitung gelesen hatte, bei dem hatte man ja dann tatsächlich zu Hause eine Pistole gefunden, mit der er die Fischer ohne weiteres hätte töten können, vom Nachbarhaus aus, wo er mit dieser offenbar ziemlich leichtfertigen Frau Ehebruch trieb. Der blieb ja nun verdächtig, wollte ihm keiner seine reine Liebe so recht glauben, ihr ihre Naivität schon eher. Es war peinlich für die Frau und doch ein Erfolgserlebnis nach monatelangem Warten. Kein Wort darüber von ihm, nicht eine Silbe. Auch

ihre schüchternen Versuche, etwas über die Affäre zu erfahren, hatte er auf seine ruhige Art abgewimmelt. Dabei wußte sie doch genau, daß er in Blorr bei den Fischers Dienst tat und Genaueres wissen mußte; dieser Schubler hatte sich bei den Vernehmungen dann doch verheddert, gab ja zu, daß er ein Linker, wenn nicht war, so doch einmal gewesen war.

Immerhin, auch wenn er nie darüber sprach, das wußte sie: daß er diese junge Frau und ihr Kind bewachte und begleitete, die Fischer-Tolmsche. Das war nun wirklich eine Schönheit, hatte so warmes honigfarbenes Haar wie ihre Mutter, die immer noch gut aussah, wenn sie auch schon ziemlich viel Silber im Haarknoten hatte, und – ja, daher mußte das Wort »graziös« kommen – eine Grazie, die niemals dünn wirkte; die war nicht bloß elegant, das war mehr, als Schneiderinnen ausrichten konnten, eine ruhige, körperliche Schönheit; die Gestalt, der Mund, die Augen, die Brauen; und sie hatte diese Beimischung von Unruhe, nicht ganz Nervosität, die sie wohl für Männer begehrenswert machte – sie errötete bei diesen Überlegungen, kam sich unnatürlich vor, weil sie als Frau hier Frauenschönheit als begehrenswert empfand, und zwar direkt, nicht indem sie sich in einen Mann versetzte. Das war eine Frau, die man lieben und in die man sich verlieben konnte; sie war ja nicht nur eine Schönheit, wirkte auch lieb. Man sah sie ja ziemlich häufig im Fernsehen, in den Illustrierten, sah sie beim Reiten, beim Spaziergang, sogar in der Kirche, wo sie mit ihrem süßen kleinen Mädchen vor der Mutter Gottes kniete. Ihren Mann, den Fischer vom »Bienenkorb«, sah man auch häufig genug, gewiß ein schöner Mann, sozusagen nichts an ihm auszusetzen, und doch zog er sie nicht an, wenn sie ihn oder seine Bilder sah: im Fernsehen bei großen Empfängen mit dem Glas Orangensaft in der Hand. Wieder wurde sie rot, hatte Angst, in den Spiegel zu sehen; jeder Vergleich mit der Fischer mußte ja niederschmetternd ausfallen. Sie konnte sich wohl blicken lassen, das nicht, kein Grund, sich wie ein Möwchen vorzukommen, kein Makel an ihr, nicht im Gesicht, nicht am Haar – dem fehlte nur ein gewisses Leuchten –, nicht an Brust und Beinen und in den Bewegungen, das wußte sie, spürte es auch an Männerblicken, und doch: die Fischer-Tolmsche, das war doch eine andere Kategorie, das nannte man wohl »Rasse«. Nur: Woher kam diese »Rasse«? Aus einer ziemlich ärmlichen Schulmeister- und einer fast noch ärmlicheren Gärtnerfamilie, das wußten die Illustrierten ja nun auch, wußten auch von dem »mißratenen« und dem anderen, dem »leicht übergeschnappten« Sohn, wobei ihr der mißratene Sohn nicht nur besser, sondern sehr gut gefiel. Und auch über Schwiegertöchter und Enkel erfuhr man alles. Vom Schlößchen in Tolmshoven, vom Bungalow in Blorr, alles. Es mochte schon sein, daß einem dann das eigene Reihenhäuschen mit einhundertzwanzig Quadratmetern Garten und einhundertzwei Quadratmetern Wohnfläche (einschließlich Flur) zu eng vorkam, die eigene Frau nicht mehr ganz so gepflegt; mochte schon sein, daß er sich in die verguckt hatte, war verständlich bei einer Frau mit dieser Ausstrahlung, und doch war's unmöglich, war undenkbar, daß er mit der »was hatte«. Wochen – vielleicht sogar monatelang – genau wußte sie es nicht – war er ja nun um die herumgewesen, täglich, und es gab immer wieder diese Gerüchte in den Klatschspalten, daß es mit ihr und dem Fischer nicht mehr so recht stimmte. Zuviel Reisen, zuviel Amouren auf den Reisen – man sah ihn ja auch auf den Fotos mit ziemlich vulgären Weibern beim Tanz und am Swimming-pool irgendwo in den Tropen. Und immer wieder hieß es, sie sei schon oder werde bald zu ihren Eltern zurückziehen, obwohl sie »Mutterfreuden, und das recht bald, entgegensieht«. Nun, angenehm war dieser Fischer nicht, auch wenn er immer so tat, immer lächelte – Karl sagte über diese Art von Lächeln, »die haben ein Messer im Gesicht, während der Haifisch nur Zähne im Gesicht hat« – Fischer würde für sie nie eine Versuchung darstellen, während dessen Frau für Hubert – das mußte es sein, und das konnte sie verstehen: Verguckt hatte er sich in die, verguckt vielleicht auch in den Luxus, in die Gerüche, Tuche, Stoffe, in die weiten Räume, und wenn sie jetzt — das Gerücht wurde als nicht bestätigt bezeichnet – zu ihren Eltern zog, ins Schlößchen, wo er, Hubert, jetzt schon seit Wochen Dienst tat. So war er ja wieder in ihrer Nähe. Die Fischer-Tolmsche mit einem Polizisten – das war wohl kaum vorstellbar. Merkwürdig, sie spürte keine Eifersucht, nur Angst, weil's, wenn's zutraf, so schwer für ihn sein mußte. Er war nicht leichtfertig genug, über eine solche Verliebtheit hinwegzukommen, es wäre ein Grund, Angst, immer mehr Angst um ihn zu haben. Vielleicht lag hier der Grund für seine Unfähigkeit – für die es ja auch so ein ekelhaft-wissenschaftliches Fremdwort gab –, ihr und sich Erfüllung zu verschaffen; und wenn sie schon spürte, wie das Ausbleiben dieser Erfüllung sie unruhig machte – was mußte das für ihn bedeuten, wenn er sie nun täglich wiedersah; dieses Schluchzen an ihrer Schulter.

Eifersucht wollte nicht kommen, Angst blieb, auch Mitleid und ein Wunsch, der sie sehr überraschte: daß sie, die Fischersche, ihn vielleicht doch erhören – wobei freilich das Unmögliche, daß er sich ihr erklären mußte, kaum vorstellbar war –, ihm Erfüllung schenken möge. Der Gedanke war wohl doppelt abwegig, weil sie, seine Frau, ihm Erfüllung von einer anderen wünschte – und diese andere eben eine Prinzessin war – und es kam eine dritte Überlegung, bei der sie wieder errötete: wenn, dann wo, wie – er war doch immer im Dienst, auch jetzt im Schlößchen ... War sie pervers? War sie mitten drin im Porno, ohne es bemerkt zu haben?

Schließlich fuhr sie doch zu Monka, es fiel ihr niemand sonst ein, mit dem sie hätte sprechen können. Immerhin, wenn sie sie auch auslachen würde, Monka würde den Mund halten, nicht einmal Karl etwas weitererzählen. Sie war ja auch, bis Karl auftauchte, Monkas Vertraute gewesen, die hatte ihr alles erzählt, auch Intimes, manches, bei dem sie errötete, was zum Glück im dunklen Schlafzimmer Monka nicht sehen konnte.

Auch sie hatte nichts weitererzählt, auch Hubert nicht; wenn es ihr auch oft zur Last geworden war, was Monka da erzählte, von Lesbierinnen in der Lehre, Schwulen auf der Schule, Jungengeschichten, Männergeschichten, Monka war ja, wie sie selbst es nannte, in die erste Pornowelle »voll eingestiegen«, war sogar »zeitweise ziemlich tief gesunken«, bis Karl sie herausholte, energisch und mit Argumenten, die Monka als »links« bezeichnete, »während mir die konservativen Argumente anderer Herausholer nie eingeleuchtet haben«. Monka war – das hatte sie selbst so ausgedrückt – »ziemlich nah am Strip« gewesen, das war aber schon wieder eine Weile her, vier oder fünf Jahre, als Karl sie beim Schopf faßte, sie war eine vernünftige junge Frau geworden, ein bißchen flott und schnoddrig, »wenn's nur nie unsere schlesische Nachtigall, unser Mütterchen, erfährt, was ich hinter mir habe«; siebenundzwanzig war sie jetzt, entwarf und nähte schicke Blusen und Hemden und Höschen, Nachthemden, Röcke, rauchte ein bißchen viel, trank wohl auch mehr, als gut war, und sah manchmal über ihre Jahre gealtert aus, so wie drei- oder gar fünfunddreißig. Sie liebte ihren Karl, der wirkte ein bißchen mickrig, war's aber nicht, entpuppte sich als guter Sportler, Langstreckenläufer, dieser winzige Kerl mit Brille und Hühnerbrust, der manchmal aussah – so nannte Hubert es –, »als hätte er Tinte getrunken«. Im Anfang war's schwer, fast unmöglich mit den beiden gewesen. Hubert mochte nun mal »linkes Gerede« nicht, »mein Gott, ihr seht doch, wohin das führt«, sträubte sich gegen die allzu komplizierten Argumente, mit denen Karl ihm klarzumachen versuchte, »wohin das andere führt«. Schließlich spielten sie dann doch Federball miteinander, radelten gemeinsam los, abwechselnd Bernhard auf dem Packsitz, stritten sich kaum noch, wenn da auch etwas »Knuffiges« blieb, wenn Hubert Karl einen »linken Spinner« und Karl Hubert einen »Mitte-Spinner« nannte. Schließlich, beim Diskutieren über eine Person, fanden sie sich über Argumenten, die sie sehr gefürchtet hatte: diesen jungen Tolm, den die Zeitun-

gen »Autoanzünder« nannten; Karl hatte ihn offenbar früher gekannt, gab zu, daß er selbst »sehr nah am Autoanzünden gewesen war, aber viel jünger als der und noch zu bange«. Er erklärte Hubert, daß dieser Tolm doch bewußt Privilegien abgelegt habe, im Gefängnis gewesen, jedenfalls eins ganz sicher nie gewesen sei: ein Opportunist, und schließlich fiel bei all diesen Gesprächen nie das Wort »Bulle«, und einmal sagte ihr Hubert, er sei sicher, daß Karl dieses Wort nicht einmal denke; im Gegenteil, er sei ja auch für Ordnung, sogar für Polizei, und immerhin hatte er Monka »aus dem Sumpf gerettet«; Karl fand es schon richtig, daß Personen geschützt wurden, aber Banken: nie. »Willst du dich denn eventuell umlegen lassen wegen der Piepen, nur wegen der Piepen, für diese nackten, einsam daliegenden Piepen dein Leben riskieren?«
In gewisser Weise glichen sich die beiden sogar. Nicht äußerlich. Hubert war doch ein großer Blonder, ernst und stolz, Karl ein mickriger Schwarzer, Dunkler mit schon stark gelichtetem Haar, und wenn sie's genau überlegte, Hubert würde sie, selbst wenn sie alles Persönliche und die Tatsache, daß er ihr Mann war, abzog, die Sache sozusagen von außen objektiv betrachtete, sie würde Hubert doch nie gegen diesen Fischer tauschen, nie; das war doch ganz offensichtlich ein kalter, rücksichtsloser Schwätzer, und sie konnte schon verstehen, daß es in dieser Ehe kriselte – und wenn sie annahm, daß Hubert sich wirklich in die Fischer verguckt hatte, dann wußte sie sogar – so schmerzlich es war –, warum es in ihrer eigenen Ehe kriselte. Karl war ein sehr, sehr netter Kerl, mit dem man auch mal tanzen konnte, ohne das Gruseln zu kriegen, wie bei Mittelkamp und dem ollen Hölster. Monka bekam das nie, das Gruseln, auch nicht bei Mittelkamp und dem ollen Hölster, die ließ gar nichts zu, was sie hätte zum Gruseln bringen können, wenn sie überhaupt noch gruselfähig war; notfalls – jedenfalls hatte sie das zweimal erlebt, einmal bei Hölster und später bei einem Atelier-Fest in Monkas Wohnung – haute sie jemand eine runter, »damit er mir wieder nüchtern wird«. Monka war wohl viel gewohnt und

hatte so ihre Erfahrungen, und Karl lachte dann und rief: »Immer drauf, Mädchen, immerzu drauf auf diese Fummel-Spießer.«
Monka würde dichthalten, auch Karl gegenüber, der wahrscheinlich nicht einmal neugierig auf so was war. Bernhard freute sich immer, wenn es zu Monka ging: Da gab's Kuchen und Kakao, auch Limonade, standen Schneiderpuppen, lagen Scheren, Stoffe, Nadeln und Fäden herum, war alles nicht »so schrecklich ordentlich«, da waren im Nebenzimmer Karls Modelle, und er bekam auch immer was geschenkt: Geld oder ein Kinobillet, eine Einladung in den Zoo, nur eins hatte er abgelehnt: daß Monka ihm den Kommunionsanzug schneiderte. Sie hatte ihm etwas ganz besonders Schickes versprochen. »Wenn du willst, 'nen Minifrack oder Minicowboy – glaub mir, das würde dem Jesuskind mehr Spaß machen als die steifen blauen Anzüge«, aber Bernhard bestand auf blauem Anzug, wollte aussehen wie die anderen, und den wollte Monka, nun doch ein bißchen gekränkt, nicht machen.

Monka freute sich so offensichtlich, als sie kam, daß schon das ein Trost, ein sehr großer, war, und es bedurfte nur eines Augenzwinkerns, da hatte Karl schon begriffen, daß er sich Bernhards annehmen mußte: Kakao machen, drüben beim Kiosk Eis holen, auch Heftchen, und in seinem Arbeitszimmer gab's genug zu sehen, vielleicht sogar zu tun für Bernhard: Zeichnungen und Modelle von Häusern, Stadtvierteln, Pläne, Holz, Kleister, Gips, Farben, Spachtel und ein Riesentisch, auf dem Karl Modelle für Architekturbüros herstellte; da kam vielleicht sogar etwas für die Schule Nützliches heraus: ein bißchen Mitrechnen beim Finden von Proportionen, Errechnen von Maßstäben. Jedenfalls war man Bernhard eine Weile los, und sie konnte Monka beim Kaffee und Kuchen erzählen: stockend, auch stotternd, fand nicht die Worte, schämte sich, von Erfüllung zu sprechen, umschrieb es und sagte: »Du weißt schon, was ich meine«, und Monka nickte, rauchte, arbeitete

sogar weiter, als sie den Kuchen gegessen hatte. Monka sagte immer, wenn sie etwas nicht aussprach oder ansprach: »Ich kann's mir denken«, lachte nicht ein einziges Mal, mußte auch offenbar nicht einmal ein Lachen unterdrücken, erlaubte sich nur eine einzige Gegenfrage: »Wie lange schon?« und schien erleichtert, zu erfahren, daß es nur fünf Monate waren. Nickte, schüttelte den Kopf, lachte nicht und zum Schluß: »Mein Gott, Mädchen, Schwesterchen – du lebst ja wohl in einem sexuellen Schlesien – ich meine natürlich nicht, daß die Schlesier nicht auch alle sexuelle Probleme der Menschheit gehabt haben – aber du weißt schon, wie ich's meine: ein sexueller Traum, der mich an Mutters Traum-Schlesien erinnert.« Blieb sehr ernst, schüttelte den Kopf und sagte: »Aber sprich doch mal mit Hubert drüber.«
»Das kann ich doch nicht – kann doch nicht sagen ...«
»Was nicht sagen? Du kannst ihn doch zum Beispiel fragen, ob du ihm denn nun nach neunjähriger Ehe schon gar nicht mehr gefällst – laß nur die Illustriertentricks – das paßt nicht zu dir, nicht zu ihm, das ist doch nichts für euch, es tut mir weh, wenn ich nur dran denke ... ach, Helga, laß das – das würde nicht mal mehr zu mir passen, früher vielleicht mal – laß das. Ihr seid so liebe, ernste Menschen – nein, das tut mir weh.«
»Tut dir weh?«
»Ja, sehr – was denkst du dir denn? Glaubst du, daß ich so kaltschnäuzig bin, wie ich immer tue und tun muß? Verflucht, in welchen schlesischen Idyllen lebt ihr denn? Was denkst du, was in so einem Laden hier manchmal los ist, mit Lesben und Wespen, mit hart daherkommenden Textilfritzen, die dir ohne zu fragen an die Klamotten gehen, weil sie sich oder dich für forsch halten. Da mußt du hart sein und auch mal zuschlagen, und wenn's sehr hart wird und ich allein nicht mehr fertig werde, dann wundern sie sich, wenn Karl, den sie herablassend ›das Karlchen‹ nennen, plötzlich mal kurz herauskommt und weiß, wohin er zu schlagen hat. Die sind doch alle durchgedreht, die Welle rollt, und sie rollen mit – vielleicht ist dein

armer Hubert auch überrollt oder mindestens von ihr erfaßt – sagen wir meinetwegen: naß geworden, und es hilft nichts, wenn du so tust, als wärst du auf dieser Welle – mit deinen rührenden Tricks – laß das, bitte. Ach, den Hubert hat's erwischt, aber wie und wer – glaubst du wirklich, daß es die Fischer ist ... ich kann's mir nicht denken ...«

»Wer sonst? Er kommt doch sonst gar nicht mit Frauen zusammen, und da war er den ganzen Sommer über ...«

»Und die ist auch gerade von ihrem Freier weggegangen – ich glaub's nicht, kann's mir nicht denken, obwohl ich mir denken kann, daß ein Mann – kann ich schon verstehen – aber sie ist eine stille, eher schüchterne Person, die, glaube ich, gar nicht so scharf ist auf die Kreise, zu denen sie nun mal gehört ...«

»Du kennst sie?«

»Ich lese alles über sie, kenn' sie auch, ihre Mutter kauft schon mal was, bestellt schon mal was, für ihre Enkelkinder, für sich, die Tochter, die Schwiegertochter, und für die Fischer habe ich mal Strandkleider gemacht – nun: Sie ist eine Göttin, wenn du sie mit nicht viel an siehst – aber die nicht, das ist eine sehr ernste junge Frau, lieb, aber ernst, mag keine Fisimatenten, keine Kinkerlitzchen – bestimmt nicht – obwohl ...«

»Was?«

»Nun, ich denke an ihren Mann – glaub mir, es gibt kaum was Schlimmeres, als diese öffentlich zur Schönheit und Männlichkeit verpflichteten Männer – diese Strahler, wenn die lachen, das ist schlimmer, als wenn andere zwischen Zähnen Nüsse knacken – dieses knirschende Lachen, ich kenn' das, aus der Zeit, wo ich noch im ›Kolibri‹ war. Die fallen dir dann auch rasch an die Brust und heulen los. Natürlich gibt's da auch wirklich charmante drunter, den jungen Zummerling zum Beispiel, richtig nett, und wenn der lachte, bekamst du keine Angst, sondern mußtest mitlachen – ein leichtsinniger Hund, der nur den Ehrgeiz hat, sich zu amüsieren, und es auch tut – die gibt's auch –, aber die öffentlichen Lächler, die, wie Karl sagt, mit dem Messer im Gesicht – deren Frauen drehen manchmal durch, ich hab's erlebt, will hier nichts erzählen, war ja auch Berufsgeheimnis, wie bei der Polizei, Dienstgeheimnis – nee, aber glaub mir, deren Frauen drehen manchmal durch ...«

»Kennst du ihn auch, den Fischer, meine ich?«

»Nee, nur aus der Illustrierten und vom Fernsehen – und wenn du erst wüßtest, was der für Löhne zahlt in orientalischen, aber auch in sozialistischen Gefilden: Glaub mir, im ›Bienenkorb‹ wird ganz schön gestochen – der reist durch die Weltgeschichte, lächelt neben vollbusigen Weibern auf allen Längen- und Breitengraden – und da muß dein Hubert auf Frau und Töchterchen achtgeben, im Sommer, am Swimming-pool, o Gott, mir wird ganz bang, wenn ich mir vorstelle, ich wäre ein Mann und sähe sie da mit weniger an, als sie bei mir angehabt hat. Vielleicht war's gar nicht Hubert, sondern sie, wo ihr Typ doch die halbe Zeit durch die Weltgeschichte fliegt und Niedriglohnländer sucht, und dann mit Thai- und Hai- und Phaimädchen – ach, Helga, ich fürchte, das ist 'ne schlimme, ganz bestimmt 'ne ernste Sache – da helfen keine Polizeipsychologen ... da hilft nur eins: abwarten und beten.«

»Was? Liebe Monka, mach dich nicht lustig!«

»Ich mach' mich gar nicht lustig. Ich meine beten – was glaubst du, wie oft mir das geholfen hat.«

»Du? Etwa wegen Karl?«

»Auch wegen Karl, oder meinst du vielleicht, der wäre unanfechtbar? Ist er nicht, treu ist er, aber nicht unanfechtbar – der hat, was er einen ›ausgesprochenen Schönheitssinn‹ nennt, ein wahrer Ästhet, der Bruder, läßt sich hinreißen, ich sag' ja: treu, aber nicht unanfechtbar – aber auch sonst bete ich manchmal zu ihr, der Himmelskönigin. Ich habe doch ein sündiges Leben hinter mir, ach, alles habe ich ja auch dir nicht erzählt, und alles weiß auch Karl nicht – und manchmal überkommt's mich, dann muß ich weinen und beten. Nun glaub nur nicht, daß ich Karls wegen schrecklich leide. Er ist nett, ich liebe ihn, ich mag ihn, ich will bei ihm und er will bei mir bleiben – aber sonst: Ich

hab's schon nötig. Mit dem Jesus kann ich nicht so recht, bin nie mit ihm zurechtgekommen, auch früher nicht, bin einfach nicht dahintergekommen – aber sie, sie hilft, vielleicht hilft sie auch dir – aber bitte, bitte, Helga, keine Tricks mehr, vernutte dich nicht – das ertrag' ich nicht – ich versteh's ja, aber laß das jetzt. Ich meine, paß auf, daß du immer sauber und gepflegt bist, nicht verkommst und so – aber das tust du ja sowieso. Mit der alten Tolm, ihrer Mutter, könnte ich schon reden, die käme, wenn ich sie anriefe ...«
»Um Gottes willen, das sind doch nur Vermutungen – und wir würden vielleicht noch Schlimmeres anrichten – versprich mir: kein Wort zu irgend jemand. Kein Wort. Versprich es.«
»Ich verspreche es, und du weißt, daß ich's halte – aber gesprochen werden muß in dieser Sache – Hubert mit dir, du mit Hubert, du mit der Fischer, die Fischer mit dir – übrigens ist die schwanger, kannst du überall lesen ...«
»Und geht von ihrem Mann weg, wenn sie schwanger ist?«
»Das gibt's doch – es gibt doch so Schwangerschaftskrisen – hab' ich jedenfalls gelesen. Da steht auch, im sechsten Monat ... du meinst doch nicht ...?«
»Ich kann's nicht glauben ... kann nicht ... glaub's auch nicht – und doch: Was soll's denn sein – soll ich ihm so zuwider geworden sein? Nein, das bin ich nicht – ich spüre das – bitte, sprich nicht, mit niemandem, bitte.«
»Ist doch versprochen. Wo ist er denn jetzt, immer noch bei ihr?«
»Nein, ich glaube, er ist jetzt im Schlößchen.«
»Wo sie auch ist – ist ja zu Mütterchen und Väterchen gezogen; er ist mal wieder auf der Suche nach neuen Billiglohnländern – der ›Bienenkorb‹ beklaut mich auch ganz schön, mußt du wissen, und vielleicht näht jetzt irgendwo eine Chinesin Hemden, die ich entworfen habe – kann schon sein –, ich hab's im Radio gehört, daß er weg ist ...«
Da blieb nicht mehr viel zu sagen, blieb ihr fast der Atem weg, wenn sie nur an die Möglichkeit dachte, nicht, weil es hätte so

sein können, nicht, weil er sich sozusagen an ihr und an der Fischer vergangen haben könnte – nein, die Folgen und daß das Unwahrscheinliche an Wahrscheinlichkeit gewonnen hatte: im sechsten Monat, das war genau fünf Monate her. Hubert mit der Tolm-Fischer, Schwangerschaft – dagegen sollte und konnte wohl auch die Mutter Gottes nicht mehr helfen.
Da halfen weder Mutter Gottes noch Porno-Welle, nicht Sex-Befreiung, Staat oder Kirche: Wer's ernst nahm, der war verloren, und nun hieß es: abwarten, vielleicht doch mit ihm sprechen, ihn ansprechen, fragen, ihn erlösen, ihm übers Haar streichen und mal wieder tief in die Augen schauen, nicht hart werden, nur fragend und vielleicht ein bißchen traurig ...
»Meinst du«, fragte sie Monka, »du könntest herauskriegen, wo er – ich meine dieser Fischer – vor fünf Monaten war – ich meine, wenn die wirklich im sechsten ist ...«
»Helga – das kann ich rauskriegen. Ich wundere mich, wie schlau du bist ...«
Nun mußte sie doch weinen, als sie Monkas Hand nahm und sich bedankte, es hatte ihr gutgetan, dieses herzlich-schnippische Gespräch und die scheinbare Leichtigkeit. Dankbar war sie, weil da kein Lachen aufgekommen und keins unterdrückt worden war, und wieso eigentlich verzweifeln: Weinen war eine gute Sache. Dann hatte er eben doch etwas mit ihr gehabt, und sie bekam ein Kind von ihm, wenn die Vermutungen zutrafen, wenn es so war, so war das Kind gewiß kein Unglück, nur – für ihn war's schlimm, weil's ja im Dienst passiert sein mußte. Gewiß hatte bisher noch niemand etwas gemerkt. Niemand wußte was, es gab Vermutungen. Mehr nicht. Hubert war also nicht krank – oder wie das Fremdwort dafür hieß –, war verwirrt, verwirrt – da blieb nur: die Tränen zu trocknen, den Jungen bei der Hand zu nehmen und mit dem Bus nach Hause zu fahren.
Im Bus dachte sie an die Frau. Auch für sie mußte es schwer sein, so ernst und still, wie sie angeblich war, hatte ein Kind von dem anderen, das kleine Mädchen, das so süß aussah im Reiter-

dreß. Leicht war's gewiß nicht, leichtfertig war sie gewiß nicht. Sie hatten sich nur mal vergessen und waren nicht wieder davon losgekommen, tiefer gesunken, als sie gedacht hatten, und kamen nicht mehr heraus aus dieser Sache, die überall als so nebensächlich, so flüchtig hingestellt wurde – (»ach, Gott, nur mal eben – Sie wissen schon«)–, und da waren nun sechs Menschen getroffen, verstrickt, und ein siebter unterwegs, ein Mensch, wohl im sechsten Monat …

V

Gebeichtet hatte er es schon, anfangs gleich, war samstags zu irgendeiner Vorstadtkirche gefahren und hatte tatsächlich jemanden im Beichtstuhl angetroffen: einen Jüngeren, der nach Lavendelseife roch und wie getroffen hochfuhr, als er ohne viel Vorsprüche gleich auf den Ernst der Sache kam: die Sache, die er als Sünde empfand, Treuebruch, Ehebruch, und er war erleichtert, als der Priester das ernst zu nehmen schien. Das lag wohl an seiner eigenen Beichtstimme, die keine Leichtfertigkeit zuließ: Er mußte die Umstände schildern, schilderte sie, sprach über Helga und Sabine, wie ernst es für beide sei oder sein werde. Wunderte sich später, daß Fischer ihm gar nicht in den Sinn kam. Der Rat war eindeutig: um Versetzung bitten, sofort. Ja, er bereute, wußte auch, als er dort kniete, später saß, daß er nicht um Versetzung bitten würde. Das war lange, bevor sich herausstellte, daß Sabine schwanger war, zu einer Zeit, da er sich noch »extremer Lieblosigkeit gegen seine Frau und den Jungen« anklagen mußte. Er hatte keine Erklärung dafür, daß er gegen Helga und den Jungen milder geworden war, als er erfuhr, daß Sabine das Kind erwartete. Immer wieder, wenn er mal samstags eine Stunde oder zwei freimachen konnte, fuhr er zu der Kirche, ging auch hinein, aber nicht mehr in den Beichtstuhl. Die Kirche gefiel ihm nicht, er fand sie nicht schön: ein mit kümmerlichem Material zusammengehauener

Nachkriegsbau, fast schäbig, schon angeschlagen nach fünfundzwanzig Jahren – trist, das ewige Licht kaum wahrzunehmen, und wenn er es gut traf, vor dem Muttergottesbild eine, wenn's hochkam zwei brennende Kerzen; keine Spur mehr von jenem Beichtbetrieb, den es noch gegeben hatte, als er fünfzehn, sechzehn war: Schlangen vor den Beichtstühlen, Weihrauchgeruch von der vorhergegangenen Andacht, die merkwürdige Süße der fast wahrnehmbaren Reue, wenn sie da in den Bänken knieten und ihre Bußen abbeteten; Betrieb. Jetzt, zwölf, dreizehn Jahre später, nichts, sah er manchmal – eine einzelne Frau, oder eine kleine Gruppe von Kindern, denen man anmerkte, daß sie zum Beichten gezwungen waren, kicherten. Und doch hing er an dieser Kirche mit ihrem kümmerlich aufpolierten heiligen Josef, der in einer Nische stand und der Schutzpatron zu sein schien, hing an dieser schäbigen Kirche, immerhin hatte er hier einen Priester gefunden, der den Ernst noch wahrnahm – Monka hatte ihm merkwürdige Beichterlebnisse erzählt über Priester, die das Wort Sünde nicht mehr hören wollten, Bernhards Beichtvorbereitungen bedrückten ihn; Helga schwieg. Es tat ihm weh, an sie zu denken, schmerzte so sehr wie der Gedanke an Sabine, die ihm zugeflüstert hatte, daß sie nie mehr einen Beichtstuhl betreten werde, nie mehr ...

Ringsum Chaos, Auflösung – und er selbst steckte mitten drin, und nicht durch irgendeines anderen Schuld, höchstens – und das war ein gefährlicher Gedanke, den Sabine kühn an- und ausgesprochen hatte – höchstens »deren« Schuld. Ihr: »Das verdanken wir denen« ging ihm nicht aus dem Kopf. Eins war sicher, er mußte mit Helga sprechen, ihr alles sagen, mußte es auch Sabines wegen, die ja durch sein Schweigen ebenfalls gebunden war. Sie mußte ja auch mit jemandem sprechen, mit ihrem Mann, ihren Eltern.

Die Kneipe der Kirche gegenüber schien nicht recht zu laufen: In den fünf Monaten hatte sie schon das dritte Mal den Pächter gewechselt – da hockten ein paar Rentner, ein paar Gastarbeiter, die Buletten und kalten Koteletts in der Glasvitrine sahen uralt aus; das Bier war aber gut, und immerhin war's eine Kneipe, in der nicht dauernd Musik auf einen herunterrieselte, der Musikautomat war kaputt, Jugendliche hatte er noch nie hier gesehen, und der Wirt war auf eine mürrische Weise und so ostentativ gelangweilt, daß er machnmal beim zweiten Bier schon ins Dösen geriet.

Versetzung hätte er damals leicht erreichen können: Nerven, Übermüdung, das allzusehr Vertrautwerden mit dem Milieu; Kiernter hätte seine Versetzung sofort befürwortet, und es wäre möglich gewesen, das ganze Team zu versetzen, sie auseinanderreißen nicht, sie waren gut aufeinander eingespielt, auch »milieutrainiert«, waren schon bei Bleibls gewesen, auf Partys und großen Empfängen; er hätte sogar aus diesem Dienst ausscheiden, um Versetzung in eine andere Stadt bitten können. Man hatte schon Verständnis für Krisen, Überreizungen, sogar Aversionen, da wurde offen darüber gesprochen; zu Bleibls würde man sie sowieso nicht mehr schicken, seit Zurmack gesagt hatte: »Nie mehr dorthin, nie mehr mit der – lieber sitze ich in irgendeinem Kaff und kümmere mich um Halteverbote und Geschwindigkeitsüberschreitungen«; Kiernter nannte das »eine gewisse Laszivität, die Ihnen Schwierigkeiten« bereitet. Schließlich ging's ja nicht um Zigaretten, es ging um Menschenleben, um nervliche Stabilität; da wurde auch Heikles besprochen, packte man mitten in den heißen Brei, sprach Lühler immer wieder »von diesen Edelnutten, die einen reizen, an die man nicht heran darf«. Ja, das war einmal vorgekommen, auf einer Party im lampionerleuchteten Park eines ziemlich hohen Tiers, wo man ohnehin nervös wurde, weil nichts so recht überschaubar war. Als gegen drei die Sitten lockerer wurden – und man vor ihren Augen das hohe Tier total besoffen regelrecht ins Auto schleppen mußte, da war Lühler dieser einen zum Opfer gefallen, von der man wußte, daß sie auch privat zu manchem Strip bereit war, Lühler hatte, »weil sie es mir regelrecht hinhielt, mal zugegriffen«, hatte was auf die Finger bekommen und war auch noch als »Bulle« beschimpft

worden. »Befreien Sie mich von diesem zudringlichen Bullen! Sofort!« Verflucht, da waren sie natürlich alle auf Lühlers Seite, hatten den Fall diskutiert und mögliche Fälle ähnlicher Art, die für Kiernter und Holzpuke in die Kategorie »potentielle Verstrickung« fielen. Einmal war's passiert, und hätte man Lühler strafversetzt oder gar bestraft, dann hätten sie alle die Klamotten hingeschmissen; so schickte man ihn eben nie mehr auf Partys, wo hohe Tiere total besoffen wie nasse Säcke zu ihren Autos geschleppt werden mußten und manche Weiber hysterisch wurden; und natürlich würde man Zurmack nie mehr als Begleiter beim Schuhkauf verwenden.
Kiernter bat um Verständnis »auch für die andere Seite«: »Sie müssen sich klarmachen, daß unter dieser scharfen Bewachung für diese Menschen ja nun wirklich auch alles Private getötet wird – die müssen ja schon mal durchdrehen, wir dürfen's nicht.« Gegen solche Zumutungen war er gefeit, machte sich nichts aus Frauen, die sich anboten, er fand sie schlimmer als Nutten, die ja immerhin einem, wenn auch möglicherweise zweifelhaften Beruf nachgingen. Kiernter sprach dann von »fließenden Übergängen zwischen Promiskuität und Prostitution«. Nur das eine hielt wohl keiner für wahrscheinlich: daß es ernst werden könnte; ernst, daß eine nicht um Hilfe schrie, nicht Bullenschimpfe betrieb, nicht auf die Finger klopfte und doch keine Nutte war; eine, für die es so ernst war, daß sie »denen« – den tausendmal Verfluchten – auch noch fast dankbar zu sein schien für dieses Glück. Und bekam ein Kind, dachte nicht an Pille oder Abtreibung. Das passierte eben zwischen Männern und Frauen, passierte Millionären mit Verkäuferinnen und Sekretärinnen und Millionärsfrauen mit Polizisten, offenbar.
Und er ließ sich nicht versetzen, sprach mit niemandem darüber, auch nicht mit Kiernter, der gewiß eine Art Beichtgeheimnis gewahrt und andere Gründe als die wahren für die Versetzung angeführt hätte. Mit einer Nostalgie, von der er wußte, daß sie auf Selbsttäuschung beruhte, dachte er an einen

Polizeiposten auf dem Land: Kirmesschlägereien, Trunkenheit am Steuer, kleine Diebstähle, aber eben auch, wie er wußte, mit Hasch und Heroin und diesem hoffnungslosen Herumstochern und Schnüffeln in ganzen Pulks von Fahrschülern, die gelangweilt in Wartesälen und Cafés herumhockten. Chaos, Auflösung, und er wollte nicht hineingeraten und war doch mitten drin, wollte niemanden unglücklich machen: nicht Helga, nicht den Jungen, war froh, daß Sabine gar nicht unglücklich zu sein schien, nur, wie er, in Gedanken an Helga und Bernhard. Und das Kind, das sie hatte, und das Kind, das sie erwartete, und ihr Mann? Immerhin war sie mit ihm verheiratet, und manchmal wurden die Hochzeitsbilder ja noch einmal publiziert, war ja noch nicht so lange her: diese verflucht teure »Einfachheit«, mit der beide gekleidet waren, strahlend, und auf eben diese verfluchte teure Weise »schlicht«. Er bat nicht um Versetzung, ging auch nicht mehr in den Beichtstuhl, grübelte nur in dieser schäbigen Kirche, in dieser miesen Kneipe gegenüber manchmal über den Verfall der Samstagnachmittage, dachte an den Ernst des Priesters und den einzig richtigen Rat: Versetzung. Und immer wieder fiel ihm Sabines »Das verdanken wir denen« ein, auch dieser Bewerloh, mit dem sie so fleißig getanzt hatte. Eifersucht? Ja, Eifersucht, und wiederum nicht auf Fischer. Er konnte dem Rat nicht folgen, wollte nicht weg von ihr, wollte auch nicht weg von Helga und Bernhard und wußte doch: zu dritt, zu sechst oder sieben – das würde nicht gehen, würde es nie geben.

Und nun stand er im Schlößchen, ging ums Schlößchen herum, konnte ihr nicht schreiben, sie nicht anrufen, dachte nur immer: Kommt sie denn nie ihre Eltern besuchen? Sie kam selten, und er versuchte sich vorzustellen, worüber sie mit ihren Eltern sprach: über das Kind, das sie erwartete; sein Kind. Das »mein« wollte ihm nicht recht in den Kopf; er hatte das auch, als Helga Bernhard erwartete, nicht so empfunden: mein, dein, sein – das fing erst an, als Bernhard geboren war: Das war sein Kind ...

Er durfte nicht daran denken, was passieren würde, wenn es

»herauskam«, bevor er es Helga erzählte; mochte man es auch als Skandal bezeichnen, daß da ein Polizist mit einer von ihm Bewachten – so skandalös war's ja nun auch nicht, wenn ein Mann mit einer Frau – und beide verheiratet. Das würde die Welt überstehen, hatte schon viel dieser Art überstanden, da war Vergänglichkeit über Vergänglichkeit gehäuft worden, Gräber und Gräser, es kam ihm nicht der Gedanke, daß Sabine nun »ruiniert« war, das war sie nicht. Er mußte nur daran denken, was »die« alles anrichteten, wieviel tausend Winzigkeiten sie in Bewegung setzten, wieviel fein verfädelte Verstrikkungen: von Zurmacks Schuhkartons und dem blanken Haß der Verkäuferinnen auf diese Frau, von Lühlers Edelnutte bis zu Sabine, und diese verfluchte Geschichte von Sabines Nachbarin mit ihrem Liebhaber, die nun wirklich beide ruiniert zu sein schienen und, wie es der Öffentlichkeit dargestellt wurde, »nicht ohne Grund« – nein, da schrieb man nicht »mit Grund«, schrieb »nicht ohne Grund«, denn man hatte ja nun bei diesem Schubler wirklich eine Pistole gefunden und obskures Schrifttum, wenn auch keinen, nicht den geringsten Hinweis auf Verbindungen oder gar Pläne; das »Schrifttum« war ziemlich alt, so an die neun Jahre, die Pistole naiv: uralter Trommelrevolver, wie ihn Kinder als romantisches Requisit in ihrem Kram verstecken, allerdings mit Munition.

Und es quälte, es beschäftigte ihn, wurmte in ihm herum, daß er die Affäre Breuer-Schubler ekelhaft fand, irgendwie gemein und vulgär – während er das, was er mit Sabine getrieben hatte, auf einer edleren Ebene sah; es war »etwas anderes« – und unterschied sich doch in nichts. Während er da in der öden Kneipe hockte, in der noch öderen Kirche, versuchte er, dieses »es ist doch nicht dasselbe« auszumerzen, wo er doch eindeutig keinen Deut besser war, sich aber immer noch besser fühlte. Früher, als er vorübergehend bei der Sitte war, hatte er es doch ekelhaft und abstoßend gefunden, wenn er sie da in Hausfluren und Gebüschen, an Straßenecken und hinter Bäumen und Gottweißwo es treiben sah, dieses »zwischen Tür und Angel«

– und nun trieb er es selbst so, er, der ordentliche und korrekte Beamte, und sie, Sabine, die bewies plötzlich ein Raffinement beim Vertuschen, das ihn manchmal erschreckte: Hatte sie es in einem längst vergessenen, längst vergangenen Leben auch zwischen Tür und Angel und mit dieser Heimlichkeit getrieben ...?

Nun stand er da am Schlößchen, ums Schlößchen herum, in den Fluren, auf Treppenabsätzen, suchte ihr Gesicht im Gesicht ihrer Mutter, ihres Vaters, fand es in beiden, wechselte Worte mit ihnen, kurz, freundlich, entdeckte Details der Ähnlichkeiten: Mundwinkel, Haaransatz – und wurde gequält von der fürchterlichen Vorstellung, daß er sie würde aufgeben müssen. Öfter noch dachte er an Helga als an sie und an die schmerzliche Tatsache, daß er Helga nun zwang, ihn verführen zu müssen, die es ihm aber dadurch noch schwerer machte. Vielleicht mußte er doch, bevor er mit Helga sprach, mit jemand sprechen, nicht mit Kiernter, vielleicht mit Karl, der ja nun wirklich durch Vernunft und Liebe, durch Geduld und – das mußte man zugeben – durch Systemanalyse Monka wahrscheinlich vor dem Sumpf gerettet hatte. Ringsum Chaos, Auflösung, und er davon erfaßt. Mit den Eltern konnte er am allerwenigsten sprechen. Die fühlten sich durch seinen Beruf so sehr in ihrer Standesehre gekränkt, daß sie das Wort »Polizist« verächtlicher aussprachen als andere das Wort »Bulle«. Sie wollten und wollten nicht einsehen, daß er es auch durchaus zu amtmannähnlichen Würden bringen konnte, beharrten auf der Berufsbezeichung »Jurist«, die ja nun etwas Hochstaplerisches hatte. Würden – falls sie es je erfuhren, sogar auf die Idee kommen, daß Sabine ihm eher zustand als Helga, die ja nun wirklich nur die Tochter eines schlesischen Flüchtlings war, der zwar behauptet hatte, Werkmeister gewesen zu sein und ein Häuschen besessen zu haben, aber niemals ein Foto des Häuschen hatte vorzeigen können. Auch mit seinem Bruder Heinz konnte er nicht sprechen, der immer gleich exakt mit näselnder Stimme wissenschaftlich argumentierte, alles sozialgeschichtlich erklärte; da blieb kein Fünkchen, kein Fetzchen unerklärt, wo doch so vieles unerklärlich war; Heinz hätte gleich ausschweifend-umschweifend die verfehlte Monogamie-Kultur verantwortlich gemacht – da mochte sogar etwas dran sein –, er machte sich schon Gedanken darüber, warum er Sabine haben und Helga nicht lassen wollte, und daß er mit Helga auf eine Weise verbunden war, die er niemandem erklären konnte, und mit Sabine auf eine andere Weise, die er ebenfalls nicht erklären konnte, mit beiden so sehr, daß es schmerzte, und doch war alles so banal: Man konnte es täglich in vielen Variationen in der Zeitung lesen, und da halfen nicht Beichtstuhl und Lavendelduft, half nicht Reue und hätte auch die Versetzung nicht geholfen: Er suchte im Gesicht ihrer Mutter und ihres Vaters nach ihrem Gesicht und erschrak doch, als sie ganz ins Schlößchen zog.

Sie kam mit Mutter, Kind und wenig Gepäck und doch endgültig – das war zu sehen, war zu spüren. Er kam gerade von seinem Rundgang durch den Park, einer Inspektion der Orangerie, blieb in der Ecke des Innenhofes stehen, um ihnen nicht gerade in den Weg zu laufen, stand dennoch nah genug, daß er sich erlauben konnte, kurz zu grüßen: Das Kind hob die Arme zum Gegengruß: Matschkuhle! – Und an Sabines Schultern und Armen, auf ihrem Gesicht las er die Endgültigkeit des Umzugs und dachte an Fischer: Was mochte da vorgefallen sein? Das hatte was von Filmen, in denen stumm Schlimmes angedeutet wurde, nicht Schuld, sondern Schicksal, Tragödie, und die Angst war keine Angst um Sabine, nicht Angst vor dienstlichen Verwicklungen, nicht Angst vor Fischer, war nur Angst um Helga und um den Jungen, der das alles nicht verstehen konnte. Angst vor dem Mühlstein um seinen Hals. Wem, wem konnte er das erklären?

VI

Abends der Feierabendritus, auf dem Holger bestand: das Milchholen bei Hermes, und er mußte bei jedem Wetter zwischen sieben und halb acht mit Holger an der Rechten und der Milchkanne in der Linken losziehen, während Katharina das Abendessen vorbereitete: Suppe meistens, Brot und einen Nachtisch und später Tee, am Ofen, bevor der Junge ins Bett gebracht wurde. An warmen Abenden aßen sie draußen, im Garten zwischen Pfarrhaus und Mauer, und immer machten sie ein Feuer, darauf bestand der Junge und behauptete, »das Feuer erzählt so schön«. Dann kam auch der Pfarrer gelegentlich, Roickler, jung und auf eine ernste Art gespannt, unruhig, konnte nicht stillsitzen, deutete immer Probleme an, über die er aber nicht sprach, rauchte seine Zigarre, lächelte, deutete nie an, daß ihm die Überwachung lästig fiel, blieb ruhig sitzen, wenn er etwas getrunken hatte, und hatte einen so merkwürdig traurigen Blick, wenn er Katharina ansah oder die Frauen der Freunde. Manchmal brachte er seine Haushälterin mit, eine ältere Frau, wohl seine Tante, die mißtrauisch blieb, verwirrtes Mißtrauen, sie wußte nicht, was das für Leute waren, war völlig verdattert, wenn Vater oder Mutter manchmal auftauchten und die Bewacher sich mit ihren Sprechgeräten um den Garten herum postierten. Sie »verstand die Welt nicht mehr« und mochte wohl recht haben: Wer verstand die Welt, hatte sie je verstanden? Da saß also der alte Tolm und nahm demütig Tee und Gebäck aus den Händen dieser Frau entgegen, die nicht einmal richtig seine Schwiegertochter war. Mit der Frau, den Frauen konnte man über Strickmuster sprechen, auch übers Einmachen und Kochen – und waren doch, nun was waren sie? Kommunisten doch gewiß, wenn nicht Schlimmeres, wenn nicht gar »mutmaßlich« alles mögliche; vergebliche Versuche, ihr den Unterschied zwischen bewacht und überwacht klarzumachen, keine Versuche, ihr mit Systemanalysen zu kommen. Sie war wohl erstaunt, drückte das auch gelegentlich in Andeutungen aus, daß es immer »ordentlich zuging«, womit sie wohl meinte, keine Sexorgien, keine obszönen Andeutungen. Sie gab Rolf die besten Tips, wenn wieder irgendwo im Dorf »modernisiert« wurde: Da rissen sie mal wieder ihre alten Fenster und Türen heraus, erneuerten Gebälk, rissen sogar alte Täfelungen herunter, Wandschränke, und waren froh, wenn man das Zeug abholte. Man brauchte es nur auf den Leiterwagen zu packen, kleinzuschneiden, zu hacken, manches auch wurde sorgfältig im Schuppen gestapelt, aufgearbeitet und verkauft – jedenfalls war an Brennholz kein Mangel, und so wurde das Brotbacken sogar, wenn nicht einträglich, so doch risikolos, wurde zur Ersparnis, wenn die Freunde regelmäßig Brot abnahmen, auch im Dorf der oder jener das schmackhafte Brot kaufte und der Pfarrer kaum noch anderes essen mochte. Der kleine Backofen, den er bei Klüvers ausgebaut und im Schuppen installiert hatte, fing an, sich zu lohnen; es fiel Rolf während der Einmachgespräche ein, daß Heinrich schon vor Jahren – es mußte mindestens zehn Jahre her sein – noch in Eickelhof Mutter vorgerechnet hatte, daß Einmachen trotz gegenteiliger Propaganda billiger sei als Konserven, er bezeichnete diese Büchsen- und Fertiggerichtswelle als »Pseudoproletarisierung«, damals schon, pries die Tugenden des Kleinbürgertums: Einkellerkartoffeln, Eingemachtes, Obst, Marmelade und seine Ratschläge beim Schuhkauf, und schließlich machte das Backen nicht nur Spaß, das Brot schmeckte einfach besser, und Katharina fing schon an, sich Gedanken über Schlachtanteile zu machen, die ihnen immer wieder angeboten wurden; eine Art »eigener Wurstfabrik«, denn »wir müssen uns ja wohl doch auf Dauer einrichten hier.«

Das Wort Dauer beunruhigte ihn. Er glaubte in den Augen des Pfarrers zu lesen, daß Dauer nicht zu garantieren war, und die Ritualisierung ihres Lebens fing an, ihre beruhigende Wirkung zu verlieren: morgens die Gartenarbeiten, Arbeit im Schuppen, ernten, das Geerntete sachgemäß unterbringen, verarbeiten oder zum Verkauf bereitmachen, während Katharina mit den

Kindern unterwegs war oder sie im alten Pfarrsälchen beschäftigte; da und dort half er bei einer Reparatur oder bei der Ernte, wurde großzügig in Naturalien entlohnt; Holz sammeln, Holz hacken, schneiden – es gab genug zu tun. Seinen Wunsch, einen möglichst großen Holzvorrat zu haben, deutete er als Wunsch nach Sicherheit, Wärme und Ruhe, wo er doch – und nicht nur innerlich – dem Frieden nicht traute; keine Nahrungs-, keine Miet-, keine Kleidersorgen, und nur noch selten, äußerst selten eine Anspielung oder auch nur Erinnerung an die Schwierigkeiten, die Spannungen im ersten Jahr ihres Hierseins, als es noch Gruppen gegeben hatte, die sie nicht nur anfeindeten und beschimpften, auch systematisch vertreiben wollten. Das war häßlich gewesen, lästig auch, und nur die Tatsache, daß Katharina nie weinerlich geworden war, sondern immer wieder »sich in die Leute versetzte« und daraus auch ihre klugen, einfühlsamen Argumente bezogen hatte, hatte sie in diese Ruhe gerettet. Der abschließende Tagesritus, das abendliche Milchholen, war der stärkste, war außer den Gelegenheitsarbeiten der einzig gewisse Kontakt zu den Bauern; wenn er da mit Holger in die Hermessche Milchküche trat, die Kanne herüberreichte, bediente ihn meistens die Großmutter, eine zusammengesunkene Frau mit hellen Augen und verwilderten Brauen, wortkarg wie er. Sie hatten beide monatelang ihre wechselseitige Wortkargheit für Unfreundlichkeit gehalten: stummes Herüberreichen der Kanne, stummes Eingießen der eineinhalb Liter Milch, stummes Herüberreichen des abgezählten Geldes, und erst zu Hause hatte er dann festgestellt, daß es nicht eineinhalb Liter waren, sondern zwei, und sogar etwas mehr, denn immer gab es noch einen Jutsch drauf, wie die Bauern es nannten, und er hatte im Laufe der Jahre gelernt, am Gewicht der Kanne die Menge der Milch zu schätzen, und weil die Kanne nur zweieinhalb Liter faßte, hin und wieder aber – wenn gebacken wurde oder Milchsuppe geplant war, zweieinhalb Liter verlangt werden mußten, so daß gar kein Platz mehr für das Extra und erst recht keiner mehr für den in jedem Fall zusätzlichen Jutsch blieb, hatte sich die Anschaffung einer Drei-, Vier-Liter-Kanne als notwendig erwiesen, denn dieses Extra – und sogar der Jutsch, der, wie Katharina sagte, immerhin für den Kaffee reichte, bedeutete natürlich eine erhebliche Ersparnis, und darauf waren sie angewiesen; außerdem: Katharina war nun mal, wenn auch kein Bauernmädchen, so doch im Anbau eines Bauernhofes, bei ihrem Onkel Kommertz, aufgewachsen und sah nicht ein, warum man sich dieses Extra und den Jutsch entgehen lassen sollte. Spät erst entdeckte er Neugierde in den Augen der Oma Hermes, ironische Neugierde, die wiederum Katharina ihm erklärte – »mein Gott, du bist eben für die Leute sehr interessant, das mußt du verstehen; Autos anzünden, Gefängnis – und das bei dem Vater, den sie doch alle kennen und für einen der Ihren halten...« Später machte die alte Frau ein paar Bemerkungen übers Wetter, bekam Antwort, und er fing sogar an, diese Wetterlitanei, die ihre vorgeschriebenen Responsorien hatte, amüsant zu finden; dann zeigte sie ihm und Holger die automatische Melkanlage, die Kühlvorrichtungen, steckte Holger einen Apfel zu, erzählte ihm vom Bildungsgang und unterschiedlichen Bildungserfolg ihrer Enkel. Viel später, nach fast einem Jahr erst, fragte sie scheu zum ersten Mal nach ihrer Tochter, »die doch die Nachbarin Ihrer Schwester ist, Frau Breuer«, und er mußte gestehen, daß er seine Schwester noch nie, wirklich noch nie besucht hatte – und Frau Breuer nicht kannte und fügte hinzu »Ärger mit dem Schwager, wissen Sie«. Was ihn bis auf den heutigen Tag wunderte, nie Klatsch, auch nicht bei den anderen Bauern, sie machten schon mal ihre trockenen Bemerkungen, aber Klatsch: nie – und auch das wußte Katharina zu erklären: Untereinander klatschten sie wohl übereinander, aber gegenüber einem Fremden, der ihre gesamte Dörflichkeit nicht kannte in all ihren Verflechtungen: nie! Überraschend: daß die Männer gesprächiger, sogar klatschsüchtiger waren als die Frauen, munkelten, tuschelten sogar über den Pfarrer, »der ja nun ziemlich viel, vielleicht zu oft nach Köln fährt«, und wiederum mußte ihn Katharina aufklären, die das aus

Tolmshoven kannte: »nach Köln fahren« – das war eine zweideutige, vielleicht mehrdeutige Bemerkung, das konnte nur bedeuten: Beichte oder Bordell, bei Frauen natürlich Einkaufen oder Beichten, aber da ein Pfarrer ja nicht einkaufen ging und man bei ihm, bei Roickler, wohl nicht auf Bordell tippte – er war ja noch jung und »ansehnlich« –, kamen nur zwei andere Möglichkeiten in Frage: eine Frau oder Beichte oder beides; früher hatte man wohl den einen oder anderen Kinobesuch für möglich und angebracht gehalten, aber das war nun, seit es Fernsehen gab, nicht mehr so dringend.

Für den jungen Hermes, den Bauern, war er ganz eindeutig eine amüsante Erscheinung und auch ergiebige Informationsquelle; der fragte nur einmal nach seiner Schwester, sprach ihn ganz offen an auf seine »früheren Aktivitäten«, wollte Näheres wissen über Vietnam, hörte erstaunt, daß das Bauern waren wie er – zerstörte Erde, verbrannte Wälder, verendendes Vieh – er erinnerte sich noch an Äcker und Wälder nach dem Zweiten Weltkrieg. Krieg ist immer Krieg gegen Bauern – und es gab auch bei ihm das Extra und den Jutsch; beides fiel am geringsten aus bei der jungen Frau Hermes, die nervös war, wohl auch ängstlich, manchmal sogar Milch verschüttete, sie hatte offenbar Angst vor ihm, Mitleid mit Holger, dem sie über den Kopf strich, mit einer Geste, die wohl besagen mochte: Er kann ja nichts dafür, dieses bedauernswerte Kind, und hielt offenbar auch Katharina für so etwas wie verführt, gab ihm etwas für sie mit: ein Ei oder ein paar Nüsse. Immerhin konnte er mit ihr – wenn auch das ängstliche Flimmern in ihren Augen blieb – über den Garten sprechen, sich Tips geben lassen, auch Tips geben – was die Anpflanzung oder den Anbau etwa von Mangold betraf oder Chinakohl, den er sozusagen im Dorf eingeführt hatte; aber die Vorsilbe China – das klang schon bedenklich, und immer noch hatte er mehr Furcht als Katharina, wenn sie abends mal in die Kneipe gingen, selten. Manchmal wurde ihnen der Frieden im eigenen Haus zu dick, zu »wollig« sagte Katharina; immerhin sprach Katharina *ihren* Dialekt, das schaffte schon Vertrauen, auch Basis, und wenn sich dann einer am Tisch oder an der Theke neben sie setzte, nahmen sie politische Fragen, auch wenn sie nicht provokatorisch gemeint waren, nicht an; sprachen nur, wenn sie gefragt wurden, über Geld, Zinssätze, Amortisationen, Geldumlauf, und riskierten sogar, ihnen klarzumachen, daß der Sparzins fast immer der Inflationsrate entsprach. Amortisationen, Steuerersparnis, Anlagen – da hörten sie ihm gern zu, wußten, daß er davon was verstand, und er machte das unpolemisch, ruhig, vertraute darauf, daß sich ihnen das System von selbst, aus sich selbst heraus offenbaren würde: wie man die Zinsen senkte, um sie zum Ausgeben des Geldes zu verlocken; sie konnten nicht verstehen, daß ihnen die Politiker das Sparen ausreden wollten, und er versuchte ihnen zu erklären, warum sie das taten, sogar tun mußten, wollte ihnen über das stereotype »wir werden ja doch beschissen« hinaus mehr erklären, und in ihre Augen kam Angst vor dem Verlust von Sicherheiten, die sie sich mühsam erkämpft hatten: Haus und Grundstück und die Kleiderschränke voll, und die Sparkonten, die man ihnen nun madig zu machen versuchte, indem man die Zinsen so gemein, so drastisch senkte; hatten keinerlei Grund zur Angst, nicht den geringsten, und hatten sie doch, und er fing an, sie zu verstehen, unterstützt von Katharina, die es leichter hatte, weil sie ihren Dialekt sprach und jedermann von ihr wußte, daß sie Kommunistin war und nichts »Mutmaßliches« an ihr, nicht das geringste, immerhin kannte man ihren Vater, hatte ihren Onkel gekannt, kannte ihre Mutter, die »fromme Luise«, sprach lobend über seinen, Rolfs, Vater, die Mutter: »Mein Gott, wir sind doch stolz auf die Tolms, auf die Käthe Schmitz« und fragte ihn, ob es denn wahr sei, daß eines Tages auch Hubreichen – und machte eine Geste wie beim Rasieren, und er schüttelte den Kopf: Er wußte nichts und hatte doch wieder Angst, wenn sie nach Hause gingen. Es war nicht mehr die direkte Angst, wie am Anfang: daß sie ihnen die Scheiben einwerfen, die Bude anzünden, sie mit Gewalt vertreiben würden, trotz der Fürsprache des Pfarrers – es war die Angst vor der Stille, auch vor der Sauberkeit, diese sauberen Straßen, auf denen auch zur Erntezeit kein Strohhalm, kein Büschel Heu, kein Rübenblatt zu entdecken war – nirgendwo der Rest eines Kuhfladens. Es war ja nichts einzuwenden gegen Sauberkeit, das war doch eine gute, eine angenehme Sache, oder gegen die Blumenrabatten vor den Häusern, die hübsch angemalten alten Wagenräder, die mit Blumen bepflanzten Schubkarren; doch Stille und Sauberkeit zwischen den Mauern der Gehöfte – waren eine Art Grabesruhe. Alles war so gepflegt wie die Gräber auf dem kleinen Friedhof – ja eine Grabesruhe, inmitten dieser Grabesruhe knüpfte sich plötzlich der Sohn des Bauern Schmergen im Stall auf, ohne ersichtlichen Grund: Da war nichts zu entdecken, kein Mädchen, keine Frau, kein Ärger beim Militär – ein netter, stiller Junge, beliebt und ein flotter Tänzer – hatte nie Probleme gehabt, nie welche angedeutet – und es war und blieb nichts als Motiv zu entdecken, und doch an einem Sonntagnachmittag, in der stillsten Stunde, knüpfte er sich auf im Stall hinter dem Wohnhaus: in Grabesruhe und aus heiterem Himmel. Und da brachte der Bauer Halster plötzlich seine Frau um: ein Riese von einem Kerl mit einem großen, ökonomisch völlig intakten, wohlorganisierten Hof mit dem Madonnenbilderstöckchen an seiner endlos langen Mauer, wo immer frische Blumen standen und Lichter brannten – wohlhabend, geachtet, ein schweigsamer Mensch, der seine Leute so gut behandelte, daß er fast legendär war. Die saßen seit dreihundert Jahren auf diesem Hof, die Halsters, und es ließ sich kaum noch ausrechnen, wieviel Pastöre und Juristen, Lehrer und Beamte aus dieser Familie in die Welt gegangen waren – nach Köln und nach Australien, und es gab keinen Krieg, in dem nicht ein paar Halster gefallen waren, einschließlich der napoleonischen und früherer Kriege – ein ausgedehntes Geschlecht, fast schon eine Dynastie. Und sie, eine stattliche Person, fast eine Schönheit, dunkelhaarig, als »umsichtig« bekannt – und er schoß sie tot zwischen Frühschoppen und

Mittagessen. Da wurde freilich gemunkelt, sie sei »verdorben« gewesen, aber das wurde nicht näher erklärt, da wurde nur über die Kinderlosigkeit gemunkelt – aber auf kein »warum? warum?« gab's da Antwort; Tragödie, Sensation, Schrecken – und Halster war noch, bevor es im Dorf bekannt wurde, nach Blückhoven gefahren und hatte sich der Polizei gestellt – aus diesem stillen, sauberen Dorf, wo kein Strohhälmchen auf der Straße zu finden war, ein schönes Dorf, mit normalen Kirchgängern, Frühschoppen, Schützenfest und Kirmes – und abends bei Hermes den halben Liter extra und noch einen Jutsch drauf. Eine beängstigende Vorstellung: fünf oder gar zehn Jahre weiter zu denken – Angst vor dem Verlust der Dauer und Angst vor der Dauer: Gartenbau, Möhren, Zwiebeln, den Holzvorrat erneuern, immer wieder, immer wieder: Jahre, vielleicht Jahrzehnte – vierzig-, fünfzigjährig in Hubreichen ...

Holger fröstelte heute, er steckte erst die linke, dann die rechte Hand in Vaters Jackentasche – »Wir müssen nun doch bald die Handschuhe aus der Schublade nehmen«; da mußte auch die Milchkanne von links nach rechts gewechselt werden, er versprach dem Jungen, Kastanien zu rösten, die wärmten die Hände am besten, und natürlich Bratäpfel mit Vanillesoße und das Spiel am Abend – Häuschen bauen –, warum bauten Kinder so gern Häuschen, warum saßen sie so gern mit den Eltern am warmen Ofen, ließen sich erzählen, vorsingen? Heute gab der junge Hermes die Milch aus, war nett und neugierig, gab einen besonders reichlichen Jutsch – fast wie die Mutter ... sprach über seine Kinder, von denen keins den Hof übernehmen wollte, Rolf tröstete ihn: »Das wird anders kommen, wird anders werden, bevor Ihre Kinder groß genug sind, das zu entscheiden. Sie werden sich noch um den Hof streiten.« Da lachte der junge Hermes: »Ich wünschte, Sie hätten recht.«
»Warten Sie ab ...«
»Wenn ich wüßte, daß Sie dann noch hier sind, würde ich

wetten: drei Monate lang kostenlos Milch, wenn Sie recht haben.«

»In fünf Jahren wird Ihr Konrad achtzehn, dann werde ich wohl nicht mehr hier sein ...«

»Sie sollten hierbleiben.« Das war so direkt gesagt, daß sie beide verlegen wurden. Holger drückte fest seine Hand, als wollte er sagen: ja bleiben.

»Das hängt nicht allein von mir ab«, sagte Rolf.

»Von uns? Ich meine, vom Dorf?«

»Ich habe einen Beruf«, sagte Rolf, »ich bin ausgebildeter Bankfachmann, sogar mit Praxis – aber ich denke, man wird mir wohl nicht die Zweigstelle hier anvertrauen.« Da lachten sie wieder beide, und Hermes sagte: »Meine Schwester, vielleicht wird sie den Hof übernehmen wollen – meine Schwester.« Rolf dankte, nahm die Milch und drückte dem jungen Hermes, bevor er ging, die Hand. Verflucht, wurde er allmählich zum Sponti oder gar zum Opportunisten? Natürlich hatten die im Dorf auch Söhne und Töchter, die studierten und manchmal an Wochenenden flott gekleidet mit ihren Studentenautos ankamen, Kirchgang verweigerten, sich links gebärdeten, sexuelle Freiheit und so, waren manchmal sogar zu ihnen gekommen, muckten und müpften, sprachen über Mao und behandelten ihn mit einer gewissen Ehrfurcht, weil er doch im Knast gewesen war, aber er mochte Anbiederung nicht, empfand den Knast weder als Ehre noch als Vergnügen, und für Katharinas empfindsames Kommunistenherz sprachen sie dann doch zu offen, eher schlüpfrig als aufgeklärt über sexuelle Probleme, biederten sich an, flapsig, und waren dann weggeblieben, plötzlich, hatten wohl Angst vor dem Umgang mit ihnen bekommen, das war wohl seit ein, zwei Jahren nicht mehr ratsam, und es blieb nur der eine Junge, der Sohn des Bauern Schmergen, den der Selbstmord des Bruders erst umgeworfen, dann nachdenklich gemacht hatte; der kam und sprach über Kuba, wollte Spanisch lernen, und sie hatten ihm eine Chilenin – Dolores – besorgt, die es ihm beibrachte; der kam manchmal noch, Heinrich

Schmergen, saß still da am Ofen, drehte Zigaretten, lächelte und ging auch nicht, wenn die alten Freunde kamen, zuverlässige, verbitterte Freunde, arbeitslos, berufsverboten, diskutierten über den Unterschied von bewacht und überwacht, und es traf ihn, wenn er da in leisen, ganz leisen Untertönen doch heraushörte, daß sie ihn letzten Endes doch trotz Knast und Überwachung für privilegiert hielten. Das traf ihn am schmerzlichsten, war ihm schlimmer, als wenn man ihnen die Scheiben eingeworfen hätte – schließlich ging es nicht nur um seine Herkunft, auch um Veronica und Bewerloh, die man irgendwie – wenn man sie auch total ablehnte und verabscheute – doch zur Aristokratie zählte; schließlich war er mit der einen verheiratet gewesen, der andere sein Freund gewesen – und es klang da manchmal etwas mit, nicht nachweisbar und doch spürbar, daß sie ihn nicht ganz akzeptierten. Und er spürte etwas Vergleichbares bei Holzpuke, dem »Leiter der Maßnahmen«, der mehr in ihm suchte, als er je würde hergeben können. Der suchte kopfschüttelnd nach Motiven, fand keine, befragte ihn nach möglichen Motiven, wühlte immer noch in der Psychologie herum, die nichts hergab, nichts: Kein Mensch hatte Heinrich Bewerloh je »verletzt«, keiner ihm Böses angetan oder gewünscht, er war gefördert, gelobt, hochgehätschelt worden, diese »unwahrscheinlich hohe Intelligenz mitten aus dem Volk«, nicht ganz, aber doch annähernd ein Arbeiterkind, denn immerhin war sein Vater anfangs Postschaffner, also im Status eines Arbeiters gewesen, hatte den Paketkarren noch mit der Hand von Haus zu Haus geschoben, hatte sich mühsam und strebsam zum Angestellten hochgedient; war als Beamter pensioniert worden. Und doch konnte man Heinrich, ohne allzuviel zu schwindeln, damals noch als Arbeiterkind verkaufen, hochbegabt, mit fast genialen Zügen, der sogar Humor hatte, sympathisch, christlich erzogen, humanistisch gesinnt und gebildet, und es hatte wohl nur an einem Fädchen gehangen – wahrscheinlich an Sabines kindlicher Vorstellung, unberührt in die Ehe zu gehen – und er wäre sein Schwager geworden

– und an Veronicas Stelle würde jetzt Sabine mit ihm irgendwo – wo? – hocken, treu und getreu bis in den Tod und bis in diese Verrücktheit hinein, diese mörderische mythische Logik, die er Holzpuke und sich selbst immer wieder zu erklären versuchte, indem er mit Holzpuke darüber sprach. Wenn er an die New Yorker Zeit, die New Yorker Gespräche zurückdachte, an den Rausch, den entsetzten Rausch, der Heinrich ergriffen hatte, als er diesen »internationalen Kontinent Geld« entdeckte, dieses Meer, das keiner durchqueren, dieses Gebirge, das keiner besteigen kann – diese Unermeßlichkeit – dann schien manchmal der Punkt gekommen zu sein, an dem Bewerloh beschlossen hatte, seine Intelligenz und Einsicht umzukehren. Es war nicht Neid, eben nicht, sowenig wie der heilige Georg oder Siegfried aus Neid den Drachen getötet hatten. Ja, vielleicht kam man mit Nibelungen-Überlegungen den Motiven näher als mit irgendeiner Neid- oder Haßphilosophie oder mit etwas gar so Dummem wie Ressentiments. Als Banker und Börsianer hätte Heinrich mehr Geld verdienen können, als er je würde gebrauchen können, und um das gerade ging es ihm ja wohl: diese wuchernde, wachsende Unermeßlichkeit, die niemand gebrauchen konnte, zu niemandes Nutzen war, sich nur selbst heckte und deckte und beheckte in obszöner Inzucht, diese Hydra mit vielen Köpfen, er würde all diese Köpfe abzuschlagen versuchen und natürlich auch Vater nicht schonen, sie sollten nur gut acht auf ihn geben, das war mit dem Wort Kapitalismus nicht mehr gedeckt, war mehr, mythisch. Da halfen nicht Erinnerungen an Jugenderlebnisse, Dankbarkeit, Ausflüge, Tanz, Diskussionen, Spiele und heitere Lampionfeste – und nächst dem Vater, wenn er, Holzpuke, es denn wissen wolle, sei am meisten gefährdet seine Schwester, Sabine Fischer. Das war die Jungfrau, die er Bewerloh, dem Drachen, entreißen wollte. Fischer selbst hielt er gar nicht für gefährdet, den hielten sie mit aller Wahrscheinlichkeit nur für einen »eitlen Pimpf«, dem sie die Ehre eines Anschlags oder einer Entführung nicht antun würden. Aber natürlich würden sie das Kind, Kit, mit entführen, aber eben nur, um Sabine nicht weh zu tun.

»Ja, Sie haben recht gehört: um ihr nicht weh zu tun; sie haben sie nämlich gern, er und auch Veronica, meine frühere Frau. Natürlich kann ich Ihnen keine Ratschläge erteilen, kann auch nicht dafür garantieren, daß meine Ratschläge und Prognosen zutreffen – ich versuche, mich den Motiven anzunähern ... mehr nicht; ich bin auch ziemlich sicher, daß Sie sich die Überwachung meiner Freunde ersparen könnten.«

»Und Ihre Überwachung?«

»Objektiv betrachtet, da wir nun einmal Telefon haben und Verbindungen entstehen könnten: weiter überwachen, mich jedenfalls, nicht Katharina, meine Frau; sie wird nie, nie auf diese Reise gehen, nie.«

»Und Sie?«

»Mit höchster, allerhöchster, mit an Sicherheit grenzender Wahrscheinlichkeit nie – aber beachten Sie: Ich sagte, mit an Sicherheit *grenzender* – und es bleibt da möglicherweise nur die schmale Linie Grenze selbst – es bleibt da ein Rest, eine Winzigkeit, die es mir verbietet, für mich zu garantieren.«

Und da seufzte Holzpuke und sagte: »Schade, daß Sie für den Polizeidienst nicht zu gewinnen sind«, lachte, »wohl auch nicht zugelassen würden, oder?«

»Falls sich Ihr fragendes ›oder‹ auf das Gewinnen für den Polizeidienst bezieht, lautet die Antwort: nein. Ob ich zugelassen würde, kann ich nicht ermessen. Wahrscheinlich nicht, die Polizei schützt vieles, das schützenswert ist – aber sie schützt ja auch den Drachen, den ich Ihnen zu schildern versuchte. Überwachen Sie mich, es ist mir lieber, aber wenn's geht, verschonen Sie meine Frau.«

»Wir müssen auch Ihre Frau überwachen, beziehungsweise bewachen, sie ist eine mögliche Kontaktperson, das müssen Sie einsehen – und Ihren kleinen Sohn müssen wir bewachen. Interessant, daß Sie ›Geld‹ und nicht ›Kapitalismus‹ sagen.«

»Ich sage ja Kapitalismus – die sagen immer das Geld.«

»Und Ihre erste Frau?«

»Sie ist Sozialistin – wahrscheinlich würde sie lieber heute als morgen aussteigen, aber sie hat eine fürchterliche Eigenschaft, dieselbe wie meine Schwester, Frau Fischer: Sie ist treu.«

»Getreu bis in den Tod?«

»Vielleicht.«

»Bis in den Tod anderer?«

Darauf wußte er keine Antwort, wurde verlegen und sagte: »Sie hat ein Kind – und ihr droht lebenslänglich.«

»Noch eins: *Mußten* Sie auch Ihren zweiten Sohn Holger nennen?«

»Es ist ein schöner, alter, edler, nordischer Name. Mein erster Sohn heißt Holger Tolm, mein zweiter Holger Schröter. Ist es strafbar, zwei Söhne Holger zu nennen?«

»Nein, nur finde ich Ihren Hinweis auf die Herkunft des wirklich schönen Namens – nun, ein wenig unter dem Niveau unseres Gesprächs. Nein, es ist nicht strafbar, zwei Söhne Holger zu nennen, wenn sie verschiedene Familiennamen haben. Ich unterhalte mich gern mit Ihnen, Sie bringen mich dieser verfluchten Sache, von der ich weiß, daß Sie sie ebenfalls verfluchen, immer ein wenig näher. Ich wüßte nur gern – ich werde Sie nicht festnageln –, garantieren Sie auch für Ihre Freunde, für deren Frauen, Freundinnen – ich meine die, die Sie besuchen und die manchmal zu Ihnen kommen?«

»Ich garantiere dafür, daß keine einzige ihrer theoretischen und auch praktischen Äußerungen sie auch nur andeutungsweise in die Nähe derer bringt, die Sie suchen und verfolgen; ich garantiere dafür, daß keiner von ihnen, auch heimlich nicht, je einen Polizeibeamten Bulle genannt hat. Aber garantieren? Für wen würden Sie total garantieren? Für jeden einzelnen Ihrer Beamten – daß er nicht mal durchdreht, die Nerven verliert – was ja verständlich wäre –, und vergessen Sie nicht, meine Freunde, deren Frauen und Freundinnen, auch ich und meine Frau – wir würden gern arbeiten – als Lehrer, Schlosser, und ich bin ein wirklich guter Bankfachmann, wirklich – unsere Freundin

Clara ist eine der besten Lehrerinnen, die ich je gekannt habe ...«

»Ich bin weder vom Verfassungsschutz noch vom Kultusministerium ...«

»Ich weiß, und Sie wissen, daß ich Ihnen nichts vorwerfe, nur denken Sie daran, was aus Menschen werden kann, die ihren Beruf nicht ausüben dürfen – wir können nicht ewig Tomaten züchten.«

»Haben Sie möglicherweise eine Bitte, die ich Ihnen erfüllen könnte?«

»Mein Sohn, der ältere Holger – wissen Sie irgend etwas über ihn?«

»Ich weiß nicht mehr über ihn, als Ihre frühere Frau Ihrer Schwester manchmal am Telefon erzählt ...«

»Und wenn Sie mehr wüßten ...«

»Dürfte und würde ich es Ihnen nicht sagen – und Sie wissen, daß ich weder dürfte noch würde ... Um Ihres Sohnes willen und auch Ihretwegen, nicht nur aus polizeilich einsichtigen Gründen. Wir hoffen auf das Telefon – wie Sie. Erlauben Sie mir noch eine Frage, eine abstrakte, theoretische, vielleicht logistische: Welches Verkehrsmittel würden Sie benutzen, wenn Sie – als einer von denen und mit der Logistik abstrakt vertraut – sich unseren Gefilden nähern möchten?«

»Flugzeug, Auto, Bahn – würde ich für ausgeschlossen halten, und da bleibt nur eins – das scheint mir naheliegend, beziehungsweise logisch: Fahrrad.«

»Ziemlich langsam – und warum nicht Motorrad?«

»Motorrad ist belastet – und langsam – das spielt keine Rolle, das ist lediglich eine Frage der Planung, der Vorbereitung, sozusagen der Aufmarschzeit – nun werden Sie meinen, warum denn nicht gleich zu Fuß? Ich denke: Zu Fuß ist auffällig – ein Fußgänger wird immer für einen potentiellen Anhalter gehalten, und das ist gefährlich, während Radfahren schick ist – und einen unabhängig macht. Ich tippe also auf Fahrrad. Erlauben Sie mir noch eine Feststellung. Das Rechnen hat Bewerloh als

Banker gelernt. Ballistik bei der Bundeswehr – er war bei der Artillerie.«

»Sie ja auch.«

»Ja, ich war mit ihm zusammen, auch bei der Bundeswehr – nur mein Bruder Herbert hat verweigert.«

Manchmal auch fuhr er zu Zelgers hinüber, um Veronicas Mutter im Garten zu helfen. Er jätete Unkraut, beschnitt Hecken, half bei der Ernte, Äpfel und Birnen, Pflaumen, Johannisbeeren und Brombeeren, Kartoffeln, und wenn sie im hinteren Teil des Gartens gemeinsam arbeiteten, Kartoffelkraut verbrannten, trat sie nahe an ihn heran und flüsterte: »Hast du was von ihr gehört?« Und er erzählte ihr, was er von seiner Mutter, Sabine oder Herbert gehört hatte: Maria Himmelskönigin und so – und daß es Holger gutgehe. Frau Zelger, die er immer noch Mama nannte, war alt geworden, still und sehr schüchtern, zittrig über ihr Alter hinaus. Sie konnte höchstens Mitte Fünfzig sein und hatte nur dieses eine Kind, Veronica; ein paar Mal war sie hereingelegt worden, von Zeitungs- und Fernsehreportern, hatte von der Kriminalität der Banken gesprochen und von der Feigheit der Kirche; seitdem ließ sie kaum noch jemand ins Haus. Zelger hatte seine Praxis aufgegeben, irgendwann hatten sie ihm sein emailliertes Arztschild mit Steinen zerschmissen, und er hatte sich geweigert, das Schild zu erneuern. Immerhin war er seit mehr als dreißig Jahren Arzt hier in Hetzigrath, und sie hätten ihn kennen sollen, nicht sein Schild zerschmeißen und gefährliches Zeug an die Wände schmieren müssen.

Er kam dann in den Garten gehumpelt, am Stock, die Pfeife im Mund, murmelte: »Wer soll denn all die Marmelade essen, Paula? Wer soll all die Kartoffeln essen? Es gibt doch keine Flüchtlinge mehr, denen du sie schenken kannst. Weißt du, Rolf, wenn sie wüßte, wo Veronica ist, würde sie ihr Brombeermarmelade schicken.«

»Ja, das würde ich – und auch für den Jungen, sogar für ihn, für

Heinrich. Sogar in Gefängnissen bekommen sie ja zu essen, auch Marmelade, auch Mörder bekommen Marmelade zu essen. Ich würd's tun, ihnen allen Marmelade schicken.«
Es gab dann Kaffee und Kuchen, und wenn Holger mitgekommen war, bekam der Geld für ein Eis; der alte Zelger rauchte seine Pfeife, murmelte vor sich hin, wollte nichts davon hören, daß »die Zeit der Unfreundlichkeiten ja vorbei« war, ihm keiner in Hetzigrath mehr grollte, aber nein, er sagte: »Nun, jetzt grolle eben ich und werde es bis an mein Ende tun. Ich scheiß' auf ihr Mitleid, ihren Groll, ihr Vertrauen und Mißtrauen. Nacht für Nacht bin ich für sie aufgestanden, für jede Kleinigkeit und jede Geburt, hab' nie meine Hilfe verweigert, dreißig Jahre lang und auch nicht in den schlimmen Nachkriegsjahren, als es gefährlich war, nachts auf die Straße zu gehen – und dann schmeißen die dir plötzlich die Scheiben ein, knallen dir dein Arztschild kaputt, beschmieren dir das Haus – und keiner, kein einziger ist in dieser Zeit zu uns gekommen, hat sich entschuldigt oder auch nur ein paar nette Worte gesagt; keiner –. Und der Herr Pfarrer, der genauso lange hier ist wie ich – hat sich verlegen abgewandt, wenn er mich auf der Straße hätte grüßen müssen – hat sich einfach umgedreht und ist einen anderen Weg gegangen, diese feige Sau. Ja – nun erschrick mir nicht, Paula, daß ich einen Priester eine feige Sau nenne, er ist eine. Nee, Kinder, nee, und warum? Weil du 'ne Tochter hast, die plötzlich abdreht und 'ne kriminelle Kurve nimmt – und haben doch selbst ihre Kriminellen in diesem miesen, dreckigen, katholischen Miefkaff: Diebe und Mörder, Vergewaltiger, Inzucht und Abtreibung und Betrug – wie viele von diesen Schweinen haben sich an ihren Töchtern und Schwiegertöchtern vergriffen, und wie viele Väter habe ich als Gutachter vor Kittchen und Kinder vor Erziehungsheim bewahrt? Wie viele? Manchmal, Rolf, krieg' ich selber schon terroristische Gedanken, besonders diesen feigen Pfaffen gegenüber: Hat mich nicht mehr gegrüßt, stell dir das vor, der erste, der hätte zu uns kommen müssen.« Er holte das Fotoalbum heraus und zeigte

Veronica als Kommunionkind, süß, die Kleine, in Weiß, mit Kerze in der Hand und Blumen im Haar–. Der Pfarrer neben ihr am Kaffeetisch, nahm sich gerade Schlagsahne aus der Schüssel. »Da siehst du ihn grinsend, löffelt gerade deine Schlagsahne. Was sind das für Menschen? Haben wir vielleicht die Pest? Und selbst wenn wir sie hätten. Nee, und wenn ihm der Blinddarm zum Nabel heraushängt, der kriegt von mir nicht mal 'ne Tablette. Und weißt du auch, Rolf, daß wir kaum zu fressen hätten, wenn deine Mutter nicht wäre! – Ich habe nie gespart, hab' nur das Haus und die Hypotheken drauf, nee, und wenn ich könnte, würde ich ihr ganz was anderes schicken als Brombeermarmelade – sind wir etwa Unberührbare, weil das Kind in die kriminelle Kurve gegangen ist? Na, wenn schon. Wie vielen von denen hab' ich dann nach dem Krieg ihre SS-Macke wegoperiert? Wenn deine Mutter nicht wäre, von der nehme ich es–. Von deinem Vater würde ich es auch nehmen ...«

Und es kam vor, daß er anschließend zum alten Bewerloh fuhr, der ihn mißtrauisch einließ, nicht einmal murmelte, stumm mit ihm in das Dachgeschoß des winzigen Häuschens stieg und ihm Heinrichs Schlaf- und Studierzimmer zeigte. Sie hatten es das Kabuff genannt, neun Quadratmeter mit schrägen Wänden und zwei Dachluken, und der Alte zeigte höhnisch auf die Bücher, die noch da standen: Thomas Morus und Thomas Aquinas und Thomas Mann, »und was es sonst noch an Thomassen gibt«, Lineale, Mäppchen, Schreibmaterial ordentlich auf dem Klappschreibtisch, der ans Fußende des Bettes angeschraubt war; da lag noch der Löscher, und im durchsichtigen Bleistiftspitzgerät sah man noch die flockigen Holzreste; eine angebrochene Zigarettenschachtel, eine Kippe im Aschenbecher, an der Wand das eingerahmte Doktordiplom, ein Kruzifix, die Raffaelmadonna: gruseliges Reliquiarium, in dem auch die Oberleutnantsachselstücke nicht fehlten. »Heinrich hat es doch bei der Artillerie zu was gebracht – war der beste Ballistiker, in den

Generalstab wollten sie ihn holen«, und ließ sich sogar helfen, als er die Treppe hinunterhumpelte, der vertrocknete, saure alte Mann, und sagte an der Tür: »Er hat immer gesagt, die Welt wird noch von mir hören – jetzt hört sie ja von ihm ...«

Und da es fast auf dem Weg lag, nur einen winzigen Umweg bedeutete, fuhr er bei solchen Gelegenheiten weiter nach Tolmshoven, ging mit dem Jungen an den Sicherheitsbeamten vorbei zu den Großeltern, die sich so wahnsinnig freuten, fast in Tränen ausbrachen, und der Alte nahm den Jungen gleich bei der Hand, ging mit ihm durch die Flure, auf Balkone; er hatte so gern Kinderhände in der Hand, der Alte. Rolf erinnerte sich an die Hände des Vaters, die seine Kinderhand gehalten hatten, wenn sie in den Feldern um Iffenhoven spazierengingen; er hatte immer zwei Kinder an der Hand, war glücklich, wechselte, einmal er und Herbert, dann Herbert und Sabine, später auch Veronica – und er erinnerte sich nicht mehr, ob Heinrich Bewerloh schon in einem Alter in der Familie aufgetaucht war, wo man ihn noch bei der Hand nehmen konnte. Am besten hätte der Vater sich wohl auf Kinderhände und Kunstgeschichte beschränkt, nicht das ›Blättchen‹ und schon gar nicht das Schloß. Das war ein paar Kragenweiten zu anspruchsvoll, zu feierlich – da konnte er doch nicht einfach mehr weggehen, ein Kind an der Hand, durch Felder und Wälder – und das Scheißblättchen vergessen; da konnte Käthe nur noch mit Mühe selbst kochen, nicht mehr einmachen, konnte nicht mehr so tun, wie es in Eickelhof natürlich gewesen wäre – da war der Alte wohl einem Kindheitstraum und -trauma erlegen.
Es war schon rührend, wie die Eltern sich freuten, wenn er mal auftauchte, wie Käthe gleich anfing, in ihrer winzigen Küche herumzuhantieren, eine ihrer unübertrefflichen Suppen erstellte und für den Jungen Pfannkuchen buk – immer in etwas verkrampfter Rivalität zu der großen Küche unten, die sie die Tagungsküche nannten. Vater fröhlich daneben, der immer wieder die Zigarettenpackung aus der Tasche nahm und sie

wieder wegsteckte; wohltuend, daß er nie vom Krieg erzählte, nie davon sprach, nicht einmal im Zusammenhang mit seinem offensichtlichen Zigarettentrauma, kam auch glücklicherweise nie mit »alten Zeiten«, mit der ärmlichen Jugend, der ärmlichen Studentenzeit, fragte nur immer wieder ängstlich, ob sie denn nicht Katharinas Eltern mal einladen könnten, die ja doch im Dorf wohnten; sie waren zu schüchtern, der Vater und Käthe, fühlten sich, wie Käthe es nannte, »gar nicht schlossig«, wohnten aber drin. Der Vater hatte ja Luise Kommertz, Katharinas Mutter, noch gekannt, als Kind, als kleines Mädchen, als sie im Kommertzhof Ball spielten – Ärmchen und so.

Holger ging gern ins Schloß, da gab's noch uralte Keller mit Rüstungskram drin, gab's den Turm mit Zinnen, die Pagoden im Garten, irgendwo lagen Steinkugeln herum, alte Kanonenteile.

Neuerdings immer Tränen, mindestens Feuchtigkeit in Vaters Augen, wenn Abschied genommen wurde: Und es waren doch nur 18 Kilometer bis Hubreichen, 20 bis Köln zu Herbert und 17 bis Blorr zu Sabine. Käthe neigte neuerdings auch zu feuchten Augen.

Und natürlich mußte er, wenn er schon in Tolmshoven war, auch Katharinas Eltern besuchen, es sprach sich ja gleich rum, wenn er da war, »Rolf, der so ein netter und frommer Junge gewesen war«, aus eigener Kraft, ohne Papas Hilfe, fast Bankdirektor geworden wäre, wenn er nicht, ja, wenn er nicht Autos angezündet und Steine geworfen hätte. Da kamen aus Höfen und Schuppen alte Kumpels, mit denen er Fußball gespielt und ministriert hatte, schlugen ihm auf die Schultern, tasteten ihn, filzende Polizei nachahmend, ab und fragten erstaunt: »Ja, wo hast du denn das Dynamit oder die Handgranaten?«, da wurde Holger bewundert, der einmal »ganz Schröter«, beim nächsten Mal »ganz Tolm« war, bekam Bonbons und Grüße an seine Mutter von netten, kopfschüttelnden jungen Frauen, die mit Katharina gemeinsam Marienlieder gesungen hatten, und dann wollte der Junge natürlich Steine in den Hellerbach werfen. Die angeketteten Hunde im Kommertzhof waren ziemlich bösartig, ungern ging Holger an ihnen vorbei. Und wieder »Hallo« und Tränen schon vor dem Abschied, und wieder Kaffee, und aus Blechdosen wurden mürbe Plätzchen hervorgekramt, und Holger mußte natürlich in Opas Bastelbude, wo so allerlei Merkwürdiges zusammengeschweißt wurde. Da hockte der alte Schröter, beschimpfte gleichermaßen Kommunisten, die seinen Bruder umgebracht, und fast noch schärfer Adenauer, der alles, aber auch alles verraten hatte, alles, »verraten und verkauft. Und schau dir das Linsengericht an, Junge – schmeckt's dir etwa? Scheint nicht so, sonst hättest du ja nicht ... nun ja, es ist vorbei und nicht vergessen.« Er zeigte Holger alles, Muffen und Anschlüsse, Gewinde, knobelte da an einem Gebilde aus altem Kriegsmaterial herum, und es war schon ein bißchen unheimlich, wenn er immer wieder betonte, daß er von seinem Werkschuppen aus »genau, aber haarscharf, sag' ich dir, das Fenster von deinem anderen Opa im Visier habe, haarscharf, besonders das Badezimmerfenster« – gemütlich war's nicht bei Schröters, Luise zu fromm, schon frömmlerisch, der alte Schröter immer und immer wieder mit seinem alten Traum vom »linken Zentrum« – und schließlich, wenn er alle Pflichten absolviert hatte, kam ihm regelrecht Heimweh nach Hubreichen, dem Pfarrgarten mit der hohen Mauer, der rotemaillierten Milchkanne, nach Garten, Obstbäumen, Ofen und Spiel, nach Katharina, die die Ungemütlichkeit zu Hause wohl erklären, aber nicht leugnen konnte. »Das mußt du doch verstehen, diese Bitterkeit der linken Schwarzen gegen den Vormarsch, den Siegeszug der rechten Schwarzen –. Die sind doch immer hinterhergehumpelt, fußkrank, verbittert, frustriert, konnten nie fröhlich sein, hatten keinen Grund dazu. Und nun: Schau dir das Linsengericht an.«

Dieses Heimweh nach Hubreichen machte ihm Angst, nach Häuschen und Garten, dem Alleinsein mit Katharina und dem Jungen, nach dieser Geborgenheit hinter dem großen Holzstapel, den er immer wieder aufstockte; und das Tagesritual, mit dem abschließenden abendlichen Milchholen, dem großen Jutsch von der alten Frau Hermes; Angst machte ihm dieses Heimweh nach einer Geborgenheit, das verständlich hätte sein können, als er aus dem Knast kam und die Zummerling-Meute ihn hetzte, auch versuchte, die Leute im Dorf gegen den Pfarrer und ihn zu hetzen – doch jetzt, nach vier Jahren, Holger schon drei – jetzt sollte, müßte er aus Hubreichen wegwollen – und wollte nicht weg. Sollte, wollte er den Rest seines Lebens in Hubreichen verbringen, die Lust am Planen und Rechnen auf den Garten, auf Holzverwertung, Ernte und Spiel beschränken–? Möglicherweise so etwas wie unbezahlter inoffizieller Berater der Dorfbewohner werden, dem man mal Geschlachtetes schickte, einen Korb Eier?

Erschrocken war er über die Routine, die sich aus dem Milchholen ergab: das Öffnen der Tür, die Milch auf den Bord stellen, Katharinas Wange küssen, dem Jungen die Jacke ausziehen, sich am Ofen die Hände wärmen, in den Topf gucken, aus dem es heute sogar nach Fleisch roch: Ragout mit Gemüse und Pilzen, nachschauen, ob die angebrochene Flasche Wein für den Abend noch reichen würde oder eine neue geöffnet werden mußte; die Läden zuziehen, von innen verhaken, die Konsistenz der Erde in den Geranienkästen prüfen; es war feucht und neblig draußen, das dispensierte vom abendlichen Spaziergang–. Er war erleichtert zu hören, daß Dolores nicht zu Spanischstunden kommen würde, sie organisierte irgendeine Demonstration für Chile oder Bolivien, hatte sich aber am Telefon zufrieden über ihr Spanisch geäußert, sprach jetzt prinzipiell nur noch Spanisch mit ihnen, zum Abschied »Venceremos«. Wo? Wer?
Sie erschraken beide, als es dann doch klopfte, zuckten zusammen, sie hatten sich beide auf einen Abend mit Spanischsprechen und ein bißchen Musik gefreut, waren erstaunt, als Sabine hereinkam, mit Kit und dem jungen Sicherheitsbeamten, den

man jetzt manchmal im Schlößchen sah, in den Fluren, im Park, auf dem Hof. Sabine mit Gepäck, das war noch nie vorgekommen: ein Koffer, eine Tasche, ein Beutel mit Strickzeug, Kit mit zwei Puppen unter dem Arm und ihrem alten zerzausten Stofflöwen, von dem sie sich nie trennte. Sabine bittend, fast verlegen: »Ich weiß, ich störe – aber ich muß mal zu euch kommen, mit euch reden und so – ich kann ja mit Kit im Kämmerchen schlafen ...« Das war eine gute Gelegenheit, mal wieder Katharinas ungebrochene und ausgesprochene Herzlichkeit zu bewundern; nicht den Bruchteil einer Sekunde lang war Erstaunen oder Verlegenheit auf ihrem Gesicht. »Kommt erst mal rein und eßt mit uns, es gibt was Gutes, und es ist sehr gut, wenn Holger mal nicht mit uns spielt, sondern mit Kit. Kommt erst mal rein. Nur – deine Sicherheit ... und du weißt, ich mein's nicht ironisch ...«
»Ich werde ja bewacht«, sagte Sabine lächelnd, »Herr Hendler, ihr kennt ihn doch, war so freundlich, mich zu begleiten – mit Mutters Auto – ich habe meine Karre bei Erwin gelassen – Herr Hendler hat auf Anweisung von Herrn Holzpuke meinen Schutz übernommen ...«
Der junge Beamte nickte nur, sagte: »Ich muß jetzt auf Posten, ich werde meinem Vorgesetzten Überblick über die neue Situation geben – wahrscheinlich wird er Verstärkung schicken – die Verantwortung – das Pfarrhaus ist sehr groß – der Garten riesig.«
»Es ist sehr kühl draußen«, sagte Rolf, »regnet beinahe, der Nebel jedenfalls trieft – kommen Sie, ich zeige Ihnen eine geeignete Stelle«, schränkte ein, »nach meiner Ansicht geeignet – wir müssen auch den Pfarrer verständigen –.« Er brachte Hendler über den Gartenweg zu der Kellerüberdachung aus Stahl und Drahtglas. »Ich glaube, von hier aus können Sie Garten und Mauer, auch unser Häuschen genau im Auge behalten, und wenn Sie – wir dürfen Ihnen doch etwas zu essen bringen, oder?«
»Danke«, sagte Hendler, stellte sich an die Wand, prüfte das

Blickfeld. »Ich glaube, das wird gehen, bis mein Kollege kommt – nur, wenn Sie ein Außenlicht an Ihrem Häuschen hätten?«

»Ja?«

»Würden Sie es bitte einschalten?«

»Natürlich.«

»Danke, und bitte verzeihen Sie ... nichts zu essen ... ich würde ja gerne.«

In diesem Augenblick flammte in der Kirche das Licht auf, fiel aus den hohen Fenstern in den Garten, und aus einem Grund, den er nie würde erklären können und nie erklären konnte, erschrak Rolf, lief zur Sakristeitür, rüttelte daran, lief dann zurück durch den Garten, durch die kleine Pforte hinaus, sah Roicklers Auto vor der Tür, den Gepäckraum offen – die Klappe des Gepäckraums hoch, und eine junge Frau, die er noch nie gesehen hatte, mit zwei Koffern und baumelnden Taschen aus dem Flur kommen – sie nickte ihm zu, ging an ihm vorbei, und er blickte sich nach ihr um: die blasse Strenge ihres Gesichts, das lange und lose braune Haar, die Bewegungen, und als sie die Koffer absetzte, sich halb umwandte, bevor sie die Taschen in den Gepäckraum stellte, lächelte sie, er ging auf sie zu, wollte sich vorstellen, aber sie schüttelte den Kopf und sagte: »Ich weiß, wer Sie sind – ich bin Anna Plauck – gehen Sie zu ihm, er wird nicht mehr wiederkommen, wollte still weggehen und Ihnen schreiben – er hat nur eine Angst, daß man Sie hier rausschmeißt, wenn er nicht mehr da ist – gehen Sie zu ihm, er ist in der Kirche ...«

Er war schon lange nicht mehr in einer Kirche gewesen, obwohl er so nahe an einer wohnte und mit dem Pfarrer, man konnte schon sagen, befreundet war: Er hatte doch Angst, als er durch den Flur zurückging, den Durchzug spürte und in die Kälte des neugotischen Kirchenschiffs trat. Unwillkürlich suchte er das Weihwasserbecken und tauchte Zeige- und Mittelfinger ein: Das war noch gar nicht so lange, war erst zehn Jahre her, zehn von dreißig; er bekreuzigte sich sogar und erschrak, als er

Roickler mit dem Rochette bekleidet am Altar stehen sah, fürchtete irgend etwas Blasphemisches, töricht Sakrilegisches und war erstaunt, als Roickler das Altartuch abnahm, sorgfältig zusammenfaltete, den Kelch aus dem Tabernakel nahm, niederkniete, die Kerzen auslöschte und ruhig in die Sakristei ging, aus der er kurz danach im Straßenanzug zurückkam. Rolf stand immer noch starr, als Roickler ihn am Arm berührte und sagte: »Ich wollte nicht einfach so weggehen, ich wollte es ordentlich hinterlassen, den Kelch ins Safe, die Wäsche in den Schrank, den Safeschlüssel werde ich dem Bischof schicken – ich gehe auch nicht weg, weil meine Sexualität mich quält – sondern weil ich die Frau, weil ich Anna liebe, sie nicht einsam lassen und mich nicht einsam machen will – ich will nicht mehr, lieber Tolm, will nicht mehr heimlich tun, was ich anderen verbiete, was ich ihnen als Sünde ankreiden muß – es wird die Leute im Dorf nicht sehr treffen, sie werden nur hoffentlich bald einen neuen Pfarrer bekommen ... Kommen Sie, ich habe mit Ihnen noch etwas zu regeln.«

»Was werden Sie tun«, fragte Rolf, »was werden Sie machen, wovon werden Sie leben ...?«

»Ich werde zunächst bei Anna wohnen, von ihr leben, vielleicht wird mein Bruder mir irgendeine Beschäftigung geben – er hat einen Elektrobetrieb. Und lesen und schreiben hab' ich ja gelernt, sogar rechnen hab' ich gelernt – sehen Sie mich nicht so traurig an: Ihretwegen, Ihrer Frau und auch Ihrer Eltern wegen, auch der Leute hier wegen gehe ich sehr ungern weg. Vielleicht kann ich mal abends heimlich wiederkommen, am Feuer sitzen und meine Zigarre rauchen – sind Sie erschrocken?«

»Ja«, sagte Rolf, »gegen meine Einsicht, gegen meine Systemanalyse bin ich erschrocken, ich dachte immer, wir dachten immer ... Katharina ...«

»Ich wäre ein guter Priester, dachten Sie, und es stimmt sogar: Ich war kein schlechter, nur: Es geht nicht mehr so,

und ich möchte mich korrekt von meiner Kirche verabschieden ... kommen Sie–«
Sie bekreuzigten sich beide, fast gleichzeitig, Roickler lächelte dabei, Rolf nicht. Offenbar hatte Roickler nicht einmal seine Bücher mitgenommen: Die Regale waren noch voll, der Zigarrengeruch noch im Zimmer. »Ich habe hier ein Schriftstück vorbereitet, von dem ich nicht weiß, ob es gültig ist, ob man seine Gültigkeit anerkennen wird. Hiermit wird der am – da müssen Sie das Datum einfügen – geschlossene Mietvertrag um fünf Jahre verlängert. Heutiges Datum, Ferdinand Roickler, Pfarrer – der bin ich ja noch, noch habe ich diesen kirchenamtlichen Status – und hier unterschreiben Sie: Dr. Rolf Tolm. Der Kirchenvorstand wird, oder besser gesagt: würde Ihnen keine Schwierigkeiten machen, die Leute haben Sie gern hier, und Hermes ist zuverlässig–. Aber ich weiß nicht, welchen Druck man von oben ausüben wird, weiß auch nicht, welche Kompetenzen die da oben haben. Wahrscheinlich ist es Ermessensfrage, könnte einen Prozeß bedeuten, aber so leicht rauswerfen kann man Sie nicht – es lag mir daran, das zu klären ... immer noch traurig, Rolf? Immer noch: Wir werden uns wiedersehen, hier oder in Köln, wenn Sie mich bei Anna besuchen – übrigens, ich gebe Ihnen den Hausschlüssel – stelle Ihnen das Bischofszimmer als Gästezimmer zur Verfügung, wenn Ihre Eltern mal hier über Nacht bleiben möchten ... Sie kennen den Plattenschrank, die Stereoanlage – wissen auch, wo der Wein liegt – und es würde mich freuen, wenn in dem Bischofsbad, in dem noch nie jemand gebadet hat, erst recht kein Bischof, mal jemand baden würde – nicht traurig sein, mein Lieber, und grüßen Sie mir Katharina und den Jungen. Die Tante habe ich vorsichtshalber in Urlaub geschickt, die wird's überleben ...«
Da stammelte Rolf doch seinen Dank herunter, von der wunderbaren Zeit, die sie hier gehabt hatten. »Ich weiß nicht, was aus uns geworden wäre, wo wir gelandet wären – und ohne Sie wären die Leute hier bestimmt nicht ... so nett zu uns geworden – ich weiß nicht ...«

Draußen saß Anna Plauck schon am Steuer, lächelte, nickte. Und es gab dann doch noch Umarmungen, ein paar Tränen, Winken, ein abfahrendes Auto, und er ging dann doch noch einmal in die Kirche und blickte auf den verödeten Altar und sah jetzt erst, daß auch das ewige Licht erloschen war. Angst vor diesem Wechsel, Angst vor dem neuen Pfarrer, Angst vor der Angst, die ihm eine mögliche Vertreibung einjagte; er schloß das Pfarrhaus ab und steckte den Schlüssel in die Tasche.

Kit spielte schon mit Holger, als er zurückkam, machte ihm Vorschläge, wo man den Löwen unterbringen könnte und Holgers hölzernen Dackel, an dem er so hing: einen scheußlichen Pop-Dackel à la Disney. Sabine saß auf der Ofenbank und rauchte, was er in letzter Zeit selten an ihr beobachtet hatte; war sie vom Ofen erhitzt oder vor Verlegenheit? Sie hatte ja immer was Kindliches behalten, war nicht naiv, aber kindlich, und er hatte nie begriffen, daß sie ausgerechnet Fischer genommen hatte. Es gab nicht nur nettere in dieser Kategorie, sondern wirklich nette – den Pliefger-Enkel zum Beispiel, den er mal bei Vater kennengelernt hatte, und auch: Gott sei's geklagt, man mußte gerecht sein: der junge Zummerling, der nicht ungeheuer intelligent zu sein schien, aber wirklich aufmerksam, fürsorglich war, wohl das, was man einen »liebevollen Menschen« nennen konnte – und den hätte sie bestimmt haben können: Der war ein erstklassiger Reiter, und das wäre natürlich eine Ehe gewesen: das ›Blättchen‹ und Zummerling. Warum eigentlich nicht? War doch ohnehin gleich, was man las, ob das eine oder das andere, und es rührte ihn selbst, als er Sabine nun lächelnd betrachtete und ihr mehr Glück gewünscht hätte, als sie mit diesem Fischer nun gehabt zu haben schien. Aber der war ja früher auch so übel nicht gewesen, wie er geworden war, natürlich immer reaktionär und profitbesessen, nun gut, das waren sie vielleicht alle, mußten es wohl sein – aber ruhiger war er gewesen, weniger hart; der hatte seinen Charme schnell abgenutzt – der hatte manchmal sogar etwas Trauriges im Blick gehabt – aber der Netteste war zweifellos der junge Zummerling.

»Was lächelst du«, fragte Sabine, kam mit ihrer Zigarette nicht zurecht, drückte sie im Aschenbecher aus.

»Ich lächle, weil ich viel besseres Quartier für dich habe als das Kämmerchen. Ich habe ein veritables Bischofszimmer mit Bischofsbad–«, und er nahm den Schlüssel aus der Tasche und spielte damit. »Der Pfarrer ist plötzlich verreist, mußte sehr rasch weg, läßt dich grüßen, Katharina, auch Holger. Er hat mir sein Haus zur Verfügung gestellt – für eventuelle Gäste ... Im übrigen freue ich mich, dich zu sehen, du siehst blendend aus, fast wie eine Verliebte, sogar die Schwangerschaft steht dir gut – man sieht's ja schon deutlich ...«

Sie errötete. Vielleicht war seine Antwort doch zu salopp gewesen. »Sei nicht böse, du bleibst wohl eine Weile?«

»Ein paar Tage wenigstens, ich habe Katharina schon erklärt – Erwin ist mal wieder auf großer Tour, und ich bin es leid, immer allein in dem großen Haus–. Deshalb, wenn es euch recht ist, möchte ich auch weder das Bischofszimmer noch das Bischofsbad – dann wäre ich ja wieder allein in einem großen Haus mit Polizei drumherum ... Bitte, wenn ich darf – nicht das Bischofszimmer.« Sie lächelte, war seltsam verlegen, half den Tisch decken, wußte sogar noch, wo die Schüsseln für Eintopf standen, die Löffel und die Papierservietten lagen. Er bohrte unterdessen Äpfel aus, füllte sie mit Marmelade, schob sie in die Ofenröhre. Rührte noch einmal in der Schüssel, in der er Vanille und Eier, Milch und Zucker für die Soße angerichtet hatte.

»Das wird dir nach Eickelhof schmecken«, sagte er.

»Denkst du auch so oft an Eickelhof? Ich dachte, du wolltest gar nichts mehr davon hören ...«

»Nein, ich denke nicht oft daran, aber ich weiß, daß du oft daran denkst, und ich möchte, daß du dich wohl fühlst–. Vielleicht ist das hier ein Stück von Eickelhof – wenn auch nur ein Dreißigstel so groß – also los, Kinder, kommt ...«

»Ja, es erinnert mich daran. Das macht wohl die Mauer – und eure Herzlichkeit ...«

Sie seufzte vor Behagen, während sie aßen, Ragout, geschmortes Gemüse mit Pilzen und den Salat, setzte ungefragt und eigenhändig den Teekessel auf, berührte immer wieder Katharinas Arm, lächelte, fast weinend, jedenfalls mit feuchten Augen, und obwohl er ihr sagte, daß der Beamte Essen abgelehnt hatte, bestand sie ausdrücklich darauf, dem Beamten draußen sein »Töpfchen« zu bringen. »Und später auch 'nen Apfel, wenn sie fertig sind, von mir nimmt er das schon, wir kennen uns ja schon lange.« Es regnete inzwischen heftig, und sie stülpte sich die Kapuze von Rolfs Anorak über den Kopf und nahm das Töpfchen mit Essen unter den Schutz des baumelnden Kleidungsstücks; einen Schirm wollte sie nicht, schloß die Tür sorgfältig hinter sich.

Katharina schüttelte den Kopf, als er was sagen wollte. Sie hatten sich nie dazu entschließen können, Holger rauszuschikken, wenn sie etwas besprechen wollten; er sagte leise: »Der Pfarrer, Roickler, wird lange wegbleiben ... sehr lange«, legte ihr den Mietvertrag, die Ergänzung des Mietvertrages hin. Es überraschte sie beide gleichermaßen, mit welch seligem Lächeln Sabine zurückkam, den nassen Anorak abnahm, ausschüttelte und wieder am Ofen Platz nahm. Dann gab's die Äpfel in Holgers Lieblingstöpfchen, braune Keramik mit roten Rändern, es gab die Vanillesoße, und es war alles so innig, so fröhlich, als schwebten St. Barbara und St. Nikolaus gemeinsam über Haus, Garten und Dorf: noch Herbst – und doch schon winterlich, und wieder wurde ihm bange vor so viel Gemütlichkeit. Sabine schüttelte den Kopf, als Katharina ihr Apfel und Soße für den Beamten in einem Töpfchen hinhielt.

»Nein«, sagte sie, er will nicht, ist zu korrekt. Ich muß euch was sagen – sie werden den Wohnwagen, in dem die Beamten neuerdings hausen, aus Blorr wegziehen und hierhin postieren – ich störe euren Frieden ...«

»Du bleibst so lange bei uns, wie du willst – wie es dir gefällt ...«

»Und ich brauch' nicht ins Bischofszimmer?«

»Nein.«

Sabine bestand darauf, die Kinder zu waschen und ins Bett zu bringen, ja. Es war schon hübsch, sie da zusammen zu sehen, eng zusammengekuschelt mit dem zerzausten Löwen und dem Disney-Dackel: »wirklich süß«. »Ja, und jetzt«, sagte Sabine, »kann ich's euch ja sagen: Ich bin endgültig von Fischer weg, endgültig, und das Kind, das ich erwarte, ist nicht von ihm, nicht von Fischer, da staunt ihr und wollt es sowenig glauben wie Vater und Käthe, und doch stimmt es ...«

Es war Katharinas Idee, auf das Kind anzustoßen. Sie hatte immer solche guten Ideen – und beim zweiten Glas erschien so etwas wie »trotziges Glück« auf Sabines Gesicht, und sie sagte lachend: »Wenn's ein Junge wird, nenn' ich ihn Holger, und wär's nur, um ihn zu ärgern: freie Fahrt ins Wochenende ...«

»Man soll keinem Kind einen Namen geben, nur, um jemand zu ärgern. Das ist nicht gut für das Kind, und vielleicht wird's ein Mädchen«, sagte Katharina.

»Dann nenn' ich es Katharina – nicht Veronica, obwohl das auch ein sehr schöner Name ist – Vater will mir helfen, und Käthe sieht mich schon als große Journalistin. Ist was Besonderes mit dem Pfarrer, was du nicht sagen wolltest in Gegenwart der Kinder?«

»Ja, er ist endgültig weg – kommt nie mehr wieder, jedenfalls nicht als Pfarrer. Er ist zu einer Frau, seiner Frau. Ich wollte das auch dir ersparen ...«

»Ersparen? Warum mir ersparen? Meinst du, ich wüßte nicht, was mit Kohlschröder los ist – und überhaupt, es gibt euren, euren Analysen recht ...«

»Man ist ja nicht immer glücklich, wenn solche Analysen zutreffen – übrigens, drei Holger in einer Familie – das wäre einfach zuviel.«

VII

Wieder einmal mußte er sich in die Grauzone begeben, wo Diskretion und Sicherheit kollidieren, eins von beiden explodieren konnte. Hätte ihm jemand vorausgesagt, daß es einmal zu seinen Sicherheitsaufgaben gehören würde, herauszufinden, im wievielten Monat und von wem eine Frau schwanger war – er hätte wohl gelacht. Doch genau besehen, konnte es äußerst wichtig werden zu wissen, mit wem diese Frau jenen immerhin intimen Kontakt aufnahm, der zu jenem Zustand führte, den man Schwangerschaft nennt. Und da ihm nun einmal die Sicherheit der jungen Frau Fischer und aus einleuchtenden Gründen – und sogar die ihres Bruders, der selbst ein Sicherheitsrisiko darstellte – so intensiv ans Herz gelegt worden war, mußte er wohl versuchen, der Sache nachzugehen, denn der »Schwängerer« – er nannte ihn vorläufig so – konnte hinter der liebenswürdigsten, hinter einer gesellschaftlich makellosen Maske durchaus mindestens so fragwürdig sein, nicht moralisch, sondern sicherheitstechnisch, wie dieser merkwürdige junge Schubler, der Frau Fischers Nachbarin wenn auch – bisher jedenfalls war solches nicht bekannt – nicht geschwängert, aber intim mit ihr verkehrt hatte.

Die Sache mit der Fischer war ziemlich heikel. Es war nicht seine Sache, Ehebruch aufzuspüren oder nachzuweisen, er war nur für ihre Sicherheit verantwortlich, und sie gehörte nun mal zum Kreis der am meisten gefährdeten Frauen, und daß sie nicht von ihrem Mann in Hoffnung war, war inzwischen eindeutig nachweisbar. Dieser Zeitungsmensch, der ihn mittags anrief, hatte ihn noch nie hereingelegt. Der hatte ihn auch auf die merkwürdigen Basteleien des alten Schröter aufmerksam gemacht, der immerhin klares Schußfeld zum Schloß hatte, hatte hingewiesen auf die Wut des alten Bewerloh und die tiefe Bitterkeit des Dr. Zelger, lauter ältere Herren, die er bisher nur oberflächlich als nebensächliche Randfiguren, nur als mögliche Kontaktpersonen, nie als potentielle Täter hatte beobachten lassen. In deren Zorn, Wut oder Bitterkeit konnte sich aber durchaus Gewalttätigkeit verbergen.

Schließlich war die Fischer eine geborene Tolm, war doppelt gefährdet, und alle diese Leute standen in irgendeiner Verbindung zu den Tolms, die schwer genug zu disziplinieren waren, die beiden Alten leichtsinnig, manchmal fahrlässig, besonders die alte Dame, an deren Liebenswürdigkeit und Harmlosigkeit er nie zweifeln würde; den Sohn Rolf hielt er für völlig unverdächtig, obwohl er – aber das war lange her, und im Gespräch erwies er sich als wichtiger Analytiker der Szene. Dem Sohn Herbert traute er nicht ganz: Diese AAA (Anti-Auto-Aktion), das konnte böser werden, als der Junge ahnte. Und nun hatte er zuverlässige Nachricht, daß Sabine Fischer geb. Tolm nicht im dritten, sondern im sechsten Monat schwanger war; vor fünf Monaten war aber ihr Mann Erwin Fischer für fast drei Monate unterwegs gewesen – das hatte Arbeit genug gemacht – der hatte nun mal eine Neigung zu obskuren Nachtclubs und naivem Playboygebaren, neigte zur Angeberei, und beides: Angeberei und Sicherheit waren schwer miteinander zu vereinbaren. Da wurde die Frustrationstoleranz der Beamten unnötig strapaziert. Nun, da gab's Amtshilfe, und die Details gingen ihn nichts an. Natürlich mußten sie allen Liebschaften und auch flüchtigen Abenteuern nachspüren, man mußte inzwischen mit allem rechnen, und dabei auch noch totale Diskretion wahren und garantieren! Am meisten Arbeit und Kummer hatte er mit den Bleibls, sie mit ihrem albernen Titten-Getue und dem ganzen Reiz-Hokuspokus, der seine Leute verrückt machte – ihren Einkäufen, Reisen, Partys –, und er mit seinen Nutten, die man ja nun auch nicht alle so genau überprüfen konnte. Wo es doch inzwischen auch in dieser Szene eine Art »linken Aufwind« gab, der mit den Emanzen zusammenhing; früher waren fast alle Nutten zuverlässig reaktionär gewesen, so war durch die Emanzen gründlich Abhilfe geschaffen, da mußte man schon achtgeben; Kummer hatte er auch mit dem

netten alten Kortschede, der sich da hoffnungslos und endgültig – war wohl so etwas wie die letzte Liebe eines alten Mannes – in diesen verfluchten Bengel verliebt hatte, der zwar kein Mutmaßlicher war und doch kriminell genug und zu allem möglichen fähig; ein unangenehm brutales Bürschchen.
Und nun die Fischer, deren Schwangerschaft ihn insofern kränkte, als sich damit die Lückenlosigkeit der Bewachung als fragwürdig erwies; es mußte da einen geben, den sie nicht erwischt hatten – irgendwo mußte sie ihn doch getroffen, sich mit ihm verständigt haben; sie war doch auf Schritt und Tritt bewacht worden, zu ihrem eigenen Heil, konnte sich auch nicht telefonisch mit ihm – wem? – verabredet haben, denn gerade ihr Telefon wurde nun wirklich total gedeckt und mußte gedeckt werden wegen dieses verfluchten Frauenzimmers, das sie »Maria Himmelskönigin« nannten, das man ja doch wohl eines Tages fangen würde, und sie wußte es und wollte ja auch ihr Telefon überwacht haben; außerdem war er natürlich sozusagen moralisch von ihr enttäuscht: diese nette, ernste junge Frau, von der man doch wußte, wie fromm und wie kirchlich sie war, schüchterne Schönheit, fast schon Madonna, mit dem goldigen Blag und mußte doch ein raffiniertes Luder sein, daß ihr Liebhaber ihnen entwischt war. Da nutzte es nichts, wenn er alle, alle Protokolle und Berichte noch einmal und noch einmal durchlas: Besuche, die sie empfangen, Besuche, die sie gemacht hatte–. Es war völlig ausgeschlossen, daß sich ein Lover nachts bei ihr eingeschlichen hatte. Kaum ein Haus war so bewacht wie ihres, und verflucht, wenn sie da jemand hatte, den sie liebte – was nicht zu verwundern war bei diesem (entre nous gesagt) ziemlichen Fatzken von Mann–, so hätte sie doch Vertrauen zu ihm haben, ihm alles sagen können, er sprach doch oft genug mit ihr, aber vielleicht hatten die Erfahrungen ihrer Nachbarin, die sie alle die »liebeshungrige Erna« nannten, sie scheu gemacht. Denn was an Ernas Liebschaft sicherheitstechnisch gerechtfertigte Recherchen verursacht hatte, war da zur Ehekatastrophe geworden. Es war nicht seine Sache, Ehe-

bruch aufzuspüren und Ehen zu zerstören, er war doch verflucht keine Detektei – und doch gab's eben Übergangszonen, risikoreiche Konflikte, in die man sich hineinbegeben mußte. Merkwürdig immerhin, daß ihr eigener Ehemann offenbar die simpelste Form des Rechnens verlernt hatte. Oder ob sie ihm gegenüber die »Im-dritten-Monat-Legende« aufrechterhielt? Dann war auch die Rolle des Arztes Dr. Grebnitzer seltsam. Es hatte des Einflusses höherer – ziemlich hoher – Stellen bedurft, ihm klarzumachen, daß er in einem solchen Fall die Schweigepflicht brechen mußte. Dieser naive, äußerst nette alte Doktor, noch so ein Typ, der sich mit umgehängtem Stethoskop auf die Bettkante setzte und die junge Frau Fischer sozusagen zur Welt gebracht hatte, war einfach wie vor den Kopf geschlagen, als man ihm vorrechnen mußte, vorrechnen konnte, daß dieses menschliche Lebewesen, das da in deren Leib heranwuchs (und offenbar »gedeihlich, gedeihlich«), nicht von ihrem Mann stammen konnte. »Sabine nie, Sabine – nie!« und hatte, obwohl er den sechsten Monat schließlich bestätigte und Fischers längere Abwesenheit während der fraglichen Zeit zugeben mußte, auf seinem »Sabine? Nie!« bestanden und irgendwas gemurmelt von: »Mit Rechnen allein ist es ja auch nicht getan.«
Womit denn, wenn nicht mit Rechnen, wenn es um Vaterschaft ging. Wenn es der strengstens bewachten jungen Frau gelungen war, unbeobachtet einer Liebschaft nachzugehen, dann hatten Lühler, Zurmack und Hendler – in deren Zeit fiel die Schwängerung – irgend etwas übersehen. Sie hatte den »Schwängerer« vielleicht beim Milchholen getroffen, hatte sich ihm in Beeretzens Stall oder Scheune – bei ihr verboten sich vulgäre populäre Ausdrücke – »hingegeben!?« – sie war der Typ, der es »hingeben« nennen würde – dann mußte sie Mitwisser bei den Beeretzens haben; ziemlich unwahrscheinlich, denn während des Milchholens wurden alle Zugänge zu Beeretzens Hof streng überwacht, und vorher wurden Scheune und Stall durchsucht; nicht einmal, als sie noch ausritt, war sie unbewacht geblieben, nicht beim Einkauf, nicht im Modegeschäft, nicht einmal im

Duschraum des Tennisclubs. Telefonische Verabredungen wären unweigerlich vermerkt worden, denn gerade ihr Telefon – sie wußte es und war damit einverstanden – mußte schärfstens überwacht werden, weil sie doch immer noch hofften, durch eine Fangschaltung »Maria Himmelskönigin« zu erwischen. Und doch mußte sie irgendwo unbemerkt jenen Akt vollzogen haben, der nun mal notwendig ist, um Schwangerschaften herbeizuführen. Immer wieder die Protokolle, die Checklisten durchgesehen – es brachte nichts; dieser Breuer, dieser Klober, Schubler, Helmsfeld, die Bauern in Blorr – ziemlich unwahrscheinlich, wenn auch nicht unmöglich: Der junge Beeretz war ein durchaus attraktiver, gut artikulierter, fast gebildeter junger Bauer – und sie war ja nun mal ein Mensch, weiblich, ziemlich oft und lange allein und keineswegs in einer beneidenswerten Lage, weiß Gott nicht. Bei den Damen, die sie manchmal zum Tee empfing, da mochte es lesbisches Getuttele geben, gewiß nicht von ihr oder mit ihr, aber davon wurde man ja bekanntlich auch nicht schwanger. Ansonsten war sie zur fraglichen Zeit kaum ausgegangen, nur zur einen oder anderen Cocktailparty, und eines hielt er für sicher: Sie war nicht die Type, die es zwischen Tür und Angel treiben würde, nein, sie war eine stille, ernste junge Frau, deren Frömmigkeit ja medienbekannt war. Und wenn er auch zu wissen glaubte, daß Frömmigkeit einen vor Fehltritten nicht bewahrte, so glaubte er doch auch zu wissen, daß sie, wenn schon, aufs Innige aus war, ganz gewiß nicht auf die frivole Porno-Tour, die manchem seiner Leute manchmal zu schaffen machte. Diese verfluchte Zone zwischen Sicherheitsnotwendigkeit und Diskretion, dieser Dschungel voll verschlungener Entscheidungen, da konnte er nicht nur stolpern – da konnte auch eine weitere Ehe kaputtgehen, eine, die Schlagzeilen machen würde. Das hatte der Zeitungsmensch ihm angedeutet: Die Fischer-Ehe – die nicht nur als ideale, schon eher als die idealste immer wieder in den Blättern verschiedenster Art gepriesen wurde, diese Musterehe zwischen dem ›Blättchen‹ und dem »Bienenkorb«, in der auch, wie immer

wieder betont wurde, »weltanschauliche Übereinstimmung herrscht« –, die würde nicht sang- und klanglos in die Brüche gehen. Es bestand ja immmerhin die Möglichkeit, daß der bisher offenbar ahnungslose und viel zu selbstsichere Fischer gar nicht auf den Gedanken kommen würde, Schwangerschaftsmonate nachzurechnen – oder daß er ein verheimlichtes Rendezvous mit seiner Frau – auf den Bahamas oder so – aus der Tasche ziehen würde; diese Version würde er jederzeit widerlegen können.
Diese Sache mußte mit äußerster Vorsicht angegangen werden. Dieser Zeitungsmensch war gewöhnlich bestens informiert. Er war's auch gewesen, der ihn auf Kortschedes homosexuelle Neigungen aufmerksam gemacht hatte, und auf diese Weise waren sie dem Peter Schlumm auf die Spur gekommen, der zu allem fähig war (und hatten mit anhören können und müssen, wie Kortschede ihn zärtlich »mein Peterle« nannte). Dieser Schlumm war nun wirklich ein ganz erhebliches Sicherheitsrisiko, in keiner Weise »mutmaßlich«, aber der Erpressung und des versuchten Totschlags war er fast überführt, Zuhälterei ohnehin, dazu Hasch und Heroin, ein knapp zwanzigjähriges, wirklich bildhübsches Kerlchen mit blonden Locken und einem wahren Engelsgesicht. Da waren Pannen zu erwarten, Pannen schlimmerer Art als bei der unerwarteten fortgeschrittenen Schwangerschaft der Fischer. Er würde wohl doch noch einmal mit ihr reden, ihr das Ergebnis seiner Überlegungen unterbreiten und sie einfach bitten, um ihrer und ihres Kindes Sicherheit willen das Geheimnis zu lüften: Er würde ihr volle Diskretion zusichern, ihr auch das Ergebnis der Überprüfung des »Schwängerers« mitteilen und ihrem Liebesleben keinerlei Hindernisse in den Weg legen; schließlich war er kein Schnüffler, der in Betten und Garderoben herumspionieren ließ. Wenn sie sich weigerte, ihr Geheimnis preiszugeben, dann mußte er mit Dollmer reden, und Dollmer möglicherweise mit Stabski, bevor er energisch Recherchen über den »Schwängerer« anstellte.
Da durfte es keine Pannen geben, und wenn die Ehe kaputt-

ging, dann nicht durch die Schuld der Polizei. Immerhin saß ein Fischer mitten drin bei Zummerling – und der Fehltritt einer Fischer-Schwiegertochter wurde im Nu zu einer Polizeipanne, auch wenn in einigen Blättchen schon von Ehekrise gemunkelt wurde.

Es war ärgerlich, daß sich am Telefon in Blorr nur die Hausgehilfin meldete, die berichtete, Frau Fischer sei vor wenigen Minuten mit ihrer Mutter und dem Kind weggefahren; ärgerlich, daß Kübler ihm das erst fünf Minuten später mitteilte, mit Zusatz, es sei da »einiges an Gepäck mitgegangen« und das habe wie »ein kleiner Umzug ausgesehen«; kurz drauf meldete Hendler aus Tolmshoven überraschend gleichlautend das Eintreffen der Damen mit Kind, »sieht fast wie ein kleiner Umzug aus«, fügte er hinzu; Rohmer, der hinter den Damen hergefahren war, bat um neue Anweisungen, ob er nach Blorr zurückkehren oder in Tolmshoven bleiben solle. Dann aber meldete Kübler aus Blorr, daß Fischer kurz nach dem Weggang seiner Frau aufgetaucht, nur ein paar Papiere geholt habe und mit ziemlich vielen Koffern im Auto wieder abgefahren sei. Er habe ihm auf seine schnöde Weise mitgeteilt, er sei für einige Wochen unterwegs; da nun auch die Blum weggegangen sei, sagte Kübler, und die Blum lediglich Anweisungen habe, hin und wieder – also nicht regelmäßig – nach dem rechten zu sehen, brauche man das Objekt wohl nicht mehr so scharf zu überwachen, und ob er nicht nach Hause gehen könne –. Da wurde Holzpuke unerwarteterweise gereizt und wies Kübler scharf an, gefälligst auf Anweisungen zu warten. Er hatte Grund, ärgerlich zu sein, die Fischer war bisher immer sehr kooperativ und einsichtig gewesen, hatte ihm jede Veränderung ihrer Situation mitgeteilt und ihm ermöglicht, in Ruhe umzudisponieren; das alles – diese »kopflose Flucht« aus Blorr mit der Mutter und dem Kind, deutete auf Spannungen, vielleicht sogar Panik; Fischers Abreise mochte Zufall sein; fast chaotisch wurde es aber, als Rohmer ihm aus Tolmshoven meldete, daß die Fischer nach kurzem Aufenthalt mit ihrem Kind nach

Hubreichen zu ihrem Bruder weitergefahren war und daß er, Rohmer, weil alles so rasch hatte entschieden werden müssen, Hendler zu ihrem Schutz mitgeschickt habe; er, Rohmer, übernehme bis zur endgültigen Regelung Hendlers Aufgabe in Tolmshoven, wo ja nach der Tagung relative Ruhe herrsche, er warte nur auf die Ablösung durch Lühler und werde dann bis auf weiteres nach Blorr zurückfahren. Er bestätigte Rohmers Anordnung, rief Kübler, entschuldigte sich für seine vorübergehende Gereiztheit und ertappte sich dabei, daß er enttäuscht war über die verpaßte Teestunde mit vertraulichem Gespräch bei Sabine Fischer. Hin und wieder hatte er ja mit ihr sprechen, ihr einiges erklären, auch um einige Auskünfte bitten müssen, und er hatte immer gern bei der jungen Frau gesessen: Sie hatte eine überraschend kindliche Art, über manches auch zu lachen, ließ einen ihre verfluchte »Stellung« vergessen, machte immer eigenhändig den Tee, bat ihn manchmal sogar um Verzeihung für die Umstände, die sie verursachte–. Er bildete sich ein, ihr volles Vertrauen zu besitzen, und hatte sich zugetraut, sogar diese heikle Geschichte bei ihr zur Sprache zu bringen, ihr klarzumachen, daß selbst im liebenswürdigsten Liebhaber oder hinter ihm Elemente verborgen sein könnten, die der Überprüfung bedurften. Er hatte sich sogar schon Formulierungen zurechtgelegt, wie: »Meine Überlegungen haben zu dem Ergebnis geführt, daß das Kind, das Sie erwarten, nun, ich kam nicht aus moralischen, sondern aus Sicherheitsgründen auf diese Möglichkeit – nun, daß es möglicherweise einer anderen Liebesbeziehung entsprungen (das mußte er noch korrigieren: »Entspringen« war nicht gut) sein könnte als der zu Ihrem Mann – und da ich für Ihre Sicherheit verantwortlich bin, ich bitte um Verzeihung ...« Wahrscheinlich würde sie erröten, Tee nachgießen, vielleicht lächeln oder böse werden, empört, beleidigt sein, würde ihn vielleicht hinauswerfen, und es würde einen Rüffel geben – hätte, hätte einen Rüffel gegeben. Denn jetzt, wo sie in Hubreichen bei ihrem Bruder hockte, in dieser engen Bude, konnte er kein vertrauliches Gespräch mit ihr führen, schon gar nicht über einen solchen Gegenstand.

Je länger er darüber nachdachte, kam ihm eine Liebschaft außerhalb Blorrs unwahrscheinlich vor. Wenn sie den »Schwängerer« außerhalb von Blorr hätte treffen wollen, hätte sie mindestens ein, zwei Stunden weg, unterwegs sein müssen, und das hätte sich in den Protokollen niedergeschlagen, wenn auch nur mit Fragezeichen, aber dem Fragezeichen wäre man ja nachgegangen, wie seinerzeit, als sie oft mit dem Kind zu Groebel nach Hetzigrath fuhr, oder damals, als sie plötzlich den Friseur wechselte, nicht mehr nach Blückhoven zu Szymanski, sondern nach Hurbelheim zu Picksehne fuhr; da war kein Fragezeichen mehr in den Protokollen; letzten Endes hatte sie keinen der Friseure mehr frequentiert, sondern sich das Haar selbst gewaschen und hergerichtet, dieses herrliche goldblonde Haar, bei dessen Anblick er so gern Tee getrunken und ein vertrauliches Gespräch geführt hätte. Die Nachbarschaft, da fielen ihm zunächst die Blömers ein, dieses leicht frivole Völkchen, das da gelegentlich recht ungezwungene Partys abhielt – lästig, weil man die manchmal anrüchigen Besucher dieser Partys wenigstens flüchtig checken mußte – und besonders Blömers Schwager Sculcz, ein Mensch offenbar mit Vermögen (Herkunft des Vermögens noch ungeklärt, es hieß, er schrieb unter einem Pseudonym gängige Pornos). Beide, Blömer und sein Schwager, waren wohl nicht ihr Typ, waren zu leichtfertig, zu frivol, gewiß nicht »innig«, und außerdem fiel ihm ein, daß er sich die Blömer-Gedanken ohnehin hätte sparen können: Die wohnten ja erst zweieinhalb Monate dort, und sie war doch im sechsten und hatte vorher mit den Blömers nachweislich keinen Kontakt gehabt. So bleiben: der junge Beeretz, der alte Hermanns, Klober, Helmsfeld und damals noch – Breuer; alles nicht wahrscheinlich, aber er hatte sich abgewöhnt, in Liebesdingen Wahrscheinlichkeiten oder Typenneigung als sichere Größen anzunehmen: Kortschede, dieser nicht nur feine, auch feinsinnige alte Herr, der immerhin verheiratet war, erwachsene

Kinder hatte, Cembalo spielte und dem man, wenn man ihm schon Fehltritte zugemutet hätte, höchstens eine kultivierte, gepflegte, etwa achtunddreißigjährige Schauspielerin oder Sopranistin als »sein Typ« zugeordnet hätte, Kortschede war auf den billigsten Typ männlicher Nutte hereingefallen – diesen nun wirklich vulgären, brutalen Schlumm, und Bleibl, bei dem man auf Czardas- oder mindestens Flamenco-Typen tippen würde, der hatte in dritter Ehe eine sanfte, freundliche, jugoslawische Reinemachefrau geheiratet: einen wahren Engel an Sanftmut, der es freilich nur zwei Jahre mit ihm ausgehalten hatte. Schließlich, nachdem ihm klar war, daß sie nun wirklich offenbar begangen hatte, was sie selbst Ehebruch nennen würde, konnte er keinen als Partner ausschließen, weder den ältlichen Hemsfeld, dem wahrscheinlich aber der Mumm, wenn auch nicht die Lust fehlen würde, und nicht einmal den krummbeinigen Klober; beide waren als Besucher registriert: Helmsfeld wohl zu literarisch angehauchten Teestündchen, Klober meist kurz, um »Eigenbau-Gemüse« abzuliefern – Salat, Blumenkohl, »garantiert ungespritzt, liebe Frau Dr. Fischer«, ließ sich nicht davon abbringen, sie Frau Doktor zu nennen, bekam eine Zigarre, einen Cognac, fühlte sich aber doch offenbar nicht sehr behaglich, ließ meistens die nur angerauchte Zigarre liegen, und bei keinem seiner Besuche war die Zeit von 17–18 Minuten überschritten; Klober konnte man dann doch getrost für unwahrscheinlich halten.
Schließlich blieben – und man mußte ja jede Sache bis zu Ende denken – seine eigenen Leute. Da war ihm Zurmack der Verdächtigste, verdächtig, wenn er es von Zurmack aus betrachtete: Der war in amourösen Dingen draufgängerisch, wenn auch verheiratet, hatte auch gelegentlich – jedenfalls einmal, und in einer sehr heiklen Situation, die hätte schiefgehen können –, nicht lange leugnend, im Dienst, während des Dienstes, ein Verhältnis mit der Mutter eines Delinquenten angefangen. Er hatte einen jungen Hasch-Dealer verhaftet, war dann noch einmal in die Wohnung gegangen, um die Bude

genau zu durchsuchen, und hatte sich, wie er später zugab, mit der Mutter des Jungen »hingelegt«.

»Ja, ich hab's mit ihr gehabt. Es war eine liebe Frau, Elli hieß sie, ich weiß nicht mal mehr ihren Nachnamen – und sie war keine Nutte, und ja, dann bin ich manchmal während der Dienstzeit zu ihr gegangen, ich konnte es nicht lassen – und heute noch, wenn ich am Haus vorbeikomme, packt's mich wieder, weil ich doch weiß, daß ihr Alter und der Junge im Knast sitzen – ich hab' sie gern, möchte fast sagen: Ich habe sie lieb – und sie schmilzt mir hin, wenn ich komme, ich weiß es – und Lisbeth, meine Frau, hat nie was gewußt oder gemerkt. Aber ich hab' dann doch Schiß bekommen – es könnte Erpressung dabei herauskommen – doch das hat sie nie versucht, nie angedeutet – Elli, 'ne gute Frau, 'ne liebe Frau ...«

Und doch schloß er Zurmack aus, nicht von Zurmack, von ihr, von Sabine Fischer aus gesehen. Er konnte sich das nicht vorstellen, fast noch weniger als Klober, obwohl doch Klober ein krummbeiniger, ältlicher Schieber war und Zurmack ein ansehnlicher stattlicher Polizeibeamter, noch ein bißchen der alte Gendarmentyp, sportlich, direkt, wahrscheinlich, mit weiblichen Augen betrachtet, nicht ohne Charme. Lühler – er nahm sie in der Reihenfolge der Wahrscheinlichkeit – theoretisch jederzeit und sofort, der scheute kein Abenteuer, hatte deren auch genug, war unverheiratet, nur: Für den war diese »Biene« nicht aus amourösen, sondern aus sozialen Gründen einige -zig Kragenweiten zu groß, zu hoch – zu riskant. Die war in jedem Fall »medienverdächtig« – und wie! Das konnte Ärger geben, und den mochte Lühler nicht; nein Lühler – und immerhin, wenn es einer seiner Leute sein sollte – und verflucht, sie waren ja Menschen und männlichen Geschlechts –, immerhin war da das Sicherheitsrisiko ausgeschlossen, und es blieb noch Hubert Hendler. Aus dem war er nie so recht schlau geworden, er mochte ihn, er war einer der zuverlässigsten, die er hatte, war auch theoretisch auf der Höhe, rechtlich, juristisch informiert, hatte nie, auch bei der Sitte, nie auch nur die geringste Unkorrektheit begangen. Kiernter schwor auf ihn, auf seine stabile Ehe, sein Auftreten, fühlte Hendlers gelegentliche Nervosität, die fast zur Gereiztheit werden konnte, auf dessen finanzielle Lage zurück: hatte sich offensichtlich übernommen mit seinem Hausbau, mit Auto und Anschaffungen, und doch gab's da ein »unschätzbar stabilisierendes Element«, wie Kiernter es nannte: Hendlers Frau Helga, besonnen, liebevoll, ruhig – und »fast eine Schönheit«; da waren zwar im Familienumfeld ein paar nicht so stabile Elemente, Helgas Schwester Monika und deren Freund Karl Zurmeyen, auch so ein abgebrochener Soziologe, über den aber nichts, gar nichts Verdächtiges vorlag, obwohl er zu Zeiten in Berlin gewesen war, die ihn verdächtig hätten machen können. Nur eins deutete auf Hendler als den möglichen »Schwängerer« – er war von allen Erwogenen als einziger, wenn nicht überhaupt, dann aber gewiß annähernd »ihr Typ«. Ein ernster Junge, fromm wie sie, nicht humorlos, obwohl es manchmal so schien, und von einer ruhigen Männlichkeit, die ihr gewiß gefiel; partiell religiös fanatisch – was sie nicht war – und verflucht »gerecht«, nicht selbstgerecht – gerecht, hatte sogar unter Umgehung von Vorschriften manchen laufen, manches durchgehen lassen. Er war wohl so etwas wie ein Fremdkörper, konnte schlüpfrige Witze nicht leiden, ließ Obszönes nicht durchgehen, hatte so manchen Spott und manches Mal mehr über sich ergehen lassen – und hatte sich doch selbst bei den zynischsten seiner Kollegen Respekt verschafft, sogar Sympathie. Aber ob Hendler – seine Gedanken sträubten sich, ihn »Schwängerer« zu nennen, und er führte bei seinen Überlegungen das Wort »Liebhaber« ein – ob Hendler der Liebhaber war oder gewesen war? Das Wort Liebhaber ließ die Unwahrscheinlichkeit geringer werden und machte doch die Unmöglichkeit nicht wahrscheinlicher.

Einer seiner Beamten? Da standen Schlagzeilen genug bereit, da war er fällig, und es war wohl doch besser, die Sache auf sich beruhen zu lassen, weder Dollmer noch Stabski zu früh einzuschalten, dem Zeitungsmenschen klarzumachen, daß ihn die

Intimsphäre von Frau Fischer so lange nichts angehe, wie das Sicherheitsrisiko ausgeschlossen sei – und das sei ausgeschlossen, und immerhin: Es konnte ja nur einer aus der Nachbarschaft oder einer seiner Leute sein, und die waren alle kein Sicherheits-, vielleicht nur ein moralisches Risiko, und moralische Risiken gingen ihn nichts an. Hendler? Der war gewiß auch von der innigen Sorte. Aber immerhin war da doch die prächtige Helga, eine hübsche und aufgeschlossene junge Frau, mit der er schon mehrmals getanzt hatte, und doch: Jetzt war also Sabine Fischer bei ihrem Bruder in Hubreichen und Hendler zu ihrer Bewachung: der hochummauerte Pfarrgarten, diese idyllische Dependance, die hohen Bäume, Haselnußsträucher – wenn sie eine Liebschaft hatten, konnte es idealer nicht sein. Gewiß war ihr Bruder Rolf nicht der flotte progressive Pornotyp und sein kapitalistisches Schwesterchen ebenfalls nicht, sondern er war eher der puritanisch-sozialistische Typ, und doch würde er seinem lieben hochkapitalistischen Schwesterchen gewiß weder Vorwürfe machen noch Hindernisse in den Weg legen, falls sie sich da im lauschigen Garten bei einem tête à tête ertappen ließ. Die Sache blieb heikel, blieb sogar brisant, und es war wohl das beste, wenn er sie alle drei, Zurmack, Lühler und Hendler, zunächst mal auf Lehrgang schickte; nach Strüderbeken: Da gab's Heide und Wald, eine hübsche Kantine, Waldlauf, Fußball, ein bißchen Schießen, Theorie – das würde ihnen guttun – sie hatten es verdient, und er würde sie nach dem Lehrgang endlich zur Beförderung vorschlagen; das hatten sie ebenfalls verdient, besonders Zurmack, dessen Nerven durch die Bleiblsche damals arg mitgenommen worden waren, der es strikt abgelehnt hatte, »mit irgendwelchen Weibern einkaufen zu gehen, zum Einkaufen geschickt zu werden, auch nicht mehr in Kurorte, wo ich zusehen muß, wie sie sich an der Bar besaufen und ihre Titten spielen lassen, ohne daß einer mitspielen darf. Nee. Bitte nicht.« Lehrgang, danach Urlaub, Versetzung: Es würde allen guttun, mal wieder das zu tun, was er normalen Gendarmendienst nannte; freilich, da würde es Personalprobleme geben. Die vierte Frau Bleibl hatte vor, auf eine Nordseeinsel zu fahren, und Bleibl hatte um »entsprechende Maßnahmen« gebeten. Er mußte also dringend mit Dollmer sprechen, vielleicht sogar bis Stabski vordringen – Verstärkung anfordern; kein Wort über die Schwangerschaft der Fischer: Das war ihre Sache, Sache ihres Mannes, Sache ihres Liebhabers, wenn der überhaupt davon wußte. Er traute ihr schon zu, daß sie nie, nie darüber sprechen würde – und wenn die Zummerling-Leute dann über sie herfielen, war sie vielleicht drin, aber er nicht. Er mußte nur den Zeitungsmenschen sofort anrufen und ihm deutlich machen, daß die Schwangerschaft der Fischer keine »sicherheitsgefährdende Dimension« hatte; er konnte ihm klarmachen, daß er zu mehr Auskünften nicht verpflichtet war.

VIII

Letzten Endes mußte es ihr sogar gelingen zu beweisen, daß Breuer von ihrem Verhältnis mit Peter gewußt, daß er es geduldet hatte. Er sollte nur, wenn er wirklich vor Gericht ging, die Fahrtenschreiber vorlegen, die er ja eingehend studiert und analysiert hatte und auf denen eindeutig ein-, zweimal die Woche diese genau feststellbare Distanz von 23 Kilometern bis zu einem Stopp, der dann eine, zwei, manchmal drei Stunden dauerte, abzulesen war. Hatte er nicht zu Peter blinzelnd gesagt: »Besuchen Sie da jemand?«, hatte Peter nicht genickt und sich einverstanden erklärt, diese 46 Kilometer des Hin- und Rückwegs als »privat« zu buchen und zu verrechnen, und wußte Breuer dann nicht, daß es genau 23 Kilometer vom Geschäft bis zur Wohnung waren, hatten sie das nicht x-mal – schon aus steuerlichen Gründen – miteinander getestet? Da gab's Zeugen, von denen man nur hoffen konnte, daß sie nicht umfielen: Der Buchhalter Plein, der ja notfalls die Abrechnungen vorlegen mußte. Und was, was hatte Breuer sich dann gedacht? Würde er das vor Gericht aussagen: 23 Kilometer privat, zwei Stunden privater Aufenthalt, wo denn? Natürlich hatten sie nie darüber gesprochen und doch – Buchhalter, Fahrtenschreiber, und das hatte doch acht, fast neun Wochen gedauert und hätte weitergehen können, wenn nicht diese verfluchte Sicherheitsgeschichte dazwischengekommen wäre, Peters Akte nicht ein paar Dummheiten enthalten hätte und diese idiotische Pistole, also altmodisch und blöde, daß man sie kaum noch jemand als Spielzeug hätte anbieten können: ein Trommelrevolver ungefähr Jahrgang 1912, allerdings mit Munition.

Ihr Anwalt machte sie zwar darauf aufmerksam, daß es durchaus durchgehen könnte, wenn Breuer sein Mitwissen leugnete, daß er sogar, wenn er – was wahrscheinlich war – seine Mitwisserschaft zugab, drauf plädieren könne, daß er es zwar geduldet habe, aber nicht mehr habe dulden können, als es aktenkundig und damit – angesichts der Pressegesetze, die Erna als Nachbarin der Fischers durchaus zur Person der Zeitgeschichte machten, worüber man streiten könne, aber »strittig und nicht eindeutig« sei es eben – publicityträchtig wurde. Er konnte als Ehemann »leidend dulden« (so sehr hatte der gar nicht gelitten, verflucht, wahrscheinlich hatte er sogar seinen perversen Spaß daran gehabt!), aber seinen Ruf, zumal als Geschäftsmann, nicht schädigen lassen, ohne Scheidungsklage einzureichen: und publik war's ja nun wirklich geworden und – darüber mußte gestritten werden, das war nun wirklich strittig – gewiß nicht durch ihre oder Peters Schuld, sondern durch Breuer, der den Mund ja nicht halten konnte, seine Pleite auf irgendwelche »Schädigungen« zurückführen wollte. Sie hielt es für durchaus möglich, daß er selbst irgendeinen Zeitungsmenschen angerufen hatte: Pervers genug dazu war er, und wenn's hart auf hart kam, würde sie eben auspacken, dann mußte eben der ganze Dreck auf den Tisch; und wenn sie nun wirklich Breuer unterliegen würde, konnte sie – das hatte der Anwalt angedeutet – sich als »sicherheitsgeschädigt« bezeichnen, da entstanden,

wie der Anwalt ihr mitteilte und auch Breuers Makler bestätigte, ganz neue Kategorien, die man notfalls in einem Musterprozeß durchsetzen müßte. Also: Wenn er unbedingt die Scheidung wollte: ja – aber keine Schuldfrage – blechen mußte er, sie kannte ja seine Konten.
Da würde ganz gewiß auch Klober mitmachen, bei dem die Besucherprüfung zu peinlichen Offenbarungen geführt hatte: Schmuggel und irgendwas mit Heizöl, das sie nicht verstand, vor allem aber, und das hatte Klober wütend gemacht, blieben manche Besucher, mit denen er früher, nun ja, nicht eben ganz legale Geschäfte gemacht hatte (die hatte Breuer auch mit merkwürdigen italienischen Uhrenverkäufern gemacht!), diese Besucher blieben aus, weil ihnen nichts daran lag, »mitten in eine Bullenfalle hineinzutappen«. Die Geschäfte, die sie mit Klober machten, konnten sie auch mit anderen machen; und Klober hatte ziemlich unumwunden, nicht eindeutig, aber andeutungsweise, ausgedrückt, daß er einer Steuerfahndung mit Bangen entgegensehen müsse. Jedenfalls war Klober eindeutig »sicherheitsgeschädigt«, und es gab schon eine Anwaltsgruppe, die bundesweit »Sicherheitsgeschädigte« sammelte, und wenn die Sicherheitsschädigungen nur in jener unvermeidlichen Belästigung bestand, die die ständige Gegenwart der Polizei in Straßen und Orten verursachte. Da gab's den schon aktenkundigen Fall eines jungen Mädchens, dessen Eltern neben einem besonders hohen Tier wohnten und das, obwohl bis zu einem gewissen Datum gute Leistungen vorlagen und nachweisbar waren, die Nerven verloren hatte, beim Examen durchgefallen war und Selbstmord begangen hatte. Daß »sicherheitsbedingte« Wertminderungen bei Grundstükken zu verzeichnen waren, war ebenfalls aktenkundig. Wenn zutraf, was behauptet wurde, daß Steuergeschichten und möglicherweise zweifelhafte Geschäfte, daß »sexuelle Verhaltensweisen«, selbst wenn sie bei Sicherheitsüberprüfungen herauskamen, aber keine Sicherheitsrisiken darstellen – wenn das alles diskret oder gar geheimgehalten werden sollte, dann

aber doch eben herauskam, weil's eben Lücken und Löcher gab – wer kam dann für den Schaden auf?

In diesem Punkt hatte ihr Anwalt ihr Zuversicht eingeflößt. Er hatte sie eindringlich immer wieder vergattert, nur ja nie, auch nicht andeutungsweise und in keinem Nebensatz, auszusprechen, daß sie wahrscheinlich ohnehin eines Tages mit Schubler abgehauen wäre; das konnte schiefgehen, den Prozeß zum Scheitern bringen, auch in der Kategorie »sicherheitsgefährdet«.

Aus dem Bungalow in Blorr in Peters Apartment, das war natürlich ein Schock, der viele Seufzer, viele Tränen verursachte – aus acht Zimmern und zwei Bädern, von Garten und Pool in diese achtunddreißig Quadratmeter, nur mit Dusche, wo sie doch so gern in der Wanne lag, vom Pool in die Wanne, von der Wanne in den Pool und so. Die Geldknappheit, die Enge, und da gab es alleinstehende Herren und Männer im Wohnblock, die ihr ungeniert anboten, mal für einen halben Schein mit ihnen zu »lottern« – ein merkwürdiges, ihr gar nicht so unsympathisches Wort, und angesichts der Geldknappheit ... nein, sie wollte diesen Weg nicht beschreiten! Früher, bevor sie Breuer heiratete, war sie manchmal nah dran gewesen, als sie noch Verkäuferin bei Breuer war und die reichen Ausländer Juwelen und Schmuck kauften und der eine oder andere sie zu einem Drink in sein Hotel einlud. Nein. Das hatte sie nie getan: für Geld nie, und das würde Peter auch merken und nie dulden, obwohl er selbst manchmal für einen halben Schein einen ganzen harten Arbeitstag absolvieren mußte: schleppen und packen, schwarz natürlich, und bei der Knappheit von Jobs konnte er auch nicht auf gewohnten Forderungen bestehen; es war schon eine mühsame Würgerei. Und wenn er auch nie murrte, sie spürte doch, daß ihn das alles wurmte, wo er bei Breuer doch fast »aufgestiegen« war, nicht gerade zum Geschäftsführer oder so, aber zum Einkäufer vielleicht oder Koordinator, immerhin hatte er ja auch Betriebswirtschaft studiert. Nein, nein, sie mußte achtgeben, durchhalten, er liebte sie ja wirklich und machte sie glücklich, zankte und meckerte nie, war nur manchmal still und ernst, las auch ein bißchen viel – und zum Fernsehen war er nicht zu bewegen, wohl mal ins Kino und anschließend einen trinken, tanzen selten, er fand sich selbst schon zu alt für diese Tanzbuden. Zum Glück hatten die blöden Vernehmungen aufgehört, ließen die Zeitungen sie in Ruhe.

Und es blieb nur eins, vielleicht das Schlimmste: der Lärm draußen, gegen den auch mit Schlaftabletten nicht mehr anzukommen war. Da hatten »diese verfluchten Schweine« – wer? – die Autobahn mitten in die Stadt reingeführt, mitten rein, diagonal dazu noch einen Zubringer, und das mahlte und mahlte und mahlte nun Tag und Nacht, und wenn es mal für zwei, höchstens drei Minuten aussetzte, wußte sie schon, daß es wiederkommen würde, anschwellend, abschwellend, stand auf und stellte sich im Morgenrock auf den lächerlich winzigen Balkon, rauchte und dachte an Flucht – wohin? Wie herrlich war es in Blorr gewesen, und vielleicht wäre Breuer doch letzten Endes auf irgend etwas »zu dritt« eingegangen, irgendwie, wäre diese verfluchte Sicherheitsgeschichte nicht dazwischengekommen. Dieses Mahlen, das manchmal zum Dröhnen wurde – da half es nicht, die Fenster zu schließen, da waren die wirklich lärmsicheren Scheiben zu teuer, und es würde ihr auch die Luft fehlen. Bei geschlossenem Fenser zu schlafen – da würde sie ersticken. Da half nichts, nichts half, weder Proteste noch Bürgerinitiativen, nicht die Versammlungen, die in der Eckkneipe stattfanden und wo sie sich das ölige Gequatsche der Verantwortlichen anhören mußten; da half nur Ausziehen, Umziehen, Wegziehen, Flucht. Es gab Nachtstunden, in denen sie nach vielen Zigaretten und Schnaps, auf dem Balkon fröstelnd, sich mit den Fäusten gegen die Schläfen schlug und drauf und dran war wegzugehen, einfach wegzugehen, ohne zu wissen, wohin. Da halfen keine Stöpsel im Ohr, und auch wenn's mal für Minuten still war, dröhnte es in ihren Ohren, dröhnte weiter, wenn sie mit dem Bus nach Blorr fuhr, alte

Bekannte besuchen, die zwar grinsten, aber doch nett waren, die Beeretzens zum Beispiel, die sie anflehte, ihr doch ein Zimmer zu vermieten, und wenn's nur eine elende Kammer wäre, ein Kabüffchen, in dem sie mal schlafen konnte, schlafen, sich ausschlafen. Aber dann kamen die Einwände: Da hätte man wohl im Dachgeschoß ein Zimmerchen räumen und einrichten können, hätte ihr auch »trotz allem« – trotz was? – mal Ruhe gegönnt und wenn nicht gerade nichts, so doch nur sehr wenig dafür verlangt. Aber was man nicht hinnehmen konnte, daß sie möglicherweise »mit dem Mann da« dort schlafen würde; das nicht – sonst –. Eben das wollte sie nicht: ohne Peter nicht, der schuftete sich kaputt, nahm die dreckigsten Arbeiten an, arbeitete ohnehin schon nur noch mit Türken, kaum noch mit Italienern zusammen, der war so weit, daß er einen Job bei der Müllabfuhr für eine Beförderung, für sozialen Aufstieg angesehen hätte. Und der sollte nicht bei ihr schlafen dürfen? Nein, dann nicht.

Zu der Fischer mochte sie nicht gehen. Es tat ihr leid, wie sie sie am Telefon beschimpft hatte; das war eine nette Frau, liebe Nachbarin und konnte ja schließlich nichts dafür. Und vielleicht hätte sie bei der mal ein Wochenende verbringen können, wenn deren Mann nicht gewesen wäre, der sich beim Tanzen dann doch als kleiner Fummler erwiesen hatte; nein, das nicht, und Klobers, die waren vielleicht als Verbündete zu gebrauchen, lagen ihr aber sonst nicht, wurden immer gleich so vertraulich, wühlten in Details ihrer Scheidungssache und machten höhnische Andeutungen über den Altersunterschied zwischen Peter und ihr. Schließlich war's bitter, wenn auch nur von weitem, den Bungalow zu sehen, der immer noch leer stand. Offenbar ließ Breuer auch den Garten verkommen, den Pool versumpfen, da war der Salat geschossen, und die dicken Bohnen wimmelten von Läusen. Das war nun wirklich alles »verlottert«, und sie dachte während der Rückfahrt mit Schrekken an die Nacht, an das Mahlen, das Dröhnen, diese Hölle, die ihr tagsüber erträglich vorkam, und es kam so weit, daß sie weinend neben dem schlafenden Schubler lag, aufstand, noch einmal an die Flasche ging, schließlich doch einschlief und morgens wach wurde, wenn Peter unter die Dusche ging. Sie taumelte dann in die Kochnische, um Frühstück zu machen, auch der Kaffee machte sie nicht wach, und es war schon lieb, wie er sie jedesmal zum Abschied an die Brust drückte, küßte und ihr zuflüsterte: »Ich tu', was ich kann, damit wir hier wegkommen. Laß die Scheidung doch rasch gehen, dann können wir heiraten. Ich habe dich sehr lieb.«

Das waren gute Worte aus Peters etwas kargem Mund. Aber blind war er ja wohl nicht und mußte sehen, wie ihre Haut litt, das Gesicht am Morgen manchmal grau und rillig war, und daß sie mit Waschen und Massage und all dem Ölkram und den Cremes nicht mehr diese »milchige Lieblichkeit« zustande brachte, die ihn einst zu intensivem, wenn auch knappem poetischem Lobpreis animiert hatte. Sie wurde alt, älter, jede schlaflose Nacht vielleicht um mehr als einen Monat älter, und das Saufen brachte nichts zurück, da blieb, auch wenn sie rieb und ölte, massierte und wusch, ein grauer Schimmer, und sie wollte doch nicht, daß ihr Peter seine Freude an ihr verlor. Er hatte sie lieb, und das klang vielfach schön aus einem herben Studentenmund, und sie hatte ihn gern, und es traf schon zu, was sie dem Anwalt angedeutet hatte: Eines Tages wäre sie mit ihm abgehauen, nur nicht gerade in dieses Apartment und nicht in diese Wohngegend, wo der Lärm sie langsam verrückt machte. Ein Jahr, vielleicht ein halbes, und sie hätte aus Breuer mehr herausgeholt, irgendwo einen Laden aufgemacht, in einer stillen Gegend, einen Tante-Emma-Laden, das würde ihr liegen, oder auch eine Boutique. Und Peter hätte vielleicht doch zu Ende studiert, und sie hätte ein Kind adopiert. Sie war doch eine vollkommen normale Frau, auch sexuell normal, schließlich war die Sache mit Peter ja geradezu ein Beweis für ihre Normalität. Es war nur schade, daß sie keine innere Ruhe zum Spielen hatte: Schach und so, auch andere, weniger komplizierte Spiele, die er so gern spielte, und wenn's Mühle oder

Halma war: Die innere Ruhe fehlte ihr. In den ersten Wochen war es wegen des Fernsehens fast zu einem Krach gekommen; sie war nun mal gewöhnt, um sieben die Nachrichten zu sehen, dann zu essen und im Programm zu blättern und sich was für den Abend auszusuchen. Peter hatte nur dieses winzige Portable, schwarzweiß – und es war nicht einmal ganz in Ordnung, das Ding, flimmerte fast immer, der Ton setzte manchmal aus. Und nachts das Dröhnen, das Mahlen, und nicht einmal Telefon, wo sie doch tagsüber allein war und den oder jenen hätte anrufen können, alte Freundinnen, die Elisabeth, die jetzt die Kneipe hatte, oder Hertha, die wirklich die Boutique geschafft hatte. Alte Freunde würde sie besser nicht anrufen: Da kamen peinliche telefonische Zudringlichkeiten auf, wurden Erinnerungen an verfluchte Dummheiten wach – und sie wollte Peter nicht kränken. Das Telefonieren von der Zelle aus war kein Ersatz. Da stand ja immer einer davor, manche klopften sogar. Es war doch etwas anderes, am Telefon zu sitzen, ausgiebig zu quatschen, eine Zigarette zu rauchen.
Das Geld ging auch langsam aus, langsam. Natürlich hatte sie ihr eigenes Sparkonto gehabt, noch von früher, hatte manches Haushaltsgeld abgezweigt, Breuer war ja nicht kleinlich gewesen, kleinlich war er erst jetzt geworden, und sie mußte es sich schon überlegen, wenn sie zwei-, dreimal am Tag Bus oder Bahn benutzte. Ein Glück war es, daß sie jetzt mehr zu tun hatte als in Blorr, wo Breuer darauf bestanden hatte, daß sie nichts tat; Saubermachen, Aufräumen, Einkaufen, Kochen – am liebsten das letztere, weil Peter so offensichtlich ihre Küche schätzte nach all den Junggesellenjahren mit Fritten und Würstchen und, wenn's hochkam, mal mit ein paar aufgewärmten Büchsen. Das Kochen machte ihr Spaß und lenkte sie ab, vom Mahlen und Dröhnen und von den Gedanken an die nächste schlaflose Nacht. Es machte Spaß, ihm feierlich den Tisch zu decken – immerhin hatte sie ihre eigene Aussteuer mitnehmen dürfen –, ihm beim Essen zuzusehen, und seine friedlichen Zärtlichkeiten waren wohltuend. Er war ein so netter Junge,

nicht sehr gesprächig und leider ein Fernsehgegner, und wenn er sie auch immer wieder bat, ihn doch zu wecken, wenn sie nicht schlafen konnte, sie brachte es nicht über sich, wenn er so dalag, ruhig atmend, offenbar an den Lärm gewöhnt. Im Schlaf war sein Gesicht freundlicher, und sie wußte natürlich: Ewig würde das nicht dauern mit ihm, ewig nicht, sie stellte sich vor den Spiegel und prüfte wieder einmal ihre Haut; ewig würde es nicht dauern, und auch nicht mehr lange, dann würde kaum noch einer auf die Idee kommen, ihr das »Lottern« anzubieten. Dann würde sie vielleicht doch nach Hause gehen, zurück nach Hubreichen, nicht mehr Erna Breuer und immer noch nicht Erna Schubler, wieder Erna Hermes, immer noch fähig, die Melkanlage zu bedienen, dem kranken Vater das Essen ans Bett zu bringen, ihn zu säubern, zu pflegen. Mit Breuer war sie dort nie so recht willkommen gewesen; er war den Ihren zu »windig«, hatte, wie ihr Bruder behauptete, »etwas Schleichendes«, und mit Peter – das riskierte sie nicht. Aber schließlich hatte sie dort ein Zimmer, das immer bereit war: das Nußbaumbett mit den hohen Wangen, Waschtisch mit Schüssel, Nachttopf, »das Zimmer ist immer für dich da, aber nur für dich allein« und: »Wenn du kommst, fang nur nicht wieder mit deinen Zicken an.«

Wer machte denn da Zicken? Jupp Halster, der aus heiterem Himmel an einem Sonntagmorgen seine Frau erschoß, oder der junge Schmergen, der sich ebenfalls aus heiterem Himmel an einem Sonntagnachmittag erhängte. Ja, ja, sie hatte »was gehabt« mit einem verheirateten Mann, mit Hans Polkt, und der hatte sich dann doch nicht scheiden lassen, und sie war in die Stadt gegangen. Ja. Ja. Und diesen Tolm-Sohn, den Bruder der Fischer, der ja nun mehr auf dem Kerbholz hatte als ihr Peter, den ließen sie ungeschoren da wohnen, und der war doch auch nicht mit dem Mädchen, dieser Kommunistin, verheiratet, die das Kind von ihm hatte.

Das Telefonieren von der Zelle aus machte sie nervös. Als sich die Fischer auch beim dritten Mal nicht meldete, rief sie doch die Blum an, erfuhr, daß Sabine nach Tolmshoven gefahren war, erfuhr dort, daß man ihr keine Auskunft geben dürfe, nein, telefonisch nicht, blieb aber energisch, bis sie die Mutter erwischte; schließlich mußte die Alte sie kennen von so manchem Teestündchen her, eine prima Frau, die aber doch zögerte, sich dann ihrer entsann und nach langem Bohren und Zögern – »ich darf nicht, darf's wirklich nicht, liebe Frau Breuer – ich werde ja so schon dauernd gerüffelt« – erklärte, ihre Tochter sei nach Hubreichen »gezogen« – gezogen sagte sie, nicht gefahren – zu ihrem Sohn, gab ihr sogar dessen Telefonnummer. Aber nein, da würde sie nicht anrufen, da würde sie hingehen, hinfahren, vielleicht radeln, möglicherweise sogar Peter mitnehmen.

Vielleicht konnte sie die Fischer auch um Geld bitten. Die hatte es doch. Drei junge Bengels, mit Kleingeld klimpernd, standen vor der Zelle, pfiffen vielsagend, und einer murmelte: »Wußte nicht, daß Callgirls schon von der Zelle aus arbeiten.« Sah sie wirklich so aus – schon so? Vielleicht vielversprechend? Es war Zeit wegzugehen, wegzuziehen. Vielleicht konnte sie als Wirtschafterin auf dem verwaisten Halsterhof anfangen. Zupacken konnte sie immer noch, und ihrer Haut würde das nicht schaden, und Peter, der konnte dort vielleicht sogar seine betriebswirtschaftlichen Kenntnisse anwenden, und wahrscheinlich war ihm keine Arbeit zu dreckig; sie mußten nur getrennte Schlafzimmer haben, dann war alles in Ordnung, das bedeutete ja nicht, daß sie getrennt schlafen mußten. Der junge Herr Tolm, der brauchte keine getrennten Schlafzimmer, der durfte mit seiner Kommunistin zusammenhocken, sogar im Schatten des Pfarrhauses, und war doch selbst fast ein »Mutmaßlicher«. Jedenfalls schlimmer, als ihr Peter je gewesen war oder hätte werden können. Die Lümmel pfiffen immer noch hinter ihr her.

IX

Sabine ging ihm nicht aus dem Kopf. Es war nicht nur der Ärger, der Gedanke an den Streit mit Fischer und an die »freundliche Aufmerksamkeit«, die die Zummerling-Leute ihnen mal wieder schenken würden, es war das Kind selbst, Sorgen, was mal aus ihr werden würde. Wenn Fischer auf den Gedanken käme, das Kind unwidersprochen zu legitimieren, würde sie das wahrscheinlich nicht akzeptieren und damit rechtliche Probleme aufwerfen, die kaum lösbar waren. Der Gedanke, von Tolmshoven wegzumüssen, setzte sich fest, wurzelte schon tief, wuchs. Außerdem war er müde, sehr müde und bereute den Vorschlag, Blurtmehl und seine Eva zum Essen einzuladen. Der Vorschlag war überraschend rasch angenommen worden, wohl eher auf Betreiben der Klensch, die hübscher war als auf dem Foto, wohl auch neugierig und nicht unempfindlich gegen Prominenz. Zappeliger auch, als er sie sich vorgestellt hatte, hatte fast etwas Wespenhaftes, nicht gerade zudringlich, aber auch nicht schüchtern oder auch nur eingeschüchtert. Blurtmehl war das alles wohl ziemlich peinlich, aber er meisterte die Situation mit Takt und Diskretion, wußte mit fast seiltänzerischer Sicherheit vom Diener auf den Gast umzuschalten, hilfreich zu sein, ohne Anklänge an seine abhängige Stellung spürbar zu machen. Er deckte sogar den Tisch, während Käthe mit Eva Klensch in der Küche lachte, und auch das Tischdecken war wie die Hilfe eines aufmerksamen Gastes, nicht wie die eines eingeladenen Dieners. Die Wandlungsfähigkeit, diese kaum analysierbaren und doch wahrnehmbaren Nuancen, hatten auch etwas Beunruhigendes – das war ein Spiel, fast eine Vorführung, und er konnte sich gut vorstellen, daß Blurtmehl bei privaten Partys alle Rollen durchspielen konnte und würde: den Gastgeber, den Diener, den gastgebenden Diener, den hilfreichen Gast, der vergessen ließ, daß er Diener war. Er mixte ihm einen Cocktail, der ihn tatsächlich aus seiner Müdigkeit riß: Sabine, Tagung, Interviews, Bleibl und die Planierung Tolmshovens vergessen ließ – Blurtmehl legte eine Kassette ein: leise, Chopin, schnitt in der Küche Zwiebeln, heiter, fast fröhlich, war wie verwandelt und nicht einmal andeutungsweise geniert, als Käthe seiner Eva nun doch, da Sabine weitergefahren war, das Gäste-Apartment mit den Worten anbot: »Da sind Sie wenigstens nicht durch die Stockwerke getrennt.« Er hörte das Lachen in der Küche: Da wurde feinste Omelettmasse bereitet, wurden ausnahmsweise Suppenbüchsen geöffnet, Flaschen entkorkt, da gestand Blurtmehl, daß er Kaviar zwar sehr möge, aber noch nicht riskiert habe, sich mal welchen zu kaufen, und nicht einmal diese Bemerkung, die ja nun eindeutig soziale Unterschiede ansprach, störte die Harmonie.

Es wurde ihm doch etwas viel, als auch die Schröters noch kamen, die Käthe – »endlich mit Erfolg« – eingeladen hatte. Immerhin wohnten sie doch im Dorf, waren Verwandte, wenn auch nicht amtlich, sie hatten immerhin ein Enkelkind gemeinsam. Da war besonders das heikle Problem der Anrede, das sie auch nach drei- oder gar viermaligem Zusammentreffen bei Rolf nicht hatten lösen können. Schröter weigerte sich einfach, ihn zu duzen. Das Äußerste, was man ihm abringen konnte, war Tolm und Sie, während Luise, seine Frau, bei Fritz Tolm und Sie blieb, Käthe aber sich die Anrede Frau Tolm oder Frau Käthe geradezu verbat und Käthe und Sie für das mindeste hielt; da sie sich aber so selten sahen, gerieten die Anreden immer wieder durcheinander, und es lief immer wieder auf Herr und Frau hinaus. Käthe beschwor dann alte Zeiten herauf: »Stellen Sie sich vor, wir hätten uns schon kennengelernt, als ich noch bei meiner Schwiegermutter im Lehrerhaus wohnte und mit Rolf auf dem Arm durchs Dorf ging oder als ich bei der Gräfin wohnte, oder noch früher, als ich noch die Käthe Schmitz in Iffenhoven war – wir hätten uns kennengelernt, vielleicht im Karneval oder auf einem Pfarrfest miteinander getanzt, und ich hätte gesagt: Nenn mich doch Käthe.«

»So war's aber nicht«, sagte Schröter mit seinem milden und

doch bitteren Lächeln, »so war's nicht, Tolm und Sie, das bring' ich hin, aber Käthe auch mit Sie, das bring' ich nicht hin – und einfach Sie, das ist mir zu unhöflich, zu dumm, und ich kann doch nicht zu Ihnen ebenfalls Tolm und Sie sagen; dieses ganze Vornamengetue ist mir sowieso zu amerikanisch, bring' ich nicht hin.«

»Ich war ja zu jung«, sagte Luise Schröter, »um ihn zu duzen, als er noch im Dorf zur Schule ging, und auch später, sonst wäre mir das Fritz und Du vielleicht gelungen. Ja, Sekt, den mag ich. Was wird denn eigentlich gefeiert? Ach, natürlich – pardon, natürlich! Na, dann viel Glück und herzliche Glückwünsche.«

Schröter bestand auf Bier, rauchte seine Pfeife und sagte, als der Tisch gedeckt war und die Suppe von Eva Klensch aufgetragen wurde: »Jetzt laß ich mir's schmecken. Wir wollen nur nicht von Politik anfangen.«

»Nein«, sagte Tolm, »von mir aus nicht, das verspreche ich.«

Die Tischordnung war Käthes Einfall: die Klensch neben Schröter, sie neben Blurtmehl und er neben Luise Schröter. Kein Mangel an Gesprächsstoff. Da konnte er sich diskret nach Anna Pütz und Bertha Kelz erkundigen, erfuhr, daß die eine gelähmt, die andere tot war, erfuhr auch, daß Kohlschröder sich doch nicht mehr lange würde halten können, weil er nun doch – nun, da errötete die liebe Luise, die eine der Hauptstützen des Pfarrers war. Irgendwas mußte da mit Mädchen, Schulkindern und anderen passiert sein, die sich offenbar vor ihm »entblößt« hatten oder hatten entblößen müssen, um irgend etwas durchzusetzen. Luise beschränkte sich auf die Feststellung, »er ist nun doch zu weit gegangen.«

Um Blurtmehl in dem Gefühl zu bestärken, daß er hier nur Gast, nicht Diener sei, stand er, Tolm, zwischendurch auf, goß Wein nach, öffnete Mineralwasserflaschen, holte Gläser aus dem Geschirrschrank, erklärte dann Luise Schröter die Vorzüge des Kaviars, führte ihr vor, wie sie das leichte, aber nicht totale Abkühlen des Toasts abwarten müsse, so daß er noch

knusprig und temperiert sei, aber nicht mehr so heiß, daß die Butter gleich schmelze, und dann erst den Kaviar drauf, »tüchtig, tüchtig, Luise, nehmen Sie den Löffel voll« – mit halbem Ohr hörte er den anderen zu, wunderte sich, daß Schröter mit Eva Klensch so lebhaft ins Gespräch kam, und fing doch selbst von Politik an, Sozialismus, Katholizismus, Geschichte der christlichen Gewerkschaft, Haft in der Nazizeit, Adenauers Verrat, die CDU indiskutabel, die SPD aufgeweicht, und hörte, wie Eva nüchtern und heftig zugleich ihre SPD verteidigte, gleichzeitig auch die katholische Kirche. Er bedauerte, daß Käthe ihn nicht neben Eva gesetzt hatte, er hätte zu gern dieser erstaunlich hübschen Person näher ins Auge gesehen, aber das hätte ja, wenn er neben sie gesetzt worden wäre, bedeutet, daß Luise neben ihren Schröter hätte gesetzt werden müssen.
Er half auch beim Abräumen des Vorspeisengeschirrs, goß Rotwein ein, spürte vorübergehend leichte Absencen: Es war wohl doch zu viel gewesen für einen Tag: die Wahl, die Interviews, die ausschweifenden Vogelflug-Gedanken, die Sache mit Sabine. Er entschuldigte sich bei Luise Schröter für seine geringe Gesprächigkeit, erzählte ihr aber dann doch ausgiebig von Holger Graf Tolm, Klatsch, den sie offenbar und ohne Heuchelei genoß. »Schade«, sagte sie nur, »ein so übler Junge soll er ja nicht gewesen sein.«
Er beobachtete Blurtmehl mit Erstaunen, der hatte jede Scheu, doch nicht seine Würde verloren, hielt Distanz, ohne sich zu distanzieren, war herzlich mit Käthe, ohne eine Spur von Anbiederung, und es blieb doch in seinem Gebaren eine Spur von Professionalität, die es ihm ermöglichen würde, morgen wieder ungeniert als Diener das Bad zu richten, zu massieren, nicht ungefragt ins Plaudern zu geraten. Sogar die Art, wie er mit strenger Liebenswürdigkeit ihm weitere Hilfe beim Servieren verbat – dieses, wie er selber empfand, etwas sehr demonstrative Demokratische, mit dem er jetzt auch beim Servieren der Omeletts helfen und beim Austeilen der Salatteller helfen wollte – diese sozusagen unautoritäre und doch sehr vernünf-

tige Bestimmtheit, mit der Blurtmehl wortlos Evas metaphysisches Geplauder mit dem alten Schröter unterbrach und sie in die Küche dirigierte, wo sie sofort wieder mit Käthe zu kichern anfing – darin lag etwas, das er nur Persönlichkeit nennen konnte. Es war eine Entschiedenheit, Entschlußfähigkeit, die ihm fehlte: Zweifellos wäre Blurtmehl ein phantastischer Präsident geworden. Zum ersten Mal fiel ihm an Blurtmehls Bewegungen etwas auf, fiel ihm für diese Bewegungen ein Wort, eine Charakterisierung ein, nach der er lange gesucht hatte: jugendbewegt – das hatte sich wohl in Schlesien länger erhalten. Es mochte auch das gewesen sein, was ihn – irrigerweise – an den eros paidikos hatte denken lassen.
Offenbar wurde der Abend das, was man eine gelungene Party hätte nennen können: Es schmeckte allen, alle unterhielten sich glänzend, Blurtmehl packte sogar Internatsanekdoten aus, sprach freundlich über den Bischof, und Luise Schröter war so aufgelockert, daß sie ungeniert über Geldsorgen sprach; wie ihr Bruder – »Sie wissen doch, was für ein harter Junge er immer war« – die Miete erhöhte, sogar am Wassergeld herumwucherte – wie erbärmlich Schröters Rente sei. Er war drauf und dran, ihr Geld anzubieten, ein Darlehen natürlich, geschenkt würden sie nie etwas nehmen – aber die alte, die neue Scheu hielt ihn zurück. Das war heikel mit dem Geld, immer und bei jedem: Entweder sie nahmen's zu rasch und wollten zuviel, oder sie wurden eisig, wenn er's ihnen anbot; das war eine Sache, die Käthe in die Hand nehmen mußte. Luise fragte sogar ungeniert nach dem Preis des Kaviars, errötete dann, und er mußte ihr beruhigend die Hand auf die Schulter legen und ihr klarmachen, daß er den Preis nicht kannte, weil er ihn – sie möge auf Erstaunliches gefaßt sein – geschenkt bekam, und von wem? Natürlich von den Russen, mit denen er ja, wenn auch nicht in direkten geschäftlichen Verbindungen stand – »Sie wollen ja nicht mein ›Blättchen‹ kaufen und in der Sowjetunion verkaufen« –, die er aber doch traf, bei Empfängen und Konferenzen. Er erzählte ihr auch, wie wenig denen am Umgang mit ihren

eigenen Genossen gelegen sei, über die sie manchmal, wenn sie ein bißchen getrunken hatten, so herablassend, fast verächtlich sprachen, wie – nun wie vielleicht Bischöfe über Ministranten oder Kardinäle über simple Prälaten. Und was den Kaviar betraf, so war es genauso mit den Zigarren aus Castros Gefilden: Auch die bekam er von den Russen, kaufen würde er sich die nie, auch nicht den Kaviar, und er gestand Luise Schröter, daß er über bestimmte Traumata und Hemmungen nie, nie hinwegkommen würde, nie: Der hungrige Sohn des ärmlichen Lehrers von Tolmshoven säße eben tief in ihm, und er würde nie, auch wenn er es schon lange könne, sechs oder sieben Mark für eine Zigarre oder – »was weiß ich« – vierzig für ein paar Löffel Kaviar ausgeben. Er wollte ihr vorsichtig nahelegen, doch wieder von Geld anzufangen, und sie sollte ihn um Gottes willen nicht für geizig halten, nein, das war er bestimmt nicht, nur: ein Auto, ein Schloß sogar – aber die Zigarren- – und Kaviarschwelle würde er nie überschreiten können. Sie solle nur wissen, auf welchen Umwegen Castros Zigarren in die Hände westdeutscher Kapitalisten kamen – und ebenfalls der Kaviar aus aufgeschlitzten Störleibern ...

Zum Kaffee gingen sie in den Salon hinüber, den Käthe auch »unsere Teestube« nannte, seitdem ihnen vom Balkon abgeraten worden war; Eva Klensch bestand drauf, den Kaffee zu machen. »Türkisch, wenn's recht ist«, es war recht, und es fanden sich auch kleine Kupferkasserollen in Käthes Geschirrschrank. Türkisch? Das hatte sie wohl im Libanon gelernt? In der Türkei oder in Syrien? Ob sie wußte, daß er genau über sie informiert war? Daß er über Kirchgang und Sonntagsfrühstück, ihre Geschäfte und ihren Lebenslauf, über ihre Vorliebe fürs Bogenschießen fast lückenlos auf dem laufenden war? Es war ihm plötzlich so peinlich, daß er errötete. Diese nette junge Frau, die den Abend so offensichtlich genoß, die ein wenig kecker war, als er sie vom Foto eingeschätzt hatte, diese tüchtige, liebenswürdige kleine Person: Es gab ein Dossier über sie, und er hatte Einblick darin genommen, vorschriftswidrig, von Neugierde über Blurtmehl geplagt, der ihm immerhin täglich näher kam als irgendein anderer Mensch. Was gingen ihn Blurtmehls Motorräder an, seine Freundschaft, seine Liebschaft? Es war ihm peinlich, und er hatte doch der Neugierde nicht widerstehen können.

Im Salon gruppierten sie sich um: Käthe nun endlich neben Luise, Schröter neben Blurtmehl, und er endlich neben Eva Klensch, die ja nicht viel älter als Sabine war. Der Kaffee war gelungen, wahrscheinlich zu stark, aber er trank ihn, entschuldigte sich lächelnd, stand noch einmal auf, um Zigarren und Zigaretten anzubieten, während Käthe zur Selbstbedienung Cognac und Likör auf den Tisch stellte. Schröter nannte die Zigarre, an der er ausgiebig roch, »ein dolles Ding, fast zu schade zum Rauchen«, Eva nahm eine Zigarette, auch einen Likör, fragte ihn nach seinen Enkeln, wurde sofort rot, biß sich auf die Lippen, aber er beruhigte sie. »Ja«, sagte er, »einer, mein ältester Enkel, der ist da unten irgendwo, wahrscheinlich Nordafrika. Warum nicht darüber sprechen? Nun ist das vierte Enkelkind unterwegs. – Von meiner Tochter Sabine.« Er verbiß sich die Frage, ob sie denn keine Kinder wolle, verbiß sich, was ihm auf der Zunge lag und schwer auf der Seele: Sabines Kummer und der Kummer, den er um Sabine hatte, fragte sie nach ihrem Beruf, dann ihren Geschäften, bewunderte ihren Mut, ihren Unternehmungsgeist und hatte Angst, ihr wirklich tief in die Augen zu sehen. Sie erzählte ihm von den rasch wechselnden Moden, dem Risiko – »das ist wie Gemüse, das verwelkt« – von Konkurrenz und Kampf, Kalkulation und Unkosten, und er fand, daß ihre scheinbare Keckheit nur umgekehrte Schüchternheit war, sprach auch über Alois, »der mir ein so treuer und geliebter Gefährte ist«, und auch von ihrer Sehnsucht nach Berlin.

»Ach Gott, das ist doch nun wirklich eine Stadt.«

Käthe und Luise hatten anscheinend schon ein bißchen zu viel getrunken, sprachen nicht mehr, sondern tuschelten, Dorfna-

men klangen durchs Getuschel durch, immer wieder Kohlschröder, und es war dann Schröter, der zum Aufbruch mahnte, energisch, einfach aufstand, auch nicht ganz fest auf den Beinen, die halb gerauchte Zigarre zögernd in der Hand. Nein, er konnte dem alten Schröter nicht eine zweite Zigarre anbieten, eine zum Mitnehmen, das hätte nach Almosen ausgesehen, nach karitativer Geste; eine ja, zwei nicht, aber wenn man vorsichtig vorging, konnte man ihm vielleicht mal eine Kiste davon schicken; das würde gehen, war kein Almosen mehr, sondern ein Geschenk. Offenbar hatten die beiden Damen doch Fortschritte erzielt, duzten sich jetzt offen, denn Käthe fragte zum Abschied: »Können wir euch nicht noch eine Freude machen?« Und Luise sagte: »Ich würde so gern mal in eurem Auto fahren.«
»Heute noch?«
»Ja, wenn's geht.«
Das ließ sich arrangieren, nur war die Entfernung zum Kommertzhof nicht weit genug, und es wurde ein Abstecher beschlossen, zu dem Blurtmehl bereit war. Eva Klensch bestand darauf, in der Küche aufzuräumen, ließ sich das nicht nehmen, und er wäre am liebsten ins Schlafzimmer gegangen, mußte aber wohl mit, und es mußte der Sicherheitsbeamte verständigt werden. Luise nannte das »dicke Auto« ungeniert »eine wahre Schnurrekatze. Da merkt man ja gar nicht mehr, daß man in einem Auto sitzt.« Sie genoß die kurze Fahrt – Blurtmehl fuhr ein paar Umwege, nannte das eine »Ehrenrunde«, Luise ließ sich von Käthe die eingebauten Bequemlichkeiten zeigen: automatisches Öffnen der Fenster, die kleine Bar, und schließlich das Telefon, das sie benutzen zu dürfen bat, sie rief Katharina an, sprach erst mit Rolf, dann mit ihrer Tochter: »Vom fliegenden Teppich aus einen Gruß an euch alle, auch an die liebe Frau Fischer – und nehmt es nicht zu ernst – was? Die Politik.« Blurtmehl, dem Luises naive Freude offenbar Spaß machte, stellte auch die Stereoanlage an, legte Bach ein, und es kamen Luise wahrhaftig die Tränen: »Sehet wen? den Bräutigam. Seht

ihn wie – als wie ein Lamm.« Sie ließ sich von Schröter, dem das alles ein wenig peinlich zu sein schien, die Tränen trocknen, der aber murmelte friedlich: »Ach, Kind, geht dir das so nahe«, und sie sagte: »Ja, so hab' ich's noch nie gehört und habe doch selber oft mitgesungen.« Sie nahm die Kassette an, als sie am Kommertzhof hielten und Käthe Blurtmehl bat, das Band zurückzuspulen. Käthe sagte: »Mein Gott, so viel Freude an Bach habe ich noch nie erlebt – du mußt das annehmen ...«
»Ich wußte gar nicht«, sagte Luise, »daß es so etwas auch auf Bändern gibt. Ich nehm's gern.«
Hinter ihnen das Sicherheitsauto, aus dem zwei Beamte heraussprangen; Hundegebell, Verlegenheit und Luises Abschiedsworte: »Ihr müßt aber jetzt auch mal zu uns kommen, wir sind doch Verwandte, verheiratet sind sie ja nicht, aber es sind doch unsere Kinder und leben ordentlich zusammen.«
Am liebsten wäre er an Käthes Arm die paar hundert Meter bis zum Schloß zu Fuß gegangen, stieg aber dann doch ins Auto, die Umstände, die ein solcher Spaziergang in der Nacht verursachen würde, verdarben die mögliche Freude daran. Tolmshoven war nach vier, fünf Seiten hin offen, Baumgruppen, Gebüsch, die Weiden am Hellerbach: alles unübersichtlich, schlecht beleuchtet die Straße. Er spürte die Nervosität der Beamten, ihre gespannte Höflichkeit, als er zögerte einzusteigen, half Käthe ins Auto, stieg hinter ihr ein, von Blurtmehl gestützt; diese sieben, diese acht Minuten nächtlicher Spaziergang durch das Dorf waren nicht möglich.
Blurtmehl war schon wieder in Verwandlung begriffen, noch nicht ganz Diener und Chauffeur, nicht mehr ganz Gast, jedenfalls ging die Fürsorglichkeit, fast Anteilnahme seiner Berührungen und Bewegungen über das Professionelle hinaus; ein Mensch, dachte er, dessen Nuancenreichtum ich spät erst entdecke, ich habe ihn immer für kühl gehalten.
Es waren nur zwei Minuten bis zum hellerleuchteten Schloßhof, wieder aussteigen, wieder Blurtmehls Hände, sein Arm, und Käthe wieder blaß, ernst auch, sie schüttelte den Kopf, als

er im Aufzug anfangen wollte zu sprechen, und deutete zur Decke, auf ein angenommenes Mikrofon, müde hingen ihre Lippen herunter, sie hatte wahrscheinlich doch ein bißchen zu viel getrunken. Blurtmehl war die Treppe hinaufgelaufen, erwartete sie oben, besorgt, bot mit sanfter Stimme Behandlung an, ein paar Übungen, ein paar Waschungen, forderte, als sie das freundlich ablehnten, sie auf, »notfalls zu klingeln«.
Eva Klensch hatte sich zurückgezogen: Küche, Salon, Eßzimmer waren in bester Ordnung. Käthe ging ins Bad, öffnete das Fenster, blickte hinaus. »Mir fiel auf«, sagte sie, »daß man von Schröters aus direkt hier hinauf-, fast hier hineinsehen kann, und unten – sieh mal – kannst du das Licht in ihrer Wohnung sehen. Jetzt sitzt Luise in Katharinas Zimmer und spielt sich auf einem billigen Rekorder den Bach vor. Bist du mal in Katharinas ehemaligem Zimmer gewesen?«
»Nein.«
»Es sieht fast wie ein kleines Museum aus. Da hängt ihr Erstkommunionbild, daneben die Reproduktion einer Lochner-Madonna – Mao, Che Guevara, auch Marx und ein Italiener, dessen Namen ich vergessen habe – und da steht auch auf dem Nachttisch ihr alter Rekorder oder wie die Dinger heißen. Und da sitzt sie also jetzt, unsere gute Luise, mit Tränen in den Augen und hört die Matthäuspassion. Ich werde ihr einen besseren Apparat schenken, einen schönen, klangreichen, neuen. Ich bin sehr müde, Fritz, sehr müde – du mußt doch halb tot sein nach dem Getümmel und Getue am Morgen, den Interviews – das hast du gut gemacht ...«
Er trat neben sie, legte ihr die Hand auf die Schulter, blickte dorthin, wo in Schröters Wohnung noch Licht brannte. »Weißt du, während der Interviews kam mir die Idee: Man könnte sie für Funk und Fernsehen auf Vorrat geben, sozusagen als Konserve: zur Frage der Fusion, zu Lohnfragen, zu kulturellen Fragen, zur Innen- und Außenpolitik, zu Sicherheitsfragen. Man könnte sogar leichte Variationen einbringen, die den Anschein von Aktualität erzeugen. Ich dachte, während ich da

vor mich hin plauderte, an ganz etwas anderes, antwortete auch fast nie direkt auf direkte Fragen, nur, wenn es um die Kinder ging. Ich muß mit Amplanger einmal sprechen, ob sich das nicht arrangieren läßt: daß man mal einen Nachmittag lang Interview-Konserven produziert. Ich müßte mich natürlich zwischendurch mehrmals umziehen: die Kleider sind wichtiger als die Worte, die Kleider markieren die unterschiedlichen Situationen deutlicher. Auch der Hintergrund müßte verschieden sein: Das ist leicht arrangiert, mal Bücher im Hintergrund, mal Bilder, mal modernes Mobilar, mal antikes – das würde viel Aufwand, viel Ärger ersparen – für die Funkinterviews könnte ich meine Stimme ein wenig verändern, mal ein bißchen heiser, dann klar, mal wach, mal müde ... Auf diese Weise könnte man innerhalb von sieben, acht Stunden für einige Jahre Interviews auf Band geben. Ich könnte auch Nachrufe auf Band sprechen: für Kortschede, für Pottsieker, Pliefger – vielleicht auch für Bleibl – für Kardinäle und Präsidenten – was meinst du... natürlich müßte einer von der Gewerkschaft zur gleichen Manipulation bereit sein.«

»Das werden sie nicht tun, sie wollen doch alles – wie nennen sie es – lebendig.«

»Live nennen sie es, aber es könnte sein, daß das auf Band Gesprochene lebendiger wirkt als das live Gesprochene – Veronica hat mir mal klarzumachen versucht, daß künstliche, aufgezogene Vögel natürlicher laufen als lebendige – das beschäftigt mich –, so könnte eine Ton- oder Flimmerbandaufnahme viel spontaner wirken als eine live gegebene – was sie lebendig nennen, ist toter als tot. So tot wie das ›Blättchen‹, das mir unter den Händen gestorben ist – und wuchert ...«

»Wieder Angst?«

»Angst vor der Langeweile, Käthe, das ist die Krankheit, die Grebnitzer noch nicht entdeckt hat. Angst vor dem Wachstum, das wie ein Flächenbrand ist. Der nächste, der sich mir zu Füßen oder an die Brust wirft, wird Küster sein. Der Computer kündigt mit unerbittlicher Logik Küsters Unterwerfung an,

Amplanger hat bisher in diesen Dingen immer recht behalten. Wir werden also nach Blume Küster schlucken, dann Bobering, und es wird alles der graue, gräßliche ›Blättchen‹-Brei, dem man ein paar winzige Spritzer Liberalität beimischt. Ich habe das ›Blättchen‹ verkommen, ich habe es sterben lassen ...«

»Und wenn du ganz aussteigst – endgültig?«

»Ich war kurz davor, aber jetzt – Bleibl hat das wohl geahnt oder hat es sogar gewußt durch Amplanger. Und deshalb hat er mich im letzten Augenblick erwischt, sozusagen am Kanthaken. Wie kommt es, daß ich mich bei Rolf und Katharina nicht langweile, nicht einmal bei Herbert, bei dem ärgere ich mich wenigstens – aber bei Bleibls, nein, bei Kortschede, Pottsieker nicht, auch nicht bei Pliefger, aber bei Fischers, und natürlich nicht bei dir. Wenn wir nur öfter miteinander spazierengehen könnten. Ich hätte dir manches zu sagen, das ich nun doch nicht gern auf Band verewigt hätte.«

»Ich dir auch – glaubst du, daß hier – ich glaube nicht, wir sprechen ja halb zum Fenster hinaus ... Rolf hat mir erklärt, wenn man den Kopf zum Fenster hinaushält, außerhalb des Fensters spricht und hört ...«

»Das mag schon sein ... reden wir also ...« Nebel schob sich vor die Sicht, der Wind kam auf, Nebelbänke zogen vorüber, sogar die Bäume wurden unsichtbar, neblige Feuchtigkeit, die in Regen überging. Das Licht in Schröters Wohnung war nicht mehr zu sehen.

»Du mußt also, wenn du deiner Frau ein paar Geständnisse machen willst, deinen Kopf in den Regen halten, und sie muß ihren Kopf in den Regen halten, um sie zu hören: Du bist immer noch das beste Mittel gegen Langeweile – die Kinder, die Enkel, und ich kann dir nicht sagen, wie froh ich bin, daß Sabine weg ist von Fischer. Ich habe mich manchmal auch bei ihr, bei meiner eigenen Tochter, gelangweilt: Ich mag diese Häuser nicht, die sie sich bauen, mag ihren Geschmack nicht, den Fischerschen schon gar nicht. Selbst die schönsten Bilder, die sie da hängen haben, Bilder, die mir sogar gefallen, kommen mir gefälscht vor, auch wenn ihre Echtheit nachgewiesen ist – oder gerade dann. Es ist etwas an ihnen, das die Kunst tötet – sogar die Musik – ich bin froh, daß unser Kind da weg ist. Mag sie eine Weile bei Rolf hocken ... komm, wir erkälten uns – hörst du die Käuzchen? Hab keine Angst.«

Er schloß das Fenster, der Regen wurde heftiger, klatschte gegen die Scheiben, und Käthe ging in die Zimmerecke und stellte den Thermostat hoch. »Vielleicht kannst du bald zurücktreten, nicht gerade heute natürlich, aber doch in drei, vier Monaten: Krankheit oder so – dann können sie endlich Amplanger wählen; wozu dich?«

»Ich habe ein unbezahlbares Image – das weißt du doch. Außerdem bin ich verletzlich und angreifbar – durch Rolf und Veronica und Holger I. Besser geht's gar nicht – das weißt du doch ... Ich bin sogar erfolgreich ...«

»Du? Erfolgreich?«

»Na, hör mal ... eine kleine Zeitung geerbt, eine Lizenz bekommen, Papier, sogar die Journalisten mit dazu. Und gewachsen ... ein Schlößchen gekauft, Präsident geworden ... Ich bin sogar tüchtig, nicht nur erfolgreich ...«

»Du tüchtig?«

»Aber Käthe ...«

»Eickelhof hast du weggegeben, ohne einen Finger zu rühren, Tolmshoven hast du schon aufgegeben – du kannst keinem deiner Söhne auch nur den kleinsten Posten im ›Blättchen‹ verschaffen, deine Tochter ist unglücklich ...«

»Unglücklich? Ich habe sie lange nicht so glücklich gesehen. Aber ich werde nicht behaupten, die Ursache ihres Glücks zu sein ...«

»Du zitterst vor Bleibl, hast Angst vor Zummerling, ach Tolm, lieber Fritz. Wir sollten hier wegziehen ... wegfahren und wegziehen.«

Schon im Nachthemd, half Käthe ihm mit den Schuhen, knüpfte die Schuhriemen auf, zog ihm die Schuhe aus, auch die Socken – den Rest schaffte er selbst, hing sogar Rock, Hemd und Hose auf den Ständer, warf die Unterwäsche auf den Stuhl, zog den Schlafanzug an …

Er legte sich neben sie, nahm ihre Hand, wußte, daß sie betete, schwieg, hörte dem Regen zu, wartete, bis Käthe sich bekreuzigte und einen Seufzer hinter ihrem Gebet herschickte.

»Traurig, Alter?«

»Ja, wegen der Beine. Weil ich mich nicht mehr bücken kann. Aber es war doch ein netter Abend. Ich bin froh, daß wir mit den Schröters mal zusammen waren, wir müssen mal hingehen. Meine Kinder machen mich nicht traurig: Sabine ist auf einem guten Weg, ihr wenigstens werde ich helfen können, Rolf macht mir keine Sorgen, Katharina noch weniger als keine, Herbert, an ihm bleibt mir vieles rätselhaft – wir hätten ihn nicht in dieses Internat schicken sollen, obwohl er's wollte … Vielleicht sollten wir zu ihm ziehen, in dieses Hochhaus, das ja irgendwie uns gehört …«

»Und scheußlich ist …«

»Abscheulich … vielleicht sollten wir dort eine ganze Etage nehmen, mit einem kleinen Apartment für Blurtmehl. Aber dann würde Tag und Nacht ein Hubschrauber um das Ding herumkreisen, mindestens eine halbe Kompanie Polizei ständig auf Balkonen und in Treppenhäusern und Aufzügen – die Leute würden ausziehen … wegziehen. Das ist keine schlechte Idee, Käthe, wegziehen, bevor wir wegmüssen – such mal einen Makler, ein Haus, das groß genug ist und doch nicht zu groß …«

»Es soll schöne alte Pfarrhäuser geben, die könnte man ein bißchen umbauen und modernisieren. Die bauen sich alle neue, so bungalowartige Dinger … Ich bin so müde, Tolm, vergiß nicht: Dresden, und die Kinder, und dein viertes Enkelkind ist unterwegs.« Ihre Hand löste sich aus seiner, als sie einschlief. Er hörte dem Regen zu, stand später auf, öffnete das Fenster ein wenig, stellte den Thermostat niedriger, blieb am offenen Fenster stehen und rauchte noch eine, er würde mit Holzpuke sprechen … Vielleicht auch in ein Hotel ziehen, eine Suite für sie, eine kleinere für Blurtmehl. Aber Hotels ließen sich schlecht überwachen ...

X

Es regnete immer noch, heftiger fast als am Abend vorher, und im spärlichen Dämmerlicht konnte er durchs Fenster im Garten die Pfützen sehen, die sich an den üblichen Stellen gebildet hatten, auch den Beamten, der zwischen Sakristei und Pfarrhaus unter dem Glasdach hin und her ging, nicht mehr der von gestern abend, ein Jüngerer, mit Sprechgerät und MP, ein Lodencape lose umgehängt.
Während er mit der rechten Hand den Hörer ans Ohr hielt und Holzpukes umständlichen Höflichkeiten lauschte, suchte er, hockend, Anmachholz zusammen, steckte zerknülltes Papier in den erkalteten Ofen, schichtete das Anmachholz drüber und versuchte, indem er die Zündholzschachtel aufrecht gegen den gußeisernen Ofenfuß stellte, mit der Linken ein Zündholz anzureißen. Es gelang, das Papier loderte auf, das trockene Holz fing sofort an zu knistern, er legte nach, legte die größeren Kloben bereit, richtete sich auf, schob seine Füße in den Schlappen zurecht, den Bademantel enger, lauschte nach links, wo Sabine mit den Kindern, nach rechts, wo Katharina schlief: Zum Glück hatte er das Telefon sofort gehört, und keiner war wach geworden; es war noch früh, kaum später als halb sieben, und er sagte immer wieder: »Ja«, sagte: »Aber natürlich«, sagte: »Ja doch – und kommen Sie.« Diese Mischung aus äußerster Nervosität, ja Erregung und Höflichkeit, mit der Holzpuke immer wieder und noch einmal den frühen Anruf zu erklären versuchte, ihn sofort um eine Unterredung bat, war nicht neu. Neu war nur eine gewisse Wehmut in Holzpukes Stimme, der immer wieder fragte, ob er denn die Kinder und die Frauen zu so früher Stunde nicht aufgeweckt habe, sich kaum durch beruhigendes »Nein, nein, wirklich nicht« trösten zu lassen

schien. »Der Einfachheit halber komme ich wohl zu Ihnen, aber wo können wir uns ungestört unterhalten?«

»Das Pfarrhaus steht seit gestern abend leer, ich habe einen Schlüssel und bin auch bevollmächtigt, es zu betreten«, und er konnte sich nicht verkneifen hinzuzufügen: »Vielleicht im Bischofszimmer.«

»Wo?«

»Ich erklär' Ihnen das – kommen Sie ...«

Er legte noch Holz nach, hob mit dem Schürhaken die Ofenringe ab, setzte den Wasserkessel auf, öffnete vorsichtig die Tür zum Schlafzimmer und angelte seine Kleider vom Stuhl, warf sie auf die Ofenbank und tastete nach Schuhen und Socken unterm Bett. Katharina schien wirklich noch zu schlafen, er zog ihr die Decke zurecht, die er beim Aufstehen aufgeworfen hatte, so daß ihre Schulter entblößt war, schloß vorsichtig das Fenster.

Es war kühl, und er fröstelte, konnte es nicht lassen, noch einmal an der Decke zu zupfen, sie noch ein wenig höher zu ziehen, hätte gern ihren Nacken geküßt – ihr langes Haar ließ einen bräunlichen Streifen Haut frei – ließ es dann, weil er fürchtete, sie zu wecken.

Erst jetzt, während er sich anzog, entdeckte er den zweiten Posten an der Gartenpforte: Sprechgerät, MP, über den Zivilanzug ein Polizeicape, nicht mehr ganz so jung. Mit dem Wohnwagen würde es schwierig werden: Es gab keine Toreinfahrt, nur die Pforte. Er sah auch, daß die Nüsse geerntet werden mußten; auch aufgesammelt, viele waren schon gefallen, das würden die Kinder tun können, es würde ihnen Spaß machen.

Er deckte den Frühstückstisch, nahm Milch, Eier und Butter aus dem Eisschrank, Brot aus der Truhe, das Kaffeepulver aus der Anrichte, suchte in der Kommodenschublade den Schlüssel zum Pfarrhaus, fand ihn und dachte an die wenigen Leute, die morgens zur Frühmesse kamen: es waren doch immer acht oder neun, manchmal mehr, die alte Frau Hermes fast täglich: Wer würde ihnen vor verschlossener Kirchentür erzählen, daß Roickler weggegangen war? Hatte Roickler wenigstens den Küster verständigt? Würde es – zum ersten Mal seit wieviel hundert Jahren – in Hubreichen nicht um Viertel vor sieben läuten? Warum machte er sich Gedanken, Sorgen über Dinge, die ihn nichts angingen? Er goß Kaffee auf, stellte für die Kinder Milch warm, schnitt Brot, blickte auf die Uhr: In wenigen Minuten mußte es läuten.

Schon gestern abend, als er Roickler in der Kirche beobachtet hatte, war eine ihm unerklärliche Trauer über ihn gekommen, etwas, das er an seinem Vater, der manchmal ähnliches äußerte, immer lächerlich gefunden hatte: Sie nahmen den Menschen etwas und gaben ihnen nichts dafür. Er dachte auch an Käthe und Sabine, für die das bitter sein würde, goß sich, als der Kaffee sich gesetzt hatte, einen Becher voll ein, steckte eine Zigarette an, nickte, als er Holzpuke durch die Pforte kommen sah, und ging ihm mit der Tasse in der Hand, die Zigarette im Mund, entgegen, legte den Finger auf den Mund, kehrte noch einmal um, schob Holz in den Ofen und schüttete einen zweiten Becher voll. An den beiden Henkeln konnte er sie gut tragen, das hatte er gelernt, wenn er manchmal kellnerte und Bierkrüge fassen mußte.

Holzpuke lächelte, als er ihm den Becher gab und ihn mahnte, vorsichtig über den glitschigen, mit nassen Blättern bedeckten Weg zu gehen. »Das ist aber nett von Ihnen«, sagte er, »tatsächlich hatte ich noch keine Zeit zu frühstücken.«

Vor der Kirchentür stand sie wirklich, die alte Frau Hermes mit einem blassen jungen Mann, der im Dorf als Frömmler verspottet wurde, dessen Namen er nicht kannte.

»Was ist hier los, Herr Tolm, die Kirche zu, kein Läuten, keine Messe?«

»Der Herr Pfarrer ist weggegangen, gestern, dringend. Ich weiß nicht, ob der Küster ...«

»Der Küster hat Urlaub, und immer, wenn der Küster Urlaub hat, hat der Pfarrer selbst geläutet ...«

»Ich weiß nicht«, sagte er, »ich weiß nicht, am besten gehen Sie wohl nach Hause – es wird sich alles klären ...« Die alte Frau tat ihm nicht nur leid, es tat ihm weh, sie da stehen zu sehen, mit ihrem Gebetbuch, in Mantel und mit Hut, fröstelnd und bitter.

»Ich denke«, sagte er zu Holzpuke, »wir gehen doch besser in unser Häuschen. Es wird zahlreiche Mißverständnisse geben, wenn Sie jetzt mit mir ins Pfarrhaus gehen, man wird an polizeiliche Maßnahmen denken, Gerüchte entstehen, die wir nicht mehr aus der Welt schaffen; man kennt Sie ja hier.«

Es kamen mehr Leute, Kirchgänger, andere, aus den umliegenden Häusern, und er war froh, als die Pforte wieder hinter ihnen zufiel.

»Wie geht's Ihrer Schwester«, fragte Holzpuke leise; er wärmte sich die Hände über dem Ofen, nippte am Kaffee.

»Gut, denke ich, es wird ein bißchen eng hier, ziemlich eng – wenn meine Eltern nächstens hier noch Zuflucht suchen, vielleicht auch mein Bruder, dann werden wir alle auf vierzig Quadratmetern vereint sein – in Blorr werden dreihundert, in Tolmshoven vierhundert, in Köln einhundertzehn Quadratmeter leer stehen – im Pfarrhaus sind es nur einhundertachtzig oder zweihundert – merkwürdiger Zustand, wo der Umsatz des ›Blättchens‹ ständig wächst und der Umsatz des ›Bienenkorbs‹ noch heftiger ...«

»Gemütlich ist es ja hier«, flüsterte Holzpuke, »ich kann schon verstehen, wenn man hier Zuflucht sucht – aber nun, warum ich Sie so früh störe, stören mußte, es ist etwas sehr, sehr Merkwürdiges passiert, etwas Beunruhigendes, und ich weiß keinen außer Ihnen, der mir vielleicht helfen könnte ...«

Er blickte auf die beiden verschlossenen Schlafzimmertüren, Rolf schüttelte beruhigend den Kopf, sagte: »Eine halbe Stunde haben wir wohl noch – meine Frau fängt erst um acht an, und meine Schwester, ich kenne ihre Schlafgewohnheiten nicht ...«

»Nun«, sagte Holzpuke, setzte sich, stand wieder auf, nahm den Kaffeebecher in die Hand. »Ihre erste Frau, Veronica, hat mal wieder angerufen: bei Ihrer Schwester, Ihrer Mutter, beim Pfarrer in Tolmshoven, aber an allen drei Anschlüssen hat niemand abgenommen – wir haben natürlich keinen Beweis, daß alle diese Anrufe von ihr waren – schließlich haben wir nur das Klingeln auf Band –, dann aber der vierte Anruf, wieder bei Ihrer Schwester, wieder keine Antwort. Und nun kommt das Überraschende: Da sie natürlich weiß, daß alles abgehört wird, hat sie dann doch gesprochen, dreimal hat sie gesagt: ›Wir kommen mit dem Schlitten – wir kommen mit dem Schlitten – wir kommen mit dem Schlitten‹ – eine verschlüsselte Nachricht, die eindeutig an unsere Adresse ging – ich frage mich nur, warum sie nie Sie anruft?«

»Sie weiß, daß ich nicht sehr freundlich zu ihr wäre. Und sie kann Unfreundlichkeiten nicht ertragen.«

»Kann Unfreundlichkeiten nicht ertragen ...« Holzpuke lachte leise.

»Ja, so ist es ... ich würde sie anschnauzen, regelrecht anschnauzen, nicht nur des Wahnsinns wegen, an dem sie teilnimmt – auch des Jungen wegen, den sie da seit drei Jahren durch die Weltgeschichte schleppt, und es ist so: Sie kann Unfreundlichkeit oder Unhöflichkeit nicht ertragen – fragen Sie meine Mutter, meine Schwester, meinen Vater und meinen Bruder – fragen Sie ihren Vater. Und nun möchten Sie wissen, was Schlitten bedeutet?«

»Das Wort wird für die verschiedensten Verkehrsmittel verwendet, wird auch im übertragenen Sinn verwandt – aber hier scheint damit etwas ganz Konkretes gemeint.«

»Wir nannten unsere Fahrräder Schlitten, Autos, als wir welche hatten, nie ... es heißt also ...«

»Daß Bewerloh mit dem Fahrrad kommt ... vielleicht schon unterwegs ist ... das entspricht Ihrer Theorie ...«

»Es ist das Ergebnis meiner Versetzung in seine Gedanken. Schließlich kenne ich ihn. Ob ich ihn wiedererkennen würde, weiß ich nicht; ich meine nicht physisch – ich meine die abstrakten Turbulenzen seiner Rechnerei ...«

»Fahrrad«, sagte Holzpuke, »ich glaube, es gibt inzwischen mehr als fünfundzwanzig Millionen ... ich muß das an Dollmer weitergeben, vielleicht sogar Stabski; die Gegend um Tolmshoven herum ist auf eine fast schon holländische Weise fahrradfreundlich, und ...« Er stockte. In Sabines Zimmer regte sich was. Rolf legte Holz nach, machte eine beruhigende Bewegung mit der Hand: »Zunächst gehen sie ja alle mal ins Bad, aufs Klo – und das liegt zwischen den Schlafzimmern, von beiden aus erreichbar.« Er deutete auf den Ofen, goß Holzpuke, der nahe an der Tür stand, Kaffee nach, rückte den Milchtopf näher an die Flammen. »Wärmestube, Kaffeebude für höhere Polizeibeamte, Zufluchtsstätte für die gescheiterten Frauen hochgestellter, wohlhabender Zeitgenossen – kommt das auch in meine Akten ...«

»Mich ängstigt nicht, was in unsere Akten kommt, sondern was in deren Akten über Sie stehen mag. Seitdem Sie Ihre Strafe verbüßt haben, ist nichts Negatives über Sie aktenkundig geworden. Aber nun bekommen Sie verdächtig oft Besuch von hohen Bullen, bieten denen Kaffee an und geben Auskünfte. Ob das Ihrem Freund Heinrich Schmergen gefällt? Und den anderen Freunden?«

»Heinrich lernt Spanisch, ich unterweise ihn in den Anfangsgründen der Volks-, aber vor allem der Geldwirtschaft ... und meine anderen Freunde und Freundinnen: keine Sorge, ich werde ihnen sogar diese Schlittengeschichte erzählen, und sie werden einverstanden sein.«

»Ich möchte Sie bitten, das vertraulich zu behandeln, auch Ihrer Frau gegenüber ...«

»Das kann ich nicht versprechen, ich kann weder meinen Freunden noch meiner Frau gegenüber Geheimnisse dieser Art haben ...«, er seufzte, auch der letzte Rest Freundlichkeit schwand aus seinem Gesicht, und er flüsterte fast: »Ich werde Ihnen, was den Schlitten betrifft, gleich noch etwas Wichtiges sagen, etwas sehr Wichtiges, aber vorher bitte folgendes: Wir sind, wenn nicht verfolgt, so doch verfemt – meine Freunde und Freundinnen jedenfalls – wir haben nichts zu verbergen, nicht einmal unsere Gedanken. Wir *denken* nicht einmal an Gewalt irgendeiner Art, denken nicht einmal mehr an Gewalt gegen Sachen, jedermann kann wissen, wen ich treffe, wen sie treffen. Wir sind eine große Gruppe, kennen gar nicht alle, die zu uns gehören. Wir sind nur entschlossen, unsere Erkenntnisse nicht zu verraten, wir empfinden keinen Haß, nicht einmal Ekel, nur Verachtung für die, die das alte Geschwätz immer wieder abbeten – Verachtung auch für die, die uns dem Geschwätz unserer Mitbürger ausliefern, durch Spitzel, Schnüffler, Berufsverbote – das Gefährliche ist unser Stolz, unser Hochmut. Und wenn ich Ihnen ein wenig helfe, lieber oder bester, sehr geehrter Herr Holzpuke, dann nur, weil ich eine ganz geringe Chance sehe, Leben zu schützen, und wäre es das Leben von Herrn Dr. Dr. h.c. Bleibl – und auch die Unversehrtheit, ich meine die physische, nicht die moralische Unversehrtheit der gar nicht so makellosen Brüste der vierten Frau Bleibl, die ich in jeder dritten Illustrierten bewundern dürfte, wenn ich sie bewundernswert fände – aber den Schutz dieser Brüste darf ich wohl den Maschinenpistolen Ihrer Beamten überlassen. Wir müssen jetzt gehen, meine Frau regt sich, die Kinder sind wach. Es gibt einen Hintereingang zum Pfarrhaus, zwischen Sakristei und Kirche. Ich möchte nicht durch die erregte Menge, die von ihrem Pfarrer verlassen worden ist. Noch Kaffee?«

»Nein, danke.«

»Dann bringe ich Sie jetzt ins Bischofszimmer ...«

Er warf sich den Anorak über, öffnete die Tür und ging Holzpuke voraus zur Hintertür des Pfarrhauses, am Posten vorbei, der einen Augenblick zu zögern, ihm den Weg versperren zu wollen schien, dann aber wohl auf einen Wink von Holzpuke den Weg freigab.

Es war kühl in den Fluren, offenbar still auf der Straße vor dem Pfarrhaus, und als sie die Treppe hinaufgehen wollten, klingelte im Studio unten das Telefon. Rolf blieb stehen, Holzpuke ging

an ihm vorbei ins Zimmer, murmelte: »Es könnte ja sein«, nahm den Hörer ab, sagte: »Ja, bitte?«, hörte eine Minute zu und sagte dann: »Der Herr Pfarrer ist für längere Zeit verreist, ich rate Ihnen, die Nachbarpfarrei anzurufen. Mein Name? Tut nichts zur Sache« und legte auf. »Sterbesakramente«, sagte er, kurz bevor er Rolf nach oben folgte.
Das Bischofszimmer war schlicht und sehr freundlich eingerichtet: weiße Möbel, honigfarbener Teppich, ein Druck von Chagall an der Wand, eine kleine kostbare Madonna in einer Nische, Öllämpchen davor; eine Sitzecke mit zwei Sesseln, bambusgeflochten, auch der runde Tisch; Telefon, kein Aschenbecher, Holzpuke setzte sich seufzend: »Sie halten mir lange Reden, Herr Tolm, sehr lange.«
»Es wäre gut, wenn Sie sie Herrn Dollmer und auch bei Gelegenheit Herrn Stabski möglichst wörtlich wiedererzählen würden. Ich bin bereit, es den Herren eigenmündig vorzutragen, ihnen zu erklären, worin der Unterschied zwischen Hochmut und Dynamit besteht, ihnen zu erklären, wieviel Tausende, vielleicht Hunderttausende da ausgeschlossen werden, bewußt wohl, damit man eine Reserve hat, die man der Zummerling-Presse zum Fraß vorwerfen kann – und den Banken–. Aber zunächst das Dynamit: das in den Zusammenhang mit Schlitten gehört. Ich erinnere mich, daß Bewerloh vor Jahren, als wir noch befreundet waren und gemeinsam Demonstrationen planten, auch Aktionen – die Idee des gesalzenen Fahrrads – ausgebrütet hat, das heißt, er stellte Berechnungen an, wieviel Sprengstoff man im Röhrensystem, im Gestänge eines Fahrrads unterbringen könnte, wo die Zünder versteckt sein müßten und so weiter und so weiter. Es sollten fünfzig, möglichst hundert Fahrräder auf diese Weise – die damals nur theoretisch erwogen wurde – geladen werden und einfach dort abgestellt werden, wo Unheil angerichtet werden sollte. Wir waren alle dagegen, alle – es blieb bei der Theorie. Aber es konnte sein, daß er inzwischen die Theorie in die Praxis umgesetzt hat. Der Schlitten, mit dem er kommt, könnte also geladen sein – es könnte sogar,

auch die Theorie wurde erwogen, leicht auseinanderzunehmen und in irgendein Schießgerät, ein Katapult zu verwandeln sein. Wenn Veronica so erpicht drauf war, Sie über den Schlitten zu informieren ... ich weiß nicht«, er blickte gegen die Stirnwand, »ob hier gelauscht wird ...«
»Nein«, sagte Holzpuke müde, »das Telefon natürlich, aber sonst nicht ...»
»Ich würde Sie nämlich bitten, diese Information nicht als von mir stammend in die Akten zu nehmen.«
»Versprochen«, sagte Holzpuke, »ein wichtiger Hinweis, ein wertvoller – ein fürchterlicher – nicht nur die Radfahrer, auch die Fahrräder kontrollieren, um Tolmshoven herum, um Horrnauken herum, um Trollscheidt herum, um Breterheiden ...«
»Um Hubreichen herum, wenn meine Schwester länger hierbleibt ...«
»Bleibt sie lange – hat sie darüber gesprochen?«
»Noch nicht – es gefällt ihr hier. Und natürlich kann sie bleiben, solange sie Lust hat – und solange wir hierbleiben können. Ich habe den Eindruck, daß sich ihr Leben erheblich verändern wird – nachdem Herr Roickler nun endgültig weg ist, wissen wir nicht, was die Kirchenbehörde mit uns anfangen wird. Wußten Sie übrigens, daß Roickler ...?«
»Ja, wir wissen von seinem – von seiner Beziehung zu dieser Frau Plauck, wissen auch – und wir wußten auch, daß er gestern – nun: abgehauen ist ... übrigens ein ehrenwerter Mann.«
»Sie haben also Informanten im Dorf?«
»Natürlich. Das dürfte Sie doch nicht überraschen. Wenn ich Sie jetzt bitten dürfte, mir einen Aschenbecher zu besorgen, Bischöfe scheinen Nichtraucher zu sein.«
Rolf fand im anschließenden Bad eine Seifenschale aus Keramik, die sich aus ihrer Halterung lösen ließ, setzte sie auf den Tisch, nahm von Holzpuke eine Zigarette an, ließ sich Feuer geben, blieb stehen.

»Das Ding ist ein bißchen wackelig, wird's aber vorläufig wohl tun müssen. Ich würde nur ungern die anderen Zimmer betreten. – Nur unten kenne ich mich aus. Wollen Sie noch mit meiner Schwester sprechen?«

»Nein, aber mit Ihnen noch – über Ihre Freunde. Das, was Sie da gesagt haben – dieser Stolz, diese Unnachgiebigkeit, dieses Ausgeschlossensein – oder: Sich-ausgeschlossen-Fühlen – diese Erkenntnisse – Gedanken – wie groß schätzen Sie die Gruppe, die Sie so definiert haben?«

»Das könnten Sie sehr einfach aus Ihren Akten und den Akten der Ihnen nahestehenden Ämter herausrechnen lassen: Wir sind ja alle erfaßt, das heißt: Nicht wir haben uns alle erfaßt – wir kennen unsere Zahl nicht, Sie müßten sie kennen, schauen Sie sich diese Armee, diese Geisterarmee an – mustern Sie sie – lassen Sie diese Hundertausende junge Frauen und Männer und deren Kinder aufmarschieren, wenn auch nur vor Ihrem geistigen Auge, und fragen Sie sich, ob deren Ausbildung, deren mögliche Intelligenz, deren Kraft und Herrlichkeit nur dazu dasein soll, überwacht zu werden. Gelegenheitsarbeiter der Nation, Nüsseaufheber, Äpfelpflükker ... nun, wenn Sie keine Fragen mehr hätten – wohl fühle ich mich hier nicht, aber immerhin hat das Bischofszimmer wenigstens einmal in seiner Existenz wirklich Dienst getan. Jetzt wird also der ganze Sicherheitskram von Blorr nach hier verlegt?«

»Der plötzliche Entschluß Ihrer Schwester hat mich in Verlegenheit gebracht: Es gibt einen äußeren, einen inneren, einen sozusagen intimen Sicherheitskordon um Blorr, das heißt: die Beamten, die man sieht – wir haben mit diesem Umzug nicht gerechnet und Sprunghaftigkeiten dieser Art, man könnte sie auch Ausbrüche nennen ... Nun, ich gestehe Ihnen, daß ich im Augenblick improvisiere und auf die Mauern des Pfarrgartens vertraue. – Wenn Ihre Schwester ...«

»Darf sie denn wenigstens Milch holen?«

»Besser nicht. Wenn Sie's verhindern könnten, auch – Spa-

ziergänge und so nicht. Dummerweise ist auch die Presse schon informiert, man munkelt schon von Ehekrise... jedenfalls ...«
»Ich soll meine eigene Schwester also mehr oder weniger gefangenhalten.«
»Wenn Sie es so nennen wollen – und auch natürlich das kleine Mädchen ... diese Fahrradgeschichte geht mir im Kopf herum, obwohl er ja Ihrer Schwester nach Ihrer Theorie nichts tun würde ...«
»Verlassen Sie sich nicht drauf ...«
»Erlauben Sie mir noch eine Frage: Auf was würden Sie hinsichtlich der Kleidung tippen?«
»Ordentlich, nicht mehr wie junge Bankdirektoren, nicht wieder wie Gammler, ordentlich, wie nette normale Leute, die einen Ausflug mit dem Rad machen.«
Rolf brachte die Seifenschale ins Bad zurück, säuberte sie und klemmte sie wieder in die Halterung. Er rückte die Sessel gerade, zog die Tischdecke glatt und ging hinter Holzpuke die Treppe hinunter. Es regnete immer noch, das Nicken des Postens wirkte wie ein mürrisches Kopfschütteln. Obst lag auf den Wiesen, fiel von den Bäumen, es schlug acht, als sie in die warme Wohnstube traten. Idylle: der warme Ofen, die Kinder mit kakaoverschmierten Mündern, leergelöffelte Eier, die beiden Frauen lachend mit ihren Zigaretten über den Kaffeetassen. »Heute müssen wir im Sälchen bleiben«, sagte Katharina, »Sabine will mir helfen, sie kann so schön singen – und auch zeichnen«, sagte sie, »wir können mit den Martinsvorbereitungen beginnen.«
Sabine war rot geworden, als sie Holzpuke sah, sie nickte ihm zu und sagte: »Tut mir leid, diesmal mußte es rasch gehen ... Einwände gegen meine neue Tätigkeit?«
»Ja«, sagte Holzpuke. »Ja. Sie wissen: Ich kann Ihnen nichts verbieten, nur raten kann ich Ihnen: Gehen Sie nicht aus dem Haus, keinesfalls aus dem Garten, und ich wüßte natürlich gern, muß es einfach um Ihretwillen wissen, wie lange Sie hier

wohl bleiben werden. Meine Maßnahmen, Sie verstehen – ich bitte Sie, bisher haben wir doch so gut zusammengearbeitet.«
»Ich weiß nicht«, sagte Sabine, »weiß es wirklich nicht«, sie seufzte, »nur eins weiß ich: Nach Blorr gehe ich nicht zurück, dort brauchen Sie, was mich und das Kind betrifft, keine Maßnahmen mehr zu planen; mein Mann ist verreist, für länger wohl. Und bei den Eltern – für das Kind ist es besser hier – aber wie lange – und ich darf wirklich nicht mit Katharina in den Hort?«
»Sie dürfen – nur muß ich die beiden Beamten vorübergehend abziehen und dorthin postieren ... ich kann Ihnen das nicht ersparen.«
»Auch, wenn Kit allein mitgeht?«
»Dann müßte ich, bis Verstärkung eingetroffen ist, einen hier lassen und einen dort.«
»Dann bleibe ich hier, versorge den Ofen, mache das Essen und denke an unsere Zwölf-Zimmer-Villa bei Malaga, die immer leer steht – wo man vier Wochen braucht, um die Langeweile zu vertreiben, die sich inzwischen dort gesammelt hat, immer wieder dort sammelt: Können Sie sich das vorstellen?«
Holzpuke blickte sie verlegen an, nahm eine Zigarette heraus, ließ sich von Rolf Feuer geben, nickte zum Dank.
»Langeweile«, sagte Sabine, »wirklich, sie sammelt sich an, dick, kompakt, ich möchte fast sagen greifbar ... und läßt sich nur mühsam mit der Hand ausschöpfen. Hand für Hand, Hand um Hand – Raum für Raum – und die spanischen Polizisten in Uniform, die deutschen in Zivil vor der Tür – das Meer rauscht, und die Palmen, nun, ich nehme an, sie wedeln. Nein, ich bleibe hier, bleibe am Ofen sitzen und röste Kastanien ...«
Katharina war schon angezogen, auch Holger. »Ich muß jetzt gehen«, sagte sie, »die Kinder warten, die Mütter müssen an die Arbeit – und es wird viel Gerede auf mich warten, wegen Roickler. Man wird uns seinen Weggang ankreiden, paß auf, so wird's kommen. Gehst du mit, Rolf?«
»Ja, ich bringe euch hin. Ich muß dann auf den Halsterhof – der

wird ganz umgekrempelt, modernisiert – da krieg' ich doppelten Lohn für meine Mitarbeit bezahlt und darf die alten Klamotten mitnehmen. Mach's gut, Schwesterchen, mittags sind wir alle wieder zurück, du weißt ja, wo die Bücher stehen, wo das Spielzeug liegt. Und hier ist das Telefon: Ruf deine Mutter an, vielleicht deinen Bruder – habe keine Angst.«

Kit weinte, blickte Holzpuke böse an, der immer noch nicht gegangen war. Zum Glück weinte das Kind nur leise vor sich hin, schrie nicht, und er räusperte sich und sagte heiser: »Es ist da noch etwas, über das ich mit Ihnen sprechen muß, mit Ihnen allein ...«

»Ich weiß«, sagte sie, blieb sitzen, den Kopf des Kindes, den sie leise streichelte, im Schoß, »ich weiß: Die drei Monate machen Ihnen Kummer, vielleicht sogar Sorgen.«

»Ja«, sagte er, »es könnte sich um eine Sicherheitslücke handeln.«

»Nein, es ist keine. Ich werde keinen Namen nennen, weder Ihnen noch sonst jemand – aber eine Sicherheitslücke ist es nicht ... das heißt: eine Lücke in meiner inneren Sicherheit *war's* – und auch die ist geschlossen. Es bleibt unter uns beiden, ihm und mir – und Sie haben sich nichts vorzuwerfen. Nicht das geringste, Sie haben Ihre Pflicht getan – und Sie haben sie höflich und diskret getan, so umsichtig, wie es möglich war ... Ich habe nur eine Bitte, meine Nachbarin, Frau Breuer ...«

»Es wird ihr nichts geschehen – nicht mehr... auch nicht ihrem – ihrem Freund – sie wird vielleicht bald wieder Ihre Nachbarin sein, hier, wenn Sie hierbleiben – möglicherweise werden Sie ihr bald beim Milchholen begegnen. Sie ist eine geborene Hermes ... wußten Sie das nicht? Sie stammt aus Hubreichen und wird wohl wieder zurückkehren ... Ich konnte das mit Herrn Schubler nicht verhindern – wir mußten über ihn recherchieren – so wie wir über den Pfarrer hier Erkundigungen einziehen mußten.«

»Über Herrn Roickler auch? Warum denn das?«

»Es gibt merkwürdige Strömungen in der modernen Theologie

– und Herrn Roicklers Sympathien für Ihren Bruder, die vehemente Art, mit der er Ihren Bruder hier verteidigte, mit der er ihn integriert hat – das mußte geprüft werden. Aber ich kann Ihnen versichern, er war und ist völlig unverdächtig.« Er ging auf das Kind zu, wuschelte in seinem Haar und sagte leise: »Na, Kit, immer noch böse auf mich ...« Aber Kit gab keine Antwort, trat mit dem Fuß nach ihm, und er ging langsam zur Tür, nickte Sabine noch einmal zu und trat in den Garten. Schlitten, dachte er müde, wie soll ich auch noch Millionen Fahrräder und Radfahrer kontrollieren. Wiegen, dachte er, man könnte sie wiegen und am Gewichtsunterschied feststellen, ob sie geladen sind. Geladene Fahrräder.

XI

Manchmal war er drauf und dran, Tolms anzurufen und mit denen einfach mal zu reden, sie einzuladen oder hinzufahren, notfalls auch Tee anzubieten, möglicherweise sogar zu trinken. Es gab da Vorurteile auszuräumen, auch Urteile zu fällen. Vorurteile, die sich seit dreiunddreißig Jahren dahinschleppten, beiderseits natürlich, Urteile, die hart, aber auch erlösend wirken würden: Tolm mußte das ›Blättchen‹ jetzt aufgeben, die letzten Illusionen mußten ihm genommen werden. Tolm hatte nun wirklich alle Zügel, auch seine eigenen, schleifen lassen, dem war das ›Blättchen‹ nun wirklich zum Dschungel geworden, der »ahnte« nur immer, wußte nichts, gar nichts, durchschaute nichts, der sollte sich irgendeinem kunstgeschichtlichen Hobby zuwenden: Madonnen möglicherweise oder Niederländern; ein unbezahlbarer, fast herrlicher Präsident, der sich nun auch noch einbildete, daß er vernichtet werden sollte, keine Spur von Vernichtungsabsichten, im Gegenteil: Der sollte lange leben, sollte geschützt und beschützt, sollte von der Last des ›Blättchens‹ endgültig befreit werden. Und wenn er mit Madonnen anfing oder Domen, so war das nicht nur ein Ersatz für seine ahnungslosen »Ahnungen«, das ›Blättchen‹ und die ökonomische Gesamtlage betreffend, es würde ihm wahrscheinlich sogar Spaß machen, und ein Präsident, der von Madonnen oder Domen etwas verstand, sogar artikuliert darüber reden konnte: der war nun wirklich unersetzlich und unbezahlbar, und dem mußte man natürlich auch die Lasten der Präsidentschaft abnehmen: repräsentieren: ja, reden: ja, aber sonst nichts, keine Entscheidungen; da genügte Amplanger nicht, auch nicht der bisherige Referentenstab, da mußten mindestens zwei neue Leute her, die ihn entlasteten, ihm den Weg freischossen, vielleicht kamen dafür, wenn's nicht zu riskant war, Kolzheim und Grolzer in Frage; das mußte bedacht werden. Bedauerlicherweise war der Tolm-Sohn auf die – man konnte es nicht anders nennen – falsche Bahn geraten und wohl nicht mehr von ihr abzubringen. Der Junge hatte das Zeug zu einem Amplanger, wäre sogar ein besserer Amplanger geworden, hatte mehr Sensibilität, mehr Humor auch, sein Lächeln war nicht so messerscharf (es gingen witzige Sprüche über Amplangers Lächeln um: »Ersetzt dir jedes Messer: Brot-, Käse-, Wurst- und Schinkenmesser; lade Amplanger ein, und du brauchst dich um Messer nicht mehr zu kümmern«). Der junge Tolm wäre auch nicht so absurd »up to date« gewesen wie Amplanger, der nicht nur die neuen und allerneuesten, sogar noch neuere Tänze schon kannte und die immer noch tanzfreudigen Damen der nicht mehr ganz so tanzfreudigen Herren immer à la mode schwenkte. Der hatte eine fast schon unheimliche Art, die taufrischen Leitartikel aus der ›FAZ‹ und der ›Welt‹ mit geschickten Variationen als seine eigenen Meinungen auszugeben; oh, der war schon gut, unersetzlich auf seine Weise, und doch fehlte ihm etwas, was dieser Rolf Tolm hatte: Persönlichkeit und Originalität, und dieses verfluchte Etwas, dieses verdammte bißchen, das man offenbar nicht erlernen und nicht erwerben konnte, dieses fast schon mystische, beschissene Unerwerbbare, das seine Mutter reichlich und sein Vater immerhin in Ansätzen hatte: Charme. Außerdem wußte er, was sein Vater nie begreifen würde: Kampf war die Parole, nicht Versöhnung. Sogar, als er noch Autos anzündete und Steine warf, hatte er diesen Charme gehabt – und nicht verloren. Und natürlich hatte er längst heraus – hatte vielleicht nur »geahnt« wie sein Alter, daß es nur ein Land gab, in dem er möglicherweise mehr tun konnte als Äpfelpflücken und Bauernhäuser renovieren: Cuba. Trotz allem, trotz allem – dieses verfluchte Cuba, diese Riesenlaus da drüben in dem warmen Pelz. Ja, das hatte Holzpuke ihm geflüstert: Jetzt lernte er Spanisch von irgendwelchen Chilenen, studierte die cubanische Ökonomie, besorgte sich Speziallexika und hatte sogar einen Schüler, diesen Bauernjungen aus Hubreichen. Nun, den mußte man drangeben, der würde nie mehr, nie zurückkehren, und selbst wenn er theoretisch zurückfände, zurückkehren würde er nie. Auch wenn aus seinen Cubaplänen nichts wurde, der würde lieber weiter Nüsse ernten, Kartoffeln züchten und mit seiner kommunistischen Geliebten Kinder zeugen – schon aus Stolz, aus eiskalter Verachtung gegenüber Zummerling, auch wenn er dessen Autos nicht mehr ansteckte; würde nie mehr ein Auto in Brand stecken, nie mehr einen Stein aufheben, würde in diesem Kaff hockenbleiben, Birnen zählen und Traktoren reparieren – würde, wie Hunderte und Tausende seiner Art, die Gesetze beachten und die kalte Verachtung des Systems aufrechterhalten. Schade, dieser Kronprinz fiel aus und wäre doch der bessere Amplanger gewesen; wäre. Eine Verschwendung von Intelligenz, planerischer, abstrakter, hochtheoretischer Begabung, die mit genausoviel, nicht zu viel Phantasie gemischt war. Erstaunlich genug bei diesen Eltern, deren Herkunft und Werdegang. Und doch war das etwas wie Stil: Sie hatten nie, auch nicht in diesem Schlößchen, etwas Emporkömmlinghaftes gehabt, nie – und das war seltsam genug, wo es ihm, der doch vergleichbarer Herkunft war, anhaftete, unauslöschlich: dieses grobe Gesicht, hinter dem man Brutalität vermutete, die er gar nicht gehabt hatte, die sich aber später, als man sie ihm permanent unterstellte, doch entwickelte; wer würde ihm je glauben, daß er ein ängstlicher Mensch war? Einsam war, einsam und ängstlich. Hilde hatte es nicht nur geglaubt, sie hatte es auch gewußt. – Und ausgerechnet von ihr hatte er sich getrennt und war in eine Reihe mißglückter Ehen hineingerutscht. Käthe Tolm hatte mal wieder recht: Seine vierte, Edelgard, war einfach ein »dummes Luder«; sogar ihr Körper war auf eine kaum beweisbare Weise dumm; die paar Tricks, die sie – wo? – gelernt oder auch nur aufgeschnappt hatte, waren schon nach drei Wochen verbraucht gewesen. Diese künstliche Sinnlichkeit, heiseres Geflüster aus blöden Filmen abgeguckt, das machte ihm keinen Spaß, nicht einmal ihr; und dieses neuerliche Saufen schon am frühen Morgen, diese gespielte Melancholie, an der nichts, nichts echt war – dieser Unglückliche-Frau-Mechanismus, der ihr keine Freunde einbrachte, diese Vulgarität, die eben doch eine Spur zu echt war, als daß sie modisch hätte wirken können. Ein dummes Luder, vielleicht ein armes Luder, das sogar dumme Hände hatte, verkorkst, wahrscheinlich als Fahrschülerin schon in Wartesälen und billigen Cafés in Hasch und Pop gerutscht, unter die Räder gekommen, und gehörte außerdem einer Generation an, die offenbar ohne Musik nicht leben konnte, wenn das denn überhaupt noch Musik war; von morgens bis abends und auch noch nachts, wenn sie nicht schlafen konnte: Musik, Musik, Musik. Wahrscheinlich würde das den wahren Scheidungsgrund abgeben: In jedem Raum, sogar auf der Toilette, hatte sie ihre verfluchten Rekorder stehen oder Lautsprecher, die sie mechanisch anknipste, wenn sie die Türklinke kaum heruntergedrückt hatte; im Bad natürlich, im Schlafzimmer, in allen Salons, sogar im Keller, wenn sie einmal die Hausfrau spielte und sich um Wäsche und Vorräte kümmerte: überall Musik, überall lagen Kassetten herum. Zum Glück fuhr sie jetzt erst einmal weg, nach Norderney oder Kampen, er wußte es nicht genau, und sie würde einen ganzen Pulk von Sicherheitsbeamten in Bewegung setzen: Das machte ihr Spaß, und sie war schon eifersüchtig auf die Tolms, weil die noch mehr »Sicherheitsbetrieb« hatten; das

war ihr neuester Sport: den Sicherheitsaufwand kontrollieren, daraus ihren »Rang« abzulesen: War sie die zweit-, dritt- oder viertbewachteste?
Er mußte sich bald von ihr trennen, hoffte nur, daß sie nicht allzuviel Zicken machen würde. Es tat ihm leid um ihre Eltern, das waren nette, einfache Leute, die Köhlers, betrieben umsichtig gegen alle ökonomische Vernunft ihren Kramladen weiter, waren bescheiden, schufteten achtzehn Stunden am Tag, kamen wahrscheinlich auf einen Stundenlohn von einsachtzig, höchstens zwei Mark, und wenn man das zusammenrechnete, die Mietersparnis im eigenen Haus – rechneten natürlich nicht die Kapitalzinsen des Hauses –, die Ersparnisse durch verbilligten Eigenverbrauch, dann kamen sie möglicherweise tatsächlich – bei einer mehr als Hundertstundenwoche pro Kopf und mußten auch noch ängstlich auf die Verfallsdaten von Milch und anderem achten – auf zweieinhalb-, vielleicht dreitausend im Monat und bildeten sich ein, reichlich zu verdienen, wo sie doch weit, weit unter jedem Türkenlohn schufteten und er selber täglich mehr als dreitausend verdiente. Das durfte man ihnen natürlich nicht vorrechnen, diese netten, bescheidenen Leute nicht in Verwirrung stürzen. Die hockten da in ihrem Nest, waren geachtet, Kirchgänger, Chorsänger, auf ihre Weise sogar kultiviert. Das hatte schon Stil, wenn sie zum Essen einluden; wie sie den Tisch deckten, feierlich, auch, wenn der Alte in der Küche half und sie jedesmal, wenn ein Gang serviert war, sich die Schürze abband und über den Stuhl hängte; das hatte Stil. Und der Wein war ausgezeichnet, der Kaffee makellos, die selbstgebackenen Eclairs – die machte wohl der Alte, war wohl gelernter Bäcker – waren Spitzenklasse. Sie waren wohl ein wenig zurückhaltend und doch nicht scheu, und keine Spur von Schüchternheit vor dem gewaltigen, dem reichen, dem medienbekannten Schwiegersohn, der das ganze Dorf in Aufruhr versetzte mit seinem Begleitschutz; Posten hier und Posten da, das war ja fast wie ein Staatsbesuch. Das Milieu erinnerte ihn an zu Hause: Da war's noch bescheidener gewe-

sen, und nicht katholisch, sondern evangelisch. Bescheidener – aber wenn man vergleichen wollte, hätte man wissen müssen, wie es bei Köhlers vor vierzig, fünfzig Jahren war, bevor ihre Eltern starben und sie den Laden erbten. Nette Leute, die der Karriere ihrer verkorksten Tochter nicht so recht trauten – und hatten recht damit – und forderten sie auf, als der Kaffee und der Likör serviert wurde, Klavier zu spielen, und sie tat's, mit einer gelangweilten Bockigkeit, mit der sie ihre Verachtung für diese Art von Musik dartun wollte: verhunzte den Schubert, nahm dem Chopin auch den allerletzten Rest Charme, mekkerte über diesen »musikalischen Nachtisch«; Käthe Tolm hatte recht: einfach »ein dummes Luder«, seine vierte; das hatte Amplanger ihm hinterbracht, der ja manches Interessante aufschnappte, wohl auch am Telefon.

Sollte sie auf Norderney ihre langweiligen Titten-Spiele fortsetzen. Er würde Tolms mal anrufen, dort Tee trinken oder hier Tee anbieten, notfalls sogar trinken; es mußte da einiges klargestellt werden. Natürlich hatte er Tolm dorthin »gehievt«, aber doch nicht, um ihn zu vernichten, im Gegenteil: Er sollte entlastet werden, sollte vom ›Blättchen‹ endgültig befreit werden. Es war doch das ›Blättchen‹, das ihm in den »Knochen«, in den Beinen saß; es war seine eigene Schuld, daß es ihm mehr und mehr entglitten war. Er sollte befreit werden, sich erholen, neben Amplanger und dem eingefahrenen Referentenstab noch zwei Gehilfen bekommen; gesund werden sollte er und leben. Und da gab's seit mehr als dreißig Jahren mitgeschleppte Vorurteile, die noch aus dem Internierungslager stammten. Natürlich: Er hatte sich da nicht »nett« benommen, hatte aber auch nie vorgegeben, nett zu sein, hatte nie Nettigkeit als Wappen vor sich her getragen; da verwechselte man Härte mit Brutalität und verbreitete die Fama, er stamme aus einem gemachten Bett. Dieses erbärmliche Textilgeschäft in Doberach sollte ein gemachtes Bett gewesen sein, wo seine Mutter im Winter mit klammen Fingern Pfennigkram verkaufte: Kurz- und Weißwaren, wenn's hochkam mal eine Rolle Gummiband, um Schlüpfer und Unterhosen mal wieder zu flicken, wo man eine, in Ziffern und Worten *eine*, Stopfnadel kaufte, ganz selten mal ein paar Socken, und dieser erbitterte Kampf hinter den Kulissen, wenn der Konfirmationstag näher rückte: die Preise drücken und noch einmal drücken, verflucht. Und natürlich war er – was denn sonst – früh in die SA gegangen, schon wegen der Aufträge für Papa, die dann später fast zu etwas wie Wohlstand führten, weil Papa eine Art Monopol bekam, für Hemden und Blusen und Hosen und Krawatten, später sogar für Stiefel, und der Ärger mit den Schuhmachern und Schuhgeschäften und mit den Hutmachern und Hutgeschäften, weil Papa auch noch das Monopol für Stiefel bekam und für Mützen, und wer, wer dachte denn damals an Mord? Wer? Sogar der gute alte Pfarrer Stermisch, der ihn konfirmiert hatte, war doch drauf reingefallen, säuselte national, sogar antisemitisch, und hatte doch Papa ausdrücklich geraten, bei Arisierungsverhandlungen »die Menschlichkeit nicht zu übertreiben«. Stermisch verhalf ihm zum Studium, und die Promotion, die konnte Papa schon selbst finanzieren. »Textilwirtschaftliche Probleme in rohstoffknappen Perioden« anhand der Erfahrungen des Ersten Weltkriegs ausgearbeitet, ein Thema, das sich als ideal erwies, als der zweite Weltkrieg dann wirklich ausbrach. Er war und blieb natürlich unabkömmlich, bekam jede Möglichkeit, seine Theorie anzuwenden, zu erweitern, zu korrigieren, auszubauen, machte sich weder die Finger schmutzig, noch ließ er sich bestechen, fand es auch logisch, daß die Amis ihn einsperrten; das war ja geradezu ehrenvoll, weil sie ihn wichtiger nahmen, als er selbst sich je vorgekommen war. Dafür, daß er sich nicht allzu wichtig genommen hatte, hatte Hilde gesorgt, seine Frau, die man inzwischen fast ehrfürchtig »Bleibls erste« nannte; die war alles andere als ein »dummes Luder« gewesen, auf keiner Ebene, auch geschäftlich nicht, war sparsam, ohne geizig zu sein, hatte Grundstücke gekauft, völlig legal und normal; sie tröstete ihn sogar, wenn der Rücklauf an blutdurchtränkten, zerlöcherten und zerschossenen Textilien – zivilen und feldgrauen – ihm dann doch an die Nieren gegangen war, da waren ja auch Kinderkleider drunter. Wie das Gesetz es befahl – mußten auch die Kleider von Erhängten und Erschossenen aus Gefängnissen und von Truppenübungsplätzen abgeholt und wieder verwertet werden, ganz zu schweigen von »Feindtextilien«, unter denen man nicht nur Beutetextilien verstand, Kinderkleider – und er hatte doch selbst Kinder: Martin und Robert – nun ja, man mußte hart sein, notfalls vielleicht sogar brutal. Da war Hilde eine gute, eine kluge Frau, auch geschäftlich, aber auch mit ihrer Musik – sie spielte so schön Klavier und sang dazu; sie war ihm eine gute Frau mit ihrer Küche, und auch sonst; überhaupt.

Nur: Nach dem Krieg, als er aus dem Lager kam und auf Betreiben von Bangors wieder Textilbevollmächtigter wurde – sie hatten ihm nichts, nicht das Vergießen eines einzigen Blutstropfens nachweisen können, nichts! – da konnte er nicht mehr, konnte nicht mehr mit ihr schlafen, fand nicht mehr den Zugang, nicht Eingang zu ihr. Mit Huren hatte er gekonnt, zu denen ihn Bangors mitnahm, auch noch, als die Sache in der Bank schon passiert war, diese fürchterliche Geschichte, über die er bisher mit niemand hatte sprechen können, mit niemand, auch nicht mit Bangors, der Zeuge gewesen war, stummer Zeuge: Als sie nachts in der Reichsbank das Bargeld und den Inhalt der Safes regelrecht in Säcke schaufelten, war da plötzlich eine junge Frau aufgetaucht, in Decken gehüllt, hatte sich wohl da verkrochen, und er, Bleibl, hatte sich Bangors' MP geschnappt und die Frau umgelegt. Es war das erste Mal im Leben, daß er schoß, auch das letzte Mal, und die tote Frau machte den Geldhaufen buchstäblich zu Blutgeld. Sie hatten die Frau und das Geld liegenlassen, die Decken über sie geworfen, Geld über die Leiche gescharrt, waren weggerannt, ins Auto, zum Lagerkasino: Saufen, saufen, kein Wort darüber, nie ein einziges Wort! Und später hatte er sorgfältig die Zeitungen studiert, ob da je von einer Leiche oder später von einem Skelett berichtet wurde, das man im Keller der Reichsbank gefunden

hatte: nichts, nie etwas. War's doch ein Traum gewesen, ein Spuk? Er wurde das Bild nicht los, sah es, wenn er Hilde umarmen wollte, sah es, wenn Martin und Robert ihm den Gutenachtkuß gaben; harte, qualvolle Jahre, in denen er sein Imperium schuf: Textilien mit dem politisch absolut unverdächtigen Fischer, Immobilien mit Hildes Hilfe, später Papier mit Kortschede und Druck mit Zummerling: Brachland beakkert, bevor die alten Wölfe wieder aus ihren Käfigen krochen. Nein, ihm war nichts geschenkt, nichts in die Wiege gelegt worden: Das väterliche Geschäft war eine absurd nebensächliche Klitsche, wo nach dem Krieg einige hundert SA-Hemden, die schwer zu färben waren, verrotteten.
Später hatte er sich von Hilde doch trennen müssen. Er hatte sie gut versorgt, sie war immer noch Mitregentin. Martin war ein sehr lieber, biederer Studienrat geworden, Robert ein geradezu rührender Pfarrer – weit weg, die Söhne, wurden verlegen wie ihre Frauen, wenn er mal auftauchte. Das waren Bilder aus einem anderen Leben, Blicke in einen Film, der ohne ihn gedreht worden war – und waren doch seine Kinder, seine Söhne, völlig untauglich zu dem, wozu Rolf Tolm tauglich gewesen wäre, und natürlich besuchte er Hilde, die da in den Bergen hockte, spät noch studiert und ihren Wirtschaftsprüfer gemacht hatte: Erinnerungen, die sich nicht mehr beleben ließen, erstarrt wie unter Glas, da und doch weit weg, kleine Vertrautheit, wenn er ihre Hände drückte, und immer noch, immer wieder ihr fragender Blick: Warum? Und er konnte darüber nicht sprechen, war immer noch von diesem Bild verfolgt, das ihn in Suff und Puffs trieb, in den Traum von möglichen neuen Ehen, die alle scheiterten.
Nein, »Bleibls fünfte« würde es nicht geben. Mit fünfundsechzig sollte man vielleicht doch das Heiraten drangeben. Aber, verflucht, warum wurde Tolm offenbar nicht von solchen Bildern verfolgt, offensichtlich doch nicht, dieser aalglatte Ästhet, dieser weiche Ausweicher, der doch eine ganze Batterie befehligt und mitten in die Russen hineingeballert hatte, der

doch viele zerfetzt haben mußte, auch Kinder, Frauen, wenn er in die elenden Dörfer hineinballerte und auf Rückzügen blindlings in die Gegend schießen ließ? Überhaupt, diese Herren vom Militär, die sich soviel einbildeten auf ihre beschissene Ehre: Wer hatte denn die blutbefleckten, die zerschossenen und durchlöcherten Kleider auf dem Gewissen? Nein, nein, sie hatten sich am Krieg nicht »bereichert«. Er denn? Wem hätte denn dieses achtlos da herumliegende Geld nützen können, das doch auf Konten gutgeschrieben war, dieses Zeug, von dem es unzählbare Milliarden gab, das jedermann für wertlos hielt. Warum nicht Häuser und Grundstücke damit erwerben, legal, korrekt, warum nicht denen Geld geben, die es dringend brauchten, und keineswegs bloß den Markt-, den Listenpreis, keineswegs. Wer war denn da geschädigt? Tolm war ja nur ein winziger Fisch, Oberleutnant der Artillerie, dessen angebliches Verbrechen niemand so recht einleuchtete, und wurde ja auch prompt entlassen, schon nach acht Monaten, und der bekam nun das ›Blättchen‹ geschenkt, aus dem er nichts, aber auch gar nichts gemacht hatte, war der denn etwa kein Kriegsgewinnler?

Nun war Bangors wieder aufgetaucht, pensioniert, weißhaarig natürlich, edel, hatte es bis zum General gebracht: Korea, Vietnam und anderes. Er hatte im Excelsior mit ihm essen müssen, unvermeidlicherweise Edelgard dabei – ein netter Abend, so nannte man das, mit der wirklich netten Frau von Bangor, die sich sogar erlauben konnte, Edelgard ein paar mahnende Worte zuzuflüstern. »Ja«, sagte Bangors, »das ist Mary, immer noch meine erste«: sportlicher Typ, grauhaarig, gar nicht so entsetzlich schlank, wie Edelgard immer sein, immer werden wollte, die wußte immer noch nicht, daß das Saufen einen auch fett machen konnte und dieses widerwärtige Süßigkeitenlutschen, während sie von Raum zu Raum ging und überall, aber auch überall ihre verfluchte Musik andrehte. Nett, die Bangors, sie netter als er, und er, ein Gentleman, wie man ihn hätte malen können – und hatte doch mit seinen eigenen

Füßen Geld über die Leiche im Keller der Bank gescharrt, wie man Laub im Wald über einen Kadaver scharrte, hatte grinsend an der Mündung der MP geschnüffelt – und weg, weg. Nie ein Wort darüber verloren, nicht einmal eine Andeutung, nicht einmal ein Augenzwinkern beim Dinner im Excelsior, auch später nicht in der Bar, bei Kaffee und Cognac, während die Damen sich an Drambuie gütlich taten. Und doch, doch – da blieb das Bild, blieb der Schrecken, blieb ihm alles, alles in der Kehle stecken, als Kortschede ihn seinerzeit fragte: »Überleg's gut, Bleibl, denke scharf nach, sie werden deine Vita um und um wühlen – hast du nicht doch noch eine Leiche im Keller?« Und meinte das natürlich nicht buchstäblich, wo er doch buchstäblich hätte ja sagen können: »Ja, ich habe eine Leiche im Keller der Reichsbank von Doberach gelassen.« Und als er offenbar leichenblaß geworden war, hatte Kortschede ihm die Hand auf den Arm gelegt und gesagt: »Ruhe, Ruhe – ich meine nichts, was in deinen Entnazifizierungsakten notorisch ist – etwas aus deiner Jugend vielleicht, Partei oder so – das die rausschnüffeln könnten.« Nein, nichts, er hatte eine Leiche im Keller. Aber die war nie eingeklagt worden, es gab keinen Zeugen, oder der einzige Zeuge hatte inzwischen so viele Leichen gesehen, vielleicht sogar gemacht, daß ihm die eine da völlig entschwunden war. Kaffee und Cognac, die Damen beim Drambuie, und auch in der Bar des Excelsior die verfluchte, die unvermeidliche Musik – aber immerhin, da wurde ja auch getanzt.

Mit Margret, seiner zweiten Frau, hatte er auch nicht darüber sprechen können; nicht gerade ein dummes Luder, aber doch reichlich doof – eine seiner Sekretärinnen, ganz nett, aber drei Jahre waren dann doch schon zu lange gewesen, Margret hatte einen Bildungstick: Florenz und Venedig, Giotto, Mantegna und so, und war auch noch – »Mein Gott, Assisi, was soll man in Assisi anderes tun?« – katholisch geworden, umgab sich mit geistreichen Mönchen, wurde Mitbegründerin einer Zeitschrift, na gut, und wollte unbedingt eine Wohnung an der Piazza

Navona, na gut, besser als diese Musiknudel, seine vierte, war sie schon gewesen, ging dann aber doch zu weit, weiter, als er sich erlauben konnte, ihr zuzugestehen, fing mit einem modischen linken Italiener, einem Kunstkritiker, der nun wirklich ein Beau war, was an, was Ernstes, und das kam raus, wurde öffentlich, und das ging nun wirklich nicht, ging, solange es Gerücht blieb, nicht ungünstiges Geschnüffel, wurde aber untragbar, als die Fotos auftauchten, wo sie nackt mit diesem intellektuellen Schwindler an einem sonnigen Strand hockte. Dekorativ war Margret gewesen, auch als Dekorateurin – mit Florenz, Venedig, Giotto, Mantegna und Assisi – ganz brauchbar, aber das ging nun nicht, da rieten ihm sogar seine Freunde und am dringendsten Zummerling, ausgerechnet der, der die Fotos als erster veröffentlicht hatte, sich scheiden zu lassen, und obwohl Margret nun eindeutig die Schuldige war, war er großzügig gewesen: Sollte sie seinetwegen das Haus in Fiesole haben und ein Auto und noch was dazu, sollte sie den Burschen heiraten, nun, vielleicht war's wirklich die Liebe, die er nie gefunden hatte, mochte ja sein, ließ sich sogar kirchlich trauen, legal, ordentlich, sie schrieb ihm sogar gelegentlich, merkwürdige Worte auf Postkarten: »Ich habe dir alles verziehen, alles.« Da mußte er doch lachen: Damit konnte sie doch nur die Ohrfeige meinen, die er ihr einmal gegeben hatte, als sie doch tatsächlich beim Frühstück laut zu heulen anfing, weil irgendein Irrer irgendwo einen Rembrandt zerkratzt hatte. Das war ihm dann doch zuviel Kulturgetue gewesen, und er hatte ihr eine gelangt. Das hatte sie ihm also verziehen. Gut.

Mit der dritten hatte er zu hoch gegriffen: Diesem Bauernmädchen mit dem Modiglianigesicht war er nicht gewachsen; da war er in Vorurteile abgerutscht, die nicht galten – ganz sicher nicht für sie, für Elisabeth. Nicht, daß sie eine Putzfrau war – eines Tages, als er lange arbeitete, war sie tatsächlich mit Eimer, Schrubber und Aufnehmer in sein Arbeitszimmer gekommen – nein, heutzutage verdienten sich viele Frauen wieder Geld mit Putzen, die durchaus keine Putzfrauen waren:

Da gab's Flüchtlinge und Arbeitslose aller Kategorien, nein, aber diese Putzfrau war wirklich eine, ein Bauernmädchen aus Istrien: Die hatte er erst bekommen können, nachdem er sie geheiratet hatte, und das war eine harte Zeit geworden, Zeit der Lächerlichkeit, denn immerhin war er schon an die Sechzig und sie so um die Vierundzwanzig. »Bleibl verliebt, regelrecht verliebt, der Bleibl!« – Das hatte Spott gesetzt, und da hatten wohl als einzige Käthe und auch Fritz Tolm nicht gespottet, hatten sich wohl nur ein bißchen gewundert, daß es ihn wirklich erwischt hatte. Die Illustrierten hatten tüchtig mitgefressen, und er hatte sie mitfressen lassen: wie er da vor dem ärmlichen Bauernhaus mit seinen Schwiegereltern und seiner Elisabeth stand, bäuerliche Hochzeit mit mehr Tanz, als er beim besten Willen leisten konnte, und diese Schwierigkeiten, weil er doch geschieden und Elisabeth katholisch war, das Palaver der Eltern, der bittere Verzicht auf eine kirchliche Trauung, der auch Elisabeth schwerfiel – und hatte nicht lange gehalten, diese dritte Ehe, war die kürzeste gewesen, gescheitert, nicht nur an dem Bild, das er nicht los wurde, vor allem an Elisabeths entschiedener Würde; o Gott, Putzfrau! Es gab nur wenige Leute in seiner Bekanntschaft, mit denen sie verkehrte, am wenigsten mit den Fischers, denen er doch via Textilien und »Bienenkorb« sehr verbunden war, und da half auch kein Hinweis darauf, daß die doch nun wirklich katholisch waren, nachweisbar und nachgewiesen, bezeugt sogar von seriösen Klerikern; nichts half. Die Fischers, da bekamen sie keine zehn Pferde mehr hin, Tolms natürlich, aber die verkehrten eben nicht gern mit ihm. Überraschenderweise mochte sie Kortschede, sogar Pliefger. Aber alle anderen fand sie »schlechte Gesellschaft, sehr schlecht« und sagte von vielen »die stinken, du riechst es nur nicht mehr«, und gerade hatte er angefangen, zwischen ihr und Sabine Fischer etwas wie Freundschaft zu stiften, da ging die Ehe in die Brüche, und sie ging nach Jugoslawien zurück, hatte schließlich sogar angefangen, hohe, wenn nicht gar höchste »Regierungsfritzen« als stinkend zu bezeichnen. »Die stinken alle, ihr riecht das nur nicht mehr.« Schließlich gestand sie ihm, daß auch er stänke, »nicht immer, aber meistens«, sagte das sogar in Stunden der Intimität, wenn sie ihn von dem fürchterlichen Bild befreite und er all die Huren vergessen konnte, und ließ sich nicht herab, den Gestank zu erklären. Es wurde ziemlich unangenehm mit ihr, als sie anfing, an den Leuten herumzuschnüffeln und die Nase zu rümpfen, lakonisch zu sagen »Stinkt« oder »Stinkt nicht«, und meinte das durchaus nicht nur moralisch, sondern sprach schließlich offen von einer »stinkenden deutschen Sauberkeit«. Er mußte sie ziehen lassen, nach Istrien zurück, gab ihr Geld für ein schickes kleines Hotel, in dem sie hoffentlich keine anderen stinkenden Deutschen beherbergen mußte, und träumte von ihr, träumte von Hilde, seinen netten, biederen Söhnen und dachte mit Bangen an die Gegeneinladung, die er Bangors schuldig war: War da nicht doch ein Flackern in dessen Augen gewesen, Mitwisserschaft, und konnte doch nichts gegen ihn unternehmen, ohne sich selbst mit hineinzuziehen. Die Leiche im Keller gehörte schließlich nicht ihm allein. Wahrscheinlich hatte irgend jemand das »blutbefleckte Geld« nach ihnen einkassiert und die Leiche diskret beiseite geschafft.

Es würde schwer sein, Edelgard loszuwerden. Sie war zäh und hing auf die blödeste Weise am Luxus, zu dem für sie auch die Bewachung gehörte; die Bewachung würde natürlich, wenn nicht gar aufhören, dann aber gewiß sehr reduziert werden. Sie hatte nichts von dem übrigen Luxus und wollte ihn doch, hockte in den teuersten Hotels herum und las dort Illustrierte, hörte ihre verfluchte Musik, glotzte, machte Polizeibeamte rammdösig und genoß ihren »protokollarischen Rang«, machte Männer verrückt, und doch wollte sie keiner haben, es biß keiner recht an, und es schien ihr auch nicht ernsthaft daran zu liegen. Sie war schlimmer als eine Nutte, verkorkst, früh in billigen Imbißstuben und Wartesälen – und hatte sich ihn geschnappt, so getan, als lechze sie nach ihm, hatte dann aber

auf Ehre und Jungfräulichkeit gespielt, sogar ihre armen Eltern in diesen Ehrenkreuzzug eingebracht, wo sie doch wahrscheinlich schon mit zwölf, spätestens mit dreizehn aufs Kreuz gelegt worden war. Die hatte den rechten Augenblick erwischt, als Elisabeth gerade weggegangen war, er die Huren satt hatte und übermüdet abends noch in seinem Büro gehockt hatte: ein plumpes Spiel mit frisch gekochtem Kaffee und Händchen auf den Arm und einem großzügig gewährten Blick auf diese dumme Brust. Ehre, Geschrei, Jungfernschaft, Eltern und wieder eine Hochzeit, die vierte. Es würde schwer sein, sie loszuwerden, auch teuer. Eine fünfte würde es nicht geben. Was er brauchte, war eine Lebensgefährtin, so etwas wie Käthe Tolm, deren Dummheiten sogar charmant waren. Holzpuke hatte ihm angedeutet, daß sie und ihr undurchsichtiger Sohn Herbert dieser Veronica wahrscheinlich Geld gegeben hatten. Sogar an ihrer Frömmigkeit war nichts Unechtes, die war Gold wert, wie ihre Tochter, die als Reiterin, Beterin, Mutter, Tänzerin und Hausfrau eine phantastische Figur machte, unbezahlbar; er mußte sich den jungen Fischer doch einmal direkt vorknöpfen, damit er diese junge Frau nicht zu sehr strapazierte, innerlich, äußerlich, möglicherweise sogar im Schlafzimmer, seitdem er auch auf dem Pornotrip war. Das war doch eine Kostbarkeit, die Kleine, zerbrechlicher, als sie aussah – die durfte man nicht zu plump anfassen, wie Fischer es offensichtlich tat mit seinem affigen Playboygetue; es durfte nicht so weit kommen, daß die kleine Tolm ausflippte, abging – wohin immer: Die mußte bei der Stange bleiben mit ihrem süßen kleinen Blag. Der Alte mußte auch gestützt werden. Blieb nur dieser Herbert, aus dem keiner, auch die Polizei nicht, schlau wurde. Er betrieb Philosophie, und das war nicht ungefährlich; er mußte auch mit Dollmer, möglichst sogar mit Stabski einmal über alles sprechen, das waren Probleme, die weit über die Interessen des Verbandes hinausgingen. Sie betrafen den Staat.
Zunächst mußte er herauskriegen, ob Kolzheim und Grolzer sich inzwischen die Hörner abgestoßen hatten: Die waren

wirklich ausgeflippt, hatten das ständige Nach- und Vorbeten, hatten Amplangers »Messer im Gesicht« nicht durchgehalten und angefangen, regelrecht zu saufen und sich mit Weibern eingelassen, die ihnen nicht zum Segen gereichten: habgierige Biester, die nach Apartment und Pelzen lechzten, sozusagen in Sekt gebadet werden wollten. Die beiden ließen sich dann aus Überdruß und nicht ausgekotzter Langeweile auch noch auf modisch gewordene Perversitäten ein, zu dritt, viert oder zum Dutzend. Es war zu Übergriffen gekommen, in die Kasse natürlich, an die Spesen, Spesenverfremdung nannte man das. Da gab's nun keinen Pardon mehr, die mußten zurück an die Front, an die härteste, bitterste Basis, wurden vor die Alternative gestellt: Gericht oder Frontbewährung, nicht in irgendwelche Stäbe, in den Grabenkrieg. Drei, vier Jahre Knast oder Degradierung, nahmen das letztere und mußten in einen der Supermärkte auf dem Land, in kleine Kaffs jedenfalls, mußten Umsatzsteigerungen erzielen, Dreckarbeit tun, die Mädchen triezen, die Kunden mit unfrisch gewordenem Salat bescheißen, »Sonderangebote« erfinden, im weißen, etwas beschmutzten Kittel pünktlich ihren Dienst antreten, Putzfrauen schinden und dafür sorgen, daß die Kasse stimmte. Wenn sie Lust hatten, konnen sie in diesen Kaffs den Wandervereinen beitreten, auf Kirmessen und Schützenfesten Weiber schwenken, konnten zünftig gekleidet, mit Stock und roten Socken »durch die Wälder, durch die Auen« wandern und auf dem Glatteis kleinstädtischer Sex-Partys Standfestigkeit beweisen. Das mußte jetzt drei, vier Jahre her sein, daß man die an die Front geschickt hatte. Er mußte sich erkundigen, wie weit sich Kolzheim und Grolzer bewährt hatten, ob sie, ungefördert, realistisch nach Frontbewährungsmaßstäben, sich hochgedient hatten. Das waren gute Assistenten gewesen, gebildet, promoviert, kesse Soziologen, die das linke Vokabularium beherrschten, aber rechts argumentieren konnten. Schade, wenn sie zwischen Salatköpfen und kleinen Abenteuern mit Verkäuferinnen und Kassiererinnen verkamen. Er mußte Amplanger um

Bericht bitten, und er mußte Tolm anrufen, endlich einmal, nachdem sie dreiunddreißig Jahre lang Vorurteile wie Klumpen mit sich geschleppt hatten, mit ihnen reden. Vielleicht konnte er auch Hilde anrufen und sie bitten, wenn nicht seine Lebensgefährtin, dann vielleicht seine Haushälterin zu werden; er wollte dieses verdammte Bullenimage nicht länger, brauchte es auch nicht mehr, war die Weiber leid, auch die Huren. Vor allem mußte er Tolm klarmachen, daß kein Mensch ihn vernichten wollte. Im Gegenteil: Man wollte ihn halten und erhalten, und er sollte endlich Zeit haben für seine Madonnen oder Dome oder Kruzifixe; er sollte gesund werden und es bleiben, so lange wie möglich, und wenn Kolzheim und Grolzer geläutert waren, neue Härtung erfahren hatten, würden sie die besten Helfer für ihn sein: elegante junge Hunde, mit Humor, und nach drei, vier Jahren Bewährung keineswegs verwöhnt. Vielleicht war Käthe Tolm die einzige Person, mit der er über seine Leiche im Keller, über seine Einsamkeit sprechen konnte.

XII

Nach dem Frühstück kam dann doch eine Delegation des ›Blättchens‹, mit Blumen und einem vergrößerten, auf Pappe aufgezogenen Titelblatt der Tagesausgabe, die seiner Wahl gewidmet war. Das war nett und rührte ihn nun doch, zumal sie nur drei schickten, den alten Thönis, der formell immer noch Chefredakteur war, noch einer aus der alten Emigrantengarde, die Major Weller ihm damals geschickt hatte, da Papierzuteilung und Lizenz allein ja wenig nutzten; durch Thönis und den verschollenen Kommunisten Schröter hatte er wenigstens andeutungsweise etwas über Journalismus gelernt, immer wieder hatten sie ihm das Wort »Jour, Jour, Jour« eingeprägt, für den Tag, in den Tag hinein. Begriffen hatte er's, gelernt aber nie, hatte nie, wenn er mal was schrieb, von seiner akademischen Weitschweifigkeit und Gründlichkeit lassen können.

Auch Blörl, einen der alten Drucker, hatten sie mitgeschickt, und seine Sekretärin Birgit Zatger, auch nicht mehr ganz so jung, alle aus der alten Garde, sie hingen an ihm, er an ihnen, und das wußten sie. Thönis hatte doch tatsächlich seine Doktorarbeit ausgegraben: ›Die Entwicklung des rheinischen Bauernhauses im neunzehnten Jahrhundert‹ – diese kümmerliche, kalte abweisende Architektur, verklinkerte fränkische Höfchen mit ihrem elenden Geviert, lauter Kruffesse. Er konnte nur hoffen, daß keiner diese wenig schmeichelhafte Dissertation las, mit den vielen Vergleichen mit der nord- und süddeutschen Bauernarchitektur. Irgendwie hatten ihn diese schoflen Fassaden immer an Beichtstühle erinnert, und damit hatte er es nun einmal nicht.

Fotos von ihm: als Junge mit dem Fahrrad vor dem Schloß, als Student, als Heimkehrer, auch Käthe hatten sie sich nicht entgehen lassen, als junge Frau mit Rolf auf dem Arm, als Tischdame von Zummerling; er mit seinen Nachkriegsorden, mit lächelnden Ministern. »Erfülltes Leben. Erfolgreiches Leben.« Es kamen ihm tatsächlich ein paar Tränen, als er mit Thönis, Blörl, der Zatger und Käthe anstieß; Käthe nicht gerade mit Tränen, aber doch feuchten Auges. Sekt, Zigarren, das Versprechen, sich der gesamten Belegschaft, die sich mitgeehrt fühlte, zur Gratulation zu stellen, deren Glückwünsche entgegenzunehmen, und in einem plötzlichen Impuls bot er Thönis das Du an, nach dreiunddreißig Jahren, suchte mühsam nach dessen Vornamen, spürte, daß dieses Du zu spät und im falschen Augenblick angeboten wurde, Thönis war verlegen, brachte das Fritz nicht über die Lippen, und zu spät fiel ihm ein, daß Thönis Heinrich hieß – und dachte doch die ganze Zeit an Sabine, deren Zukunft, dachte an Kortschedes Voraussage einer neuerlichen, unausweichlichen Vertreibung: wohin? wohin?

Nahm schon Abschied vom Schlößchen, es fiel ihm ein, daß die Kinder nie gern hierhergekommen waren, nicht einmal Sabine. Es war ihnen fremd geblieben, sie hingen an Eickelhof wie an

einem verlorenen Paradies, und war doch keins gewesen, diese feuchte, halb vergammelte Riesenbude, die sich als nicht reparierbar erwies, und alle Versuche, Gewohnheiten aus Eickelhof wiederzubeleben, waren gescheitert. Manchmal hatte er den Plan erwogen, in Köln ein Hotel-Apartment, eine Suite zu mieten, um dort seine Kinder zu treffen, aber Käthe hatte das als »nun doch zu pervers« abgelehnt. Es wäre jedenfalls leichter gewesen, als bei jedem Besuch den ganzen Bewachungsapparat mitzuschleppen; vielleicht konnte man ein Stück Hotel kaufen, in Köln. Es war ja wenig wahrscheinlich, daß sie die Stadt unterbuddeln würden. Aber die stand sicher auch auf diesem »braunen Gold«, und gewiß gab's Techniken, den Dom abzutragen und irgendwo wieder aufzubauen ...
Als Käthe ihn ans Telefon bat, blasser noch als gestern, offenbar erschrocken, dachte er zuerst an Rolf, dann an Zummerling. Als Rolf damals verhaftet wurde, hatte sie ihm so erschrocken und so blaß den Hörer hingehalten; dann, als Veronica mit Bewerloh und Holger verschwand; und beide Male war es Zummerling gewesen, der ihm nicht nur die Nachricht mitteilte, ihm auch unter höflichsten Entschuldigungen klarmachte, daß er diese Nachrichten nicht unterdrücken könne. Es wunderte ihn nicht, daß es wieder Zummerling war: Der hatte eben doch den besten Nachrichtendienst, hatte auch überall seine Spitzel, und es fiel ihm ein, daß es irgend etwas mit Herbert sein könnte, der nicht nur Torheiten im Kopf hatte, deren auch fähig war. Er war geistesgegenwärtig genug, bevor er sich am Telefon meldete, Thönis zurückzuwinken, dem Blurtmehl gerade in den Mantel half. Käthe nahm den zweiten Hörer und nickte ihm zu. Er meldete sich. »Diesmal, mein lieber Tolm«, sagte Zummerling mit seiner warmen, angenehmen Stimme – »damit Sie mir keinen Schrecken kriegen – diesmal geht es nicht um Ihre Familie, und doch ist es schrecklich genug: Kortschede hat sich umgebracht, in seinem Auto, im Wald bei Trollscheid. Sie hören doch, lieber Tolm?«
»Ja, ich höre ... ich ... ich kann's nur noch nicht fassen ...«

»Auf grausige Weise verstümmelt – in seiner Tasche ein Brief an Sie, den Ihnen Holzpuke, wahrscheinlich sogar Dollmer selbst aushändigen wird – ein brisanter Brief, ein hochbrisanter Brief, der nie, nie an die Öffentlichkeit dringen darf ... hören Sie mich?«

»Ein Brief an mich, den ich noch nicht gelesen habe, den Sie aber offenbar schon kennen – finden Sie das nicht merkwürdig ...? Kortschede war mein Freund, ein richtiger Freund, einer der wenigen, die ich hatte.«

»Auf dem Umschlag, den Kortschede in der Tasche hatte, stand keine Anschrift. Man mußte den Brief also öffnen. Das ›Lieber Fritz‹ und der Inhalt weisen Sie als den Adressaten aus. Man wird Ihnen natürlich auch den Umschlag aushändigen. Der Brief mußte auch geöffnet werden, weil er ja Hinweise auf Täter oder Mitschuldige hätte enthalten können – übrigens enthält der Brief auch peinliche Hinweise auf diesen Jungen, den er Peterle nannte. Im übrigen ein Brief, aus dem ein gewisser chiliastischer Wahn spricht. Ich appelliere an Sie nicht nur als unseren neugewählten Vorsitzenden, auch als den Besitzer des ›Blättchens‹ mit all seinen Nebenzweigen ... Sie hören mich doch, lieber Tolm?«

»Ja, ich höre ... verstehen Sie wohl, daß ich den Brief gern lesen möchte, bevor Sie mir darüber referieren ... und daß wir, wenn ich den Brief gelesen habe, möglicherweise gemeinsam überlegen, was mit *meinem* Brief geschieht? Es ist mir auch nicht ganz klar, warum Holzpuke oder Dollmer mich nicht über diesen Brief informieren, sondern – verzeihen Sie – Sie, der Sie ja, soviel ich weiß, keinerlei amtliche Funktion haben.«

Zummerling lachte. »Es war ja Dollmer, der mich bat, mit Ihnen zu sprechen, bevor er selbst mit Ihnen spricht und Ihnen möglicherweise den Brief aushändigt ...«

»Möglicherweise? Einen Brief, der für mich bestimmt ist?«

»Das ist eine Angelegenheit von einer derartigen publizistischen Brisanz, daß – ich kann es nicht ändern – Dollmer erst mit mir telefoniert hat, es ist nicht ausgeschlossen, daß sogar

Stabski eingeschaltet werden muß. In dieser Situation, lieber Tolm, sollten Sie nicht so empfindlich sein, wo Ihnen ohnehin familiäre Peinlichkeiten bevorstehen ... Sind Sie noch am Apparat ... Tolm? Sind Sie ...«

»Ja, ich höre noch – haben Ihre Schwangerschafts- bzw. Schwängerungsspezialisten doch zugeschlagen?«

»Ach Gott, Tolm ... die möglichen Fehltritte Ihrer Tochter finde ich eher liebenswürdig, es ist nur so, daß Ihr Schwiegersohn Ärger macht. Gar nicht wegen des möglichen Fehltritts, den er wohl noch nicht wahrhaben will, sondern wegen des Milieus, in dem seine Tochter sich nun aufhält ...«

»Seit einem Tag.«

»Ja, seit einem Tag und wohl doch noch für einige Tage, wenn nicht länger; Ihre Tochter scheint sich da ja ziemlich wohl zu fühlen. Und offenbar fürchtet Ihr Schwiegersohn, daß sich seine Tochter da ebenfalls wohl fühlen könnte, zu wohl – er erwägt wohl eine Klage, berät mit seinen Anwälten nur noch den Titel der Klage. Er hat unserem Vertreter in Vancouver ...«

»Wo?«

»In Vancouver, Canada, hat er unserem Vertreter erklärt, daß er die Situation – so wörtlich – nicht hinnehmen und sein Sorgerecht einklagen wird, aber vergessen wir Kortschede nicht ... die Isolation, die Quasi-Gefangenschaft, diese Psychose, die Trennung von dem Jungen, dem sie fünf Jahre aufgebrummt haben. Natürlich müssen Sie ihm als Freund und Kollegen in Ihrer neuen Eigenschaft die Grabrede halten, vergessen Sie nicht, wessen Opfer er im Grunde ist ... und was Ihre Tochter angeht, werden wir natürlich Schonung walten lassen. Unser Mann in Vancouver ...«

Hier schaltete sich Käthe ein, sagte ruhig: »Kortschede war sein Freund, sein guter Freund, und er wird ihm die Grabrede halten, und wir warten geduldig auf den Brief, den wir vielleicht dann doch eines Tages werden lesen dürfen, obwohl er an Fritz gerichtet ist. Was unsere Familie betrifft, so glaube ich Ihren

Beteuerungen nicht, ich erwarte kein Entgegenkommen, nein, bitte nicht. Im übrigen haben wir ja doch Pressefreiheit oder nicht? Lassen Sie also die Pressefreiheit walten.«

»Nicht weinen, Tolm«, sagte sie ruhig, nickte Thönis zu, der sich erschrocken mit Blörl und der Zatger zurückzog. »Komm, wir gehen einen Augenblick auf die Terrasse.«

»Es regnet doch.«

»Dagegen gibt's was – Schirme, hab' ich mal gehört, und außerdem haben Schirme, wie Rolf mir erklärt, noch eine Funktion: Sie schirmen ab gegen«, sie lachte kurz, »Lauschangriffe. Warte.« Sie ging ins Schlafzimmer, kam mit einem großen, gelben Sonnenschirm zurück, der sehr rund gebogen war, öffnete die Tür zur Terrasse und zog ihn hinaus. Er fröstelte, zögerte, sie nahm ihn fest am Arm, öffnete den Schirm. »Man müßte die Spitze absägen oder abbrechen, aber das riskiere ich nicht«, flüsterte sie, »weil dann der Schirm zusammenklappt. Rolf hat es mir gesagt, daß sie einen unter solch einem runden Schirm trotz der Metallrippen und Spitzen nur sehr schlecht anpeilen können. Nun sag mir mal, hast du das gewußt mit diesem Peterle oder wie er heißt?«

»Ja, ich hab's schon lange gewußt, Kortschede hat mir vertraut, hat mir auch vieles anvertraut, über das ich nicht sprechen kann – traurige Dinge aus seiner Familie. Ja, ich wußte, daß er so war, er hat mir von diesem Jungen erzählt und daß sie ihn mit seinem Einverständnis abgehört haben, weil der Junge ein Krimineller war. Aber man kann ja wohl auch Kriminelle lieben, sogar kriminelle Söhne, oder?«

»Und kriminelle Schwiegertöchter?«

»Nein, ich liebe Veronica nicht, ich habe an ihr gehangen, ja. Aber es ist mir doch unheimlich, daß Bleibl uns jetzt wirklich zum Tee einladen will – wie können sie das wissen, erfahren ... er hat heute früh angerufen und hatte eine Wärme in der Stimme ...«

»Vielleicht quatscht Bleibls vierte in Bars herum, irgend jemand hört es, Ohren, die für sie hören, haben sie wohl auch ...«

»Offenbar hat er einen Bekenntnisdrang, Bleibl meine ich – das ist ganz neu an ihm. Ich weiß nicht, ob er je eine Tasse Tee getrunken hat – hab's jedenfalls noch nie gesehen, und sie, sie sieht auch nicht gerade nach Tee aus ...«

»Sie wird nicht dabeisein, hat er gesagt. Sie trinkt schon morgens Gin und Tonic, Whisky pur. Außerdem ist sie schuhverrückt. War sie eigentlich Schuhverkäuferin?«

»Frierst du? Soll ich dir eine Decke holen?«

»Nein, das ist eine hübsche Idee, unterm Regenschirm auf der eigenen Terrasse zu stehen und mit der eigenen Frau Flüstergespräche zu führen, zu hoffen, daß die nicht angepeilt werden können – warum sollen sie uns auch nicht hören? Nein, Schuhverkäuferin ist sie nie gewesen ...«

»Bei Schuhen muß ich immer an Heinrich Bewerloh denken.«

»Bei Schuhen?«

»Ja, der verstand was von Frauenfüßen.«

»Was?«

»Verstand was von Frauenfüßen, sag' ich doch. Warum soll ein Mörder, ein Schwerverbrecher nicht etwas von Frauenfüßen verstehen. In Eickelhof hat er mir immer geholfen, Schuhe auszusuchen. Du weißt, daß ich Kutschheber treu geblieben bin, aus Sentimentalität, oder aus Dankbarkeit, weil er mir früher, als ich noch kein Geld hatte, immer Schuhe auf Abschlag verkauft hat – mein Gott, einmal im Jahr, höchstens zweimal – heute kaufe ich mehr, teurer und zahle bar, aber ich bin Kutschheber treu geblieben. Als wir noch auf Eickelhof lebten, habe ich mir die Schuhe kommen lassen, ich hatte doch wegen der Kinder und dem Besuchsrummel so wenig Zeit. Damals hatte ich eben einen guten Berater – Bewerloh. Ja, der verstand was von Frauenfüßen. Der wußte genau, wo man die Grenze zwischen Eleganz und Bequemlichkeit überschreiten konnte, wo nicht. Meine Neigung zu allzu bequemen Schuhen hat er immer mißbilligt – übrigens hat er damals schon immer Veronica beraten – ich habe keine Ahnung, ob er sie auch jetzt berät. Du warst ja damals selten zu Hause und hast das wohl nicht mitgekriegt. Er fand meine Füße zu schade, um sie in ›pure Latschen‹ zu stecken. Der griff dir unter einem Dutzend Paar Schuhen genau das heraus, das beiden Elementen gerecht wurde: der Eleganz und der Bequemlichkeit. Wenn der Konflikt zwischen beiden Elementen zu groß wurde, entschied er immer für Eleganz. Er verstand übrigens auch was vom Marmeladeeinkochen: Seine Brombeermarmelade war unschlagbar – du hast sie oft genug gegessen. Der Junge ist ein Verbrecher, ich weiß, er ist gefährlich, aber auch charmant und intelligent und äußerst sensibel ...«

»Und nett, was?«

»Nett auch, aber das war nicht das Entscheidende, das war er so nebenbei – und verdorben, bis ins Mark verdorben. Ja, da kannst du gucken: Verdorben war er. Der hatte zu lange und zu ausgiebig und ausschließlich nur mit Geld zu tun gehabt – wie auch Rolf, den die Bankerei ja erst verrückt gemacht hat. Nun, Rolf hat sich gefangen, Bewerloh nicht, der rechnet und rechnet und rechnet, und nicht, um seinen finanziellen Vorteil auszurechnen – der rechnet sozusagen ›an sich‹, und das kann einen schon verrückt machen. Nicht doch eine Decke, Tolm? – hier können wir mal so richtig plaudern ...«

Er schüttelte den Kopf, lächelte, küßte ihre Hand am Schirmgriff, sah in den Park, vermißte die Vögel ... »Lassen wir die Schlagzeilen rasseln, Käthe, soll Fischer klagen. Ich bin nicht einmal mehr neugierig, ich mache mir Gedanken über die Grabrede, wahrscheinlich werde ich über die Liebe sprechen – warum nicht? Ich denke auch an den Mann, mit dem Sabine, von dem Sabine – vielleicht versteht er was von Frauenfüßen ...«

»Fischer jedenfalls versteht nichts von Frauenfüßen ...«

»Und ich?«

»Du würdest etwas davon verstehen, könntest es. Du könntest sogar von Zeitungen etwas verstehen, aber du hast dich ja nie für Zeitungen interessiert. Der alte Amplanger, der hat deine Faulheit, dein Desinteresse geschickt genutzt, immer mit Zummerling gedroht, obwohl er oder weil er doch gerade Zummerlings Mann ist. Dann habt ihr gekauft und gedroht, gedroht und gekauft, bis du anfingst, dich zu schämen, in deine eigene Zeitung hineinzuschauen. Am liebsten gelesen hast du doch immer den ›Gerbsdorfer Boten‹, oder?«

»Ja, und jetzt, wo er mir gehört, werde ich ihn nicht mehr lesen. Alles wird in Sport und Seiche versinken, ein bißchen Lokalscheiße, Unterhaltung. Meine Söhne würden das ›Blättchen‹ nicht mit der Zange anfassen: zu wenig Information, und sie haben recht. Ich denke auch an meine Tochter, die sich da aus heiterem Himmel – oder ist der Himmel gar nicht so heiter? – mit einem anderen Mann, ja, sagen wir einläßt ...«

»Das Kind ist doch nicht zur Ehebrecherin geboren, auch nicht dazu gemacht worden. Von Erziehung will ich gar nicht erst sprechen, die nützt ja nicht viel, fast gar nichts – vielleicht kann man an die Ehe nur glauben, wenn man sie brechen kann. Nun, werde nicht rot, mein Alter, du warst auch nicht dazu gemacht, bist gescheitert als Ehebrecher ... vergiß es, schäme dich nicht, erröte nicht zu lange ... Immerhin hast du Geschmack und Takt bewiesen, komm, vergiß es, das ist keine Schande. Ich war ja auch nicht dazu gemacht ... War auch nie in Versuchung, nicht mal aus Langeweile; was immer auch war mit Eickelhof und dem ›Blättchen‹ und so: Gelangweilt hab' ich mich nie ... Frauenfüße, Kutschheber hat dem Jungen sogar ein Angebot gemacht, bei ihm die Damenabteilung zu übernehmen. Begabt war er auf vielen Gebieten, merkwürdig, bei dem Vater, nicht, weil er Postschaffner war – aber er war langweilig, auch seine Mutter: Die konnte nicht über Blückhoven hinaussehen. Nun, der Alte haßt uns, wie du weißt, wir sind doch an allem schuld, mit unserem leichten, reichen Leben, mit dem Studium, das du dem Sohn finanziert hast, und dann der Aufenthalt in Amerika. Er hätte ihn lieber als Briefträger in Hetzigrath gesehen, als Krönung der Karriere vielleicht Postinspektor in Blückhoven. Vielleicht hat er nicht einmal unrecht. Er läßt mich gar nicht rein ins Haus, verflucht mich, wenn ich nur die Schwelle betrete, spuckt vor mir aus. Nun, wenigstens war er kein Nazi, das weiß ich, mein Vater hat ihn ganz gut gekannt ...«

»Du auch ... du besuchst ihn, hast ihn früher gekannt?«

»Natürlich, den Ludwig Bewerloh, seine Schwester, die duze ich noch aus der Schulzeit, die Gertrud ist bei der Gemeindeverwaltung, die hat genug zu leiden, weil sie unverheiratet ist und den Namen trägt. Die war doch öfter in Eickelhof, weißt du nicht mehr? Aber du warst ja nie da.«

»Ich habe den Kasten nie gemocht: die Mischung aus Neubarock und Neurenaissance, verfallen, verkommen, feucht und muffig ... und Umbauen mochte ich nicht – nur eins weiß ich: Dein Frauenfüßler würde mich auf der Stelle umlegen, wenn er könnte ...«

»Er kann aber nicht, und ich bezweifle, daß er's will oder möchte – Veronica will es nicht ... Willst du nicht doch jetzt reingehen und noch einen Kaffee trinken?«

»Nein, lieber so ein bißchen frösteln im Novemberregen, unterm Schirm mit dir, auf die Vögel warten und mir klar darüber werden, daß meine Söhne und ihre Freunde meine Zeitung nicht mit der Zange anfassen, daß sie nur ungern zu uns kommen, ins Schloß. Du hast natürlich recht: Ich habe mich nie für Zeitungen interessiert, nur für dich, die Kinder, ihre Freunde, für Madonnen und Architektur, für Bäume und Vögel. Nein, du warst eigentlich zu selbstverständlich, als daß das Wort interessieren, auf dich angewendet, Sinn hätte. Ich hab' immer das Schloß im Sinn gehabt, Eickelhof nie gemocht, und das ›Blättchen‹ ist immerhin eine Zeitung, die mit all ihren Nebenzweigen Millionen lesen, jedenfalls abonnieren: Doch für sie existiert sie nicht, existiert nicht für ihre Freunde. Die Mitteilung des Systems, der Informationsmechanismus des Systems interessiert sie nicht – wahrscheinlich nicht einmal Sabine. Fischer nur, wenn er oder sein Laden erwähnt wird. Herbert interessiert sich noch weniger als Rolf. Jede Überschrift im ›Blättchen‹ entlockt ihm ein merkwürdig fröhliches Lächeln, nicht bösartig, nicht zynisch, sondern fröhlich, wie ein

Kind, das über Seifenblasen lacht, die sofort zerplatzen, und sie werden lachen, nicht über Kortschedes Tod – den haben sie gemocht –, nicht über sein zerfetztes Gesicht und nicht über das blutbefleckte Auto – lachen werden sie über die pompöse Beerdigung, zu der natürlich Dollmer und Stabski kommen: eine Art Staatsbegräbnis mit Pauken und Trompeten, mit einem Sicherheitsaufgebot mindestens in Regimentsstärke, Hubschraubern über den Wäldern von Horrnauken. Und ich werde sprechen; meine erste öffentliche Amtshandlung. Du wirst doch mitgehen?«

»Ja, natürlich, ich werde mitgehen, aber nur, wenn du den Brief, der an dich gerichtet ist, bis dahin zu Gesicht bekommst. Findest du nicht, das wäre ein Grund zum Rücktritt: daß man dir einen Brief vorenthält, der ausdrücklich an dich gerichtet ist? Keine Angst, ich werde mitgehen, ich werde eine würdige Erscheinung sein – ich werde Frau Kortschede die Hand drükken und den Schmerz zeigen, den ich wirklich empfinde. Ich habe ihn gern gehabt – einige sind doch wirklich nett, auch Pliefger und Pottsieker, vielleicht auch Bleibl. Was meinst du, werden wir mit ihm Tee trinken, hier oder dort – offenbar hat er was auf dem Herzen, wenn er eins hat.«

»Natürlich hat er ein Herz, er ist großzügig gegen alle seine Frauen. Ich nehme an, daß es jetzt auch mit der vierten, mit dieser Edelgard, aus ist – vielleicht ist er hinter den Weibern her, weil er keine Frau hat. Laß ihn herkommen. Er könnte uns vielleicht helfen, wenn Fischer wirklich Dummheiten vorhat – einen Tag ist das Kind jetzt bei Rolf, und schon fürchtet er Ansteckung. Ist denn ihr, unser System so wenig überzeugend, daß sie Angst haben müssen, es in Zweifel gesetzt zu sehen? Sollen sie doch unser System, unsere Ansichten, unsere Aussichten gegen diese Infiltration verteidigen. Rolf und seine Freunde müssen ja ihre Kinder in kapitalistische Schulen schikken, können ja gar nicht anders und haben keine Angst, fühlen sich stark genug. Du erinnerst dich an das große Treffen, das Kortschede einmal veranstaltet hat, bevor seine Tochter Selbstmord beging. Ja, er lud seine Tochter und deren Freunde ein, auch Rolf und dessen Freunde, uns, Fischers und Fischers Freunde – er wollte die große Versöhnung, es war ihm bitter, daß es da zwei oder drei Welten gegeneinander gab – Tanz und Lampions und Bowle und kaltes Buffet, und da tanzten Kommunisten mit Millionärstöchtern und Millionäre mit Anarchistinnen – das war ja noch vor der Zeit der großen Sicherheitsmaßnahmen. Ich sehe sie noch vor mir: Sabine mit einem von Herberts Freunden und Fischer mit einer Freundin von Katharina. Nun, tanzen konnten sie miteinander – aber sobald sie anfingen, miteinander zu sprechen, wurde es qualvoll: Effektivität gegen Theorie, Argumente gegen Erfolge – diese drei Hochmute, die da aufeinanderprallten: der Hochmut von Herberts Freunden, der Hochmut von Rolfs Freunden – und der schnöde Hochmut von Fischers Freunden, die nichts vorzuweisen hatten als ihre Umsätze ...«

»Und ihre Tüchtigkeit, sogar ihren Mut. Es war eine schreckliche Party, keine Versöhnung, Konfrontation, am Ende fast eine Schlägerei.«

»Rohstoffhändler gegen rohstoffverarbeitende Länder, Cuba gegen Amerika. Ich finde ja auch, daß unser Kaffee und der Tee zu billig sind und die Bananen fast geschenkt. Was mich erstaunt hat: Mit Herberts Freunden verstanden sich Fischers Freunde noch weniger als mit Rolfs Freunden – drei Welten.«

»Eine vierte, die wir nicht kennen, die der Gleichgültigen, und die fünfte, die der Süchtigen.«

»Und eine weitere, die vor sich hinfault – wie Holger Graf Tolm.«

»Und Eva Klensch – eine Welt für sich. Ich frage mich, wohin sie gehört. Wir können und konnten nicht mitreden, waren und sind nicht vorbereitet, es ist alles über uns hinweggewachsen, und diese Indienfahrer wie Kortschedes Tochter, die dieser Student dann sitzenließ, und sie brachte sich um in diesem Hotel in Indien, wo Kortschede persönlich hinfuhr, um ihren Sarg abzuholen. Dieser herrliche Friedhof Horrnauken, mitten in den Wäldern, wo jeder zweite, der dort liegt, ein Kortschede ist – in allen Größen und Preislagen: Tagelöhner und Bauern, Kaufleute, kleine Krämer – und eben die großen Kortschedes, die ihr Glück gemacht haben mit Papier, mit Kohle und Stahl, diese Riesenfamilie aus stillen, gehemmten Blonden mit traurigen Augen – der Pfarrer sprach über ›unseren Herrn, der unser aller S-tab und S-tecken ist‹. Dort werde ich also sprechen, umzingelt von Polizeibeamten, im Wald Berittene, Panzer auf den Wegen, Hubschrauber in der Luft – und sicher wird wieder der Pfarrer sprechen – mein S-tab, mein S-tecken ...«

»Wirst du den Mut haben, Kortschedes Brief an dich vorzulesen? Es ist doch sicher so eine Art Vermächtnis.«

»Ich werde den Mut nicht haben, Käthe. Das weiß ich, bevor ich den Brief gelesen habe. Ich habe nie Mut gehabt, nicht einmal den geringen Mut, der dazu gehört hätte, das Instrument, das ich nun mal hatte, das ›Blättchen‹, nicht zum Scheißblättchen werden zu lassen; nicht den Mut, den alten Amplanger zu bremsen oder mir den jungen vom Hals zu halten. Ich habe zugesehen oder nicht bemerkt, wie sie mir die alte Garde ausgeschaltet haben, und immer gab's ein Argument, ein einziges: das Publikum, die Leser, die uns angeblich davonlaufen würden – wenn wir den Trend nicht mitmachten –. Natürlich hat mich das Geld gelockt, gab der Erfolg den Amplangers und Konsorten recht – immer Entgegenkommen. Wem? Mir selbst, bis ich so geworden bin wie die Leser des ›Blättchens‹. Was hatte ich zu verlieren? Nichts. Zum Leben, zum guten Leben hätte es immer gereicht, und vielleicht wäre es besser gewesen, sich von Zummerling schon früh schlucken zu lassen, entsprechend abgefunden, anstatt nun selbst andere zu schlucken, denen das ›Blättchen‹ eine Spur liberaler vorkommt und denen ich ein bißchen sympathischer bin. Nun werde ich das ›Blättchen‹ abgeben, werde in der Tolm-Holding bleiben, und Zummerling braucht mich noch gar nicht zu schlucken, weil er die Amplangers schon drin hat. Meine

Söhne haben recht: Mir ist es nicht gelungen, das System zu täuschen, das System hat mich getäuscht.«
»Du wirst das ›Blättchen‹ abgeben? Das ist neu.«
»Es hat keinen Sinn mehr, den Namen und damit den Schein der Liberalität herzugeben. Hoffen wir, daß es ihnen doch gelungen ist, uns anzupeilen. Dann bekomm' ich vielleicht wirklich den Brief, der für mich bestimmt ist – gehen wir rein. Wir trinken Kaffee, wärmen uns auf und fahren nach Köln: Dort stellen sie mal wieder Madonnen aus, die möchte ich sehen. Sollen wir die Klensch einladen mitzukommen? Vielleicht kann ich bei der ein paar Bildungslücken schließen, wie damals bei Bleibls zweiter. Wir könnten Herbert zum Essen einladen, nur nicht in dieses abscheuliche Hochhaus, das uns gehört. Vielleicht hat Herbert uns etwas unterm Schirm mitzuteilen.« Er flüsterte jetzt so leise, daß sie das Ohr an seinen Mund halten mußte. »Hast du etwa die Finger, das heißt Geld, in dieser Anti-Auto-Aktion drin?«
Sie legte ihren Mund ganz nahe an sein Ohr, küßte es rasch und flüsterte: »Es ist mir gelungen, es ihnen auszureden. Und sie haben mir das restliche Geld zurückgegeben. Der Plan war einfach und schrecklich: in den verschiedensten, zum Teil weit voneinander entfernten Städten haben sie Sattelschlepper gemietet – ich glaube, fünfzehn Meter lange Dinger – zwanzig oder dreißig, glaube ich. Mit denen wollten sie nach einem exakten Zeitplan, den übrigens dein Sohn Herbert ausgearbeitet hatte, alle Brücken, alle Ausfallstraßen, alle großen Kreuzungen sperren, die Dinger querstellen oder so – innerhalb von fünfzehn Minuten sollte die Stadt zur Autohölle werden. Sie wollten die Schlüssel abziehen, abspringen und verschwinden. Ich habe ihnen klargemacht, wieviel Ohnmachtsanfälle, Nervenzusammenbrüche, Herzinfarkte das hätte geben können, wie viele Tote – die Krankenwagen blockiert und so weiter und so weiter. Man kann nicht mit dem Tod anderer für das Leben demonstrieren, ich hab's ihnen ausgeredet. Sie mußten den Firmen natürlich eine Anzahlung oder Entschädigung geben

– den Rest habe ich sicherheitshalber wieder einkassiert, und doch – als Zummerling eben anrief...« »Dachtest du, sie hätten es doch getan – und Herbert wäre der neueste Skandalfall?

»Ja, es hätte ja ein anderer ihnen das Geld geben, sie hätten es sich ja besorgen können. Eine Zeitlang habe ich gezittert, wenn ich Nachrichten hörte. Ich hatte nicht Angst vor dem Skandal – vor der Sache selbst. Geplant hat es dieser Wilhelm Pohl, der nun wirklich wie ein leibhaftiger Engel aussieht.«

»So sieht auch Kortschedes Peterle aus – wie ein leibhaftiger Engel. Er hat mir Fotos von ihm gezeigt ...«

»Ja, ich will dran denken, wenn du mir gleich deine Madonnen vorführst. Sie sehen ja auch fast alle wie Engel aus. Nun, Tolm, ich habe ihnen das eindringlich vorgeführt, was alles passieren könnte, wenn die Innenstadt plötzlich und für lange blockiert wäre: Es hätte Tote gegeben, psychische Schocks mit langwierigen Störungen, Prügeleien. Nein, nicht der Skandal – das blinde Verstricktwerden in Aktionen, deren Folgen keiner überschaut, ist das Schlimme. Und die, die's treffen soll, trifft es ja nicht: Die haben ihre Hubschrauber irgendwo auf einem Hof oder auf dem Dach stehen. Schließlich hat Rolf nur ein paar Autos angezündet, in denen garantiert keiner drin saß. Es ist eine gute Idee, mit Herbert zu essen und sich noch einmal zu vergewissern. Immerhin waren sie fair, wollten keinen Scheck, sondern Bargeld. Ich werde also Bleibl zum Tee einladen und heute einen Tisch für fünf bestellen, im Hinterzimmer bei Getzloser, er macht uns was Gutes. Blurtmehl müssen wir ja auch einladen. Die armen Madonnen mit ihren Engelsgesichtern: Ich hoffe, sie werden keine Miene verziehen angesichts all der Maschinenpistolen. – Willst du wirklich ins Museum, heute, einen Tag nach der Wahl, einen Aufruhr verursachen?«

»Ich kann mir ja die hundertzwanzig Madonnen nicht herkommen lassen, und sehen will ich sie. – Sag auch Holzpuke Bescheid. Übrigens, das war süß mit dir unterm Regenschirm. Fast wie ein verbotenes heimliches Rendezvous.«

»War's ja auch.«

XIII

Den Jungen hatte ein türkischer Ingenieur, der mit einer Maschine aus Istanbul kam, im Frankfurter Flughafen kurz nach der Landung der Polizei übergeben, die vom Flugkapitän informiert worden war. Ein siebenjähriges Kind, das gut für einen Türken hätte durchgehen können, dunkelhaarig, schmal, braunhäutig, in Jeans, mit sandalenartigem Schuhwerk, einem ponchoartigen Umhang und einem runden Strohhut: nicht ganz stilecht, doch fremdartig genug; ein ruhiger Junge, der sogar lächelte, als der türkische Ingenieur bei der Übergabe sagte: »Ich habe den Eindruck, dieses Kind ist hochexplosiv. Ich bin gebeten worden, ihn auf meinen Paß hin mitzunehmen, ich habe einen achtjährigen Sohn, der aber in der Türkei geblieben ist. Eine Frau – ich bin versucht zu sagen, eine Dame – hat mir den Jungen in Istanbul übergeben, Flugticket, fünfhundert Mark und diesen Brief, von dem sie sagte, daß er äußerst wichtig sei – für Sie, die Polizei. Hier ist der Brief, hier sind die fünfhundert Mark, ich möchte für diesen geringen Dienst kein Honorar annehmen. Ich erlaube mir noch hinzuzufügen, daß die Dame sehr geweint hat ...«
»Es war meine Mutter«, sagte der Junge. Mehr sagte er nicht, auch als plötzlich auf dem Revier Unruhe, ja Aufregung losbrach, nachdem der Türke seine Adresse hinterlassen hatte und gegangen war. Telefone wurden aufgenommen, wieder hingelegt – Beamte in Zivil, die gar nicht wie Polizeibeamte wirkten. Schließlich nahm der Junge von einer netten Frau ein Glas Milch und ein Stück Kuchen an, obwohl er Brote und eine Flasche Orangensaft in seiner Tüte hatte. »Mein Gott, Kind«, flüsterte die Frau, »kannst du Arabisch?« Er schüttelte höflich lächelnd den Kopf, beobachtete die Tür, Veronica hatte ihm gesagt: »Wenn Fotografen kommen, mußt du dich verstecken, notfalls die Tüte vors Gesicht halten«, aber es kamen keine Fotografen, es waren jetzt mehr Zivilisten als Uniformierte da. Dann wurde er von einem der Uniformierten ans Telefon

geholt, und er sagte: »Ja?« »Holger, hier ist Rolf, erinnerst du dich noch an mich? Junge, erkennst du meine Stimme – erinnerst du dich noch an Berlin, an Frankfurt ... Holger!«
»Ja, Rolf, und an Großvater – die Enten im Schloßteich, Großmutter Paula – Marmelade – Großmutter Käthe – ihre Plätzchen – Berlin, ja ... wie geht es dir ...?«
»Gut, gut, sehr gut. Ich freue mich, daß du wieder da bist ... Veronica – du brauchst nichts zu sagen ...«
»Ich sag' auch nichts. Holst du mich ab?«
»Ja, es soll ja niemand wissen, daß du wieder hier bist. Das weißt du?«
»Ja.«
»Du wirst jetzt mit dem Hubschrauber zu Großvater gebracht, im Park könnt ihr landen, das fällt nicht auf, da landen oft Hubschrauber, dort hole ich dich ab, so in eineinhalb Stunden – Holger! Ich freue mich – wir machen ein großes Feuer, ich habe einen großen Garten – und Katharina, kennst du Katharina?«
»Nein ... ich meine, ich habe doch einen Bruder – ein Brüderchen ...«
»Ja, das heißt auch Holger. Wir müssen einen Weg finden, euch auseinanderzuhalten. Na, komm erst mal und geh mit den Polizeibeamten, die dich rüberbringen. Geht es dir gut? Sag!«
»Ja, ich gehe mit ihnen. Mir geht es gut. Muß ich gleich in die Schule?«
»Nein, das hat Zeit. Keine Angst, komm erst mal her. Bis bald.«
»Auf Wiedersehen, Rolf.«

Die Beamten meinten später, der Junge sei nicht nur ruhig, sondern geradezu kaltblütig gewesen. Weisungsgemäß sprachen sie nur über Unverfängliches: zeigten ihm die Autobahn von oben, den Rhein, die Mündungen von Mosel und Lahn; das alles schien ihn zu interessieren: ein aufmerksamer, ja, man könnte fast sagen ein aufgeweckter Junge, der jede Brücke benannt haben wollte, zwischendurch seine Brote aß – eindeutig orientalische Backart übrigens, fladenhaft, aber mit Wurst – wohl salamiartiger – belegt –, fand diesen Flug interessanter als »so hoch da oben, weil man hier mehr sieht, fast alles, sogar Hühner sieht man unten flattern.« Nein, an der Flasche mit dem Orangensaft war nichts Besonderes, nichts Bemerkenswertes, keine besonderen Merkmale. Der Junge hatte sogar dem Piloten davon angeboten, und der hatte ein paar Schlucke aus der Flasche genommen: Nein, das war kein frisch gepreßter Orangensaft gewesen, Dutzendware, wie man sie in jedem Supermarkt bekam, und Supermärkte gab's doch wohl auch in Istanbul – und die Orangenmultis, nein, an dem Saft war nichts Bemerkenswertes. Und doch hatte der Junge drauf bestanden, Flasche und Tüte mitzunehmen, und was wäre auch an der Flasche zu finden gewesen: Man wußte doch, wer ihn auf die Reise geschickt hatte, sie hatten doch diesen knappen Brief alle gelesen: »Sie werden es bitter bereuen, wenn Sie die Presse über Holgers Rückkehr informieren – und wenn Sie ihn auszufragen versuchen. Übergeben Sie ihn seinem Vater. Tel. anbei. Kein Theater! Bew.« Das war nicht einmal getippt, sondern frecherweise auf Luftpostpapier mit der Hand geschrieben, Papier, wie es in Tausenden von Hotels, neuerdings sogar in billigen, herumlag.

Ein netter Junge, keine Spur aggressiv, doch auch nicht kooperativ; neugierig und interessiert: ja, kooperativ: nein, aufmerksam: das Niederwalddenkmal und Ehrenbreitstein, die Burgen und Brücken – selbst kleinere Nebenflüsse wie Wied und Ahr wollte er erklärt haben und antwortete nicht einmal auf unverfängliche Fragen: »War wohl sehr heiß da, wo du herkommst, was?« Lächelte sozusagen vielsagend und sagte nur: »Ach, hab' ich geschwitzt. Aber auch Schnee hat's gegeben, Regen ...«

An den Kleidern, jedenfalls nur oberflächlich betrachtet, und mehr war ihnen ja nicht erlaubt, nichts offensichtlich Definierbares: die Jeans – nun ja, wirklich Millionenware, das Hemd, maisgelb, von europäischem Schnitt, aber die wurden ja inzwischen auch im Orient hergestellt – die Sandalen: nichts Spezifisches – die Socken biederste handgestrickte Mütterchenware – merkwürdig nur: Poncho und Hut. Der Poncho nicht echt, bestimmt nicht südamerikanisch, imitierter Kram, Baumwolle – es war ihnen gelungen, ein paar Fäden herauszureißen. Aber auch diese Dinger gab's ja jetzt überall: in Boutiquen, für Boutiquen, sogar in Kaufhäusern. Blieb das Hütchen, an dem nun aber auch gar nichts Arabisches gewesen war, wirkte ziemlich billig, wie die miesen Deckel, die man an Touristenorten verkaufte – konnte genausogut in Walporzheim wie auf Kreta gekauft worden sein. Schließlich der Junge selbst: doch eher kaltblütig als ruhig, ganz offensichtlich vergattert, wahrscheinlich sogar drauf trainiert, nichts auszupaudern; blieb immer freundlich und, nun ja, unnahbar, hatte eigentlich nur zugegeben, daß er geschwitzt hatte, und schwitzen, das tat man ja allenthalben südlich von Athen oder Syrakus. In den Taschen offenbar nichts außer ein paar zerknautschter Kleenex. Gefühle zeigte er, als sie von oben den Kölner Dom sahen, sagte: »Man sieht doch, wie groß und wie klein er ist« – lachte, als sie langsam aufs Schlößchen zuschwenkten, rief: »Da sind ja die Enten, die Enten« – und weinte, als sein Vater ihn in die Arme schloß, mehr nicht. Nichts war aus ihm herauszukriegen, aber geweint hatte er wirklich, auch sein Vater, sie waren weisungsgemäß so nah wie möglich an der Orangerie gelandet, so daß der Junge ungesehen aussteigen und im Eingang zur Orangerie seinem Vater übergeben werden konnte, durch die Orangerie ins Schloß, vom Schloßhof aus in Väterchens Auto und weg. Die Alten hatte man klugerweise nicht verständigt, sondern bei ihren Madonnen gelassen. Das war klug, die hätten bestimmt Theater gemacht.

XIV

Es gab sieben Fotos, auf denen Veronica Tolms Schuhwerk zu sehen war, insgesamt vier verschiedene Paar Schuhe, die eins gemeinsam hatten: alle teuer und so elegant wie solide, ziemlich teure Ware für eine Aufsässige, Markenschuhe, aufgenommen die Fotos innerhalb von fünf Jahren, und das ließ drauf schließen, daß sie der Marke treu geblieben war, und es bedurfte nur eines einzigen Anrufs, um zu erfahren, wo diese Marke in Istanbul zu haben war: in fünf Läden und auf keinem Bazar, es sei denn – man könne nie wissen, was alles auf den Bazar geraten war, ohne Wissen der Firma, ja, und Größe 38 sei ja sehr gängig, und gewiß würde die Dame in einem der fünf Läden das Gesuchte finden.
Das Flugzeug mit dem Jungen war um 10.35 Uhr gelandet, und der türkische Ingenieur war klug genug gewesen, es nicht auf Zufälligkeiten bei der Paßkontrolle ankommen zu lassen, er hatte kurz vor der Landung den Kapitän informiert, der die Polizei, und so waren sie schon gegen 10.50 Uhr über die »süße Fracht« aus Istanbul informiert, über den Brief und die Warnung; alles Weitere war Routine, die ihn den ganzen Tag über den Schlager pfeifen ließ, den er noch aus den Zwanzigern im Ohr hatte: ›Unter einem Regenschirm am Abend‹ – da er nur die Melodie pfiff, nicht den Text sang, konnte er der Melodie in Gedanken den Text unterlegen: ›Unter einem Regenschirm am Morgen‹, konnte auch lachen: Die war ja vielleicht naiv, die Käthe Tolm: Als ob er nicht von den Vorbereitungen für die Anti-Auto-Aktion gewußt hätte! Als ob irgendeine Gruppe unentdeckt so viele Sattelschlepper mieten könnte! Da hätten sie gleich zugeschlagen, und das Jüngelchen wäre unweigerlich im Kittchen gelandet–. Nun, gut, daß sie's verhindert hatte; ihm lag so wenig an Skandalen wie ihr, nur hatte sie dem Alten natürlich nicht ins Öhrchen geflüstert, daß sie auch einen guten Teil der Molotow-Cocktails finanziert hatte, die seinerzeit auf und in Autos geflogen waren. Kein großes Geld, aber immer-

hin: Man mußte auf sie achtgeben, zu ihrem eigenen Heil, sie hatte eine etwas zu lockere Hand – nicht nur für Illegales, das mußte vermerkt werden. Sie unterstützte viele Leute, die alten Zelgers zum Beispiel, und hatte vergebens versucht, dem alten Bewerloh was zukommen zu lassen. Und es konnte nicht wahr sein, daß ihr Sohn Rolf ihr den Tip mit dem Regenschirm gegeben hatte: Der müßte es eigentlich besser wissen; wahrscheinlich hatte er das Gegenteil gesagt: Nie unter einem Regenschirm etwas sagen, was keiner hören soll – und die Alte hatte ihn falsch verstanden! Gut, auch zu wissen, daß der Alte anfing, rebellisch zu werden: ziemlich spät, aber Vorsicht, der brachte es fertig, auf dem Waldfriedhof in Horrnauken Unsinn zu reden, und wenn er erst den Brief sah! Den mußte man ihm ja wohl geben: Es war der Abschiedsbrief eines seiner besten Freunde, aber das hatte ja noch ein paar Tage Zeit. ›Unter einem Regenschirm am Morgen‹ flüsterten da zwei Alte sich wie Verliebte so allerlei zu. Dollmer hatte nach dem Telefonat zwischen Tolm und Zummerling – wohl wegen des Briefes von Kortschede – »Totalität« angeordnet. Immerhin war Alarm angebracht: Der Alte in Rebellion, und die Rücksendung des Jungen bedeutete, daß sie sich auf dem Anmarsch befanden, und möglicherweise würde dessen liebenswürdige Mutter vorher Schuhe brauchen. Ziemlich sicher hatten sie lange, vielleicht jahrelang in Gefilden gehockt, wo diese Marke nicht so einfach zu beschaffen war.

Es war kurz nach 11.30 Uhr, als er seinen Mann in Istanbul erreichte; der kannte sich dort aus, mußte die Stadt in- und auswendig kennen, hatte seit Jahren dort mit Hasch und Hippies zu tun, hatte einen ganzen Stab gut eingearbeiteter Leute, auch Frauen, die vielleicht hin und wieder auch teure Schuhe einer bestimmten Marke suchten und wußten, wo sie zu finden waren. Die kannten doch alle Löcher und Schlupfwinkel, vom schicksten und teuersten Hotel bis zur elendsten Bude, sie hatten auch alle einschlägigen Fotos und Unterlagen, für alle Fälle, obwohl die Türkei bisher nicht einschlägig ins Bild

gerückt war. Es war kompliziert, dem Mann in Istanbul das Problem »versteht was von Frauenfüßen« klarzumachen. Der fand das »ein bißchen subtil«, versprach sich nichts von der Beobachtung der fünf Schuhläden; die Möglichkeit, einen großen, vielleicht einen der größten Fische zu fangen, schien ihn schließlich zu überzeugen, und doch mußte er letzten Endes mit Dollmer nicht nur drohen, sondern den direkt einschalten, gegen dessen Phantasielosigkeit ankämpfen. Dollmer ließ sich schließlich herbei – und auch er nur nach Hinweis auf den großen Fisch –, den Mann in Istanbul verstärkt zu motivieren und Amtshilfe zu erbitten. Schließlich war es so aufwendig nicht, fünf Schuhgeschäfte abzuklappern, später vielleicht noch in Ankara oder Eskenderum, wo man auch europäisches Schuhwerk dieser Machart zu schätzen schien. Die Rücksendung des Jungen war doch wirklich ein alarmierendes Zeichen. Und Aufwand! Da konnte er nur lachen. Schließlich hatten sie nach monatelangem Riesenaufwand nur diesen Schubler, den Liebhaber der Breuer, mit einer Pistole Baujahr 1912 erwischt. Natürlich war auch Amtshilfe erforderlich: Schuhgeschäfte waren nicht auskunftspflichtig, und ziemlich sicher waren sie nicht mehr in Istanbul, wohin ja durch den Jungen die Spur gelegt war.
Der türkische Ingenieur hatte Veronica Tolm nicht eindeutig identifiziert, und der Ausspruch des Jungen: »Sie ist meine Mutter«, konnte eingetrichtert sein, die Heulerei inszeniert, es mochte schon sein, daß sie irgendeine Komplizin vom Libanon aus über die Grenze geschickt hatten. Den Jungen mal richtig zwischenzunehmen, das wollte er nicht riskieren, offenbar wirklich ein kaltblütiges Bürschchen.
Es würde eng werden in Hubreichen, kaum möglich, den Jungen zu verstecken, schwierig, seine Herkunft zu verbergen: Der glich seinem Vater doch auf verblüffende Weise, und die Leute im Dorf würden sich ihre Gedanken machen, Schlußfolgerungen ziehen, Auskunft erwarten, und es würde nicht lange dauern, bis die Presse sich des kühlen Knaben annahm. Schluß-

folgerung: Das Idyll in Hubreichen mußte beendet, mußte aufgelöst werden, zumal auch Ärger mit diesem Fischer anstand, der »Milieuschäden« fürchtete, »Sorgerecht« reklamierte.
Erst die massive Drohung mit den Zummerling-Leuten veranlaßte Dollmer, in der Schuh-Sache energisch um Amtshilfe zu bitten. Es war nicht aufwendig: insgesamt vierzehn Schuhläden in drei Städten nach 38er Kundinnen zu befragen, die Läden zu observieren, Fotos zu zeigen. Die türkische Polizei war immer kooperativ, die türkisch-deutschen Beziehungen ließen eine solch geringe Belastung zu, zumal da auch Ruhm zu ernten war.
An der Madonnenfront, wie er sie bei sich nannte, herrschte Ruhe, das lief gut, ruhig von Saal zu Saal, und die Klensch schien sich sogar ein wenig in dem Aufwand zu sonnen, während ihr Verlobter in der Cafeteria Zeitung las und die schirmgläubige gute alte Käthe den Erklärungen ihres Fritz lauschte, der ausnahmsweise in Begeisterung geraten zu sein schien, möglicherweise auch durch die hingebungsvoll lauschende Eva Klensch, die ihm nicht nur am Mund, auch am Ärmel zu hängen schien, eine Tatsache wiederum, die – so detailliert berichtete der auf Museen, Galerien, Konzerte, Vernissagen etc. spezialisierte Grobmöhler mit seiner Mannschaft – die gute alte Frau Tolm zu amüsieren schien. Offenbar hielten die reichlich »traubenhaft« – so nannte Grobmöhler das –, wie ein Pulk nachfolgender Zuschauer die hübsche Klensch für eine Tochter oder Schwiegertochter. »Kirschmund« – das war der Deckname für die Klensch – verhielt sich jedenfalls »zivil«. An der Madonnenfront nichts Neues, und das Separée, das Hinterzimmer im Café Getzloser – das war schon fast Routinesache, da genügten die üblichen vier Leute, zwei in der Küche, einer am Eingang, einer auf dem kleinen Höfchen.
Auch in Hubreichen Unruhe, aber nichts Beunruhigendes: Da hatte der junge Papa Tolm, Vorname Rolf, mit seinem Söhnchen telefoniert, den Pinsel hingeschmissen, um Urlaub gebeten

und sein Söhnchen unauffällig in Tolmshoven einkassiert; überraschenderweise beiderseits Tränen, Tränen auch bei Katharina Schröter und Sabine Fischer, die offenbar vergeblich den Jungen nach Veronica ausfragte. »Du mußt doch wissen, wo deine Mutter ist, mußt doch wissen, wie es ihr geht, wie sie aussieht. Und wo kriegt sie denn da unten ihre Schuhe her. Immer im Wüstensand oder auf verkarstetem Gestein – das verschleißt doch enorm ...« Der Knabe – wenn auch mit mehr Herzlichkeit als den Beamten gegenüber – blieb kühl, sagte lediglich: »Es geht ihr gut, und Schuhe hat sie noch–. Ich hab' sie jedenfalls nicht barfuß gesehen. Bew ist sehr nett zu ihr.«
»Wer?«
»Bew.« Nach »Bew« wurde nicht näher gefragt, da saß der Schrecken wohl tief. Und von sich aus, ungefragt, sagte der Junge offenbar nichts. Nicht einmal beim Essen – Suppe, Gulasch, Salat und Brot – kam er, entsprechend befragt, auf Ernährungsunterschiede zu sprechen, sagte nur, er sei immer satt geworden, die Frage, ob es ihm immer geschmeckt habe, verneinte er, meinte aber, es habe ihm ja auch hier nicht immer geschmeckt; Fragen nach Spielen und Spielkameraden beantwortete er unverbindlich wie alle anderen Fragen, bis schließlich sein Vater nicht gerade wütend, aber energisch meinte: »Laßt ihn doch erst mal in Ruhe, der Wechsel ist ja keine Kleinigkeit.« Bei Tisch wurde auch die Begegnung mit den Großeltern Zelger und Tolm besprochen und geplant. Er, Holzpuke, wollte sich da nicht einmischen, das war deren Privatsache. Die Unterbringung vorläufig in der Küche, da man ihm das Bischofszimmer nicht zumuten wollte; dann aber erklärte sich der junge Herr nach Besichtigung desselben gnädigerweise bereit, dort Quartier zu nehmen, vorläufig »bis sich alles klärt«, erklärte sein Vater, der gegen 15.30 Uhr ungerührt wieder zur Arbeit in den Halsterhof ging. Es blieb abzuwarten, ob der Junge nicht doch in Gegenwart der Frauen und Kinder ins Plaudern geraten würde. Bis 17.30 Uhr war nichts derartiges zu registrieren, es wurde auch »Bew« nicht mehr erwähnt,

darauf wurde mit den Großeltern in Hetzigrath und Tolmshoven telefoniert: Großer Jubel bei allen vier Alten, getrübt durch die mageren Neuigkeiten über Veronica. Ja, die Enten auf dem Schloßgraben, und die Brombeermarmelade aus Hetzigrath – und natürlich die Eule – ja, ja, er wußte noch und freute sich – und ja, es ging ihnen gut; eindringliche Bitte der beiden Frauen, nicht heute schon zu kommen, es sei zuviel für den Jungen, und natürlich konnten sie den alten Bewerloh nicht anrufen, der hatte kein Telefon, hatte nie eins gehabt. Stille. Da wurde anscheinend gestrickt, wurde auf dem Fußboden gespielt, wurden Kastanien geröstet, später gesungen, eher gesummt, die Worte waren nicht zu verstehen, es klang aber religiös.

Das Essen bei Getzloser verlief ohne besondere Ereignisse. Gespräch über Christentum, katholische Variante, wobei die Klensch und der junge Herbert Tolm wortführend blieben, kontrovers, wobei nur Einigkeit über die Einmaligkeit dieses Jesus bestand, alles andere von »Kirschmund« verteidigt, von Herbert angezweifelt wurde: Sakramente und Gottesdienst, Zölibat und Priestertum als solches, nicht ein einziges Wort von kriminalistischer Relevanz, auch keine Andeutung über die abgeblasene Anti-Auto-Aktion; schon ein interessanter Verein: der konvertierte und freundliche »Kirschmund«, ihr Verlobter, ein Stiller, von dem man aber wußte, daß er eine Neigung zum Volkstanz hatte, auch zu Liedern, die er zur Gitarre sang: Volkslieder – kein Pop –, und dieser Herbert, eigentlich ein netter Junge, ein bißchen sehr philosophisch, jesusgläubig, doch nicht Jesus-people-gläubig, es war schon interessant, wie er mit der Klensch argumentierte, aber nichts, nichts kriminalistisch Interessantes.

Die Analyse des Briefpapiers hatte nichts Neues ergeben: Natürlich waren die Fingerabdrücke von Bewerloh eine Frechheit, nicht überraschend, da seine Handschrift ja ohnehin erkenntlich war; nur: Das Papier selbst ergab keine Hinweise, das war Dutzendware, die gab's in allen Hotels, gab's in allen einschlägigen Geschäften, in der Türkei, im Vorderen, Mittleren und Fernen Osten ...

Nach Horrnauken würde er am liebsten für den inneren Kreis unmittelbar ums Grab herum Grobmöhler und seine Kulturmannschaft mitnehmen: Das waren auf Diskretion trainierte Leute, die noch bei keiner Vernissage aufgefallen waren, und letzten Endes konnte man Beerdigungen ja zur Kulturszene rechnen. Das Gelände dort war schwierig: Waldwege, Entwässerungskanäle, Radfahrwege, Zelt-, Spiel-, Abkochplätze, beliebtes Ausflugsziel für holländische Nachbarn. Zwei, drei Tage noch, und der »Schlitten« konnte schon unterwegs sein. Da gab es zum Glück den behaglichen Gasthof »... geht die Mutter gar nichts an«, Wildbret, ruhige Zimmer, und vielleicht kamen da ein paar Stunden, vielleicht sogar ein halber Tag Ruhe heraus, wenn er an Hand der Karte, deren Details an der Wirklichkeit zu kontrollieren waren, die Aufstellung der verschiedenen Sicherheitskordons anordnete. Kaum einer von Rang und Namen würde fehlen; zum Glück war Kortschede protestantisch gewesen, also keine katholischen Würdenträger. Aber man konnte nie wissen, vielleicht gab's da auch für Kardinäle einen protokollarischen Einstieg. Die nahmen jede Gelegenheit wahr, nahmen jedes Risiko hin, manchmal konnte einem der Verdacht kommen, daß sie geradezu geil waren auf Publicity und Gefahr. Schade, daß er auf Zurmack, Lühler und Hendler verzichten mußte. Natürlich hätte er sie nicht auf Lehrgang geschickt, wenn er gewußt hätte, was auf ihn zukam. Aber sie jetzt noch zurückzurufen wäre wohl unsinnig. Sie packten gewiß schon ihre Klamotten, und schließlich fiel Horrnauken in den Zuständigkeitsbereich eines anderen Bundeslandes.

Offenbar trieb sich die Breuer jetzt mit ihrem Liebhaber in Hubreichen herum, suchte Quartier und Arbeit; ansonsten herrschte dort Ruhe. Offenbar war auch der ausgebüxte Pfarrer zurückgekommen, wollte sich dem Pfarrgemeinderat, der Gemeinde überhaupt stellen. Das war gut, das lenkte von dem kaltblütigen jungen Herrchen ab, das offenbar die Beschränkung auf Häuschen und Garten akzeptierte; war so etwas wohl gewohnt.

Als er Dollmer anrief, um sich nach Horrnauken abzumelden, entdeckte er Spuren von Jovialität in dessen Stimme, die ihn mißtrauisch hätte machen sollen; Dollmer war schon fast regelrecht nett, sagte lachend: »Aktion türkischer Honig läuft«, war befriedigt über den ruhigen Verlauf an der Madonnenfront, riet noch einmal dringend davon ab, den Jungen zwischenzunehmen, und auf das zu erwartende Gedränge in Hubreichen angesprochen, sagte er: »Letzten Endes werden wir für den ganzen Verein ein Kloster finden müssen. Dann kann auch Fischer keine Milieuschäden mehr reklamieren. Also, gute Fahrt, und ruhen Sie sich, wenn's geht, ein wenig aus.«

Aus Blorr nichts Neues. Totenstille dort.

XV

An diesem Tag war ihr der Junge immer unheimlicher geworden, wirkte wie aufgezogen, präpariert, konserviert: beim Essen, beim Spaziergang im Park, auf dem Balkon, in den Fluren, auf dem Hof. Sie nannte ihn den »erkalteten Enkel«; er erzählte nichts, ließ sich nichts entlocken; wo hatte er die zweieinhalb Jahre gelebt? Wie? Nichts. Er war noch hübscher geworden, diese Augen, graublau, ließen sie an die Oberfläche von Maaren denken; kalt (»Die Augen, die hat er von dir«, behauptete Tolm). Die Enten entlockten ihm ein Lachen, er bezeichnete sie als gefüllt. Doch als sie ihn fragte, ob er denn gefüllte Ente gegessen habe, lachte er nur und sprach von Oma

Paulas Marmelade und von dem Hubschrauberflug: zählte die Nebenflüsse des Rheins auf, Denkmäler, Kirchen, Dome, Brücken; eine kalte, wie gefrorene Landkarte. Und machte sich einen Spaß draus, mit dem Kopf gegen Tolms Bauch zu rammen, immer wieder. Nein, nicht gegen das Herz, noch nicht, und wirkte doch wie ein strammer Hammel. Zwischendurch das verfluchte Telefonieren: Dollmer ließ sich ganz offensichtlich verleugnen, Stabski erklärte sich für ahnungslos, Dollmers Vize erklärte sich für nicht zuständig, Holzpuke war angeblich unterwegs, um die Sicherheitsvorkehrungen bei Kortschedes Beerdigung zu organisieren, und beide, Kulgreve und Amplanger, »bedauerten« immer wieder: keiner zu erreichen. Tolm wurde ungeduldig, dann böse, schrie schließlich Amplanger an: »Ich will meinen Brief, ich will den Brief!« So wütend hatte sie ihn noch nie gesehen, nicht einmal in fünfunddreißig Jahren: ein zorniger Tolm, regelrecht wütend, das war neu. Er ließ sein Bad ausfallen, weigerte sich, Grebnitzer anzurufen, rauchte, gab Blurtmehl einen Wink, sich mit dem Jungen zu beschäftigen; offensichtlich hatte auch er Angst vor seinem eigenen Enkel, nach dem er sich so gesehnt hatte. Dieses fremde Kind schnappte sich kaltblütig Eclairs, lehnte Tee ab, bestand auf Limonade, flitzte durch die Flure und machte die Beamten nervös, indem er mit imaginären MPs, deren Rattern mit verblüffender Echtheit imitierend, auf sie anlegte. Es waren jetzt acht, drei auf dem Flur, zwei im Treppenhaus, drei auf dem Hof; nur einen davon kannte sie: Der war am Morgen mit ihnen im Museum gewesen, ein ruhiger Mensch, der angesichts der kalten Unruhe Holgers I nur mühsam Fassung wahrte und Höflichkeit walten ließ. Kopfschüttelnd stand er dabei, als die Klensch Bogen, Pfeile und Zielscheibe aus dem Kofferraum ihres Wagens herausnahm und vorschlug, in der Orangerie mit dem Jungen Schießübungen zu veranstalten. Sie gehöre einem Bogenschützenclub an, sagte sie, habe immer alles im Auto und übe auch, wenn sie unterwegs sei, bei jeder Gelegenheit; der Junge habe alle »herkömmlichen Spiele« abgelehnt, Bogenschießen dagegen begeistert begrüßt. Holzpukes Vertreter prüfte den Bogen, der eine enorme Spannkraft zu haben schien, prüfte die metallverstärkten Spitzen der Pfeile, zeigte sich befremdet, daß die Klensch mit diesem Gerät durch die Kontrollen »geschlüpft« sei, machte die Genehmigung dieses Spiels von seinen Vorgesetzten abhängig, nahm das Bündel Pfeile mit, als er beiseite trat, um über sein Sprechgerät Erkundigungen einzuholen. Mit wem sprach er? War Holzpuke doch in der Nähe, war da etwas im Gang? Was? Alle Beamten waren so ernst, fast verschlossen, die Klensch verlegen, eher beleidigt, diese lustige drahtige Person, die ihr beim Backen der Eclairs, beim Schlagen der Sahne so nett geholfen hatte. Mein Gott, meinte sie, immerhin sei das doch eine Art Schießen ohne jeden Lärm, pries das fast lautlose Schwirren des Pfeils, das Beben im Ziel, die »geistige Dimension« des Bogenschießens, bewahrte nur mit Mühe Fassung und Höflichkeit, als der Beamte erklärte, er müsse – so leid es ihm tue – »das Gerät vorläufig sicherstellen, man weiß nie, was Kinder damit anstellten, schließlich ist es eine Waffe.« Die Klensch, nicht gerade schnippisch, aber kühl, bestand auf der Bezeichnung »Sportgerät«. Der Beamte bestätigte ihre Definition, fügte hinzu, manches Sportgerät sei eben auch Waffe oder als Waffe zu benutzen: Speer, Wurfhammer, Hockeyschläger, sogar Bälle härterer Machart. »Dieses Gelände hier gilt als sicherheitsempfindlichst – es tut mir leid. Bei Ihrer Abreise – selbstverständlich ...« Es war kaum Ironie, nur Hochspannung in der Stimme der Klensch, als sie fragte, ob sie Geburtsdatum, Wohnort, Beruf angeben müsse. Der Beamte antwortete fast sanft: »Nicht nötig, das ist bekannt, auch mir.« Es sah einen Wimpernschlag lang so aus, als würde die Klensch wütend, dann warf sie sich heulend an Käthes Brust und schluchzte: »Was ist das für ein Leben... ach, Sie–. Am besten löst man sich in Luft auf.« Blurtmehl hatte die ganze Zeit über kein Zeichen privaten Gefühls gezeigt, blieb auch jetzt ruhig, lächelte sogar und sagte: »Dann bringe ich wohl am besten den jungen Herrn nach

Hubreichen zurück, zumal Sie – ich erlaube mir, Sie daran zu erinnern – Besuch erwarten.«

Ja, jetzt fiel ihr wieder ein, für wen sie die Eclairs gebacken hatte, für Bleibl, den sie nach seinem Lieblingsgebäck gefragt hatte, und er hatte gesagt: »Zum Tee Eclairs – ich freue mich.«
Sie hielt die junge Frau fest, als Blurtmehl mit dem Jungen zum Auto ging, und sagte: »Bleiben Sie bei uns, das ist ein schlimmer Tag, und er wird noch schlimmer.«
Tolm stand am Fenster, wartete wohl auf seine Vögel, gewiß auf die Eule, aber sie würde so früh nicht fliegen; nicht der düstere Himmel und die Dunkelheit über dem Park würde sie täuschen; sie flog nur zur Dämmerstunde, und bis dahin war wohl noch eine Stunde oder zwei. Vielleicht kamen ein paar Krähen, die Schwalben waren schon weg. Er wandte sich nicht um, wirkte so trocken und fast mürrisch, als er, ein wenig nur zur Seite gewandt, sagte: »Ich habe ihn erwischt, Dollmer, ich bekomme den Brief nicht. Keiner bekommt ihn, er sagt, es sei Dynamit.«
»Also keine Beerdigung, keine Rede, keine Wehmut über der Heide in Horrnauken?«
»Keine Rede, nein, nicht die Beerdigung in Horrnauken, aber eine andere in Hetzigrath ... ja, Käthe.« Und er wandte sich endlich um, umarmte sie, legte seinen Kopf auf ihre Schulter, lächelte der Klensch zu und sagte: »Sie haben ihn erwischt, beim Schuhkauf in Istanbul. Er ist tot, angeblich hat er sich selbst umgebracht. Veronica nicht, die ist verschwunden, untergetaucht, war nicht bei ihm ...«
»Schuhe«, sagte sie, »dann ... unterm Regenschirm ... Tolm, ich werde verstummen. Ich kann nicht einmal weinen. Eva, bitte, machen Sie Tee, viel starken Tee.«
»Wir werden's in Zukunft machen wie in dem Hotel in Moskau: Zettel schreiben und sie die Toilette hinunterspülen, aber sie werden noch Körbe erfinden, mit denen sie die Fetzen auffangen, aus der Scheiße herauspuhlen und zusammenkleben.

Warte, ich muß dir etwas mitteilen ...« Er löste sich von ihr, ging zum Tisch, riß den Rand des ›Blättchens‹ ab, schrieb etwas drauf und brachte es ihr. Sie las: »Ich liebe Dich, hab' Dich immer geliebt, auch die Kinder, sogar ihn, sag nichts ...«
Sie küßte ihn, zerriß den Zettel, ging ins Badezimmer und spülte ihn in der Toilette hinunter.
»Er wird hier beerdigt?«
»Ja, ich bezahle die Überführung, ich habe drauf bestanden, daß er hier beerdigt wird – seinen Vater haben sie wegbringen müssen. Dollmer verlangt seinen Preis: Schweigen über den Brief. Still, Käthe, still, wir müssen uns wieder ans Schreiben gewöhnen. Übrigens, das Pfarrhaus in Hubreichen steht leer, vielleicht für immer. Da wäre Platz für uns alle, auch Herbert und Blurtmehl – kaum was umzubauen, gut zu bewachen und zu überwachen ... schöne Bäume ...«
»Eulen im Kirchturm – Käuzchen in den hohen Scheunendächern, mich schudderts, Tolm.«
»Hier nicht?«
»Ja, auch in Hubreichen wird's mich schuddern – überall. Ich ...« Sie nahm ihm den Stift aus der Westentasche, ging zum Tisch, riß den Kopf des ›Blättchens‹ ab und schrieb auf den Rand: »Nie mehr im Leben werde ich Schuhe kaufen können, nie mehr. Zum Glück hat Sabine meine Schuhgröße – aber ich werde nicht mehr viel Schuhe brauchen, ich nicht.«

Bleibl war pünktlich, er brachte einen herrlichen Blumenstrauß mit, weißen Flieder mit roten Rosen, angehaucht oder überhaucht, so dachte sie, von gelben Mimosen. Er trug sie eigenhändig, packte sie aus dem Papier aus, und sie war überrascht, wie ernst er wirkte, nachdenklich fast; verändert, wie Tolm und der Junge; der Tag der großen Veränderungen, des erkalteten Enkels, eines energisch gewordenen Tolm, eines nachdenklichen Bleibl, der ihr sogar – was nicht comme il faut war – half, die Blumen in dem großen Topf zu arrangieren. Überraschend seine Hände, die sie noch nie wahrgenommen hatte: kräftig und schlank, ganz anders als dieses nun wirklich brutal wirkende Gesicht, die knollig-knorpelige Nase und die totale Glatze, die keinen schönen Kopf freigelegt hatte. Er machte keinen Hehl aus seinem Wohlgefallen an Eva Klensch, die den Tee und die Porzellanschale mit dem Rosenmuster mit den frischen Eclairs brachte.

»Ich werde wirklich Tee trinken«, sagte er, nickte ihnen zu und fügte leise hinzu: »Ich hab's gehört, hab' alles gehört – auch den Friedhofstausch. Du weißt, das wird dich den Kopf kosten ...«

»Ja«, sagte Tolm, »ich weiß, ich bin froh, wenn ich ihn los bin – diesen Kopf ...«

»Stabski hat mich gebeten, noch einmal mit dir zu reden. Aber ich weiß, es hat keinen Zweck – oder?«

»Hat keinen Zweck, Bleibl, spar die die Mühe.«

»Merkwürdig, daß ich sicher war, du würdest beharrlich sein, wo du doch der am wenigsten beharrliche Mensch bist, den ich kenne. Heute, ich weiß nicht, wieso, wußte ich, daß du durchhalten würdest. Ich freue mich für dich – nicht für uns, nein, nicht für uns, nein – und nicht wegen der kurzen Frist. Präsident für einen Tag, das ist schon peinlich, und nicht einmal deswegen – du warst der richtige Mann für uns, und ich hatte nie vor, dich zu vernichten. Ich wollte dich immer nur zu Beharrlichkeit zwingen, ja, erziehen ...«

»Das ist dir ja jetzt gelungen... Iß nicht zuviel Eclairs, die gehen runter wie Butter – Vorsicht! – nicht doch einen Whisky?«

»Nein, später, ich möchte nüchtern mit euch sprechen ...« Er blickte mit unverhohlener Begierde Eva Klensch nach, die die Milch, Zitrone und Zucker gebracht hatte. »Mein Gott«, sagte er, »wer ist diese Frau?«

»Vergiß sie, sie ist vergeben, das ist Blurtmehls Freundin.«

»Ich würde sie vom Fleck weg heiraten.«

»Du hast ...« Käthe goß Tee ein und errötete.

»Zu oft vom Fleck weg geheiratet – wolltest du sagen, oder?«

»Ungefähr – nicht genau so – aber bitte, die nicht, Bleibl ... bitte ...«

»Ich habe noch nie einem anderen die Frau weggenommen, noch nie, ist euch das klar? Wohl ein anderer mir – dieser verfluchte linke Ästhet, dieser Botticellianbeter – ja.«

»Du hängst noch an Margret?«

»Nein, mit keinem Fäserchen mehr. Nur: Ihr dürft lachen, Bindungen hab' ich immer respektiert, keine Angst also: Diese Wunderblume bleibt deinem Masseur erhalten.« Es war seltsam erschreckend, ihn weinen zu sehen, er heulte plötzlich los, das brutal wirkende Gesicht löste sich auf, unter der schweren Oberlippe die überraschend schmale Unterlippe, zuckte das Gesicht in Empfindlichkeit. »Ach, Kortschede«, murmelte er, »und jetzt dieser verfluchte Junge – und wenn ihr wüßtet, was ich im Keller hab', ich hab' da was im Keller.« Nein, zum Lachen war das nicht, wie er unter Tränen nickte, als Tolm ihm die Whiskyflasche fragend hinhielt. »Verflucht, wißt ihr, wie dieser Schreckensjunge, dieses Rechengenie sich umgebracht hat – nein? Solche Geheimnisse erzählt man euch nicht, wie? Dollmer hat dem Ding schon einen Namen gegeben: die Händehochselbstschußmaschine. Versteht ihr nicht, wie? Der hat sich eine Weste zusammengebastelt, die bei Hände hoch losging! Die eine Hälfte nach innen, die andere, die linke, nach außen: eine Art Mini-Stalinorgel, auf der Brust zu tragen wie eine flache Schwimmweste. Sie nehmen das Ding noch auseinander. Hat einen türkischen Polizisten getötet, einen Deutschen schwer verletzt und sich selbst – nun, das könnt ihr euch denken, wie der aussieht – Wahnsinn – jedenfalls hat Dollmer jetzt einen schönen Hände-hoch-Bammel – dazu Kortschedes Brief, der schlimm sein muß ...«

»Kennst du ihn?«

»Nein, keiner kennt ihn, nur Dollmer, Stabski, Holzpuke und die beiden Beamten, die Kortschede gefunden haben. Totale Vergatterung. Übrigens kennt auch Zummerling ihn nicht.«

»Und an mich ist er gerichtet?«

»Ja, fängt wohl an ›Mein lieber Fritz‹ – und dann folgen sicher düstere Prophezeiungen – über Umwelt, Atomenergie und Wachstum und Banken und Industrie – ganz bestimmt düster – er ist an dich gerichtet, und du hast ein Recht, ihn zu bekommen. Sieh zu, wie du dein Recht bekommst, und gebt acht, daß niemand, niemand hört ihr, von der Beerdigung in Hetzigrath erfährt. Ich werde wohl in Horrnauken die Rede halten müssen. Du bist damit einverstanden, daß wir dich krank melden, schwer erkrankt? Verwandte hat er wohl nicht mehr? Den Vater haben sie ja regelrecht in die Zwangsjacke stecken müssen.«

»Er hat noch eine Tante, sie müßte ...«

»Sie müßte nichts ...« Er sprach ganz leise, hatte schon wieder Tränen in den Augen. »Haltet sie raus, nehmt niemanden mit! Sagt auch euren Kindern nichts ... bitte, bitte, keinen Auflauf, keinen Aufruhr – Sabine wäre fähig ...« Er schenkte sich selbst Tee ein, nahm noch einen Eclair.

»Ja«, sagte Tolm, »Sabine brächte es fertig, mitzugehen.«

»Fischer kommt Kortschedes wegen zurück, bricht seine Reise ab. Da wird sie wohl kaum nach Horrnauken fahren. Er wird euch Ärger machen, nach der Beerdigung noch mehr und mit stichhaltigeren Argumenten ... dieser Onkel, diese Freundin des Onkels – und jetzt diese Großeltern! Oh, es ist eine Schande, daß Sabine von Fischer weg ist. Mein Gott, dieser Idiot, solch eine Frau – und läßt sie, läßt sie allein! Eine solche Frau hätte ich nie allein glassen, ich habe auch Hilde nie allein gelassen, da war nur dieser Keller, in den ich sie nicht mitnehmen konnte – ich war allein in diesem Keller, einsam, und keiner hat es bemerkt, voller Angst, und keiner hat's bemerkt. Merkwürdig, als ich eben mit Dollmer sprach und als später Stabski mich anrief, als ich das alles erfuhr, wie dieser Schrekkensmensch, umgeben von Schuhkartons, seine Hände-hoch-Stalinorgel in Gang setzte – und waren alles Damenschuhe Größe 38, die er zur Auswahl ins Hotel bestellt hatte –, ich weiß nicht, da konnte ich plötzlich aus dem Keller raus – mußte heulen, habe den ganzen Morgen geheult und mich gefreut, daß das Mädchen – eure Veronica – nicht im Zimmer war ... hab' mich gefreut gegen meine Überzeugung, hoffe, daß sie lebend auftaucht, hoffe es gegen meine Überzeugung, gegen alle meine Prinzipien. Ihr werdet sehr einsam sein nach dieser Beerdigung, sehr einsam ... ihr wißt das?«

»Ja«, sagte sie, »wir waren's eigentlich immer, haben's nur nicht gewußt, nicht wahrhaben wollen.« Sie schenkte ihm Whisky ein, aber er schüttelte nicht nur den Kopf, schüttelte sich, wischte sich ungeniert die Tränen mit dem Taschentuch aus den Augen, hob die Teetasse, setzte sie ab, ohne zu trinken, blickte zur Tür, durch die Eva verschwunden war. Mein Gott, wieviel Trauer mußte da in ihm sitzen, und was war das bloß für ein Keller, in dem er einsam gesessen hatte und jetzt herausgekommen war; und warum hatte er sie auch alle gleich heiraten müssen, hatte von keiner Kinder, nur von Hilde, der ersten, die doch die netteste gewesen war, netter auch als die dritte; deren Bauernmädchenhochmut war ihr doch manchmal zuviel geworden, diese strenge Schönheit hatte dann doch alles verachtet, außer sich selbst, und hatte sich teuer genug verkauft.

Tolm blieb mißtrauisch, fast kalt, Bleibls Tränen waren ihm offensichtlich peinlich; er wirkte, wie er nie gewirkt hatte: entschlossen. »Gut«, sagte er ruhig, »ihr dürft mich also krank melden – die Begründung überlasse ich euch. Und wir werden seine Tante raushalten. Nur wir beide – und die Totengräber.«

»Kein Pfarrer?«

»Nein, er hätte das nicht gewollt, und das möchte ich respektieren. Im übrigen: der Pfarrer von Hetzigrath an Bewerlohs Grab«, er lachte. »Nein, der würde uns vor Angst sterben. Nein, Käthe kann ein Gebet sprechen, dagegen hätte er nichts gehabt. Vielleicht taucht Veronica auf – oder ruft an. Ich bin sicher, Kortschede würde mich verstehen.«

Dreiunddreißig Jahre, dachte sie, und kein vernünftiges Wort miteinander gewechselt; keins; nur immer diese Flachsereien, Flirtversuche, und – wie nannten sie das doch – Interessenausgleich. Nun sank der Dollar mal wieder, und das Gold stieg, weil irgendwo jemand geputscht hatte; sie wußte nicht einmal, wer gegen wen, hatte nur im Wirtschaftsteil des ›Blättchens‹ geblättert, und der Dollar würde wieder steigen und das Gold fallen, wenn ein anderer anderswo putschte, egal gegen wen.

»Du kannst zum Essen bleiben«, sagte sie, »wenn du willst, kannst natürlich auch hier schlafen, dein Apartment ist wieder frei. Kulgreve hat alles wieder richten lassen.«

»Nein, nein«, sagte Bleibl, »danke, aber nein. Ihr ahnt ja gar nicht, was ihr mit dieser Beerdigung alles in Bewegung gesetzt habt, was ihr alles durcheinandergebracht habt, das kostet mindestens hundert Polizeibeamten Urlaub oder Freizeit, kostet Stabski und Dollmer den Schlaf, und Holzpuke wird fluchen; er hat genug in Horrnauken zu tun. Es ist Irrsinn, Tolm, was du vorhast, kompletter Irrsinn – ich kann dich nicht umstimmen – oder dich, Käthe, und du ihn?«

»Nein. Bist du deswegen gekommen oder weil du – weil du nun aus dem Keller heraus bist?«

»Ich bin gekommen, um euch zu sehen, mit euch zu sprechen, das war verabredet, bevor – du weißt es, nur haben Stabski und Dollmer mich dringend gebeten, die Gelegenheit wahrzunehmen – du machst dir keine Vorstellung... es ist Irrsinn, Tolm. Selbst wenn die Friedhofsverwaltung dichthält und auch die Totengräber – hundert Polizeibeamte werden nicht dichthalten ...«

»Du mißverstehst mich – ich will weder, daß es geheim bleibt, noch will ich, daß es bekannt wird. Ich gehe einfach zu einer Beerdigung. Ich will, daß der Junge in die Erde zurückkommt, aus der er gemacht ist – aus der auch ich gemacht bin – mehr nicht. Keine demonstrative Absicht – weder so noch so, und ich weiß, daß Kortschede mir den Brief geschrieben hat, damit ich ihn bekomme, ihn lese und vielleicht Gebrauch davon mache. Ich ehre sein Andenken und seinen Willen, wenn ich nicht nach Horrnauken gehe.

Immerhin haben wir Heinrich gekannt, als er ein Kind, als er ein Junge war – nein, du wirst mich nicht umstimmen – dich, Käthe?«

»Nein, wenn's möglich wäre, würde ich sagen: mich noch weniger. Ich wäre auch ohne dich zu dieser Beerdigung gegangen. Lieber natürlich mit dir!«

»Man wird das gründlich mißverstehen, sehr gründlich, bewußt und unbewußt – drei Tage nach deiner Wahl ... würde es dich denn umstimmen, wenn du den Brief doch bekämst?«

»Hast du ihn vielleicht in der Tasche?«

»Sei nicht so böse! Nein, ich habe ihn nicht, ich kenne ihn nicht. Ich denke nur an Alternativen. Du in Horrnauken, Käthe in Hetzigrath – euretwegen, glaubt's mir, euretwegen. Mir liegt so wenig wie euch an diesen pompösen Beerdigungen.«

»Es ist zu spät, Bleibl, zu spät, der Brief gehört ohnehin mir, und selbst wenn ich ihn bekäme – ich habe mich entschieden ...«

»Immerhin gehört die Beerdigung in Horrnauken zu deinen Amtspflichten ...«

»Die ich vernachlässige und für die ich meinen Kopf, wie du sagst, aufs Spiel setze ... – Gib's auf, Bleibl, komm, iß mit uns, trink mit uns – feiern wir den Keller, aus dem wir heraus sind: du und ich. Ich weiß: Man wird mich für senil erklären. Laß nur – ich werd's euch leicht machen, mich zu verabschieden, laßt Amplanger endlich ran. Ich bin froh, daß du gekommen bist, bleib noch ein wenig, vielleicht machen wir ein Spielchen? Ich hätte schon Lust dazu.«

»Nein, danke, ich muß gehen. Ich muß noch mit Hilde sprechen – hätte eine Bitte. Wirst du ein gutes Wort für mich bei ihr einlegen, Käthe?«

»Ich würde es tun, werde es aber nicht tun. Es wird dir nicht helfen und Hilde kränken. Du mußt das endlich begreifen, sie allein muß das entscheiden. Und du allein. Später, wenn ihr euch einigt, ja – jetzt nicht. Wirst du uns noch besuchen? Ich meine nach der Beerdigung?«

»Wie kannst du daran zweifeln? Zweifelst du wirklich daran?«
»Jetzt nicht mehr. Nein. Und versuch nicht noch einmal, uns umzustimmen.«
»Ich war drauf und dran.«
Sie küßte ihn zum Abschied, und sie begleiteten ihn beide die Treppen hinunter bis zum Hof, wo er in sein Auto stieg. Er winkte noch einmal. Sie war erstaunt, wie flott Tolm die Treppe hinaufstieg, fast ohne das Geländer zu benutzen. »Nun ruf deinen Bischof an«, sagte sie, und als er sie fragend anblickte: »Wegen des Pfarrhauses in Hubreichen. Hier können wir nicht bleiben.«

XVI

Eine Stunde nach der Nachricht von Bews Tod, die sie im Radio hörten, hatte die Invasion eingesetzt, waren die Posten verstärkt worden und die Journalisten angerückt. Die Posten hatten jetzt die Mauer nach allen Seiten umstellt, drei auf jeder Seite, und er hatte die Kinder sofort aus dem Garten, wo sie Nüsse aufsammelten und Äpfel aufhoben, ins Haus gerufen. Sie waren natürlich hinter dem Jungen her, glaubten, daß Veronica auftauchen würde, warteten; warteten worauf? Kurz vorher war diese Erna Breuer mit ihrem Liebhaber gekommen. Er hatte sie sofort an der Ähnlichkeit mit Bruder und Mutter erkannt, eine verstörte Frau, die über den Lärm, den Lärm, den Lärm in der Stadt klagte, sich mit Sabine und ihrem Freund ins Schlafzimmer zurückzog, wo geflüstert und gejammert wurde. Er hatte ihr geraten, nicht hinauszugehen, zu warten, notfalls im Pfarrhaus: Sie würde sofort geknipst werden mit ihrem Freund, man würde sich ihres Falles erinnern, und sie würde in einen Zusammenhang gebracht, in den sie nicht gehörte und aus dem sie nie mehr herauskommen würde. Nach vielen Versuchen hatte er schließlich Roickler ans Telefon bekommen, der ihm erlaubte, »notfalls ein paar Gäste im Pfarrhaus unterzubringen. Ich komme am besten raus, empfange die Gäste selbst – ja, die Erna Hermes kenne ich natürlich, sie darf bei mir wohnen, auch mit ihrem Freund. Ich komme. Ruhe. Am besten bleiben sie alle im Haus. Nein, Anna lasse ich hier.«

Katharina hatte vorgeschlagen, Hermes anzurufen und ihn zu bitten, die Milch von einem der Jungen bringen zu lassen. Er lehnte das ab, er würde selbst gehen, und wenn sie ihn totfotografierten; er würde gehen, schon, um die Stimmung im Dorf zu testen, schon, um ihnen möglicherweise die Zunge herauszustrecken oder die geballte Faust zu zeigen und zu rufen: »Der Sozialismus wird siegen.« Mit der Vierliterkanne in der Hand.

Der Junge hatte die Nachricht von Bews Tod zunächst nicht begriffen, dann die merkwürdige Frage gestellt: »Selbst?« Und als er nickte, losgeheult, nach seiner Mutter gefragt und sich an ihn geklammert: »Rolf, Rolf, du bist doch mein Vater!«

»Ja, ich bin dein Vater – du bleibst bei mir, und ich bleibe bei dir – Veronica lebt – du wirst bald mit ihr sprechen ... Bew, der wollte es so, wie es gekommen ist. Glaub mir, er wollte es so. Du kannst jetzt mit Herrn Schubler in den Schuppen gehen und Holz kleinmachen, wir werden die ganze Nacht den Ofen anhalten müssen.«

Telefon. Telefon. Mein Vater, Mutter, Herbert, die er beruhigte und bat, nicht rauszukommen. »Nein, bitte nicht, Herbert. Du rennst in ein Trommelfeuer von Blitzlichtern.«

Ruhe. Das war leicht gesagt, wo auch zu allem Überfluß noch Fischer anrief, dem Katharina in die Hände fiel. Er hörte sie leise sagen: »Ja, Erwin, sie ist hier, ich gebe sie dir«, und er las auf ihrem Gesicht, daß Fischer etwas Blödes gesagt haben mußte. »Also, bitte, Herr Fischer, wenn Sie sich mit Kommunisten nicht gern duzen und noch weniger gern von ihnen duzen lassen, *Herr* Fischer, ich gebe sie Ihnen also ...«, aber Sabine hob abwehrend die Hand, schüttelte den Kopf, und Katharina sagte: »Ihre Frau Gemahlin möchte aber nicht mit Ihnen sprechen, ja, ich werd's ihr ausrichten – das Sorgerecht!«

Schließlich regte er an, Pfannekuchen zu backen und Kaffee

aufzuschütten, befahl allen, das Haus nicht zu verlassen, schnappte sich die Milchkanne, streckte weder die Zunge heraus, noch hob er die geballte Faust, hielt nur die rote emaillierte Milchkanne hoch ins Mündungsfeuer der Geschütze und machte sich auf den Weg zu Hermes. Es war kalt, dunkel, es nieselte, er hatte seinen Anorak vergessen und beeilte sich. Es war später geworden als gewohnt, er mußte zu den Hermes' in die Küche, jemand herausbitten, blieb in der Tür stehen, lachte verlegen und schwenkte die Kanne. Es war ihm peinlich, sie beim Essen zu stören, sie hockten so munter vor Schüsseln und Tellern, und er war sich nicht sicher, ob ihre Gesichter Mißtrauen, Neugierde oder Erstaunen zeigten. Er war erleichtert, als der junge Hermes aufstand, ihm zunickte und mit ihm in die Milchküche hinüberging. »Sie sollten sich ein bißchen aufwärmen«, sagte er, als sie über den Hof gingen.

»Ich muß rasch zurück, sie sind alle verängstigt – warten!«

»Sagen Sie meiner Schwester, daß sie jederzeit willkommen ist. Es wird wohl ein bißchen eng bei Ihnen.«

»Ich wollte nicht, daß sie fotografiert wird, in diesem Zusammenhang. Solche Bilder wird man nicht mehr los. Sie soll warten, bis die Meute abgezogen ist – morgen, übermorgen. Der Pfarrer wird uns helfen.«

»Er kommt zurück?«

»Ja, er will mit Ihnen allen reden – kommt auch unseretwegen.«

»War der – war dieser – war er Ihr Freund?«

»Ja, bis vor sieben Jahren. Wir waren zusammen auf der Schule, beim Militär, beide bei der Artillerie – auf der Universität – ja, ich kannte ihn gut.«

»Und seine Frau?«

»War meine Frau, damals. Wir haben uns getrennt.«

Er war froh, daß Hermes ihn so direkt fragte, machte keine Einwände, als Hermes das Milchgeld zurückwies und sagte: »Heute nicht – sagen Sie meiner Schwester, es ist für sie – und ihren Freund. Es geht vorüber, ein, zwei Tage, dann sind sie weg. Sie haben doch Erfahrung mit denen.«

»Ja, ich hab's zweimal mitgemacht. Ich habe nur Angst, daß sie Ihre Schwester erwischen, Herrn Schubler und den Jungen. Ich danke Ihnen, auch im Namen Ihrer Schwester. Sie ist krank, vom Lärm, vom Lärm, vom Lärm – so drückte sie es aus ...«
»Wenn's schlimm wird, lasse ich Ihnen die Milch von einem der Jungen bringen ...«

Er hob die Kanne nicht, als er wieder ins Mündungsfeuer hineinlief. Geblendet blieb er ein paar Augenblicke lang stehen, sah nur Schatten und Hände und Blitze, bevor er das Pförtchen aufschloß.

Schubler und Holger I stapelten Holz in der Ofenecke, Erna Breuer buk Pfannekuchen, war sie wirklich so glücklich, wie sie aussah, oder nur erhitzt? Sabine und Katharina strickten, Kit und Holger II spielten mit den Bauklötzen und Tieren, Kaffee stand auf dem Tisch, er setzte sich zwischen die Frauen, zündete sich eine Zigarette an und dachte an Geld. Keiner schien daran zu denken, daß dies ein ziemlich teurer Haushalt werden würde, erst fünf statt drei, dann sechs Personen, nun acht, und er hatte bisher immer Geld von Käthe und Vater abgelehnt. Sabine hatte bestimmt kein Geld, sie war eine von denen, die bargeldlos leben, und er war sicher, daß sie von Fischer nichts bekommen würde, wahrscheinlich nur den Pflichtsatz für das Kind, wenn er nicht sein Sorgerecht durchsetzte. Wahrscheinlich war Sabine ein bißchen zu naiv, zu vertrauensselig. Es gab Tausende Tricks und Kniffe, sie fertigzumachen, öffentlich und juristisch, und schließlich war Holger I tatsächlich ein Terroristenkind. Er wurde aus dem Jungen nicht schlau, den hatten sie gründlich und gewiß mit eindringlicher Schärfe vergattert, möglicherweise mit Drohungen, und bestimmt hatte Veronica hart um seine Freilassung gekämpft. Kein Ton, kein Wort war aus dem Jungen herauszukriegen, er war auf eine kalte Weise höflich, sagte »danke« und »bitte«, hatte stolz gezeigt, daß er schon schreiben konnte, deutsch; nur einmal, als er ihn plötzlich auf Bew ansprach, hatte er gesagt: »Er war gut zu mir und –« und war sofort verstummt. Nun hätte er ja eigentlich reden können, wo doch an den Schuhen alles gescheitert war. Er wunderte sich, daß Holzpuke nicht auftauchte oder anrief. Schließlich ging es jetzt auch um die Sicherheit des Jungen, die er nicht garantieren konnte. Gewiß gab es da noch eine Gruppe von Verrückten um Bew und Veronica herum, die der Heimsendung des Jungen nicht zugestimmt hatten. Die Schlittenfahrer waren gewiß schon unterwegs, und Holzpuke gab sich wahrscheinlich der Täuschung hin, daß die Schlittenfahrt nicht stattfinden würde. Dabei lag der Friedhof von Horrnauken mitten in einem Erholungsgebiet, wo es von Radfahrern wimmelte, nah an der holländischen Grenze. Auch im November und im Regen würden Radfahrer kommen, es gab dort Hütten und überdachte Zeltplätze, Lagerfeuerplätze, und es war schon ein Sport geworden, bei Regen Radtouren zu machen; er hatte es gesehen bei der Beerdigung von Verena Kortschede, er hatte sie in Berlin kennengelernt, manchmal mit Veronica bei ihr Tee getrunken. Sie war auf einen Modelinken hereingefallen und hatte sich umgebracht, als sich herausstellte, daß er nur auf ihr Geld aus war; ein mieser Typ, beschissener Schnorrer, hatte dieses stille, traurige, blaßblonde Mädchen in Indien sitzenlassen, als sich herausstellte, daß sie gar nicht viel Geld bekam; sie hatte mit Lippenstift auf den Hotelspiegel geschrieben: »Der Sozialismus wird doch siegen« und Gift geschluckt.

Sabine hatte nichts gesagt, nicht geweint, als sie von Bews Tod erfuhr, hatte nur Holger I an sich gezogen und gesagt: »Veronica lebt, sie lebt. Sie wird wiederkommen.«

Schubler und Holger schienen sich gut zu verstehen, sie brachten neues Holz, die Frauen saßen still neben ihm, die Kinder auf dem Boden. Erna rief vom Herd her: »Das Dutzend ist voll, wir können anfangen – jeder eineinhalb – mit Sirup.« Es war wieder einmal gemütlich. Er half Erna, die Pfannekuchen zu teilen und auf die Teller zu legen, richtete ihr die Grüße ihres

Bruders aus, erzählte von der gestifteten Milch und daß sie willkommen sei. »Peter auch?« fragte sie.
»Er war in die Milchspende einbezogen.«
»Auch ins ›Willkommen zu Hause‹? – Nein, nicht wahr? Übrigens kennt er Sie aus Berlin, er hat damals Steine geschmissen und Tomaten ...«
»Ich hab's in der Zeitung gelesen, gerade deswegen sollten weder er noch Sie vor die Tür gehen, bevor die Knipser weg sind, und es sind nicht nur Journalisten, die knipsen.«
»Wo sollen wir denn bleiben?«
»Es ist besser, hier auf dem Stuhl die Nacht zu verbringen, als morgen in der Zeitung zu stehen. Kommen Sie, wir setzen uns drinnen aufs Bett. Die Teller reichen, die Stühle nicht.«
Sabine machte in der Küche Schubler Platz und setzte sich neben Erna Breuer, fragte leise: »Es ist also wirklich wahr? Sind Sie sicher?«
»Ja, ich habe extra lange gewartet, weil ich sicher sein wollte – bin erst gestern zum Arzt gegangen, und es ist ganz eindeutig: Der vierte hat begonnen – auch darin hat Breuer mich also belogen; nicht ich war's, er war's. Ich möchte nur wissen, woher seine erste Frau die Kinder hat. Wahrscheinlich hat er auch bei der so allerlei geduldet – und damit ist wohl auch unsere Ehe ungültig – das wird meine Eltern milde stimmen. Ich möchte so gern hierbleiben, möchte nie mehr in diese Wohnung zurück. Ach, ich kann's einfach nicht mehr aushalten.«
»Sie werden schon eine Ecke finden, auch Arbeit, und ich, ich glaube, ich gehe wirklich nach Paris. Es tut mir alles so leid, tut mir weh, was mit Ihnen passiert ist.«
»Ich denke jetzt anders darüber, es mußte wohl so kommen. Es war unangenehm, vor allem für Peter. Aber auch für ihn hat sich ja einiges geklärt, und er ist mit mir froh darüber. Merkwürdig, ich kann's gar nicht laut sagen, aber schließlich verdanken wir das denen, diesen Verrückten, diesen wahnsinnigen Verbrechern. Es bringt mich ganz durcheinander, das zu den-

ken, und ich denke es doch: denen und der Polizei – es ist zum Lachen –. Nein, wenn nur diese Belagerung vorüber wäre.«

Plötzlich fingen die Glocken an zu läuten, war die Kirche hell erleuchtet, wurden im Pfarrhaus in allen Zimmern die Lampen angeknipst, war auch der Garten hell erleuchtet, setzten alle ihre Teller ab, stellten die Tassen aus der Hand, gingen zur Tür. Schubler öffnete sie; nun konnte man den Regen nicht nur hören, auch sehen, auch den Posten zwischen Sakristei und Pfarrhaus.

»Nicht rausgehen, keiner geht raus«, sagte Rolf scharf, er riß Schubler von der Schwelle zurück, »sie hocken auf der Mauer, lauern drauf, daß einer sich zeigt – wenn einer raus muß, geh' ich, mich haben sie ohnehin. Roickler ist zurück, er wird seine Rede halten oder seine Predigt. Und Sie werden in einem schönen breiten Bett schlafen«, sagte er zu Erna, »keine Sorge. Und still wird's sein, ganz ruhig.«

Als Erna nach einem Spiel fragte, das man zu mehreren spielen könne, schlug er Monopoly vor; sie sah ihn erstaunt an, wurde verlegen, fragte: »Sie, Monopoly? Bei Ihnen?«

Katharina, die das Spiel schon aus dem Regal holte und auf dem Tisch auspackte, sagte lächelnd: »Gerade wir müssen Monopoly kennen und spielen, man muß es ohne Pardon spielen, dann ist es die beste Einführung, die man Kindern in die Grausamkeiten des Kapitalismus geben kann. Die Grausamkeiten des Sozialismus lernen sie ja in der Schule.«

Der ernste Schubler lächelte, sagte, er werde zuschauen oder noch mehr Holz kleinmachen, und Holger I sagte: »Dann mußt du aber allein gehen, ich spiele hier mit, wir haben das oft gespielt in ...«, brach ab, wurde rot, und als alle ihn fragend anblickten, sagte er: »Nun – da, wo ich war, haben wir's gespielt ...«

Sabine wollte unbedingt »mal an die Luft«, ging auch trotz seines warnenden Kopfschüttelns, und als er die Gardine zurückschob und die Fensterläden von innen öffnete, konnten sie über dem Mauerrand die Blitzlichter sehen. Sabine zögerte, ging weiter, auf die Sakristei zu, dann näher an die Mauer heran und streckte ihnen die Zunge heraus. Zum Glück, dachte er, ballt sie nicht die Faust, so würde es wohl einige, aber nicht zu viele Mißverständnisse geben. Sie würde ohnehin – so oder so – in die Schlagzeilen kommen, und der Garten, die hellerleuchtete Kirche im Hintergrund, der Posten davor – das würde ein schönes Foto werden. Katharina hatte die Würfel in die Hand genommen. »Kommt, Kinder, wir würfeln um den Anfang.«

XVII

Er hatte sich nicht damit begnügt, die Postenführer auf der Karte einzuweisen, er hatte sie an Ort und Stelle geführt, sie hatten die Positionen genau besprochen, Sichtweiten erprobt, die Kreuzungen der Radwege abgeschritten, Rastplätze, Zeltplätze. Der Regen würde zwar viele, aber nicht alle Radfahrer abhalten, einige waren schon unterwegs. Er ordnete Kontrollen an. Mit seinem Vorschlag, das ganze Erholungsgebiet bis nach der Beerdigung sperren zu lassen, war er nicht durchgedrungen, Dollmer hatte über seine Schlittentheorie gelacht und nach einem Gespräch mit Stabski gesagt, es würde Ärger mit Holland geben, wenn sie das Gebiet sperren; schlechte Presse, verrückte Deutsche und so weiter. Er bestimmte auch die Standorte für die beiden Panzerwagen: einen im Wald hinter der Friedhofskapelle, den anderen dort, wo einige Radwege die Landstraße kreuzten. Grobmöhler würde erst morgen, am Tag der Beerdigung, kommen, er würde mit seinen Leuten die Kapelle innen sichern, den Weg zum Grab, das Grab selbst. Außerdem hatte jemand, wie Dollmer es ausdrückte, »mal wieder ökumenische Scheiße gebaut«, es würde doch ein Katholischer kommen, wahrscheinlich ein Bischof, und der würde es sich wahrscheinlich nicht nehmen lassen, auch ein paar Wort zu sagen – Fernsehen war ja garantiert; gewiß – das hatte er schon ein paar Mal gehört – würde er über die »Gemeinschaft der Leidenden sprechen«, ahnungslos wie immer. Ganz sicher hatte niemand ihm was von Peterle gesagt, nichts von dem zerschossenen Gesicht, bestimmt nichts von diesem fürchterlichen Brief, der inzwischen eine Art höchste Bundesgeheimsache geworden war. Alle, die von Peterle wußten, von dem zerschossenen Gesicht, von der Existenz des Briefes, wenn auch nicht dessen Inhalt – und er war sicher, daß die beiden Beamten das weitergeflüstert hatten, bestimmt an ihre Kollegen –, alle, die irgendwas wußten, würden mal wieder in Verlegenheit geraten. Opferleben, Opfertod. Derlei hob die Moral seiner Leute keineswegs, es war zu peinlich und machte sie zynisch.

Er fluchte vor Wut, als er ausgerechnet von der Wirtin erfuhr, daß sie Bewerloh tatsächlich in Istanbul geschnappt hatten und daß er Dollmer dringend anrufen solle, der die Pressekonferenz natürlich ohne ihn schon hinter sich gebracht hatte; die Wirtin hatte die Pressekonferenz im Radio gehört und sagte etwas von »dank von Hinweisen auf gewisse Einkäufe, die aus unseren eigenen Erkenntnissen stammen«.

Verflucht, es gab doch Sprechgeräte, es gab doch Hubschrauber, aber offenbar hatte Dollmer diese fette Beute mit niemandem teilen wollen und hatte doch gelacht, als er mit seinen Hinweisen auf die möglichen Schuhkäufe gekommen war. Er fluchte offen und reichlich, als Dollmer ihm dann noch von dem verrückten Plan der alten Tolms erzählte: Da waren doch mindestens fünfzig Mann für dieses elende Braunkohlenkaff fällig. Da konnte doch die gesamte Szene auftauchen, da würde es wimmeln, und wenn dann die beiden Alten noch auftauchten, das würde – das würde ein Skandal und würde doch die beiden netten alten Typen ruinieren. »Das muß verhindert werden, Herr Dollmer«, sagte er, »notfalls mit Gewalt – mit Straßensperren, durch einen arrangierten leichten Unfall

– irgendwie *muß* das verhindert werden. Wenn Sie schon mit Vernunft nicht zuwege kommen.«

»Soll ich ihn vielleicht verhaften lassen?« schrie Dollmer.

»Nein, ich sagte ja – Straßensperren, lassen Sie ein paar Unfälle bauen, verbeulte Karren, die die Straße unpassierbar machen.«

»Dann geht er zu Fuß ...«

»Kommt aber zu spät, wenn die Beerdigung vorbei ist. Ich muß ohnehin alle Lehrgänge absagen, viele aus dem Urlaub zurückrufen, und ich denke nicht einmal an die polizeilichen Schwierigkeiten, die sind wir ja gewöhnt, ich denke an die politischen Folgen ...«

»Immerhin haben sie Bewerloh von Kindesbeinen an gekannt, er war fast wie ihr Sohn, jedenfalls für lange Jahre. Sie vergessen mal wieder was, mein bester Holzpuke... hören sie mich – Sie vergessen den Brief! Was ist politisch schlimmer: Wenn er den Brief bekommt und ihn publiziert, oder wenn er in einem, sagen wir spleenigen, Anfall zu der falschen Beerdigung geht? Der Brief, wenn er ihn veröffentlicht, und das wird er tun – trifft uns alle, alle, die wir da sind – die falsche Beerdigung, das trifft nur ihn. Stabski ist ganz meiner Meinung, wir haben es hin und her und her und hin überlegt, und wenn erst bekannt wird, daß es den Brief überhaupt gibt, dann ist er auch bald publik. Nun, was denken Sie ...?«

»Ich würde trotzdem ein paar schrottreife Karren auf allen Zufahrtsstraßen sich hoffnungslos verheddern lassen. Natürlich müssen sie Nummernschilder bekommen. Ich lasse auf jeden Fall die Lehrgänge abblasen. Nun, was sagen Sie zur Schuhgröße 38?«

»Großartig, fast genial. Es wird nicht spurlos an Ihrer Karriere vorübergehen. Aber eins können wir jetzt, glaube ich, vergessen: Die Schlittenfahrt findet nicht statt.«

»Da bin ich nicht so sicher. Schließlich ist sie entkommen, und es gibt noch das Umfeld.«

Er setzte mehrmals an, um mit dem Schlößchen zu telefonieren, seufzte immer wieder, nahm den Hörer auf, legte ihn wieder hin, mußte sich einen Ruck geben, um wirklich durchzuwählen, und war erschrocken, als er ihre Stimme hörte, die sagte: »Ja?« Er schwieg noch ein paar Sekunden, bis sie sagte: »Bitte, bitte melden Sie sich – wer ist da?« Er nannte schüchtern seinen Namen, fügte hinzu: »Keine Angst – Sie können sich denken, weswegen ich anrufe ...«

»Ja, das kann ich mir denken – aber wir werden auch Ihrem Charme nicht erliegen. Nein, lieber Holzpuke, Sie sind uns ein guter Genosse geworden – mich interessiert nur eins: Krieg' ich nun jetzt die Belohnung. Sie wissen doch, wegen der Schuhe, die ja doch letzten Endes – ja, merkwürdig, ich betrauere seinen Tod, bin aber nicht traurig über seinen Tod – verstehen Sie. Und die Schuhe, die Belohnung – krieg' ich die?«

Verflucht, dachte er, nur nicht weinen. Er war nahe dran, hatte alles mitgekriegt, was die beiden Alten sich da wie Verliebte zuflüsterten, über Ehebruch und keinen, Madonnen und Kinder. Und alle, alle Argumente, auch die, die man die menschlichen nannte oder hätte nennen können, waren auf seiner Seite. Auch er würde nie im Leben die Schuhgröße 38 vergessen, und er hatte diese beiden Alten einfach gern, ihn noch mehr als sie, und wenn er weder politisch noch polizeidienstlich dachte, fand er es einfach großartig, daß sie zu dieser Beerdigung gingen. Er bereute es schon, Dollmer den Tip mit den Straßensperren gegeben zu haben. Der brachte es fertig, den Trick doch anzuwenden und ihn später – bei Stabski und anderswo – als seinen auszugeben. Dabei wußten Sie, daß es nichts helfen würde, dann würde der Alte auf dem Brief bestehen, und das wäre, wenn nicht das ganze, dann das halbe Ende: was da drinstand über Atomkraftwerke, Lobbys, Bestechungen, Zukunftsprognosen, Wachstum. Und schließlich hatte der Alte ja noch sein ›Blättchen‹. Das bedeutete eineinhalb Dutzend Kopfblätter, die vielleicht sogar mal was Inopportunes drucken würden, vielleicht.

»Sind Sie noch da? Oder schämen Sie sich zu sehr?«
»Ich schäme mich sehr, liebe Frau Tolm – und ich will jetzt nicht kommen, womit ich kommen könnte: mit Notwendigkeiten – nein. Ich schäme mich nur, was die Belohnung anbetrifft, Belohnungen gibt es nur für freiwillige Auskünfte, nicht für unfreiwillige ...«
»Sehen wir Sie morgen hier?«
»Nein, ich kann hier nicht abkommen. Aber wir sehen uns übermorgen. Ich werde mich nicht drücken, verzeihen Sie mir ...«
»Tun Sie mir einen Gefallen?«
»Ja, natürlich.«
»Rufen Sie in Hubreichen an. Keiner soll das Haus verlassen, keiner, auch nicht die verschiedenen Gäste. Zummerling ist schußbereit.«

XVIII

Im Café, als er ihr aus dem Mantel half, hielt Helga seine Hand fest und sagte: »Es ist gut, daß wir uns erst einmal für drei Wochen trennen. Der Lehrgang in Strüderbeken wird dir guttun, auch mir. Ich hab' schon alles gepackt.«
»Du wirst wieder auspacken müssen, liebe Helga, aus dem Lehrgang wird nichts. Du hast doch auch die Nachrichten gehört?«
Er bestellte Tee und Kaffee, bat um die Speisekarte, nahm Helga das Feuerzeug aus der Hand, gab ihr Feuer, nahm sich eine Zigarette aus ihrer Schachtel. »Es muß schlimm mit dir stehen, wenn du anfängst zu rauchen, und natürlich hab' ich die Nachrichten gehört. Sie haben diesen Bewerloh geschnappt, er ist tot, und sein Mädchen ist untergetaucht. Wo mag nur der Junge sein?«
»Den Jungen haben sie zurückgeschickt, und das Mädchen wird bald wieder auftauchen. Das alles kündigt eine bevorste-

hende Aktion an, und es waren ja nicht nur diese beiden, das ist ein weitverzweigtes Netz, Helga, ein Bau mit zahlreichen Nebengängen, Geheimgängen. Ich hoffe nur, daß sie Strüderbeken früh genug absagen und uns nicht wieder mitten in der Nacht aufscheuchen.«
Er unterbrach sich, wartete, bis das Mädchen Kaffee und Tee serviert hatte. »Ja, ein bißchen Waldlauf, ein bißchen Fußball, Schießen und Theorie – das hätte mir vielleicht gutgetan, vielleicht. Aber um diese Jahreszeit ist die Heide bei Strüderbeken nicht sehr freundlich, sind die Wälder feucht, kühl und kahl. Lieber wäre mir ein richtiger Urlaub; nicht wegfahren, zu Hause bleiben. Schlafen, mal mit dem Jungen richtig sprechen, vielleicht ins Kino gehen, mit Karl streiten ... mit dir sprechen. Was meinst du, wenn du sagst, daß mein Lehrgang auch dir guttun wird?«
»Mal richtig getrennt sein von dir, nicht wie bisher: daß du da bist und weiter weg, viel weiter weg, als wenn du in Afrika wärst. Nicht mehr reden, reden. Du machst dir was vor: Sie ist noch in dir, und du bist in ihr, und wenn ich das sage, meine ich nicht das Kind, das sie erwartet, und wenn der Junge nicht wäre, Bernhard nicht wäre – wärst du nicht längst mit ihr weggegangen? Dann wäre ich aus der Rechnung raus, sehr rasch wäre ich raus. Nein, ich laß deine Sachen lieber gepackt ... vielleicht brauchst du sie, wenn du doch mit ihr weggehst.« Sie lächelte, als er die Zigarette halb geraucht ausdrückte. Er gab ihr die Speisekarte.
»Willst du was essen?«
»Nein, danke, du?«
»Nein.« Er nahm ihr die Karte ab und legte sie neben sein Teeglas. »Trennen sagst du?«
»Ja. Vielleicht mußt du eine Weile mit ihr leben, um herauszufinden, daß du nicht mit ihr leben kannst. Du träumst doch davon, bei ihr zu sein.«
»Ja«, sagte er, ja, und dachte an Sabines nasses Haar, als sie ihm nachts das Essen gebracht und ihn geküßt hatte und noch

einmal geküßt, immer wieder, als er vor der Ablösung das leere Töpfchen auf ihre Fensterbank gestellt hatte. »Ja, und du darfst lachen – es wird mir das Herz brechen, wenn ich an dich denke, nicht nur, wenn ich an Bernhard denke ... und wenn ich den Dienst quittieren muß ...«

»Ich lache nicht, ich kenn' dich ja wohl ein bißchen, ich weiß nur, daß du mit ihr weggehen oder hinter ihr herfahren wirst.«

»Weißt du auch, ob ich zurückkommen werde?«

»Nein, das weiß ich nicht, ich hoffe natürlich: ja. Ja, das hoffe ich. Du hast wohl Angst, es wirklich zu tun?«

»Ja, ich hab' Angst, aber ich werde es tun. Ich mache mir nur Sorgen, praktische, wegen unserer Schulden, und was soll ich tun, wenn ich den Dienst quittieren muß, wenn ich von der Polizei wegmuß?«

»Nun, eins ist ja sicher, und sei nicht böse, wenn ich es sage, Alimente wirst du ja wohl nicht zahlen müssen. Seltsam, daß ich ihr nicht böse sein kann, sie hat eine so sympathische Stimme und ist so glücklich mit ihrem Kind. Ich werde arbeiten gehen, erst mal bei Monka wohnen, die hat Arbeit genug, und Bernhard wird sich dort wohl fühlen. Und du, du gehst mir nicht weg von der Polizei. Ich werde zu Holzpuke gehen, zu Dollmer, wenn nötig werde ich bis zu Stabski gehen – schließlich – dieses Herumstehen an Swimming-pools, auf Partys und in Schuhgeschäften – da bist ja nicht du allein schuld, wenn du überhaupt schuld hast. Nein. Schließlich habe ich einen Polizisten geheiratet, und wenn dieser Polizist zu mir zurückkommt, *wenn*, dann soll er Polizist bleiben. Sie sollen dich in die Haifischabteilung stecken, falls es eine gibt, ich meine, um die Geldhaie zu killen, die auch uns das Fell über die Ohren ziehen. Ach, Hubert, geh bald.«

»Ja«, sagte er, »heute noch. Ich fahre einfach hin und mit ihr weg, noch bin ich ja ihr Beschützer. Ich lasse das Auto in Hubreichen, hol es dir ab.«

Er ließ das Auto in der Einfahrt stehen, half Helga mit den Einkaufstüten. Bernhard kam ihm entgegen, hielt ihm einen Zettel hin: »Du sollst diese Nummer anrufen, Papa.« Er zog den Jungen mit zum Telefon, legte den Arm um ihn, während er die Nummer wählte.

Es war Lühlers Nummer, er hatte sie erkannt, obwohl er mit Lühler privat wenig zu tun hatte und wenig zu tun haben wollte.

»Du weißt sicher schon«, sagte Lühler.

»Ich kann's mir denken«, sagte er, »kein Lehrgang.«

»Nein. Friedhof, und nicht Horrnauken, sondern Hetzigrath. Wir sollen das ganze Kaff dichtmachen. Streng geheime Beerdigung mit streng geheimen Teilnehmern, einschließlich der Leiche. Ausnahmsweise Uniform. Um 7.30 Uhr am Ortsausgang Richtung Tolmshoven. Holzpuke läßt grüßen. Dollmer persönlich wird den Einsatz in Hetzigrath leiten, unsichtbar natürlich, wahrscheinlich vom Rathaus aus oder vom Hubschrauber aus. Ziemlich berühmte Leiche, auch berüchtigt – nicht als Leiche, aber als er noch lebte. Bis morgen also. Lehrgang nicht aufgehoben, nur verschoben.«

»Ich werde nicht dabeisein ... ich werde weit weg sein ... ich ...«

»Wie? Bist du krank?«

»Nein ... ich fahre nur weg ...«

»Mit Helga und dem Jungen?«

»Nein.«

»Allein?«

»Nein ... sag Holzpuke, daß er für Ersatz sorgen soll ...«

Helga hatte den Koffer und die Tasche schon ans Auto gebracht und den Gepäckraum geöffnet. »Deine Uniform ist auch drin«, sagte sie, »ich wollte sie nicht wieder auspacken«, sie lächelte, »vielleicht ist sie dir irgendwie dienlich, man kann nie wissen. Und jetzt würdest du am liebsten hierbleiben, wie?«

»Ja – aber ich werde fahren.«

»Mach's nicht so feierlich mit dem Jungen, nicht so ernst. Ich werde ihm was von Sondereinsatz sagen, geheimnisvoll tun.«
»Bis die Zeitungen es erfahren und die Art dieses Sondereinsatzes bekannt wird. Nein, bitte nicht dieses Wort.«
Er sah sie an, er kannte diese Stimme nicht, schwankend zwischen Bitterkeit und Wehmut und einem Anflug von Zynismus. »Vergiß nicht«, sagte Helga, »daß es auch für sie nicht so einfach, nicht so leicht ist.«
Er winkte dem Jungen, der gerade aus dem Haus kam, nur zu, stieg rasch ein, zündete und fuhr los.

XIX

Tränen wollten ihr nicht kommen, als sie in der Zeitung das Foto entdeckte. Zuerst fielen ihr die Schuhkartons ins Auge, sie waren übereinandergewirbelt, einige durchschossen, und auf einem konnte sie noch die aufgedruckte 38 erkennen; ein offensichtlich deutscher Beamter beugte sich hinter den Schuhkartons über etwas, das Bew gewesen sein mußte. Ursprünglich war sie entschlossen gewesen, alle Anweisungen, außer der allerletzten, genauestens auszuführen, und sie fragte sich, ob es fair wäre, jetzt, so kurz vor dem Ziel, aufzugeben; ob sie nicht Bew eine letzte Ehre erweisen, eine letzte Treue beweisen müsse, indem sie ihm – sozusagen ins Grab hinein – bewies, daß sein Plan exakt durchführbar war, daß denen ihr ganzes Sicherheitsgetue nichts nutzen würde, nichts genutzt hätte, wenn sie nicht von vornherein entschlossen gewesen wäre, die allerletzte Anweisung nicht durchzuführen, ihnen die Bombe, das geladene Fahrrad, vor die Tür zu stellen – und dann Entwarnung zu geben.

Es regnete auf das Plastikdach vor der Frittenbude am östlichen Stadtrand von Enschede; sie bestellte noch eine Portion Croquetten, ließ sich Brot dazugeben, nahm Senf, bestellte noch eine Coca-Cola. Noch zehn Kilometer bis Horrnauken, und es kamen ihr merkwürdige Gedanken: Ob sie einem deutschen oder einem holländischen Polizeibeamten den Triumph verschaffen sollte, sie zu schnappen oder sich ihm gestellt zu haben. Sie hatte von Fällen gelesen, in denen solche Triumphe nicht zum Heil der Beamten ausgeschlagen waren: Manchen war der Ruhm zu Kopf gestiegen, und sie hatten im Privatleben durchgedreht: Exzesse, Porno, Scheidungen. Sie war auch nicht sicher, ob sie einem holländischen Beamten die Gefährlichkeit des Fahrrads würde erklären können. Man würde sie vielleicht für verrückt halten und mit dem Ding leichtfertig umgehen, während der deutsche Sicherheitsbeauftragte vielleicht doch die Schlittenwarnung erhalten hatte und wissen würde, worum es ging.

Bisher war alles planmäßig verlaufen: Das Fahrrad, durch eine himmelblaue Schleife am Sattel gekennzeichnet, hatte tatsächlich in Enschede vor der Hauptpost gestanden, und es war schon gespenstisch, sich vorzustellen, wieviel verborgene Helfer er haben mußte und daß er mit ihnen allen in Verbindung stand. Bew hatte ihr nachdrücklich erklärt, daß nicht Holländer, sondern Deutsche das Rad präpariert hatten. »Für den Fall, daß du geschnappt wirst und plauderst. Also vergiß nicht: Deutsche. Damit sie ihren Bammel nicht exportieren können.« Ihr Paß hatte keinerlei Aufmerksamkeit erregt, und mit der himmelblauen Pudelmütze, der Brille mit runden Gläsern und der gelben Segeljacke sah sie wohl wirklich wie eine holländische Lehrerin oder Studentin aus. Das Spiel verlockte sie, auch die Treue gegenüber der Exaktheit seines Planes, wenn er auch die Schuhkartons nicht früh genug hatte abholen lassen. In Horrnauken sollte sie ohne Umstände direkt auf den Friedhof zufahren und Einlaß begehren. Schließlich hatte sie einen Paß auf den Namen Cordula Kortschede, eine Verwandte aus dem holländischen Zweig, und die war herübergekommen, um das Grab ihrer Großmutter zu besuchen. Es mußte sich herausstellen, ob sie wirklich hartherzig genug waren, einer tiefbetrübten Enkelin den Besuch am Grab der Großmutter zu verwehren, und falls sie sich wirklich als so hartherzig erwiesen, sollte sie getrost eine Szene machen und sich mit Gewalt entfernen lassen. Wichtig war nur, das Rad zwischen Eingangstor und Kapelle in die Hainbuchenhecke zu schieben und es dort zu lassen, entscheidend war, vorher die beiden Sperren an den Handgriffen beiseite zu schieben, die beiden Handgriffe dann nach innen zu drehen, den linken nach rechts, den rechten nach links. Er hatte ihr versichert, daß nichts, gar nichts passieren würde, bevor die Sperren gelöst und die Handgriffe nach innen gedreht waren, und auch dann würden noch fünfundvierzig Minuten vergehen.

Wichtig war, daß man, ob sie durchgelassen wurde oder nicht, das Rad nicht mehr beachten würde in dem zu erwartenden Rummel. Sie hatte sich der Sperren an den Handgriffen vergewissert, und natürlich würde sie sie nie lösen, nie. Es war nur verlockend, tatsächlich bis zum Friedhof zu fahren und dort erst nach dem Leiter der Sicherheitsmaßnahmen zu verlangen; verlockend auch, tatsächlich zu Verena Kortschedes Grab zu gehen, aber das würde bestimmt nicht gelingen, sie lag in dem Familiengrab, in dem auch ihr Vater heute beerdigt wurde. Sie erinnerte sich der Beerdigung, zu der sie damals alle gefahren waren, alle, auch Bew und Rolf und Katharina: ein Sommertag in der Heide, und von damals her hatte er wohl den Friedhof so genau in Erinnerung, daß er ihr die Lage des Grabes ihrer angeblichen Großmutter Henriette Kortschede beschreiben konnte: »In der rechten Ecke, zum Waldrand hin, die vorletzte Reihe, so daß du zielstrebig drauf zugehen und dann im Wald verschwinden kannst.«

Noch verlockender war die Telefonzelle neben der Frittenbude: Sie mußte dringend mit Rolf oder Katharina sprechen, ihnen klarmachen, daß der Junge, daß Holger I, die Bombe war; der war ihr fremd geworden, fremder, als sie ihren Eltern und ihren Schwiegereltern sein konnte, das Wort Ent-Fremdung bekam in ihm, mit ihm eine ganz neue Bedeutung. In Holger hatten »sie« – wer, wer? – wohl auch Bew, etwas hineingefüttert, das gefährlicher war als das Zeug, aus dem man Bomben macht; Holger mußte sofort – behandelt werden. Wie, durch wen – darüber sollte sich Rolf Gedanken machen, mit Katharina beraten. Das Wort »Bombe im Gehirn« war gefallen – da brauchte man weder Dynamit noch Zünder mehr, und offenbar hatte der Junge die Bombe im Gehirn, sie mußte – wie? wie? wie? – entschärft werden. Be-handeln – Hände, nicht Worte konnten ihn vielleicht heilen.

Aber auf diese Distanz war wohl eine Fangschaltung leicht, und sie wollte nicht geschnappt werden, wollte sich stellen, denen beweisen, wie leicht es war, bis hierher mit dem Schlitten durchzukommen, und wie leicht es gewesen wäre, bis zum Friedhof durchzudringen. Es war wohl besser, den letzten Satz des Spiels gar nicht anzufangen, auf den letzten Aufschlag zu verzichten, das konnte Stunden, vielleicht Tage Verzögerung bedeuten. Am besten war es wohl, sich gleich hinter der Grenze auf deutscher Seite zu stellen. Und sie hätte so gern Verena Kortschedes Grab noch einmal gesehen. Das war nun wirklich zum Weinen, wie dieser miese Pseudolinke sie sich geschnappt und sie wieder fallengelassen hatte, sobald sich herausstellte, daß sie so viel Geld gar nicht hatte. Ach, immer dieser schwache Tee bei Verena Kortschede in Berlin, schwacher Tee, wo doch ihr Vater angeblich einer der großen Tee-Dealer war; das sanfte Geplauder über Sozialismus; von zu Hause war sie knappgehalten, geizig war man da nicht aus Geiz, sondern aus Prinzip, danach hatte ihr bläßlich wirkender Vater auch ausgesehen, den man dort drüben heute beerdigte. Da würde Tolm wohl eine wunderbare Rede halten. Nein, sie würde das Spiel vor dem letzten Satz abbrechen.

Sie hängte sich an eine Gruppe von vier Radfahrern an, die in Richtung Grenze fuhren. Die schienen den Regen regelrecht zu genießen, sangen im Fahren vor sich hin. Sie wurde auf holländischer Seite mit der Gruppe durchgewinkt, auf der deutschen scharf kontrolliert: Ausweise, Gepäck, sogar die Fahrräder. Da standen nicht nur Grenzbeamte, auch Polizei, Motorräder. Sprechgeräte. Sie löste sich von der Gruppe und ging auf einen der Polizeibeamten zu, der seinen Motorradhelm in der Hand hielt und die Kontrolle beobachtete. Sie schlug die Kapuze zurück, nahm Brille und Mütze ab und sagte: »Ich bin die, die Sie suchen. Es ist dringend und ernst, rufen Sie Ihren Chef, und sagen Sie ihm: Der Schlitten ist angekommen, Veronica Tolm hat ihn bis zur Grenze gebracht.«

»Machen Sie keine Witze«, sagte der Beamte.

»Es ist kein Witz«, sagte sie, »und geben Sie acht mit meinem Rad, es ist scharf geladen. Bitte rufen Sie ...«

Er zögerte immer noch, sie sagte leise: »Los, Sie werden sich nicht blamieren. Ich verspreche es Ihnen. Ich bin es wirklich.«

Er nahm tatsächlich sein Sprechgerät und sagte: »Werner acht dringend für Orchidee eins.« Inzwischen waren die Holländer durchgefahren, die Beamten sammelten sich um sie. Sie hörte ihn sagen: »Hier ist eine junge Frau, die behauptet, Veronica Tolm zu sein, und ich soll Ihnen ausrichten: Der Schlitten ist angekommen, sie hat ihn bis zur Grenze gebracht.« Sie hörte die Antwort nicht, aber der Polizist hielt ihr das Gerät hin und sagte: »Sprechen Sie.«

»Hallo«, sagte eine Stimme, »mein Name ist Holzpuke, Sie werden noch oft mit mir zu tun haben. Was ist mit dem Rad?«

»Es ist präpariert, ich weiß nicht, wie, weiß nur, wie es entsichert wird. Lassen Sie es sicherstellen, und keiner soll irgend etwas dran drehen.«

»Ich bin in wenigen Minuten da, ich nehme an, Sie möchten gerne telefonieren. Ich habe Sie an der Stimme erkannt.«

»Ja, ich möchte telefonieren – wenn Sie das gestatten würden.«

»Natürlich. Geben Sie mir noch mal den Beamten.« Sie reichte das Gerät zurück, hörte undeutlich die Stimme, dann nahm der Beamte sie bei der Schulter und sagte: »Kommen Sie, ich bring' Sie zum Telefon ... Danach ...«

XX

Als sie den Schlüssel umgedreht, abgezogen und in ihre Tasche hatte fallen lassen, fiel ihr die Stille auf. Die Posten waren weg, offenbar waren auch die Fotografen und die Journalisten verschwunden, und von Holger dem älteren war nichts zu sehen, nichts zu hören, nichts von Sabine und Kit, von der Breuer und ihrem Freund nichts: Rolf war mit Holger dem jüngeren zum Arzt und zu verschiedenen Besorgungen weg und würde vor eins nicht zurück sein. Es regnete immer noch, nicht mehr so stark, und sie blieb ein paar Augenblicke stehen, um zu lauschen: Nichts, nicht einmal ein Apfel fiel von einem Baum, keine Nuß auf die zementierten Wege; fern, unendlich weit schien das weg zu sein, hörte sie die Polkt-Zwillinge, die von ihrer Mutter abgeholt worden waren und auf dem Heimweg lärmten. Überflüssigerweise vergewisserte sie sich noch einmal, ob das Sälchen abgeschlossen war, und spürte Angst, die hundertzwanzig Schritte quer durch den Garten zu gehen. Während sie zögernd, als ginge sie über brüchiges Eis, den Querweg durch den Garten betrat, vollzog sich in ihrem Kopf mechanisch eine logische Überlegung: Wenn die Posten weg sind, ist auch Sabine weg, und wenn die Fotografen weg sind, ist auch Holger der ältere weg, und wenn ... Sie erschrak, als Roickler aus der Dependance auf sie zukam, und es fiel ihr das Wort »Unglücksbote« ein. Sein Lächeln war wirklich etwas mühsam, als sie aufeinandertrafen und er ihren Arm faßte; er sah übermüdet aus und roch nach Zigarre. »Ja«, sagte er, »Ruhe – es ist viel passiert« und erzählte erst, wie er mit der Breuer zu ihren Eltern gegangen sei und daß »verlorene Töchter es schwerer haben als verlorene Söhne«; erzählte – und es ging fast unter, so leise sprach er, daß Veronica sich gestellt und angerufen habe und dringend geraten habe, ein Auge auf Holger den älteren zu haben; zu spät, der sei früh, kurz nach Rolfs Weggang, entschlüpft und habe sich, nun ja, es sei alles verrückt, von einem der Fotografen nach Tolmshoven bringen lassen und dort, nun

ja, Feuer gelegt, während Herr Tolm und Frau in Hetzigrath Bewerloh beerdigt hätten. »Es ist viel passiert«, sagte Roickler, »und niemand ist etwas geschehen«, und schließlich sei ihre Schwägerin mit Kind von einem uniformierten Polizeibeamten abgeholt worden, den die Posten herzlich als ihren Kollegen begrüßt und nach dessen Auftrag sie gar nicht gefragt hätten, und es habe sich eben herausgestellt, daß es sich nicht gerade um eine Entführung handle und doch um eine Aktion, die nicht gerade straffällig und doch »zweifelhaft sei, deren dienstrechtlich strafbare Dimension noch erforscht werde«. Roickler lächelte und wiederholte: »Viel passiert und niemand etwas geschehen – und doch sitzt da jemand und wartet auf Sie, der mit all dem, was passiert ist, nichts zu tun hat und dem etwas geschehen ist: Ihr Freund Heinrich Schmergen. Das Wichtigste ist: Ihre Schwägerin Sabine hätte Ihnen natürlich gern gedankt und sich verabschiedet – aber die Umstände erlaubten es nicht: Es mußte alles sehr rasch gehen – sie«, er lächelte wieder, »hat mich gebeten, auf Sie zu warten, Ihnen alles zu erklären und Ihnen zu sagen, wie sehr sie sich auf ein Wiedersehen freut. Übrigens – falls das nicht klargeworden ist – der Polizeibeamte ist ihr Liebhaber, der Vater des Kindes, das sie erwartet. Es ist wohl alles ein wenig viel.«
»Ja«, sagte sie, »ziemlich viel.«
Er hielt ihren Arm fest, während sie aufs Häuschen zugingen, berichtete von seinem langen Gespräch mit einem hohen Polizeioffizier, der ihm »diesen Herrn Hendler« charakterisiert hatte als einen besonders zuverlässigen, seiner Frömmigkeit wegen sowohl verspotteten wie geachteten Mitarbeiter. Roickler meditierte dann noch eine Weile über die Tatsache, daß die vier einzigen tatsächlich oder scheinbar voll integrierten Personen »in diesem merkwürdigen Ensemble, Ihre Eltern, Ihre Schwägerin und dieser junge Polizeibeamte, nun ausgebüxt sind. Aber nun muß ich gehen, zu meiner Frau, und Sie müssen sich des Jungen annehmen, der da drinnen auf Sie wartet.«

Heinrich Schmergen saß vor dem vollen Aschenbecher und der Kaffeetasse und erzählte stockend, daß er im Bus von Köln nach Hubreichen gesessen und in einem Buch mit dem Titel ›Castros Weg‹ gelesen habe; friedlich habe er dagesessen, nicht bemerkt, wie ringsum die Leute Zeitungen mit Berichten von Bewerlohs Ende lasen, und plötzlich, so kurz vor Hurbelheim, habe ihn die tödliche Stille im Bus aufgeschreckt, er habe aufgesehen und festgestellt, daß alle stumm und feindselig auf ihn, auf das Buch gestarrt hätten, wortlos eisig und eisern, »als würden sie mich jeden Augenblick erwürgen«, und er habe Angst bekommen, richtige Angst, ja, und er habe fast in die Hose gemacht vor Angst und sei schon in Hurbelheim ausgestiegen und den Rest des Weges zu Fuß gegangen, und nun wolle er weg, einfach weg, egal wohin. »Irgendwohin, wo man Bücher lesen kann, auch im Bus, ohne solche Angst zu bekommen; man kann ja streiten, man kann ja Krach miteinander kriegen – man kann ja – ich weiß nicht, was, vielleicht sogar argumentieren – aber diese stummen mörderischen Blicke ... o Gott«, sagte er, »Katharina, ich glaube, ihr täuscht euch, wir alle täuschen uns – ich geh' weg, ich wollte euch nur adieu sagen, euch danken und euch bitten, mir vielleicht etwas Geld zu geben – ich such' mir ein Land, wo ich in Ruhe im Bus lesen kann, was ich lesen möchte.«
»Cuba?« fragte sie und biß sich auf die Lippen; die Frage kam ihr gemein vor.
»Nein«, sagte er, »aber vielleicht Spanien – sofort, ich will sofort weg. Heute noch, jetzt noch – und ich werde mich nicht einmal zu Hause verabschieden. Grüß Dolores und Rolf, und gebt mir etwas Geld, für die ersten Tage nur, ich geh' erst mal nach Holland – und ich bin bereit, bis an mein Lebensende die dreckigste Arbeit zu tun, von mir aus Scheiße zu tragen – ich schick' euch das Geld zurück ...«

Sie nahm ihr Portemonnaie aus der Handtasche, legte es neben seine Kaffeetasse, öffnete es und sagte: »Nimm dir die Hälfte«, und als er verlegen wurde, zögerte, sagte sie energischer: »Los, nicht so zimperlich, komm«, nahm dann selbst die Scheine heraus, kippte das Kleingeld auf den Tisch, sortierte mit spitzem Finger gleichwertige Scheine und Münzen nach links und rechts heraus, teilte einen Fünfzigmarkschein, indem sie ihn nach links schob und von links fünfundzwanzig Mark nach rechts bugsierte, zählte »achtundsechzig für jede Partei« und schob ihm die Groschen noch hinüber: dreizehn Groschen und sagte: »Nimm das noch, es könnte eine Tasse Kaffee sein, fast ein Pfund Brot, vielleicht zehn Zigaretten, ich weiß nicht, was sie in Holland kosten – und Zündhölzer, viele Zündholzer ... nimm's.« Und da er immer noch verlegen zögerte, stopfte sie ihm alles in die Jackentasche und sagte: »Wer nach Geld fragt, der soll's auch nehmen. Das wirst du noch lernen müssen ... und noch einiges mehr. Schade, wir haben dich sehr gern gehabt. Vielleicht kommst du doch zurück.«

Sie weinte, als sie ihn durch den Garten zur Pforte gehen sah, durch den Regen, mit der zerbeulten Ballonmütze, den Jackenkragen hochgeschlagen. Das Buch ›Castros Weg‹ hatte er vergessen, es lag auf dem Tisch neben der Kaffeetasse.

Immerhin hatte Sabine noch das Gemüse geputzt und die Kartoffeln geschält, sie brauchte alles nur aufzusetzen und die Bratwurst aus dem Eisschrank zu nehmen. Sie weinte noch, als Rolf mit dem Kleinen aufs Haus zukam.

XXI

Hetzigrath wirkte, als wäre die Bevölkerung evakuiert worden und das Dorf nach seiner Entleerung aufs schärfste bewacht: an allen Straßenecken Polizeibeamte, in Uniform, ohne, in der Nähe des Friedhofs Berittene, auch der Schulhof, der zwischen Kirche und Friedhof lag, leer. Möglicherweise hatten sie sogar

den Schulkindern freigegeben. Nichts war zu sehen hinter den Fensterscheiben, nichts zu hören; auf dem Markt, an manchen Ecken Beamte mit Sprechtüten. Stille. Offenbar hatte man eine Invasion erwartet, die nicht gekommen war: Langhaarige, Frauen mit langen Mänteln, das sogenannte Umfeld, aber offenbar war die Invasion nicht erfolgt. Er war ganz ruhig. Käthe nervös, hielt den Kranz auf dem Schoß. Auch Blurtmehl war nicht wie sonst: Unruhig blickte er an allen Kreuzungen nach rechts, nach links, als habe er etwas erwartet, das nicht eingetroffen war. Hinter der großen Schaufensterscheibe des Metzgers Breilig sah er Breilig stehen, einer seiner Schulkameraden; neben Breilig eine Kundin.
»Du hättest doch den Mantel anziehen sollen«, sagte Käthe, »es ist kühl und naß.«
»Auf dem Mantel kann ich meine Orden nicht tragen, und ich dachte, es wäre Gelegenheit, sie mal zu tragen.«
Blurtmehl, der in Protokollfragen bewandert war, hatte gesagt, natürlich könne man bei Beerdigungen Orden tragen, aber ob bei *dieser* Beerdigung, da sei er überfragt. Keinesfalls, hatte Blurtmehl gesagt, die Schärpen, und auch Käthe hatte von den Schärpen abgeraten, den Entschluß, die Orden anzulegen, aber gebilligt. »Ich wundere mich, wieviel gute Ideen du an zwei Tagen entwickelst, Tolm«, hatte sie gesagt, »und zum Glück ist der Weg von der Leichenhalle zum Bewerloh-Grab nicht weit, dreißig, höchstens fünfzig Meter; nicht weit davon liegen meine Eltern und deren Eltern und deren Eltern auch; und es liegen so viele Bewerlohs da wie Schmitzens, das ist eine der ältesten Familien am Ort; waren ursprünglich Bauern.«

Ein Hubschrauber kreiste, stand dann fast über ihnen, als Blurtmehl ihnen beim Aussteigen half. Die Orden waren ziemlich große Dinger in Gold und mit Rot drin, einer ein auffällig bunter, ausländischer, fast so groß wie eine Untertasse. Vorschriftswidrig hatte er nicht die Spangen angesteckt,

sondern die Orden von den Schärpen gelöst und von Blurtmehl mit Sicherheitsnadeln befestigen lassen.
Sie ließ sich den Kranz nicht abnehmen: Flieder und gelbe Rosen, keine Schleife, duldete aber, daß einer der Totengräber ihn an den schmucklosen Karren hängte. Es ging so rasch, daß sie kaum Schritt fassen konnte, und im Nu hatten die Totengräber den Sarg auf die bereitliegenden Seile gehoben und versenkt. Der Hubschrauber stand genau über ihnen. Tolm flüsterte ihr zu: »Sprich ein Gebet, Käthe«, und sie murmelte ein Vaterunser herunter, noch ein Ave Maria hinterher, warf mit einem kleinen Spaten Erde ins Grab, übergab Tolm die Schaufel, blickte auf den Grabstein. Die meisten Namen waren durch den Aushub verdeckt, nur in der obersten Reihe konnte sie lesen: »Ulrich Bewerloh, Bauer in Eickelhof, 1801–1869«.
»Komm«, sagte sie, aber Tolm rührte sich nicht. Er blickte in das Grab, zum Himmel hinauf, zurück zu Blurtmehl, der sich an der Kapelle leise mit einem Polizeibeamten unterhielt.
»Käthe«, sagte er, »ich muß dir etwas sagen.«
»Ja?«
»Du weißt, daß ich dich immer geliebt habe. Und noch etwas mußt du wissen.«
»Ja, und was?«
»Daß ein Sozialismus kommen muß, siegen muß ...«

Der Hubschrauber drehte ab, als sie zum Eingang zurückgingen. Blurtmehl trennte sich von dem Beamten, in dem er jetzt diesen jungen Lühler erkannte, den Holzpuke ihm vorgestellt hatte. Er kannte ihn nur in Zivil, in Uniform sah er jünger aus.
»Du hast vergessen«, sagte Käthe, »den Totengräbern ihr Trinkgeld zu geben.«
Er ging noch einmal zurück, nahm seine Brieftasche heraus und gab dem einen der Männer einen Hundertmarkschein. »Das ist für Sie beide«, sagte er. Er bemerkte nun, daß der Hubschrauber auf dem Schulhof landete. Als er sich umwandte, kam der junge Bengel, dieser freche Fotograf, aus der Kapelle. Er mußte

sich dort mit Holzpukes oder gar Dollmers Einverständnis versteckt haben. Es war derselbe, der ihn neulich kurz nach der Wahl mit der Zigarette im Mund erwischt hatte, und nun erwischte er ihn frontal: mit dem Zylinder in der Hand, den Orden auf der Brust und hinter ihm die Totengräber und das Grab, auf dem man den Namen Bewerloh lesen konnte. Der Junge grinste nicht, lächelte nicht, gab kalt seine Schüsse ab, knipste ihn noch einmal mit Käthe, kurz bevor sie ins Auto stiegen; knipste, knipste. »Der wird Karriere machen«, sagte er zu Käthe und Blurtmehl, »der wird es zu etwas bringen.«

Er erschrak erst, als er Dollmer am Auto stehen sah, neben Blurtmehl, der die Hand am Türgriff hatte. Dollmer sah mitgenommen aus, ernsthaft mitgenommen. Er zögerte einen Augenblick, ob er auf ihn oder Käthe zugehen sollte, ging dann auf Käthe zu und sagte: »Tag der schlechten Nachrichten, liebe Frau Tolm – nicht nur Ihre Tochter mit einem unserer Beamten, nun, man kann sagen, durchgebrannt – Ihr Enkel – das Schloß brennt – er muß irgendwie an den Posten in Hubreichen vorbeigekommen sein.«
»Ist irgend jemand verletzt oder in Gefahr?« fragte Käthe.
»Nein.«
»Dann wüßte ich schlechtere Nachrichten«, sagte sie, bevor sie ins Auto stieg. »Auch die Nachricht über unsere Tochter zähle ich nicht zu den schlechten.«
Sie wunderte sich doch, daß Tolm lachte.

Heinrich Böll
Dr. Murkes gesammeltes Schweigen
Satiren
KiWi 150

Ohne Übertreibung kann man sagen, daß Heinrich Bölls Buch »Dr. Murkes gesammeltes Schweigen«, das die schönsten Satiren des Autors enthält, schon seit langem ein Klassiker der deutschsprachigen Literatur ist. Von dem Band, der 1958 zum ersten Mal erschien, wurden in der Zwischenzeit weit mehr als 300.000 Exemplare verkauft, immer wieder neue Generationen gerade von jungen Lesern fanden über dieses schmale Bändchen zum Werk von Heinrich Böll. Der Band enthält neben der Titelerzählung die Satiren »Nicht nur zur Weihnachtszeit«, »Es wird etwas geschehen«, »Hauptstädtisches Journal« und »Der Wegwerfer«.

Heinrich Böll
Frauen vor Flusslandschaft

Roman in Dialogen und Selbstgesprächen
KiWi 144

Frauen vor Flußlandschaft ist Heinrich Bölls letzter Roman, den er kurz vor seinem Tod abschloß. Der Schauplatz ist Bonn. Die Darsteller sind die Politiker und ihre Frauen, die in Dialogen und Selbstgesprächen ihre Privatheit, ihre Intrigen und Zweifel äußern. Das Unaussprechliche der Politik bekommt mit diesem dialogischen Kunstgriff eine fiktive »Öffentlichkeit«.

»Die zunehmende Schärfe des Blicks, den Böll für die politische Realität der Bundesrepublik hatte, entsprach einem Zuwachs an ästhetischer Fähigkeit. Die Grenzen des Mediums, das er gewählt hatte, das des fiktiven Romans, hat Böll bis an seine äußerste Grenze gebracht.«
Helmut Heißenbüttel, Freibeuter

Joseph Roth
Der Leviathan

KiWi 231

Die Geschichte des jüdischen Korallenhändlers Nissen Piczenik, der die echten Korallen, die Geschöpfe des Meergottes Leviathan, liebt und doch dem Betrug mit den falschen nicht entgeht, wird in Roths meisterhafter Darstellung zur Parabel der menschlichen Existenz.

KiWi Paperbackreihe bei Kiepenheuer & Witsch

Erich Maria Remarque
Drei Kameraden

Roman
KiWi 239

Drei junge Kriegskameraden versuchen im Berlin der 20er Jahre mit seiner Lebensfreude, Inflation und politischer Unruhe, eine Existenz zu gründen. Sie betreiben eine Autoreparaturwerkstatt, und ihr ganzer Stolz ist eine alte Rennkiste. Bei einem ihrer riskanten Überholmanöver mit dem Wagen lernen sie Pat kennen. Für Robert beginnt die große Liebe, und ihr Traum von der erfüllten Liebe scheint die brüchige Realität zu überstrahlen.
»Einer der erregendsten Liebesromane unserer Zeit.«
New York Times

KiWi Paperbackreihe bei Kiepenheuer & Witsch

Uwe Timm
Kerbels Flucht

Roman
KiWi 232

Kerbels Flucht ist das eindringliche Porträt einer Generation der verlorenen politischen Hoffnungen. Christian Kerbel, einst aktiver Mitstreiter bei den Studentenunruhen, versucht eine letzte Utopie zu leben: seiner Freundin Karin die Freiheit zu lassen, einen anderen zu lieben. Aber die Gefühle machen nicht mit. Kerbels Flucht, die zuletzt in eine tödliche Falle führt, beginnt.

Wolf Biermann
Über das Geld und andere Herzensdinge
KiWi 240

Wolf Biermanns berühmt gewordene Prosastücke aus der »Zeit«: Geschichten und Geschichte aus dem Jahr der deutschen Wiedervereinigung.

Biermanns Text *Duftmarke setzen* »enthält mehr Wahrheiten als 100 Leitartikel über die deutsche Einheit zusammengenommen.« *Peter Glotz*

»Wahrscheinlich das hellsichtigste literarisch-essayistische Werk zum Thema.« *Jochen Hieber*